JULIAN LASCHEWSKI

DER TOD DES DÄMONENKÖNIGS

Julian Laschewski
Der Tod des Dämonenkönigs

FSC
www.fsc.org
MIX
Papier | Fördert gute Waldnutzung
FSC® C014496

Klimaneutral
Druckprodukt
ClimatePartner.com/20273-2210-1019

1. Auflage

Weyerstraße 88–90, 50676 Köln

Redaktion: Mattis May
Lektorat: Rebecca Steltner
Titelgestaltung: Katharina Netolitzky
Illustrationen Innenteil: adobe.stock.com © warmtail
(Runde Illustrationen auf den Seiten 21, 30, 53, 64, 91, 108, 115, 138, 157, 178, 197, 226, 265, 282, 313, 344, 377, 408, 436, 437, 453),
© samiradragonfly (Illustrationen in den Ecken),
© Ilya (Illustrationen an den Seitenenden)
Illustrationen Umschlag: shutterstock.com
© Vitalii Gaidukov (Schwert), © warm_tail (Dämon)
Initialen gesetzt aus der Floral Capitals von © Vladimir Nikolic
Autorenfoto (Klappe und Sticker): Andreas Krupa
Satz: Joachim Buhmann
Gesamtherstellung: Community Editions GmbH

978-3-96096-953-2
Printed in Germany
www.community-editions.de

Für Jake, Melina, Finja und Meggie
Meine kleinen Alltagshelden

AM ANFANG

IN PRINCIPIO

Es ist ein weitverbreiteter und irrwitziger Irrglaube, dass die Menschen gänzlich allein im unendlichen Universum seien. Milliarden Lichtjahre durchziehen den schwarzen Horizont, bewohnt von unzähligen anderen Wesen, die weitaus länger als die Menschheit existieren.

Ob der Glaube an nur einen einzigen Gott oder doch eine beschränkte Vorstellungskraft das Problem ist? Ist es die Angst, nicht der Mittelpunkt dieses Universums zu sein? Die Gewissheit, nicht mehr als ein Staubkorn im großen Konstrukt des Seins, das für einen kurzen Augenblick die Möglichkeit, sogar die Ehre hatte, zu existieren? Selbst wenn es stimmte, wäre es nicht umso befriedigender, zu wissen, man war Teil des großen Ganzen, einer Familie, durfte Aufgaben nachgehen, die einen erfüllt haben, und dass man, egal wie kurz, dieses Leben geteilt hat?

Das denke ich mir zumindest. Um mich dreht sich diese Geschichte aber nicht. Ich gebe sie nur wieder – obwohl ich nicht überall dabei war. Man möge mir Löcher in meiner Erinnerung verzeihen. Wenn ich anwesend war, habe ich eifrig mitgeschrieben und es mir ansonsten detailgetreu nacherzählen lassen. Daher bin ich der festen Überzeugung, dieses Abenteuer akkurat wiedergeben zu können.

Außerirdische – wie sie fälschlicherweise von Unwissenden genannt werden – sind länger auf der Erde als andere Lebewesen, und doch halten sie sich versteckt. Verschiedene Planeten sind ihre Heimstätte, aber heute geht es nur um einen Himmelskörper und seine Einwohner, um ein Volk, das seit Millionen von Jahren existiert und auf das Gefüge der Galaxie aufpasst.

Es wäre angebracht, sie anstandsgemäß vorzustellen und jeden Einzelnen dieser Wächter im Detail zu beleuchten. Doch die Zeit ist uns gewohntermaßen nicht wohlgesonnen, sondern rennt, damit sie niemand einholen kann. Die Devise lautet zuschauen und hoffen, dass sie einen mit Liebe und Würde behandelt.

Apropos Zeit: Auf diesem Planeten, den Menschen in ihrer Sprache mit „Alpha" übersetzen würden, drängt sie darauf, nicht verschwendet zu werden. Zwei Wesen unterhalten sich angeregt in einem zappendusteren Zimmer.

Ein schwarzer Saum durchzieht den Raum. Von menschlichen Augen niemals erfassbar – und wenn doch, würden sie beim Wahrnehmen des Antlitzes der Gestalten verrückt werden.

„Er ist der Auserwählte", murmelt eine der beiden Figuren.

„Bist du sicher?", erwidert die andere.

Sie werden von der Dunkelheit umarmt – oder eher, umarmen einander. Schützen sie sich? Oder andere? Keine Sorge, die hypothetischen Fragen, die wir alle so zu schätzen wissen, werden uns durchweg begleiten. Die gehören zu meinen Spezialitäten.

„Wenn wir ihm nicht den Vertrag anbieten, wird das Schicksal uns zuvorkommen." Ein kleines kugelrundes Licht leuchtet vor der Figur auf. Ihre Silhouette, die menschliche Züge besitzt, aber doch fremd wirkt, schimmert schwach hindurch.

„In ihm schlummern die Vorfahren der Urmächte“, sagt sie und bedeckt die Kugel.

„Ich möchte keinen Aufriss machen, schließlich hast du das schon mal gesagt“, merkt das Gegenüber an und scharrt auf dem Boden.

„Dieses Mal bin ich mir sicher …“, erwidert sie und atmet tief ein. „Schluss mit dem Gebrabbel. Zeit dem Schicksal ein Schnippchen zu schlagen und die Waage auszubalancieren.“

„Wie du wünschst.“ Die Figur verbeugt sich andächtig und schreitet langen Schrittes aus einer riesigen roten Stahltür hinaus, die allerlei verspielte Verzierungen besitzt, die mit keiner menschlichen Malerei vergleichbar sind. Zumindest ist mir noch keine auf der Erde aufgefallen. Ich werde meine Gedanken aber für den Rest der Erzählung für mich behalten, um niemanden rauszureißen. Wir werden uns jedoch ganz zum Schluss bestimmt noch mal begegnen.

I

BEN UND KIRA

BEN ET KIRA

Wir haben uns verlobt!"

Der Raum erstrahlt wie die aufgehende Sonne. Tränen schießen in die Augen mancher Freunde, andere applaudieren enthusiastisch und es hagelt Umarmungen und High Fives.

Mit erhobenem Finger zeigt Kira ihren beachtlichen Diamantring, den ihr Verlobter Ben ihr letzte Woche angesteckt hat. Als sie im Ski-Urlaub im Lift feststeckten, hielt er um ihre Hand an.

„Sie hat meine Frage erst gar nicht verstanden, weil wir seit einer Stunde in der Luft hingen und sie so dringend pinkeln musste", erzählt er einer lachenden Meute.

Kira, die sonst peinlich berührt wäre, lacht nur mit und kann nicht anders, als sich alle paar Minuten ihren voluminösen Klunker anzuschauen.

„Aber das war doch unmöglich dein Plan?", sagt Kiras Bruder Christian mit einem Lachen.

„Oben auf dem Berg wartete eine Reservierung in einem piekfeinen Restaurant auf uns. So weit sind wir nur leider nie gekommen", erwidert Ben.

„Der hat aber bestimmt einiges gekostet?", fragt Kiras Mutter und umarmt ihre Tochter innig.

„Na hoffentlich“, erwidert Kira und grinst bis über beide Ohren. „Danke, dass ihr extra für uns eine Verlobungsparty geschmissen habt!“

„Sonst bekommen wir dich doch gar nicht mehr zu Gesicht“, hakt ihr Vater ein und nimmt seine Tochter ebenfalls liebevoll in den Arm.

„Wer hätte das gedacht“, fährt er fort, „dass ihr nach so kurzer Zeit schon heiratet.“

„Dein Vater hat immer gegen euch gewettet –“

„Ach Dorothea ...“

„Na, ist doch so, Georg! Ich wusste von Anfang an, Kira und Ben bleiben ein Leben lang zusammen. Höchstens der Tod kann die beiden trennen.“

Sie sollte beleidigt sein, aber sie weiß, wie ihre Eltern es meinen, und stattdessen bedankt sie sich abermals für die große Fete, zu der nicht nur die gesamte Verwandtschaft eingeladen, sondern ebenso der ganze Freundeskreis bestellt wurde.

„Deine Eltern haben mal wieder keine Kosten und Mühen gescheut“, flüstert Ben seiner Verlobten zu.

„Ist dir das etwa unangenehm?“, erwidert Kira und zieht eine Augenbraue hoch.

„Überhaupt nicht“, antwortet er herzlich lächelnd. „Ich bin nur neidisch. Meinen geschiedenen Eltern könnte nichts egaler sein. Die wissen doch nicht einmal, dass wir beide heiraten.“

„Du hast ja auch erst vor einer Woche um meine Hand angehalten!“

„Sie werden es auch nicht erfahren, solange sie nicht fragen. Ich glaube, meinem Vater ist das sowieso ganz recht, mit seiner neuen Familie. Der tut einfach so, als gäbe es mich nicht.“

„Schau dich um. Das hier ist deine Familie. Dein Blut definiert nicht, wo du herkommst, sondern die Menschen, die einen auf dich trinken."

Ben zieht seine Verlobte nah an sich heran und sie küssen sich.

Die anwesenden Gäste schauen peinlich berührt zur Seite und bewundern das altertümliche Dekor, das Kiras Eltern in ihrem Haus stehen haben. Eine Ritterrüstung, diverse Wappen und sogar Porträts von alten Königinnen und Königen sind an der Wand zu finden.

„Da haben wir ein Faible für", sagt Dorothea, die Jens Blick bemerkt. „Aber du kennst das doch schon alles, Jennie?"

„Jen!", erwidert sie forsch. „Sorry! Ist so eine Angewohnheit. Jennie haben meine Eltern nur gesagt, wenn ich etwas verbrochen habe."

„Für mich wirst du immer die kleine Jennie bleiben", antwortet Dorothea.

„Dann will ich ab jetzt aber Thea sagen dürfen!"

„Das dürfen nur Menschen, die ich in mein Herz geschlossen habe."

Jen schaut peinlich berührt zu Boden und überlegt, ob es angebracht wäre, die Ritterrüstung „aus Versehen" umzuwerfen, um dieser unangenehmen Situation zu entkommen.

„Natürlich darfst du das", sagt Dorothea lachend und umarmt Jen.

Wenn der Abend ein anderes Motto als „Verlobung" hätte, wäre es „Umarmung", so oft, wie sich die Leute um den Hals fallen.

Aus allen Ecken des großgebauten Landhauses sind aneinanderstoßende Gläser und fröhliches Gelächter zu hören. So einen Abend sollte man stets in Erinnerung behalten.

„Danke Dorothea, danke Georg!" Ben umarmt seine zukünftigen Schwiegereltern und sie verabschieden sich.

„Schön, dich endlich mal wiedergesehen zu haben“, sagt Christian und gibt seiner Schwester zum Abschied einen Kuss auf die Stirn.

Es ist weit nach Mitternacht und trotzdem ist Kira nicht müde. Als Studentin ist sie es gewohnt, lange aufzubleiben. Warum sie nach etlichen Semestern noch studiert, versteht sie selbst nicht. Manche Leute benötigen eben etwas mehr Zeit, bis sie gefunden haben, wonach sie suchen. Aber das ist vollkommen in Ordnung. Einige Menschen wissen es bis zu ihrem Lebensende nicht. Solange sie nichts unversucht gelassen haben und nicht nur auf der Stelle standen, wird es hoffentlich ein gutes Leben gewesen sein.

Kira denkt sich just in diesem Moment, dass sie noch nicht viel im Leben erreicht hat. So eine Hochzeit gehört aber definitiv ganz oben auf die Erfolgsliste – hofft sie zumindest. Die Augenblicke, die uns zeigen, was wir Erstrebenswertes bewerkstelligt haben, offenbaren sich meistens erst, wenn sie vorbei sind.

„Wer fährt?“, fragt Kira ihren Verlobten – mitsamt hörbarem Lallen in der Stimme.

„Wohl lieber ich“, antwortet er.

Die beiden steigen ein. Ben schaltet das Radio an und gediegen fahren sie unter dem hellen Nachthimmel nach Hause.

Kira kann die Augen vor Müdigkeit kaum aufhalten, will Ben aber nicht wegpennen, falls er denselben Sog des Sandmanns verspüren sollte.

„Ist es okay“, ein Gähner unterbricht ihren Satz, „wenn ich die Glubscher schließe?“

„Klar, mach nur. Das nächste Auto wird aber eines dieser selbstfahrenden Elektroschlitten.“

„Hoffentlich …“

II

DER GROSSHERZOG

DUX MAGNUS

„PASS AUF", brüllt Kira, die in schierer Verzweiflung nach dem Lenkrad greift, es aber nicht rechtzeitig zu fassen bekommt.

Das laute Hupen eines entgegenkommenden Lkws hat sie gewaltsam aus dem Schlaf gerissen. Ben hat einen Moment nicht aufgepasst – mehr braucht es für gewöhnlich nicht – und ist dem Sekundennickerchen verfallen.

Das Auto kommt von der Straße ab und brettert unaufhaltsam in eine Steinwand rein. Mit lautem Knall zerbersten die Scheiben – und mit Sicherheit ein paar Knochen –, die Airbags verhindern schlimmeren Schaden.

Ben wacht nach kurzer Ohnmacht auf. Benommen, hustend und mit blutverschmierter Sicht greift er panisch nach seinem Gurt, um sich abzuschnallen.

KLACK

„Kira … Kira …" Ben rüttelt an seiner Verlobten, die sich jedoch nicht bewegt.

„Zum Glück …" Er fühlt ihren Puls und atmet erleichtert aus. „Sie lebt. Ich muss einen Krankenwagen rufen."

Ben greift nach seinem Handy und wählt 112.

TUUT

„112, was ist Ihr Notfall?"

„Meine Freundin und ich … Wir sind von der Straße abgekommen … Sie ist ohnmächtig. Wir bluten. Und brauchen einen Krankenwagen. Helfen Sie uns!" Bens Worte ergeben wenig Sinn, und hilfreiche Informationen enthalten sie ebenfalls nicht.

„Wo befinden Sie sich?", fragt die junge Dame am anderen Ende. Ihre Stimme verbreitet eine angenehme Ruhe, die sich auf Ben auswirkt.

„Wir kommen gerade von der Weingartstraße. Etwas dorfauswärts. Kurz vor dem Stadteingang. Wo wir genau sind, kann ich nicht ausmachen."

„Einsatzkräfte sind umgehend auf dem Weg zu Ihnen. Bleiben Sie, wo Sie sind."

Ben wirft sein Handy auf die Rückbank, steigt aus und rennt zur Beifahrerseite. Erneut ruft er den Namen seiner Freundin, die nicht antwortet. Durch die Dunkelheit kann er die Gegend kaum erkennen und nur mutmaßen, wo sie sich befinden.

Aus heiterem Himmel nimmt er ein lautes Getöse unter sich wahr.

„Bitte nicht jetzt …", seufzt er.

Der Krach wird geräuschvoller, ähnlich des Zerberstens von Steinen auf Asphalt, und mit einem brachialen Knall reißt die Erde vor ihm auf. Eine Lavafontäne schießt hervor, die dem Ausbruch eines Vulkans gleicht.

„Das kann nicht euer Kackernst sein", flucht Ben und schlägt genervt die Beifahrertür zu.

Der nervöse Junge, der mit zitternder Stimme einen Krankenwagen gerufen hat, ist verschwunden. Ein selbstsicherer Supermann ist an seine Stelle getreten, klopft sich die

Hose ab und streckt seinen rechten Arm aus. Ganz so, als hätte er ein unsichtbares Schwert in der Hand.

Ein widerliches Knirschen ertönt aus dem entstandenen Loch und drei in Glut getränkte Monster springen heraus, die direkt aus der „Göttlichen Komödie" entsprungen sein könnten.

Stachelige, blutüberlaufene Hörner wachsen ihnen aus den humanoiden Schädeln. Ihre Zähne spitz wie Nadeln und die Augen schwarzunterlaufen. Der Kopf und Körper okkultrot mit behuften Beinen und Armen, auf die steroidhungrige Bodybuilder neidisch wären.

„Habt ihr schon mal dran gedacht", Ben wischt sich unbekümmert sein Blut ab, „anzuklopfen, wenn es gerade ungünstig ist?"

ZOOM

Mit einem Blitzschlag erscheint in seiner Hand ein kolossales Schwert, das von einer normalen Person niemals getragen werden könnte. Das schiere Aussehen erweckt den Eindruck, dass es nicht nur schwerer als ein Mammut ist, sondern auch genauso alt.

Der glänzende schwarze Griff wird in der Mitte von einem dämonischen Schädel überzogen, dessen Augen rot leuchten. Die Hörner stehen seitlich ab und umschmeicheln die Basis der Klinge.

„Na kommt!", Ben streckt seine linke Hand aus und winkt die drei Dämonen zu sich herüber. „Worauf wartet ihr?"

Verdutzt schauen sie sich an und sprinten in Richtung des jungen Mannes, der kurz vorher einen schockschweren Unfall hatte, nun aber aussieht, als wäre er frisch ausgeschlafen und putzmunter.

Der erste Feind springt zu ihm, holt mit seiner Krallenklaue aus und verfehlt Ben um Haaresbreite – dieser ist einen Schritt zurückgewichen und zuckt mit den Schultern.

„Da müsst ihr aber ein bisschen mehr auf Zack sein“, witzelt er und setzt erneut sein überhebliches Grinsen auf.

Die dämonischen Feinde holen immer wieder nach ihm aus, was er weiterhin mit mauen Ausweichschritten quittiert und zu keiner Zeit überhaupt daran denkt, ins Schwitzen zu geraten.

„Habt ihr's? Okay! Dante und ich sind dran!“ Seine Füße sattelt er fest auf den Boden, seine Hände umschließen das riesige Schwert, das er Dante getauft hat, und mit einem beherzten Sprung schnellt er in Richtung der Monster, deren feindlich gesinnten Blicke sich blitzschnell mit Angst füllen.

Sekundenlang leuchtet der Himmel auf und blendet alle Anwesenden. Als die Sicht wieder frei ist, offenbart sich ein kurzes, gnadenloses Schauspiel. Ein siegreicher Ben hat sich das tonnenschwere Schwert über die Schulter geworfen und schaut zufrieden zum Horizont. Vor ihm liegen sechs Körperhälften von drei ehemals glutroten Dämonen, die pechschwarz geworden sind und sich langsam in Asche auflösen.

In der Entfernung sind Sirenen zu hören. Ben wirft seine Klinge laut knallend auf den Boden und stürmt zurück zum Auto, um nach Kira zu schauen.

Schmerzverkrümmt schaut sie ihn fassungslos an.

„Ben?“, flüstert sie kraftlos. „Was war das?“

Nicht nur durch Schock und Benommenheit kann sie die Szene nicht begreifen – auch sonst wäre diese befremdlich. Mit Sicherheit träumt sie nur, weil sie ohnmächtig im Krankenhaus liegt und ihr Unterbewusstsein den Unfall verarbeitet.

„Kira!“ Er stützt sie ab und setzt sich mit ihr neben das Wrack. „Ich dachte nicht … Bisher war es nicht so … Ich …“, stottert er, ohne zu wissen, wie er ihr die Szene erklären soll. „Ich bin ein Dämonenjäger!“

Das war leicht.

„Du bist was?“, fragt sie, überzeugt, in einem Albtraum gefangen zu sein.

„In jedem neuen Zeitalter … Also nicht unsere Zeitalter … Shit, wie soll ich das erklären?“

„Was ist ein Dämonenjäger?“

„Es gibt nicht viele von uns.“ Er kratzt sich am Kinn und entscheidet, das Wichtigste zu erzählen. „Wir entstammen einer alten Linie an Jägerinnen und Jägern. Gegründet von einer Geheimorganisation, die einen Pakt mit Wesen von einem anderen Planeten eingegangen ist, um die Menschheit zu schützen. Damit niemand weiß, was wirklich zwischen Himmel und Hölle passiert.“

„Verarschst du mich?“, fragt sie und lässt dabei komplett außer Acht, dass sich vor ihr drei Dämonen in Luft aufgelöst haben und sich ein klaffendes, glutrotes Loch im Boden befindet.

„Meine Vorfahren sind einen Blutvertrag mit diesen Wesen eingegangen. Jeder von uns bekommt eines Tages einen. Sobald das passiert, schenken sie uns ihre Macht und wir verpflichten uns, sie bis an unser Lebensende zum Wohle der Menschheit einzusetzen.“

„Wo …“, sie horcht auf, „sind die Sirenen hin?“

„Sie müssten längst –“ Ben schluckt.

Keine Sirenen. Kein Wind. Nichts. Sie sind in der Schattenwelt. Eine Dimension, die zwischen den Welten existiert und von übermächtigen Wesen genutzt wird, um andere zu schützen – oder einzusperren.

„Wir haben noch mehr Besuch. Warte hier“, sagt er und stellt sich in Windeseile auf. Vorsichtig bewegt er sich zu seinem Schwert und achtet genauestens auf seine Umgebung.

„Ich habe mich schon gefragt“, ertönt eine Stimme aus dem Nichts, „wann du mich wahrnimmst.“

„Mist!“, entgleitet es Ben, dessen gesunde Röte Leichenblässe gewichen ist. Besorgt schaut er zu Kira, die nun ebenfalls in dieser Zwischenwelt gefangen ist. Panisch wischt er sich das Blut abermals von der Stirn, damit seine Sicht nicht verdeckt wird.

„Lass sie gehen. Sie hat nichts damit zu tun“, ruft Ben und dreht sich langsam um die eigene Achse, um jeden Winkel abzudecken.

„Nichts damit zu tun?“, hallt die Stimme über die gesamte Ebene und ein inbrünstiges Lachen ist zu hören. „Aber gerade das macht doch den Spaß aus!“

„Ich weiß, warum du hier bist“, ruft Ben, nur um den Namen vor Angst beinahe zu verschlucken, „Astaroth.“

„Feiner Bursche. Du enttäuschst mich nicht. Ich bin hier“, Astaroth holt tief Luft und aus den tiefsten Winkeln der Hölle erklingt die bitterböseste Stimme, die Ben jemals gehört hat, „um deine Seele einzusammeln.“

PAFF

Für einen Sekundenbruchteil erscheint eine Gestalt vor Ben, die locker doppelt so groß und mindestens viermal so breit wie er ist.

„KIRA, LAUF!“, schreit Ben und holt aus.

Kira, die vor Angst und Schmerzen gelähmt ist, versucht etwas zu erkennen, doch ihre Sicht, die durch eine blutige Tränenmischung verschwommen ist, lässt es nicht zu. Sie nimmt lediglich eine Gestalt wahr, die sich um Ben herumteleportiert.

PAFF PAFF PAFF

Immer wieder löst sie sich in Luft auf und erscheint an einer anderen Stelle. Als würde sie mit ihrem Verlobten spielen.

Bens graziöse Bewegungen, die festen, treffsicheren Hiebe und die Selbstsicherheit sind verschwunden. Es sieht aus, als würde er unbeholfen mit seinem Schwert in der Luft herumwedeln, um eine Fliege zu treffen.

„Ach, Benjamin …", seufzt Astaroth und urplötzlich greift er nach dem Kopf des Jägers.

Kira sieht sich das Schauspiel verzweifelt an. Durch ihre Verletzungen, die fatal sind, kann sie sich kaum bewegen. Was könnte sie gegen so eine Gestalt ausrichten?

FUMP

Benommen lässt Ben sein Schwert fallen, das mit einem Urknall auf dem Asphalt aufkommt und einen Graben hinterlässt.

„Großherzog der Hölle", krächzt der Jäger, „dass ich nicht lache. Du hast gewartet, bis ich einen Unfall hatte und von deinen Lakaien angegriffen wurde. Das war kein fairer Kampf."

„Ein fairer Kampf?", spottet Astaroth. „Mein Junge … Ich bin der König der Dämonen!"

Sein Griff wird fester und Ben schreit schmerzerfüllt auf. Blut strömt aus seinen Ohren und seine Augen sind rotunterlaufen.

Astaroth presst das blutüberlaufene Gesicht des Jägers an sein eigenes: „Ich kämpfe nicht fair."

Das Knacken wie von einer Kokosnuss, als würde jemand mit einem Hammer daraufschlagen, ist zu hören und Ben fällt zu Boden. Die knochigen Krallenfinger des Dämons haben sich in seinen Kopf gebohrt. Seine toten Augen schauen in Richtung seiner kriechenden Verlobten.

„Das war jetzt wirklich der berühmte und gefürchtete Dämonenjäger –"

„BEN!", unterbricht eine schreiende Kira. Sie versucht aufzustehen, doch ihre Beine verraten sie und mit gebrochenem Herzen und einem lauten qualvollen Geräusch fällt sie auf den Asphalt.

„Uhhh, das sah schmerzhaft aus", lacht der Dämon und schlendert auf die sich am Boden krümmende Frau zu.

„Bist du seine Gehilfin?", fragt er und grübelt. „Nein, du warst seine Gespielin. Seine Hure. Und das hast du alles mit angesehen? Köstlich!"

Genüsslich beugt er sich zu Kira hinab. Ihre Augen betrügen sie und sie kann nichts außer einem schwarzen unförmigen Blob ausmachen.

„Ich würde mir ja die Mühe machen", witzelt der Großherzog, „doch deine Verletzungen verraten mir, dass du nicht mehr lange auf dieser Welt bist."

Astaroth stellt sich auf und streckt sich. Ein Knochenknacken ist hörbar und er räkelt sich zufrieden.

Bevor er verschwindet, guckt er erneut auf Bens Leiche.

„Du willst doch bestimmt …", er schlendert zu ihr rüber und schaut dabei Kira an, „neben deinem Herrn verrecken!"

Mit Abscheu reißt er am Kopf des verstorbenen Jägers und trennt ihn mit einem lauten Schmatzer vom Körper. Beherzt wirft er ihn neben die sterbende Frau.

PAFF

„Ben", schluchzt sie und merkt, wie die Sense des Todes mit Vorfreude an ihrer Kehle spielt.

Sie schließt die Augen und hofft, dass sie zumindest jetzt, am viel zu frühen Ende angekommen, die Gnade einer schnellen, schmerzlosen Erlösung erfährt.

III

DER VERTRAG

CONTRACTUS

„Ach komm, das ist doch nicht ernst gemeint?“, fragt eine Gestalt, die definitiv kein Dämon, aber auch kein Mensch ist. Sie trägt einen langen, schwarzen Mantel, der mit diversen Verzierungen daherkommt. Knöpfe, die mit Totenschädeln, Zaubererhüten und Herzen bestückt sind. Ellenlange Ketten, die aus übertrieben vielen Taschen herausragen, ohne preiszugeben, woran sie befestigt sind. Auf dem Kopf trägt sie einen der abgebildeten Zaubererhüte, zusammen mit einer großen, weißen Brille, die man im alten Rom als Theatermaske trug. Die Hände verdeckt mit glitzerweißen Handschuhen und die Stiefel bis zu den Knien hochgezogen, die einen gesunden BDSM-Touch besitzen. Fast so groß wie Astaroth, aber nicht ansatzweise so feindlich gesinnt oder breit gebaut.

„Wenn Inari davon erfährt, reißt sie mir die Rübe ab“, seufzt das Wesen und schaut sich andächtig um. „Wie sind die überhaupt in die Schattenwelt gekommen?“

FUMP

Es lässt den leblosen Körper des Jägers, den es eingängig inspiziert hat, unsanft auf den Asphalt fallen und verschränkt die Arme. „Wo ist der Kopf hin?“

Neugierig scannt es den Boden und entdeckt eine Blutspur, die hinter das zerstörte Auto führt. Jemand, oder etwas, hat sich hier langgerobbt, um hinter dem Wrack Schutz zu suchen – oder ungestört zu sterben.

Mit flotten Schritten folgt die Gestalt der Spur und schaut sich aufgeregt um.

„Halloho …", ruft sie und wedelt marionettenhaft mit den Armen. „Lebt hier doch noch wer?" Keine Antwort.

Mit beherztem Sprung und ohne Rücksicht auf Verluste springt sie auf das Auto und entdeckt eine junge Frau, die den Kopf des Jägers an sich geschmiegt hat.

„Das ist ja gar nicht widerlich!", ruft das Wesen und landet neben Kira.

„Lebst du noch?" Unsanft tritt es Kira in die Seite und hofft auf Resonanz. „Ach, komm, dir fehlt doch gar nichts."

Plötzlich hustet die junge Frau los. Ein Blutschwall fließt aus ihrem Mund und ihre zittrigen Augen bleiben auf der Figur haften.

„Du lebst ja noch!", ruft sie erfreut.

Zu schwach zum Antworten und sicher, gestorben und in der Hölle zu sein, schließt Kira wieder ihre Augen.

„EY! Jetzt nicht sterben", meckert das Wesen und tritt ihr erneut in die Seite. „Und wieso hast du überhaupt den Kopf vom Jäger in der Hand? Das ist ja maximal widerlich!"

Erneut öffnet die junge Frau ihre Augen und hofft, schnell in Ohnmacht zu fallen.

Die Gestalt beugt sich zu ihr herunter, das Clownhafte für einen Augenblick abgestellt.

„Nenn mich Joker", sagt sie und legt ihre Hand bekümmernd auf Kiras Kopf. „Ich bin … Das erkläre ich später – sofern du hier lebend rauskommst. Ich bin hier, um dem Dämonenjäger einen Blutvertrag anzubieten. Aber ich glaube, gerade hat er keine Lust, irgendwas zu unterschreiben."

Sie nickt mit letzter Kraft, um Joker zu signalisieren, dass sie versteht.

„Er besaß besondere Fähigkeiten. Fähigkeiten, die nur den wenigsten Menschen in einem Zeitalter zugestanden werden. Alle seine Vorfahren, vor Jahrtausenden, waren Jägerinnen und Jäger. Wir brauchen sie, um die Dämonen abzuhalten, die sich ansonsten auf der Erde und vielen anderen Planeten ausbreiten würden. Das alles erzähle ich dir, weil du noch im Sterben liegst …“

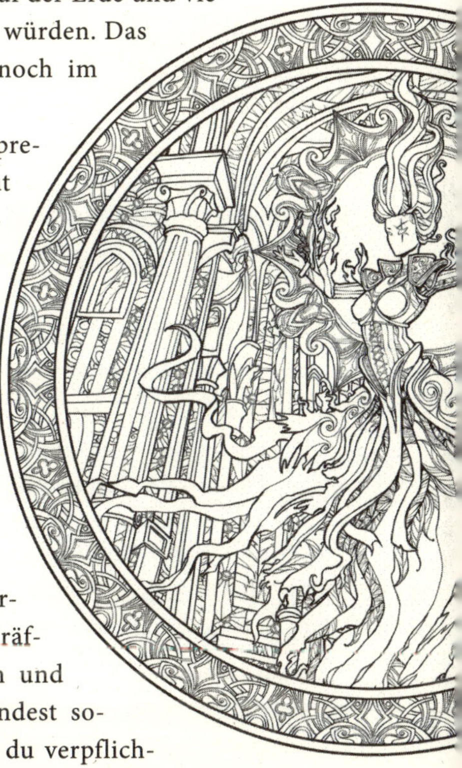

„Ich …“ Kira versucht zu sprechen, doch die Mischung aus Blut und wegbleibender Luft verwehrt ihr die letzten Worte.

„Ich bin doch noch gar nicht fertig“, quakt Joker und legt einen Zeigefinger auf ihre Lippen. „Ich kann dir keinen Blutvertrag anbieten. Aber ich kann auch nicht mit leeren Händen zurückkehren. Ich kann dir einen Seelenvertrag offerieren. Wenn du ihn unterzeichnest, erhältst du meine Kräfte. Unsere Seelen verschmelzen und du entrinnst dem Tod – zumindest solange wir verbunden sind. Und du verpflichtest dich, an Bens Stelle diese Welt zu beschützen. Und du musst bitte aufhören, seine zerquetschte Melone festzuhalten.“

Hat sie eine Wahl? Wäre der Tod nicht die schönere Alternative?

„Es liegt ganz an dir“, Joker grinst, „Kira.“

Doch sein Lachen enthält keine Häme. Irgendwas an seinem herzlichen Gesicht erweckt ein familiäres Gefühl in ihr. Als hätte sie ihn, oder jemanden, der ihm ähnelt, schon einmal gesehen.

Lange hat sie nicht zu überlegen. In der Entfernung kann sie das Geräusch klirrender Ketten wahrnehmen. Das Schleifen einer Klinge über dem steinernen Boden und ein langsames, röchelndes Atmen.

„Ich höre es auch", flüstert Joker. „Sie kommt, um dich zu holen. Und mit ihr würde selbst ich mich nicht anlegen."

Zittrige Augen schauen ihn an und Kira nickt.

„Wunderbar!", freut sich Joker und in seiner Hand erscheint ein altertümliches Pergament. „Für gewöhnlich läuft dieser Part etwas anders ab. Ich piks dir in den Finger, du nutzt dein Blut zum Unterschreiben. Aber da hier so viel von deiner roten Lebenssoße rumliegt, tunken wir einfach deine Hand rein und du klatscht die Flosse kurz hier drauf."

Kira versucht zu entziffern, was auf dem Dokument draufsteht, doch die Sprache kommt ihr fremd vor.

„Ach du", scherzt er, „selbst wenn du es lesen könntest, wären das nur langweilige Details. Einmal hier draufpatschen und die Sache ist gegessen."

Zitternd, kraftlos und kurz vor ihrem letzten Atemzug legt sie ihre Hand auf dem Schriftstück ab.

WUSCH

Alles wird schwarz.

Sie merkt, wie das Leben wieder in ihr aufkeimt. Wie eine Blume, die jahrelang eingesperrt war, aber die Hoffnung nie aufgab, eines Tages wieder die Sonne und den Regen zu genießen.

Blitze durchzucken ihren ganzen Körper, der Schmerz ist vergessen, ihr Blut trocknet, verschwindet und sie richtet sich auf.

Eine Kraft breitet sich in ihrer Brust aus, die sie so noch nie gespürt hat, und Joker ist nicht mehr zu sehen.

Doch sie nimmt seine Stimme wahr: „Unsere Seelen sind nun eins im Meer der Versprechen. Mit der Unterzeichnung des Vertrags und dem Bündnis unseres Schicksals ziehen wir zusammen voran. Rufe meinen Namen und entfessle meine Macht, um die Kraft zu wecken, die seit Ewigkeiten in dir schlummert. Bringe die Sieben zusammen und verschließe die Tore für immer, um nicht mehr an die Hölle gebunden zu sein. Ich bin der Wanderer zwischen den Welten. Ich bin … Joker!“

Einige Stunden später wacht Kira benommen und geplagt von Amnesie auf. Verwirrt guckt sie sich um. Sie liegt neben einem zerstörten Auto und vor ihr ihr Rucksack, in dem eine Kugel steckt. Oder ein kugelförmiges Objekt. Eingewickelt in schwarzem Leder.

Sie legt es erst mal zur Seite und steht auf, dann mustert sie das Auto und bemerkt, dass es ihres ist. Doch wie kommt es hierhin? Und wer hat den Unfall gebaut?

Wie unwahrscheinlich es ist, dass sie unverletzt ist, bemerkt sie erst einmal nicht.

Langsam schreitet sie zum Loch in der Straßenmitte. Schutt und Asche befinden sich darin, frisch zugeschüttet.

„Ben?“, ruft sie und schaut panisch umher.

Wieder mehr bei Sinnen zückt sie ihr Handy und wählt seine Nummer.

TUUT

„Diese Nummer ist zurzeit nicht vergeben“, erwidert eine robotische Stimme.

Sie presst das Handy fester ans Ohr und erschrickt. Schockiert schaut sie auf den Boden. Ein riesengroßes Schwert, locker doppelt so hoch wie sie, liegt vor ihr in einem Graben.

„Was zum Teu –“

KREISCH

Ein Blitz schlägt in ihrem Gehörgang ein und sie springt instinktiv einen großen Satz zurück. Woher kam dieser ohrenfellzerfetzende Schrei?

KREISCH

Sie schaut auf und sieht eine halbnackte Frau – einen halbnackten Vogel? – auf sich zurasen.

„WAS ZUR HÖLLE IST –“

Doch ihre Worte werden von der angreifenden Furie im Keim erstickt. Diese greift mit ihren riesigen adlerähnlichen Klauenfüßen nach ihr, verfehlt sie im letzten Moment und saust hoch in Richtung Himmel.

Adrenalin schießt Kira in den Kopf. Das Herz tritt zum Wettlauf an. Schweiß rinnt ihr die Stirn hinab.

Das Monster, dessen obere Hälfte aus einer barbusigen Frau besteht, setzt erneut zum Sturzflug an.

Kira läuft los, stolpert jedoch über die eigenen Füße und fällt hin. Glücklicherweise verfehlt die Furie sie dadurch abermals. Doch noch einmal wird sie nicht so viel Glück haben. Sie liegt reglos am Boden und das Wesen, das statt Armen riesige Flügel mit rasiermesserscharfen Federn hat, macht sich bereit, seine Beute auszuschalten.

KREISCH

Es brettert los und Kira, die abermals hofft, in einem Albtraum gefangen zu sein, will nur aufwachen.

„Da fängt unsere Zusammenarbeit ja gut an“, erklingt eine bekannte Stimme in ihrem Kopf. „Ich weiß ja, es ist manchmal etwas chaotisch. Aber ich möchte jetzt eigentlich nicht draufgehen.“

„… Joker?“, flüstert Kira und eine erbarmungslose Erinnerungswelle an den Unfall, ihren toten Verlobten und Astaroth bricht über sie herein. Der Schmerz, die Angst und der Verlust lähmen ihren Geist und Körper. Sie schafft es nicht, gegen diese Welle anzukämpfen. Doch das möchte sie auch nicht. In diesem Augenblick nimmt sie nur ihr Herzeleid wahr und wünscht sich nichts sehnlicher als die tödliche Erlösung.

„Wie gesagt, ich möchte jetzt eigentlich nicht draufgehen. Und du auch nicht. Versprochen!", sagt die Stimme und lacht. „Immerhin weißt du noch meinen Namen. Aber ein bisschen lauter musst du ihn schon aussprechen!"

Kurz bevor das Flugwesen – es ist höchstens eine Armlänge entfernt – Kira reißen kann, findet sie ein kleines Fünkchen Lebenswillen ganz tief in sich drin und brüllt mit voller Kraft: „JOKER!"

Die Furie erschrickt und weicht einige Meter zurück. Ein wuchtiger Knall ist zu hören und die Erde bebt, als hätte jemand einen Elefanten aus einem Flugzeug geworfen. Eine unscheinbare Sekunde lang färben sich der Himmel und Kiras Augen pechschwarz. Ihre braunen Haare schießen in die Luft, als würde sie auf einem Ventilator in einem Lufttunnel stehen, doch es ist die Energie, die in ihr freigesetzt wird.

„Na, geht doch!"

Kira, die soeben noch am Boden lag und erneut dem Tode nahe war, steht kerzengerade und fühlt sich, als ob sie problemlos einen Panzer hochheben könnte.

Instinktiv streckt sie ihre Hand aus und wie von Zauberhand erscheint Dante – das Schwert des Dämonenjägers. Sie wundert sich einen Moment, zuckt aber mit den Schultern. Mit hoher Wahrscheinlichkeit hat sie das Stück Metzel-Metall von ihrem Verlobten vererbt bekommen – oder es war Teil des Deals mit Joker.

Die Furie zielt, stürzt herab und … wird nie wieder fliegen. Ein Geräusch, das wie das Platzen eines Wasserballons klingt, verfestigt den Eindruck.

„Mit gestutzten Flügeln gefällst du mir gleich viiiiel besser“, spottet Kira und setzt zum fatalen Schlag an.

Das Wesen gibt ein letztes Kreischen von sich und fällt leblos zu Boden.

Die Erde bebt erneut und der Himmel öffnet sich. Ein gleißender Lichtstrahl saust auf Kira hinab und blendet sie, dass sie nichts mehr sieht. Sie schließt die Augen für einen kurzen Augenblick, nur um im nächsten von Dunkelheit umschlossen zu sein.

„Willkommen im zeitlosen Raum“, begrüßt sie eine Gestalt.

„WAS ZUR VERDAMMTEN HÖLLE!“, brüllt Kira und lässt vor Schreck das Schwert fallen, das den schnörkeligen Boden aufbricht, und das Wesen, das ihr gegenübersteht, seufzt laut.

IV

ZWISCHEN ZEIT UND RAUM

INTER TEMPOREM ET SPATIUM

Erschlagen von der Situation, starrt Kira die Gestalt vor ihr mit offenem Mund an. Leider erkennt sie kaum etwas. Der Raum ist abgedunkelt, in der Mitte schimmert eine kleine Lichtkugel und gibt zumindest ein wenig preis, wer sich mit ihr hier befindet.

„Wer bist du?", fragt das Wesen und mustert Kira aufmerksam.

„WAS?" Mit aufgerissenen Augen schreit sie die Gestalt an und sorgt dafür, dass diese vor Schreck beinahe das Gleichgewicht verliert.

„Schrei doch nicht so!", ermahnt die Kreatur und tritt näher an die wiederbelebte Frau. „Dich habe ich nicht erwartet. Wo ist der Dämonenjäger? Und wo ist Joker?"

„Tot …"

„Joker ist tot?" Erschrocken weicht sie erneut zurück und wandert hektisch auf und ab.

„Nein", antwortet Kira und merkt, wie sich ihre Brust zusammenzieht, „Ben, der Jäger, ist tot. Joker ist …", sie zögert einen Augenblick, „… in mir?"

Ein stoischer Blick bleibt auf Kira haften. Das Wesen schleicht förmlich in ihre Richtung, sodass sie erkennt, wie es wahrhaftig aussieht.

Wie Joker hat es etwas Humanoides an sich. Es ist größer als er, besitzt eine weiblich betonte Figur und vermittelt durch sein Äußeres den Eindruck, Domina zu sein. Die Farbe ihrer engen Lederbekleidung, die mehrere Reißverschlüsse zieren, die gerade weit genug hochgezogen sind, um die wichtigsten körperlichen Merkmale zu verbergen, erinnert an rote Pornositze in schnellen Schlitten für Männer mit Erektionsstörungen.

Ihr Gesicht ist mit einer Tiermaske verdeckt – ein Fuchs? Kira ist unsicher.

„Nenn mich Inari", flüstert sie und streckt ihre Hand aus. „So macht ihr Menschen das doch, oder? Euch die Hände geben zur Begrüßung?"

Kira gibt ihr zurückhaltend die Hand und mustert ausgiebig den roten Lederhandschuh. Der Griff des Wesens ist fest und bestimmend. Und auch es selbst kommt der frischgebackenen Schwertbesitzerin familiär vor.

„Kennen wir uns? Sie kommen mir so bekannt vor", sagt Kira und lässt die Hand ihres Gegenübers langsam los.

„Nein. Diese Gestalt habe ich gewählt, weil sie ein gutes Gefühl in dir auslöst. Mein wahres Aussehen könnte der menschliche Verstand niemals begreifen." Inari dreht sich um und geht zur Leuchtkugel.

„Was sind Sie dann?" Kira überlegt kurz. „Oder ihr … Sie und Joker."

„Wir gehören einer uralten Spezies an, von der kaum noch welche da sind. Vor Millionen von Jahren haben wir in Harmonie mit den Wesen des Kosmos gelebt. Niemand dachte auch nur daran, dem anderen Schaden zuzufügen.

Warum auch? Es war genug für alle da. Jeder hat sich mit jedem vermehrt, ohne den anderen zu verurteilen."

Kira verzieht angeekelt ihr Gesicht.

„Doch dann kamen die Dämonen", fährt Inari fort und senkt andächtig den Kopf.

„Dunkle Kreaturen, deren einstige Mission darin bestand, das Leben aller anderen Geschöpfe auszulöschen. Widerwärtige und garstige Biester."

„Aus der Hölle?", unterbricht Kira.

„Mein Kind", lächelt Inari und dreht sich um, „die Hölle ist ein Konstrukt der Menschen. Geschaffen, um Angst und Schrecken zu verbreiten. Damit sie Geld mit Sorgen machen und die Leichtgläubigen mit Märchen zu schrecklichen Taten zwingen konnten." Inari reibt an der Leuchtkugel, die ein grauenvolles Bild ausspuckt. „Dämonen kommen, wie auch wir, aus ihrer eigenen Welt. Aber nenne sie gerne Hölle, wenn du möchtest. Das wird für alle leichter verständlich sein. Sie sind eine Kriegerrasse und wollen den Kosmos unterjochen. Hier", sie zeigt auf die Kugel, „schau dir an, was sie mit meinem Planeten getan haben."

Kira tritt andächtig näher und trotz ihres anfänglichen Misstrauens, möchte sie Inaris Geschichte hören.

Vor ihr eröffnet sich ein schreckliches Schauspiel, das aus Tod, Verderben und Gräueltaten besteht. Dämonen schlachten auf bestialische Weise andere Kreaturen nieder und laben sich an ihrer Qual. Kira presst ihre Augenlider zusammen, um besser erkennen zu können, wie die getöteten Wesen aussehen, kann aber wenig ausmachen.

Inari beobachtet sie: „Wie gesagt, unser wahres Antlitz wird dem menschlichen Gespür auf ewig verborgen bleiben. Wir mussten etwas gegen diese Dämonen unternehmen und haben daher Botschafter ausgesandt, die ihre Macht mit den

Auserwählten des Kosmos teilten. Sie sind Bünde eingegangen und verteidigten ihre jeweiligen Planeten. Aber du bist keine Auserwählte."

„Wieso bin ich dann hier?" Kira tritt zurück und schaut Inari in die Augen – zumindest dahin, wo ihre Augen hoffentlich sind.

„Eine ausgezeichnete Frage", erwidert diese und mit einem Wisch verschwindet das Licht aus dem Raum. „Joker hat – mal wieder – ohne meine Einwilligung gehandelt. Er sollte mit dem Dämonenjäger einen Blutvertrag eingehen. Ihn stärker machen. Wieso ist er ihn mit dir eingegangen?"

„Fragen Sie ihn doch einfach?", erwidert Kira und versucht sich nicht anmerken zu lassen, wie Inaris Frage sie verunsichert.

„Würde ich. Wenn er hier wäre. Er wird auf der Erde verweilt sein."

„Ich dachte, wir wären verbunden?" Kira zieht fragend eine Augenbraue hoch.

„Seid ihr. Aber er kann sich frei bewegen. Ich habe gesehen", Inari nickt zur Leuchtkugel, „wie ihr zusammen gekämpft habt. Du musst lediglich seinen Namen rufen und …" – „JO …" – „NEIN! Nicht jetzt. Er irritiert mich manchmal zu sehr. Das brauche ich im Moment nicht."

Kira lacht. Obwohl sie ihn keinen Tag lang kennt, versteht sie genau, was Inari damit meint.

„Bevor wir miteinander fusioniert sind, da hat er", sie hält inne aus Angst, vom Alien eines anderen Sterns als verrückt angesehen zu werden, „da hat er gesagt, er sei der Wanderer zwischen den Welten?"

„Joker. Ich ... Unsere Rasse." Inari seufzt und schaut einen Moment bedrückt ins Nichts. „Das, was von uns übrig ist. Wir alle besitzen Kräfte, die vielen anderen Wesen im Universum nicht zuteilwurden. Wir können uns an andere Orte teleportieren. Können Bündnisse mit anderen lebendigen Organismen eingehen. Joker liebt das Theatralische."

„Und er sprach davon, dass ich die Sieben zusammenbringen soll?"

„Ich sag ja", Inari lacht, „er liebt das Theatralische. Mit den Sieben verweist er auf die sieben Auserwählten, die deinen Planeten beschützen. In jedem Zeitalter und auf jedem Planeten werden die Sieben zufällig auserwählt und bekommen einen Blutvertrag von uns. Wenn Sie nicht zusammenkommen, ist ein Planet dem Untergang geweiht."

„Ben gehörte zu den Sieben, oder?" Kira schluchzt leise und versucht, die heranstürmenden Tränen zu unterdrücken.

„Ben", sie atmet tief ein, „gehörte zu ihnen, ja. Daher wird es umso schwieriger, den Planeten zu beschützen und seine Seele wieder mit seinem Körper zu vereinen."

„Moment!" Kira schluckt und schüttelt angesichts der neugewonnenen Information hektisch den Kopf. „Seine Seele und seinen Körper wiedervereinen?"

„Wie sonst sollen die Sieben zusammenkommen?", fragt Inari, ohne zu verstehen, was in Kira aufgekeimt ist.

„Dann ist er gar nicht tot?"

„O doch", sie steigt ebenfalls beim Kopfschütteln ein, „mausetot. Du warst doch dabei, als Astaroth seine Murmel wie eine Walnuss geknackt hat."

„Das Bild musste ich nicht noch mal …“ Kira hält inne, hat sie etwa richtig gehört? „Bei euch gibt es auch Walnüsse?“

„Nein. Ich bin einfach nur weit rumgekommen. Wenn man Millionen Jahre lebt, sieht man mit Glück vieles vom Kosmos. Sehr lecker übrigens. Diese Walnüsse.“

„Millionen Jahre?!“

„Wir kommen vom Thema ab.“

„Stimmt. Ben retten und ihn mit den Sieben vereinen!“

Inari tritt nah an Kira heran und legt ihre Hände auf ihren Schultern ab. Wahrscheinlich eine schöne Geste, doch aufgrund ihres Outfits entstehen bei der jungen Dame höchstens verwirrende Gefühle.

„Du musst die Seele deines Verlobten aus den Klauen Astaroths befreien. Er hat ein Seelengefäß, das er nutzt, um seine Energie zu nähren. Die Sieben … pardon … die Sechs werden dir dabei zur Seite stehen. Doch vorher musst du sie finden und erwecken. Joker wird dir dabei behilflich sein. Solange ihr durch den Seelenvertrag vereint seid, bist du eine Dämonenjägerin.“

Voller Tatendrang und mit Glücksgefühlen förmlich überschüttet, will Kira loslaufen, merkt jedoch fix, dass ihr einige wichtige Informationen fehlen. „Wie finde ich die anderen Auserwählten?“

„Sie werden sich dir zu erkennen geben, wenn die Zeit gekommen ist. Ihr alle verspürt unterbewusst eine gewisse Anziehungskraft zueinander.“

„Habe ich genug Zeit?“

„Beim besten Willen nicht.“ Inari hält inne und überlegt kurz. „Zur Not musst du ihnen auf die Sprünge helfen.“

„Verstehe“, ihre Mundwinkel verziehen sich, „glaube ich.“

„Denk außerdem daran, dass du etwas von deinem Verlobten brauchst. Es muss nicht sein ganzer Körper sein. Aber etwas physisches, aus dem ein neuer Körper entstehen kann.“

„Seinen Kopf zum Beispiel?“, erwidert Kira und lächelt trotz der Frage aufgeregt.

„Zum Beispiel.“ Inari nickt und bäumt sich vor der frischauserkorenen Jägerin auf.

„Zeit zurückzukehren. Abrakadabra oder wie auch immer eure Scharlatane sagen.“

BOOM

Mit einem lauten Knall, ordentlich Übelkeit und eventuell einer vollgenässten Hose, da der Körper nicht für so Teleportationsschmarrn entworfen wurde, landet sie neben ihrem Rucksack und dem Autowrack.

Blöderweise ist der Unfallort mittlerweile voller Rettungskräfte.

V

EINE UNERKLÄRLICHE MACHT

VIS INEXPLICABILIS

Junge Frau?“ Vor Kiras geschocktem Gesicht wedelt die Hand eines Sanitäters aufgeregt umher. „Können Sie mich hören?“

Sie nickt benommen und versucht, unauffällig ihren Rucksack mit dem Kopf ihres Verlobten zu erspähen.

„Stehen Sie unter Schock?“ Was für eine saublöde Frage.

„Wie viele Finger halte ich hoch?“, fragt er und hält exakt drei Finger in die Luft. Irritiert schüttelt Kira den Kopf, steht auf und drückt die aufdringliche Hilfskraft zur Seite.

„Haben Sie meinen Rucksack gesehen?“, fragt sie, ohne ihr Gegenüber anzuschauen.

„Die Polizei hat alles sichergestellt“, erwidert der Sanitäter, „Dachte ich es mir doch. Sie stehen unter Schock. Sitzen da seit Minuten und schauen stoisch ins Leere. Haben den Unfall bestimmt mitbekommen und die Insassen die Klippe runterfliegen sehen.“

„Die Insassen?“ Verdutzt schaut sie den Sanitäter an und bemerkt, dass aufgrund ihrer sauberen Kleidung, der fehlenden Wunden und der Möglichkeit geradezustehen ihm nicht bewusst ist, dass sie Teil des Unfalls war.

„Ja", antwortet sie zögerlich und reimt sich eine Story zusammen, da sie nicht den Kopf für so eine Konversation hat. „Die sind da geflogen. Wusch. Über die Klippe. Als wären sie aus einer Zirkuskanone rausgeschossen worden. Und ich hab mich hingesetzt. Stand so richtig hart unter Schock. Aber jetzt muss ich gehen. Kann ich meinen Rucksack haben?"

„Wir wussten nicht, dass es ihr Rucksack ist." Der Helfer schaut Kira misstrauisch an und scheint ihr die Geschichte nicht abzukaufen. „Er wurde sichergestellt. Reden sie am besten mit einem der Polizisten."

Unbeeindruckt vom bohrenden Blick sucht Kira nach einem Polizisten, der ihrer Meinung nach so aussieht, als wäre er nicht so auf zack. Prompt sieht sie einen jungen Herrn abseits vom Rest stehen, der mit seinem Fuß Gras beiseiteschiebt und beschäftigt tut.

„'tschuldigung", sagt Kira und winkt unbeholfen. „Können Sie mir helfen? Ich möchte meinen Rucksack und abzischen."

„Hallo. Sind Sie die junge Dame, die den Unfall mitbekommen hat?"

„Jopp. Aber das habe ich gerade schon dem Kollegen erzählt. Zirkuskanone und alles. Mehr habe ich nicht gesehen. Stehe auch unter Schock. Muss also dringend nach Hause."

„Was ist denn so Wichtiges drin in Ihrem Rucksack?", fragt der Polizist und kratzt sein Ziegenbärtchen.

„Mein Verlobter –" Kira realisiert prompt, dass sie nicht zwingend von dem Kopf erzählen sollte. „Ich habe meinem Verlobten einen Fußball geholt. Von der Weltmeisterschaft. Mit Unterschriften."

„Unterschriften?", hakt er nach und zückt demonstrativ einen Notizblock, auf dem bisher nichts zu stehen scheint außer „Milch und Eier".

„Und ich habe meine Periode!", platzt es aus Kira heraus. „Ich blute stark. Mein ganzes Höschen ist schon voll. Ich brauche dringend einen neuen Tampon."

Peinlich berührt und fassungslos über das gezeichnete Bild steckt der Jungspund den Block ein, nickt hektisch und rennt kopflos zum VW-Bus, der die Tasche enthält – zum Glück nicht aufgemacht und mit intaktem Kopf. Also so intakt ein abgetrennter Kopf sein kann.

„Hier", stottert der Polizist und überreicht ihr aus sicherer Entfernung den Rucksack.

„Bitte. Fürs Blut!"

Mit rollenden Augen nimmt sie ihren Rucksack entgegen und lässt den Typen, der sie wie eine Leprakranke behandelt, kommentarlos zurück.

Einige Stunden später – den Weg vom Unfallort bis nach Hause zum Nachdenken genutzt – kommt sie in der gemeinsamen Wohnung an. Vor dem zierlichen Mehrfamilienhaus hält sie kurz inne in der Hoffnung, doch aus dem Albtraum direkt neben Ben zu erwachen.

„Was machen 'se denn da?"

Kira zuckt erschrocken zusammen und schaut in ein vom Alter gezeichnetes Gesicht voller Falten und Augen, die Geschichten aus unschöneren Tagen erzählen.

„Entschuldigen Sie, Frau Müller." Kira atmet einmal tief ein und zwingt sich ein mühsames Lächeln auf. „Ich war kurz in Gedanken."

„Ja, ja, das sind 'se alle heutzutage", erwidert die alte Dame und schüttelt verächtlich den Kopf. „Wo is'n ihr Verlobter? Sie sind dran mit dem Putzen des Treppenhauses, denken 'se dran!"

„Der …" Kira überlegt. Sie muss sich eine überzeugende Lüge einfallen lassen, warum Ben vorübergehend nicht anwesend ist. Und wieso sie einige Tage nicht da sein wird, um seine Seele von einem Dämon zu befreien! Was ein abstruser Gedanke.

„Also, wenn 'se noch länger warten, holt mich der Sensenmann gleich. Lange hab ich nicht mehr“, raunzt Frau Müller und drückt sich an Kira mit Schmatzgeräuschen vorbei. „Sehen 'se zu, dass das Treppenhaus gewischt wird. Müssen alle unseren Teil beisteuern.“

„Na klar, Frau Müller.“ Kira seufzt leise. Ihre Energie ist aufgebraucht und sie braucht nur noch ihr Bett.

Sie betritt den Hausflur und schließlich ihre Wohnung.

„Was mach ich mit dir?“, fragt sie laut und stellt den abgetrennten Kopf ihres Verlobten auf dem Wohnzimmertisch ab. Ob sie einen Blick wagen sollte?

„Würd ich ja nicht machen“, ertönt eine Stimme aus dem Nichts, die Kira erneut zusammenzucken lässt, „das wird weder gut riechen noch hübsch aussehen. Hab ich direkt nett verpackt, damit man nicht so schnell draufkommt, was das sein könnte.“

„Joker?“ Kira schaut sich fragend um.

„Stets zu Diensten.“ Er räuspert sich. „Also, wenn ich nicht gerade mit was anderem beschäftigt bin.“

„Wo bist du?“ Aufgeregt schaut sie sich im Zimmer um, erblickt das Wesen von einem anderen Stern aber nirgendwo.

„In deinem Kopf!“

„In meinem Kopf?“

„Nur in deinem Kopf!“

„Nur in meinem Kopf?“

„Bist du auf einmal unter die Papageien gegangen?“ Joker lacht.

„Aber wie kann ich dich hören?“, fragt Kira und lässt sich wie ein Sack Reis auf die durchgesessene Couch plumpsen, die mit einem Quietscher quittiert, schon zu lange in Benutzung zu sein.

„Wegen unseres Bündnisses?“, erwidert Joker mit trockener Stimme. „Hast du eben nicht aufgepasst, als Inari dir alles erklärt hat?“

„Doch“, raunzt Kira zurück. „Also fast. Alles ein bisschen viel auf einmal. Aber sag mal. Was bist du eigentlich?“

„Ich bin Joker“, erwidert Joker, wohlwissend, was sie mit ihrer Frage herausfinden möchte.

„Ja, aber du bist ja kein Mensch.“ Sie stapft laut auf, dass es selbst Frau Müller ein Stockwerk unter ihr wahrnimmt und mit dem Besenstiel an die Decke klopft, um nach Ruhe zu bitten.

„Ich bin der Wanderer zwischen den Welten. Der Schrecken, der die Nacht durchflattert!“

„Hast du ein Geschlecht?“

„Mein Geschlecht ist Rache!“

„Komm schon.“ Kira steht auf und spricht mit entschlossenem Blick zornig gegen die Wand. „Ich habe dich schließlich in meinen Körper gelassen. Das durften vor dir bisher nur vier andere … Eigentlich fünf, aber das auf der Abiparty zählte nicht.“

„Inari hat dir doch schon alles erzählt?“, fragt er, dieses Mal tatsächlich etwas verdutzt. „Ich besitze kein klassisches Geschlecht, wie du dir das vorstellst. Du darfst mir also jedes Pronomen geben, das du dir wünschst. Er, sie, es. Oder einfach nur: Joker.“

„Aber wie heißt eure Spezies?“

„Das weiß ich“, Joker holt tief Luft, „nicht mehr. Ich wandere seit Millionen von Jahren mit Inari und ein paar anderen durch den unendlichen Kosmos. Die Erde, deine Welt. Sie ist nur ein kurzer Zwischenstopp. Was sich für dich wie eine Ewigkeit anfühlt, ist für uns nur das Warten an der Tankstelle, bis das Auto wieder vollgetankt ist und wir weiterfahren können.“

„Heißt das etwa, dass ich nichts Besonderes bin?" Kira fällt zurück auf die quietschende Couch.

„Etwas Besonderes?", fragt Joker und lacht sein schallerndes Gelächter.

„Arschloch …"

„Natürlich bist du das", sagt er und wirkt uncharakteristisch ruhig und verständnisvoll.

„Sonst hätte ich dich nicht auserkoren, einen Seelenvertrag mit mir einzugehen. Da waren auch keine vier vor dir. Du bist die Erste."

„Dann habe ich deine seelische Jungfräulichkeit genommen?"

„Wenn du es als das bezeichnen möchtest." Stille erfüllt einen Moment den Raum.

„Glaub mir. Wenn du einmal die Millionen überschritten hast, ist die Ewigkeit doch nicht ganz das, was man sich erhofft hat."

„Bist du unsterblich?"

„Schwer zu erklären", spricht Joker gedankenverloren. „Ein andermal. Wir müssen die Sieben, Verzeihung, Sechs finden. Robespierre haben wir ja schon." Einen kurzen Augenblick, der zum Glück direkt wieder vorüberzieht, überlegt Kira sich doch, den Kopf ihres Verlobten anzuschauen.

„Lieber nicht", sagt Joker.

„Kannst du meine Gedanken lesen?", fragt sie und versucht, sich auf rosa Elefanten zu konzentrieren.

„Nee, aber ich habe dich nicht umsonst ausgewählt. Wir kommen beide schnell auf dumme Gedanken."

Sie seufzt und stellt den Rucksack vom Tisch, um ihn nicht im Blickfeld zu haben.

„Und jetzt?", fragt sie und merkt, wie sie eine unbändige Müdigkeit überkommt.

„Jetzt kannst du dich gerne erst mal ausruhen. Danach entwickeln wir einen Schlachtplan, wie wir die Sechs finden."

VI

1/6

I/VI

R*ING RING*

Kira öffnet ihre müden Augen und ein lauter Gähner folgt. Die Haare zerzaust und das Gesicht verknautscht. Die Blase bis zum Anschlag voll und die enge Jeans von gestern an.

RING RING

Dazu das Handy, das einfach nicht aufhört zu klingeln und irgendwo im Wohnzimmer liegt.

RING RING

„Ja", brummt Kira, „ich komm doch …"

Benommen steht sie auf und stolpert unbeholfen ins Wohnzimmer, ihren Kopf am vergilbten Türrahmen anstoßend und beinahe über die eigenen Füße stolpernd.

RING RING

Das nervige Klingeln hört nicht auf. Mit verwaschener Sicht sucht sie nach ihrem Handy und findet es schließlich auf dem Boden neben Rucksack samt abgetrenntem Kopf liegend.

„Hallo", entgegnet sie verschlafen.

„Mann, Kira! Wieso gehst du denn jetzt erst ran?", ruft die weibliche Stimme am anderen Ende.

„Nicht so laut, bitte …"

„Hast du etwa getrunken?“

Verdutzt schaut sie auf ihr Handy und stellt genervt fest, dass es runtergefallen ist und das Display einen Sprung hat. Den Namen der Anruferin kann sie daher nicht entziffern.

„Wer ist denn da überhaupt?“

„Hä? Hier ist Jen, wer denn sonst!“

Kira streckt sich und hört ihre Rückenwirbel knacken. Einer nach dem anderen, als würde man mit viel Elan die Bläschen von Luftpolsterfolie ploppen lassen.

„Sag doch endlich mal was!“ Der Zorn in Jens Stimme ist nicht zu überhören.

„Sorry, sorry. Bin gerade erst aufgestanden“, sagt Kira und gähnt laut.

„Gerade erst aufgestanden?“ Jen holt tief Luft und brüllt drauflos: „ES IST FUCKING 15 UHR! ICH VERSUCHE DICH SEIT GESTERN ABEND ZU ERREICHEN!“

Irritiert hält Kira das Handy von sich weg und guckt sich benebelt um. 15 Uhr? Dann hat sie aber lange geschlafen.

„Die Polizei war hier. Sie haben dein Auto gefunden. Aber keine Insassen. Ben konnte ich bisher gar nicht erreichen. Wo ist er?“

Ihr Blick wandert bedröppelt zum Rucksack, der unscheinbar auf dem Boden liegt und so ausschaut, als hätte man einen zu großen Basketball in Eierform reingequetscht.

„Ben ist,“ schon wieder lügen, überhaupt nicht ihre Stärke, „kurzfristig unterwegs. Hatte einen Notfall in der Familie.“

„Du weißt, dass ich weiß, wenn du lügst.“ Jens Zorn scheint nicht abzunehmen.

„Habt ihr euch direkt nach der Verlobung getrennt? Hast du deswegen besoffen deine Karre zu Schrott gefahren?“

„Jetzt mach mal halblang“, unterbricht Kira und ist endlich bei Sinnen. „Wir haben uns nicht getrennt und ich habe auch nichts absichtlich zu Schrott gefahren. Das Auto wurde geklaut. Und anscheinend hat der Dieb oder die Diebe die Karre vor den Baum gesetzt. Passiert. Übernimmt die Versicherung.“

„Also weißt du schon, was mit deinem Auto ist?“

Wenn man lügt, sollte es niemals zu detailliert sein. Das fällt immer auf.

„Nee, aber weil du sagtest, zu Schrott gefahren. So oder so mache ich mir keine Sorgen, wenn niemand zu Schaden gekommen ist!“

„Und wieso bist du nicht an dein Handy gegangen?“, fragt ihre beste Freundin, wohlwissend, dass irgendetwas im Argen liegt. Am liebsten würde sie direkt vor Kiras Tür stehen, weiß aber, wie sehr diese es hasst, wenn man unangekündigt rüberkommt.

„War auf lautlos. Außerdem ist es mir runtergefallen und hat einen Hau weg.“

„Schon wieder?“

„Was soll das denn bitte heißen?“

„Na ja,“ Jens Wut nimmt ab, „ist ja nicht das erste Mal. Aber ich bin froh, dass es dir gut geht – und Ben auch. Ich dachte schon, irgendwas ganz Schlimmes ist passiert und eure Leichen sind durch den Unfall die Klippe runtergestürzt.“

„Smartes Mädchen“, erklingt es aus heiterem Himmel aus Kiras Kopf.

„PSSST“, zischt sie, was selbstverständlich für Verwirrung bei ihrer Gesprächspartnerin sorgt.

„Hast du mich gerade angepssst?“ Jens Zorn nimmt wieder zu.

„Nicht dich“, erwidert sie unbedacht.

„Wen denn sonst?“

„Erklär das mal“, grätscht Joker erneut dazwischen und lacht hämisch.

„Ich“, sie setzt zur nächsten Lüge an, „habe Besuch.“

„Bull“, die Gesprächspartnerin saugt ihre Lungen voll mit Luft, um mit brachialer Überzeugung „SHIT!“ anzuhängen. „Ich komm rüber. Mir egal, ob du darauf keinen Bock hast. Aber das letzte Mal hast du mir so viele Lügen aufgetischt, als du neben dem Barkeeper von Le Maison aufgewacht bist, weil du ihm echt abgekauft hast, dass er ein echter Franzose wäre.“

„Nein“, fleht Kira, allerdings hat Jen unlängst aufgelegt. „Wieso hast du nicht die Klappe gehalten?“

„Sie kann mich doch eh nicht hören. Klappe halten ist zudem so gar nicht mein Stil“, erwidert Joker.

Kira lässt sich geschlagen auf die durchgesessene Couch fallen. Ihre Gedanken kreisen um die letzte Nacht. Die Vereinigung mit Joker und die Worte von Inari. Sie muss die Sechs finden. Aber welche Sechs überhaupt? Wie kann man etwas finden, von dem man nicht weiß, wie es aussieht? Etliche Fragen schießen Kira durch den Kopf, eine weniger hilfreich als die andere.

„Die Sechs“, denkt sie laut und schaut sich fragend in ihrer Wohnung um, ob ihr irgendetwas dabei helfen könnte. Dank des verzweifelten Blickes auf die eingegangene Zimmerpflanze verwirft sie den Gedanken direkt wieder.

Sie sollte in der Uni Bescheid geben, dass sie die nächsten Tage nicht vorbeikommt. Außer sie schafft es, das Leben einer Dämonenjägerin und das einer Studentin gleichzeitig zu schaukeln.

Sie rollt mit den Augen und unterdrückt einen Schrei, da sie die Situation vollends überfordert. Sie öffnet ihren Rucksack und schaut auf Bens verpackten Kopf, in Leder eingewickelt, unliebsam reingesteckt.

„Den hast du aber auch einfach nur da reingewuchtet, oder?“, fragt sie Joker.

„Ich wollte die gesprengte Bowlingkugel fix verstecken.

Bevor ich auch nicht mehr an sie rankam."

„Wieso wärst du nicht mehr an sie rangekommen?" Kira bemerkt, dass sie bisher nichts über Joker, die Schattenwelt oder überhaupt irgendetwas, das mit Dämonenjägerei zu tun hat, weiß.

„Ich kann mich in der Schattenwelt frei bewegen. In deiner Welt nicht so. Siehst du ja. Hat mit –"

„Scheiße", sie springt auf und krallt sich die Tasche. „Jen ist immer so neugierig. Sie darf den Kopf unter keinen Umständen sehen."

„Kennst du den Film ‚Immer Ärger mit Bernie'?", witzelt Joker, wird aber von Kira ignoriert.

„Wo pack ich Bens Kopf hin?", denkt sie laut und schaut hektisch umher.

„Unauffällig", bemerkt Joker, „einfach da, wo der Rucksack auch sonst hängt."

„Im Flur neben den Jacken?" Sie schüttelt genervt den Kopf.

„Aber ist es nicht viel auffälliger, wenn etwas weg ist, das sonst immer da ist?" Zögerlich zustimmend stapft sie in den Flur, drückt die Jacken beiseite und hängt den Rucksack an seinen üblichen Platz. Zwar ist er durch den Inhalt ausgebeult, doch die Jacken hängen halb darüber. Sofern Jen nicht zu genau hinschaut, wird sie es nicht einmal bemerken. Und selbst dann, kann sie behaupten, dass irgendein Sportball drin ist.

„Riechst du das?", fragt Kira und schaut angewidert. „Du hast doch gesagt, dass man den Kopf nicht riecht!"

„Ja, denn auf der korporalen Ebene, auf der ich mich befinde, nehme ich jeden Geruch wahr."

Vorsichtig wandert ihr Gesicht näher an die Tasche, ohne tiefer als nötig zu inhalieren. Zu ihrer Überraschung scheint der Geruch doch nicht daher zu kommen.

„Das kann doch nicht sein“, denkt sie und nimmt noch einmal eine tiefe Nase.

„Irgendwo riecht es hier richtig übel.“

Eine schockierte Realisation breitet sich aus: Unfall + akrobatischer Kampf + Besuch in anderer Dimension – Dusche = Stinktier.

Ihre Nase schleicht langsam in Richtung eigener Achsel, aber einatmen muss sie nicht, denn ein fieser Mief beißt sich in ihren Nüstern fest.

HUARGH

Mit lautem Würgegeräusch rennt sie ins Bad.

Sie schaltet die Dusche an und zieht ihre Klamotten in Windeseile aus. Gerade als sie ihren BH öffnen möchte, hält sie inne und bemerkt sich im Spiegel.

„Moment“, dämmert es ihr, „siehst du mich? Also, schaust du mir zu?“

„Nein?“, erwidert Joker, doch die Antwort überzeugt sie nicht.

„Natürlich. Sonst hättest du auch gar nicht den Flur für den Rucksack vorgeschlagen.“

„Aber was interessiert es mich, wie ein Mensch nackt aussieht? Ich bin kein Mensch! Du schaust dir auch den ganzen Tag Hunde an und denkst hoffentlich nicht, wie geil, dass die nackt sind!“

„Vergleichst du mich mit einem Hund?“

„Nein“, seufzt er und lacht. „Also doch. Aber ich bin asexuell! Meine Spezies pflanzt sich nicht auf dieselbe Weise fort wie Menschen. Sonst gäbe es nicht nur noch so wenige von uns.“

Der Geruch von abgestochener Katze wandert ihr erneut in die Nase, weswegen sie zumindest versucht, Joker zu glauben, und unter die Dusche springt.

Einige Zeit später, und Kira hat sich ausgiebig lange abgeschrubbt, da der Geruch nicht rausgehen wollte, klingelt es an der Tür.

„Das wird Jen sein", denkt sie sich und geht ohne Umwege zur Haustür.

„Du lebst!", ruft ihre beste Freundin und springt ihr in den Arm. Jen ist etwas kleiner als Kira, besitzt aber dasselbe warme Lächeln. Ihr Gesicht ist von Sympathie gezeichnet, ganz so, als hätte sie für niemanden ein schlechtes Wort übrig. Ihre Haare sind lang und blondgefärbt. Ihre Augen blauer als ein Saphirkristall und ihre Kleidung zeugt nicht nur von Geschmack, sondern auch von Geld.

„Wieso sollte ich nicht leben?", erwidert Kira und merkt erst einen Augenblick später, wie berechtigt die Sorge ihrer Freundin doch ist.

„Weil du nicht geantwortet hast und wir deine zu Schrott gefahrene Karre an einem abgelegenen Straßenrand gefunden haben, ohne eine Spur von Ben oder dir?!" Jen schaut sie durchdringend an.

„Gut", erwidert Kira, „das seh ich dann doch ein."

Die Umarmung löst sich und die beiden wandern in die Küche, setzen sich an den kleinen Esstisch und mit einer galanten Handbewegung schaltet Kira die kleine Kaffeemaschine an, die auf dem Tresen hinter ihr steht.

„Und", Jen gestikuliert wild mit ihren Händen, „wenn ich Bens Nummer anrufe, kommt nur ein Hinweis, dass die gar nicht vergeben sei!"

„Ach so. Stimmt.", erwidert Kira ohne eine Erklärung.

„Hä? Wie, stimmt? Warum ist das so?"

„ACH SO! Ja, weil", eines Tages lernt sie das mit dem Lügen noch, „er sein Handy verloren hatte und die Sim-Karte sperren lassen musste. Daher hat er eine andere Nummer."

„Ihr habt aber auch ein Pech. Wie lautet denn die neue Nummer?"

Kira versucht, sich nichts anmerken zu lassen, während sie darüber nachdenkt, wie sie die Frage am besten mit der nächsten Notlüge beantwortet. Blöderweise lenkt sie Jokers hämisches Gelächter ordentlich ab.

„Muss ich gleich schauen. Hab ich irgendwo aufgeschrieben. Aber wie geht's dir?" Dass ein so schlechtes Ablenkungsmanöver aufgehen kann, glaubt sie selbst nicht.

„Recht okay", erwidert Jen und nimmt einen Schluck ihrer frisch aufgebrühten Tasse Kaffee, „aber irgendwas hat versucht mich anzugreifen, als ich nach eurem Auto schauen gegangen bin. Die Polizei kam vorbei, sagte mir, wo sie die Karre gefunden haben und ich wollte es mit meinen eigenen Augen sehen. Irgendeine komische Gestalt, wahrscheinlich ein Drogenjunkie, der komplett high war und hoffte, irgendwas Wertvolles zu finden, machte sich über das Wrack her. Ich wollte ihn verscheuchen. Er drehte sich zu mir um und ich sah dieses … Gesicht. Es war pechschwarz, kaum zu erkennen, die Augen waren glühend rot und aus seinem Mund, wenn man das so nennen kann, quoll irgendwas hervor. Blut vielleicht? Dann gab er einen schrecklichen Laut von sich, den ich gar nicht wiedergeben kann, und ich rannte so schnell mich meine Füße trugen."

„Klingt wie ein Bajang", wirft Joker ein.

„Klingt wie ein Bajang", wiederholt Kira instinktiv.

„Entschuldigung?" Entsetzt springt Jen auf, sodass ihr Stuhl mit quietschender Begeisterung vor den Tresen kracht. „In Millionen Jahren hätte ich niemals gedacht, dass du so intolerant bist!"

Kira kann Jokers lachendes Kopfschütteln regelrecht wahrnehmen.

„Nein“, erwidert sie, wohlwissend, dass jede Richtigstellung dafür sorgt, ihrer besten Freundin eine schreckliche Wahrheit zu verkaufen, „ein Bajang ist ein … Dämon. So. Damit ist es raus und du wirst mich erst mal für verrückt halten.“

„Ein Dämon?“ Jen lacht und setzt sich beruhigt hin. „Und ich dachte, du machst dich hier über irgendwelche anderen Kulturen lustig.“

„Aber ein Dämon ist okay?“

„Na, komm, genug Spaß gehabt“, sie nimmt einen weiteren Schluck von ihrem Kaffee und winkt mit der freien Hand ab. „Wird halt ein Junkie gewesen sein.“

„Win-Win, du hast die Wahrheit gesagt, aber sie glaubt dir nicht und kann somit weiter in ihrer Scheinwelt –“, erklärt Joker, wird aber unterbrochen.

„Wieso glaubst du mir nicht?“, erwidert Kira und schaut erbost.

„Das darf doch nicht wahr sein …“, seufzt ihr Seelenpartner und wendet sich anderen Dingen zu.

„Bist du gerade echt sauer, dass ich nicht auf deinen dummen Spaß reinfalle?“ Jen steht abermals auf und stapft eingeschnappt aus der Küche. Kira folgt ihr schnurstracks, ohne zu merken, dass sie versucht, ihre beste Freundin mit in diese grauenhafte Geschichte reinzuziehen. Aber etwas ist in ihr drin, das unbedingt möchte, dass Jen Bescheid weiß. Wahrscheinlich, weil sie schon seit Kindergartentagen befreundet sind und sie es nicht ausstehen kann, wenn ihre beste Freundin ihr etwas nicht glaubt.

„Ich möchte nur, dass du auf dich aufpasst, okay? Es gibt mehr zwischen Himmel und Hölle, als wir uns vorstellen können.“

„Hast du doch diesen Wachturmschrott angenommen, den dir diese Sektenprediger letztens in die Hand gedrückt haben?“, fragt sie und schüttelt den Kopf.

„Nein“, also doch, aber den hat sie danach weggeworfen, „aber versprich mir, wenn du das nächste Mal in so einer Situation bist, direkt wegzulaufen!“

„Aber das habe ich doch sowieso getan!“, erwidert Jen, der die Situation immer mehr Unbehagen bereitet. „Pass auf, wir fahren zur Unfallstelle. Der war zwar heute Morgen da, aber eventuell pennt er im Wrack, dann weißt du, dass es keine Dämonen gibt.“

„Ganz blöde Idee“, erklingt Jokers Stimme erneut, „die suchen dich, Kira.“

„Was soll schon passieren …“, antwortet sie laut.

„Sag ich ja“, erwidert Jen und nimmt ihre Freundin bei der Hand, um mit ihr zusammen die Wohnung zu verlassen.

VII

HIMMEL UND HÖLLE

CAELUM ET INFERNUM

Etwas später kommen sie in Jens kleinem Käfer am Unfallort an.

Aus der Entfernung sieht Kira schon ihren zerstörten Wagen. Anscheinend hat ihn niemand weggeräumt. Einsatzkräfte erblickt sie keine mehr.

„Wieso steht die Kiste immer noch da?“, fragt sie.

„Keine Ahnung.“ Jen schüttelt den Kopf. „Vielleicht irgendwas mit Beweissicherung?“

Sie fahren bis kurz vors Wrack und steigen aus. Der gestrige Tag breitet sich sofort in Kiras Kopf aus und droht, sie mit unschönen Erinnerungen zu überschwemmen. Erst jetzt merkt sie, was es für eine saublöde Idee war, noch mal an den Ort des Verbrechens, der Nahtoderfahrung und des Mordes an ihrem Verlobten zu kommen.

„Also“, setzt Jen an, „hier war der Junkie. Und wie du siehst, hat er sich im Auto umgeschaut, aber nichts mitgenommen. War wahrscheinlich nichts mehr drin. So ein Geräusch kann man auch nur machen, wenn man sich die Birne mit Drogen zugepumpt hat.“

KIIAAHHH

Kira wird vom Schrei glücklicherweise aus ihrer Panikwelt gerissen und Jen springt einen Satz zurück.

„Da, das Geräusch meinte ich!"

BANG

Wie ein Blitz schlägt vor ihnen der Bajang-Dämon ein. Aus seinem Mund fließt unaufhörlich Blut. Seine Augen sind glutrot und der Rest pechschwarz. Er hat einen zerrissenen Hoodie und kaputte Jeans an. Keine Schuhe, darin hätten seine Füße, die aussehen, als würden sie einem Huhn besser stehen, keinen Platz. Jen reißt ihre Augen auf, krallt sich Kira und läuft mit ihr zurück zum Auto.

„Fuck, fuck, fuck, fuck, fuck", betet sie brüllend runter.

Kira versucht, sich von ihr loszureißen und Joker zu rufen, doch sie bekommt keinen Ton heraus. Ihre beste Freundin ist damit beschäftigt, sie auf den Beifahrersitz ihres Käfers zu schnallen – als wäre sie ihre Tochter, für die sie ihr Leben geben würde.

Mit übermenschlicher Geschwindigkeit setzt sie sich auf den Fahrersitz und hat in Windeseile das Auto angeschaltet und brettert los. Der Dämon, der sich bis dahin kaum bewegt hat, dreht seinen Kopf zur Seite – wie ein Tier, das nicht versteht, welches Schauspiel vor ihm abläuft. Er schnellt los und kann problemlos mit dem Auto mithalten.

„Fuck, fuck, fuck, fuck, fuck", betet Jen erneut runter und versucht, alles aus ihrem Kleinwagen rauszuholen, was nur geht.

„Schneller", ruft Kira, die ihre Sinne wiederhat und überlegt, wie sinnvoll es wäre, in einem Wagen, der nicht mal genug Platz für eine ausgewachsene Person hat, Joker zu rufen und einen tonnenschweren Dämonentöter in der Hand zu halten.

„SCHNELLER GEHT NICHT! ICH –"

Das Brüllen der Fahrerin stoppt abrupt und für einen

bescheidenen Moment ist Stille angesagt, die jedoch einen Augenblick später von einem Knall unterbrochen wird.

Die Windschutzscheibe zerbricht. Jen wird nach vorne katapultiert – sie hat zwar ihre Mitfahrerin, aber nicht sich selbst angeschnallt –, fliegt durch die Scheibe und kommt mit einem fatalen Knackgeräusch auf dem Asphalt auf. In kurzer Zeit bildet sich unter ihrem Kopf eine Blutlache. Sie versucht ein letztes Mal zu ihrer besten Freundin zu schauen. Bevor sie ihre Augen für immer schließt, sieht sie eine ohnmächtige Kira, die anders als sie immerhin den Airbag getroffen hat und im Auto geblieben ist. Eine unbändige Müdigkeit legt sich wie ein erstickender Schleier über sie. Sie kann klirrende Ketten in der Entfernung hören. Angst hat sie keine, wenigstens hat sie ihrer geistigen Schwester Zeit verschafft und wird dadurch hoffentlich weiterleben – mehr wollte sie nicht.

Hinter dem Pkw bäumt sich der Dämon auf. Er hat seine gefiederten Krallen in den Boden gerammt und mit ganzer Kraft das Auto zum abrupten Anhalten gezwungen.

„Jo", erklingt Jokers Stimme, „Zeit aufzuwachen. Deine Freundin benötigt deine Hilfe. Und der Bajang schlachtet sich ebenfalls nicht von selbst."

Ein Grummeln ist von Kira zu vernehmen, mehr nicht. Der Unfall scheint sie anständig ausgeknockt zu haben. Der Bajang schaut sie neugierig an, ohne anzugreifen. Er hat seine Opfer da, wo er sie haben möchte.

„Joker?", ertönt eine weitere Stimme aus dem Nichts. „Wieso hast du nicht Bescheid gesagt, dass ihr eine der Sechs gefunden habt?"

„Moment", erwidert dieser und schaut zu Jen, „SIE ist eine der Sechs?"

„Ich beobachte sie schon lange. Bisher ist sie nicht erwacht, weil es nicht nötig war. Aber wir dürfen sie nicht sterben lassen."

„Dann nur zu, setz mit ihr einen Blutvertrag auf“, sein fröhliches Lachen ertönt, „Wraith!“

Aus heiterem Himmel erscheint eine Figur vor Jen. Noch nicht ganz von dieser Welt gegangen, bemerkt sie die Gestalt – oder zumindest Umrisse. Sie sieht eine junge Frau, die eine Art Zwangsjacke anhat, ihre Hände glücklicherweise aber nicht auf den Rücken gebunden. Sie ist unwesentlicher kleiner als Jen.

Lange schwarze Haare wehen im Wind und in der Hand trägt sie eine Energiekugel, die sie wie einen Basketball von der einen zur anderen Seite wirft. Sie erweckt den Eindruck, eine durchtrainierte Sportlerin zu sein. Ihre Augen sind hellweiß, was den Anschein erweckt, dass sie blind ist, und doch sieht sie mehr als andere. Ihr Gesicht zieren zwei tiefe Narben, die eine schmerzerfüllte Geschichte erzählen. Sie schaut die Sterbende verschmitzt an.

„Mein Name ist Wraith. Und wir müssen noch einen Auftrag erledigen“, sagt sie und geht in die Hocke. „Ich könnte dir lang und breit erklären, wer ich bin und was ich hier mache. Aber die Zeit hast du nicht.“

In Wraiths Hand erscheint dasselbe Pergament wie auch schon in Jokers. Sie hält es Jen hin, die instinktiv versteht – als hätte sie ihr Leben lang auf diesen einen Moment gewartet.

Mit letzter Kraft legt sie ihre blutverschmierte Hand auf das Stück Papier.

Das Leben, welches gerade noch an ihren Augen vorbeigelaufen ist, rennt wieder in die andere Richtung. Sie spürt eine neugewonnene Energie und die Wunde am Kopf beginnt sich zu schließen. Das ausgetretene Blut trocknet und verschwindet wie von Zauberhand. Selbstsicher steht sie auf. Unbändige Kraft durchzieht ihr gesamtes Sein, und Wraith spielt ihr die Energiekugel zu, die sie eben noch in der Hand hatte.

„Unsere Seelen sind nun eins im Meer der Versprechen. Mit der Unterzeichnung des Vertrags und dem Bündnis unseres Schicksals ziehen wir gemeinsam voran. Rufe meinen Namen und entfessle meine Macht, um die Kraft zu wecken, die seit Ewigkeiten in dir schlummert. Hilf der Auserwählten, um das Böse für immer einzuschließen und die Scharlatane niemals an die Macht kommen zu lassen. Ich bin die Dimensionsherrscherin. Ich bin … Wraith!“

VIII

DIE DIMENSIONSHERRSCHERIN

DOMINA DIMENSIONIS

„WRAITH!" Jen brüllt um ihr Überleben und ein einschlagender Blitz, der windige Tunnel – Theatralik muss schließlich sein – und die pechschwarzen Augen glühen mordlüstern.

Der Bajang lässt vom Auto ab und krabbelt knurrend auf die frischerweckte Jägerin zu. Als habe sie schon immer gewusst, wie, hält sie beide Hände demonstrativ auf und zwei basketballgroße Energiekugeln erscheinen. Mit überlegener Lache schleudert sie die Bälle in Richtung des Feindes, der zwar gekonnt ausweicht, seine Gegnerin aber definitiv unterschätzt hat. Er überlegt kurz, entscheidet sich jedoch zügig, wieder in das Loch zu kriechen, aus dem er hervorkam.

Jen wirft ihm eine weitere Blitzkugel hinterher, trifft ihn jedoch nicht.

„Was eine Kraft", denkt sie laut und mustert ihr Outfit.

Die ominöse Zwangsjacke, die gar keine ist, vermittelt den Eindruck, eine braungraue Uniform zu sein. Einst waren Plaketten angebracht, doch sie wurden abgerissen. Vielleicht ist Wraith eine Generalin auf ihrem Planeten gewesen.

Jen begutachtet den Rest der Kleidung und nickt beeindruckt, als sie die dicken Stiefel sieht, die sie anhat und mit denen sie problemlos einen Dämonenschädel zerdrücken könnte.

Nur die Energiekügelchen, die sie spielerisch jongliert, findet sie eindrucksvoller.

„Die explodieren gerne mal“, sagt Wraith und lässt Jen aufschrecken.

„Wo kommst du her?“

„Ich bin in dir drin. Wir sind eins. Hast du nicht meine Ansprache gehört?“

„Doch, doch, aber hätte jetzt nicht gedacht, dass ich dich einfach so hören kann.“

„Kira hat dir bisher wohl nicht –“

„Kacke!“

Jen unterbricht das Gespräch mit Wraith, da sie ihr zerstörtes Auto und die ohnmächtige beste Freundin auf der Beifahrerseite erspäht. Durch ihre Verwandlung war sie völlig in der eigenen Gedankenwelt gefangen. Sie sprintet zum Wrack und reißt die Tür auf.

„KIRA“, brüllt sie und zerrt den eingeklemmten Gurt mit übermenschlicher Kraft aus der Plastikverankerung.

Das laute Geräusch weckt Kira umgehend aus ihrem Ohnmachtsschlummer und lässt sie mit großen Augen Jen bestaunen.

„Bist du –“

„Ja!“

„Hast du –“

„Ja!“

„Mit –“

„Genau!“

„Krass!“

Auf der Astralebene, ein Gefüge, das zwischen Zeit und Raum existiert und auf der sich die Wesen vom anderen Stern aufhalten, solange sie ein vertragliches Bündnis eingegangen sind, schauen sich Joker und Wraith verdutzt an.

„Ich wusste gar nicht“, Joker rümpft die Nase, „dass Menschen auch telepathisch kommunizieren können.“

„Können sie nicht“, erwidert Wraith.

„Stimmt“, lacht Joker, „du bist ja die Menschenexpertin, nachdem du so lange mit deinem Letzten verbracht hast.“

„Lange her.“ Sie seufzt und setzt sich auf einen schwebenden Stein. „Aber lass uns nicht über vergangene Tage sprechen.“

„Schön, dich zu sehen“, sagt Joker.

Wraith nickt. In seltenen Momenten hat Joker eine herzliche Seite.

„Und ein geiles Lederoutfit!“

In sehr seltenen Momenten.

„Solltest du nicht dem Dämonenjäger – wie war sein Name doch gleich – deine Macht leihen?“, fragt Wraith.

„Lange Geschichte, kurz erzählt. Inari hat mich hierher geschickt, damit das Schicksal uns nicht zuvorkommt. Dumm gelaufen, würde ich sagen. Astaroth ist aus der Unterstadt hervorgekrochen, hat Ben get–“

„Ben?“

„So hieß der Kerl. Hättest du dir aus dem Kontext erschließen können.“

„Erzähl weiter.“ Sie stöhnt, hört ihm aber gebannt zu.

„Er hat Bens Murmel von seinem restlichen Körper getrennt, ihn Kira vor die Füße geworfen, die auch kurz davor war, das Zeitliche zu segnen, und ich habe ihr einen Seelenvertrag angeboten.“

Wraith schluckt. Hat sie richtig gehört?

„Aber wenn ihr euch trennt –“

„Könnte sie sterben. Ja, ja. Aber besser als die Alternative. Sonst würde sie heute schon mit Kommissar Rex auf der ewigen Wiese im Himmel spielen."

„Was …?"

„Ich weiß es doch auch nicht. Irgendwas, an das die Menschen glauben."

„Das Jenseits." Dafür, dass Joker einen dummen Witz gemacht hat, ist Wraiths Antwort viel zu ernst.

Er zuckt mit den Schultern und tritt Astralgeröll durch die Gegend.

„Wo kommst du eigentlich her?"

„Ich habe doch gerade gesagt", ihre Stimme wird leiser, „ich will nicht über Vergangenes reden."

Joker schaut die Weggefährtin behutsam an. Er studiert die Narben auf ihrer Haut aufmerksam. Anscheinend sind noch ein paar neue dazugekommen – auch wenn man sie nicht zwingend sehen kann.

„Sei mal nicht so dramatisch", sagt er lachend. „Wie hast du zu Jen gefunden?"

„Du kennst das Spiel doch."

„Inari hat dich geschickt?"

„Nein", sie seufzt abermals. Joker treibt sie manchmal komplett zur Verzweiflung.

„Sie und ich sind auf einer Ebene – dieser Ebene – verbunden. Als der Moment gekommen war –"

„Kurz bevor sie starb!"

„Kurz vor ihrem Ableben habe ich gemerkt, dass sie mich braucht. Also bin ich rein –"

„Ha–"

„Und habe sie gerettet!"

Joker reißt die Augen auf und schneidet Grimassen.

„Nimm doch nicht immer alles so ernst, R–"

„Hey! Das ist nicht mehr mein Name!“, zischt sie und hält Joker umgehend den Mund zu. In ihren Augen ist eine Furcht erkennbar, die man glatt als Todesangst beschreiben könnte. Doch vor was sollte jemand wie sie Angst haben?

Stocksteif erstarrt bemerkt Joker ihren Blick und zuckt mit den Schultern.

„Inari mag Angst haben, aber schau dich um. Millionen von Jahren sind vergangen. Das Schicksal mischt sich nicht mehr ein. Wir besitzen die Kontrolle über all das, was passiert.“

„Dafür glauben ziemlich viele Menschen dran.“ Zögerlich stimmt Joker schulterzuckend zu.

„Vermisst du manchmal die alten Tage?“, fragt Wraith und reibt sich nervös die Hände.

„Ich dachte, wir reden nicht über VeRgAnGeNeS?“ Joker äfft sie mit einer tanzenden Bewegung nach.

Eine kleine Energiekugel schnellt ihm vor die Füße, direkt aus Wraiths Zeigefinger rausgeschossen, und explodiert mit einem leisen Knall. Er springt erschrocken zur Seite und schaut sie angesäuert an.

„Natürlich“, antwortet er und legt einen schnippischen Unterton auf, „vermisse ich die Zeit, in der wir mehr als eine Handvoll waren. Aber ich habe irgendwann aufgehört zu zählen, wie viele wir verloren haben.“

„Immerhin gewinnen wir auch immer wieder etwas dazu.“ Wraiths Blick wandert nach vorne auf eine Art Portal, das die Welt durch die Augen der Vertragspartnerinnen zeigt.

„Warum hast du mir nicht direkt erzählt, was Sache ist?“, fragt Jen und setzt ihre beste Freundin vorsichtig neben sich ab. Sie gesellt sich zu ihr und legt schützend den Arm um sie.

„Habe ich doch versucht.“ Kira legt ihren Kopf auf Jens Schulter ab. „Vielleicht hätte ich es etwas anders anfangen sollen. Zum Beispiel mit Bens Tod.“

„Aber man kann Tote wieder zurückholen?", fragt sie mit aufgerissenen Augen.

„Inari meinte –"

„Wer ist Inari?"

Auf der Astralebene möchte Joker den beiden antworten, doch Wraith hält Joker zurück.

„Die zwei", sie schaut andächtig auf sie, „müssen selbst erst mal mit der Situation klarkommen. Spannen wir etwas aus. Es stehen schwere Zeiten bevor."

„Nur, wenn du sie schwer werden lässt!" Joker lacht und wackelt mit dem Kopf hin und her. „Die beiden kommen mir sehr fähig vor. Sie waren sofort gefasst. Selbst Kira, die dabei zugesehen hat, wie Astaroth den Kopf ihres Verlobten wie ein zähes Kaugummi vom Körper abgerissen hat. Ich habe sie nicht einmal kotzen sehen!"

„Es ist zu viel auf einmal. Erinnere dich, wie es damals war –"

„In vergangenen Tagen?"

„Ja", Wraith rollt mit den Augen, „wie andere Jägerinnen und Jäger reagiert haben, als wir ihnen Verträge anboten. Wie viele gestorben sind, weil sie uns für Überbringer des Todes hielten."

„Dabei sehe ich nicht mal wie ein Höllenhund aus!"

„Benimmst dich aber wie einer."

„Und zwischen dir und mir", Joker schaut pfeifend in die Luft, „ich habe Kira vielleicht erzählt, dass sie meine Erste ist. Macht es leichter."

„Ich glaube", sie seufzt schwer, „erst, wenn sie am Ende ihrer Reise angekommen ist, wird sie begreifen, was alles passiert ist. Und wie wichtig sie für all das hier war."

„Ob wir ihr verraten sollten, wie es ausgeht?" Wraith schüttelt den Kopf.

„Du weißt doch gar nicht, wie es ausgehen wird", sagt sie und lächelt.

Jokers verrückte Lache ist über die ganze Ebene zu hören, gefolgt von einem übereifrigen Zustimmungsnicken.

Wenig später sitzen Kira und Jen im Wohnzimmer und haben sich auf die quietschende Couch niedergelassen. Der Tag war anstrengend und überaus kräftezehrend. Jen hat den beiden Kaffee zubereitet. Kira sieht so aus, als würde sie gleich todmüde umfallen. Sie greift mühselig nach der Tasse, lässt sich aber zurückfallen und schließt die Augen.

„Willst du dich nicht ins Bett legen?“, fragt Jen.

„Nee“, Kira strengt sich an, nicht sofort wegzupennen, „nicht ohne Ben.“

„Soll ich hierbleiben? Wird eh schon dunkel.“

„Mhmm“, Kira nickt leicht und entgleitet ins Meer der Träume.

Auf der Astralebene ist ebenfalls Ruhe eingekehrt. Joker und Wraith sitzen beide still auf schwebendem Geröll herum und blicken in die unendlichen Weiten des galaktischen Horizonts. Keiner der beiden spricht auch nur ein Wort. Sie genießen die Ruhe und gedenken alter Weggefährten, mit denen sie einst diese Ebene zwischen Zeit und Raum geteilt haben.

IX

DER ERSTE TRAUM

SOMNIUM PRIMUM

Kira schaut sich verwundert um. Träumt sie etwa? Sie steht auf einer schwebenden Plattform, die aus kleinen Steinen zusammengehalten wird. Um sie herum ist tiefblaues Firmament, erhellt von Millionen Sternen.

Vorsichtig schaut sie sich um und versucht zu erkennen, wo es weitergeht oder ob sie auf den schwebenden Steinen gefangen ist. Sie atmet tief und setzt einen Fuß vor den anderen, bis sie kurz vorm Rand zum Stehen kommt und nach unten guckt. Bloßes Nichts starrt sie an. Erschrocken springt sie zurück. Allein der Gedanke, wie weit oben sie sein muss, sorgt für Übelkeit.

Wo befindet sie sich? Sie flüstert leise den Namen ihres Partners, doch Joker scheint nicht hier zu sein.

Sie wandert weiter über die Ebene, erblickt aber nichts, was ihr die Frage, wo sie hier ist, beantworten könnte.

Ein Gedankenblitz schlägt in ihrem Kopf ein und sie kneift sich. Mit einem lauten Aua-Ruf bescheinigt sie sich, dass sie nicht träumt. Langsam wird sie panisch und kramt in ihren Taschen, vielleicht hat sie ihr Handy bei sich. Finden kann sie es nicht und selbst wenn, hätte sie hier überhaupt Empfang?

Sie atmet ein paarmal tief ein und wieder aus, um ruhiger zu werden. Zumindest für den jetzigen Augenblick ist sie auf dieser Ebene gefangen. Erneut schaut sie sich um und entdeckt eine kleine Feuerstelle, die erst kürzlich erloschen ist. Sie schleicht näher heran, fast schon auf Zehenspitzen.

„Bist du auch tot?"

Kira erleidet einen halben Herzinfarkt und dreht sich hektisch im Kreis.

„Wer hat das gesagt?"

Keine Antwort. Ihr Puls steigt und sie versucht, nach ihrer Waffe zu greifen, doch das Schwert scheint genauso wenig wie Joker hier zu sein.

„Hallo?", ruft sie mit zitternder Stimme.

„Bist du auch tot?", ertönt die Frage ein weiteres Mal.

„Nein", erwidert sie, gerät aber ins Stocken. „Ich glaube nicht?"

„Ich schon ...", sagt die mysteriöse Person.

„Wo sind wir hier?", fragt Kira. Wo kommt die Stimme her?

„Eine Astralebene."

„Du wirst mich für bescheuert halten, aber kann es sein, dass du ein –", sie stockt, als sie die Silhouette einer Person ausmacht, „Gott oder Dämon bist?"

„Weder noch", erwidert die Figur und wimmert. „Ich glaube, ich war ein Mensch. Aber ich kann mich nicht erinnern."

Kira nähert sich der unbekannten Person langsam. Ein einengendes Gefühl breitet sich in ihrer Brust aus. Sanft klopft sie ihr auf die Schulter.

„Ich bin Kira."

Das Gegenüber steht auf und tritt aus den Schatten hervor. Kira reißt ihre Augen unglaubwürdig auf und ihr Puls schießt in die Höhe.

„Ben?“, stottert sie und schüttelt den Kopf.

„Kennen wir uns?“, antwortet der Unbekannte.

„Das hier ist Astaroths Gefäß!“, platzt es aus ihr heraus.

„Ja“, nickt Ben wild, „ein Gefäß. Astaroth. Das sagt mir was.“

„Ich bin es, Benni“, erwidert sie und tritt näher an ihn heran. „Kira!“

Er dreht seinen Kopf wie ein Hund, der ein bekanntes Wort hört, es aber nicht einordnen kann.

„Kira“, murmelt er. „Ich kannte eine Kira. Ich bin Ben.“

„Was hat Astaroth mit dir gemacht?“, fragt sie und unterdrückt die Tränen.

„Mich“, er hält einen Moment inne, „umgebracht. Und mich hier gefangen. Eine Taschendimension. Oder Astralebene? Sein Gefäß. Zum Seelenfangen. Schon lange hier. Glaube ich.“

„So lange bist du noch nicht hier“, schluchzt sie und kann nicht mehr an sich halten. Sie springt ihrem Verlobten in die Arme und drückt ihn fest an sich.

Er erschrickt kurz, doch der süßliche Geruch seiner Freundin, ihre herzliche Wärme und das bekannte Gefühl der Umarmung sorgen für eine Erinnerungswelle, die über ihn hereinbricht.

„Kira“, flüstert er, „wie hast du es hierhergeschafft?“

„Ich weiß es nicht." Sie schluchzt und drückt ihn fester an sich.

„Meine Erinnerung ist verwaschen. Als würde ich durch eine Milchglasscheibe gucken. Aber ich weiß wieder, wer du bist. Wer ich bin. Wer Astaroth ist. Er hat mich umgebracht!"

„Ja, und Joker ist sich sicher, dass du in Astaroths Seelengefängnis steckst."

„Das glaube ich auch. Aber wer ist Joker?" Kira lässt locker und lacht verhalten.

„Er sollte eigentlich dein Jägerpartner sein. Aber du bist vorher gestorben und jetzt hilft er mir, damit wir dich retten können."

Ben kratzt sich am Kinn und schaut nachdenklich zu Boden. Kira kennt diesen Blick, er möchte ihr das Unterfangen ausreden.

„Kira, ich –"

„Nein, ich werde dich hier rausholen. Darüber werden wir nicht streiten."

„Du weißt nicht einmal, wo ich bin. Ich weiß nicht einmal, wo ich bin!"

„Das werden wir herausfinden. Wir haben eine Dimensionstante an unserer Seite."

„Dimensionstante?"

„Wraith nennt sie sich. Sie kann zwischen den Welten reisen."

„Aber selbst, wenn sie in das Gefäß hier kommt. Wie soll ich hier raus? Ich existiere nicht mehr. Ich bin nur ein Geist."

„Joker hat deinen Kopf behalten, er meinte, dass –"

„Moment, was?"

Bens Augen weiten sich.

„Er hat mir geraten, deinen Kopf zu behalten. Und er passt für mich drauf auf." Bens Miene verzieht sich zu einem angewiderten Gesichtsausdruck.

„Hast du ihn wenigstens in Salz eingelegt?"

„Deinen Kopf? Was?"

„Macht man das nicht so?"

„Ich weiß es nicht. Ist auch das erste Mal, dass mein Verlobter geköpft wurde und seine Seele in einem Dämonengefäß abhängt."

„Schon gut ... Ich weiß, wenn du dir etwas in den Kopf gesetzt hast, lässt du dich davon nicht abbringen. Aber bist du sicher, dass du mich retten willst? Astaroth ist der König der Dämonen. Den Titel hat er nicht bekommen, weil er brav darauf gewartet hat, bis ihn jemand gewählt hat."

Kira schaut ihren Verlobten liebevoll an und streichelt ihm zart über sein Gesicht. Seine Augen werden glasig und die beiden lehnen sich aneinander.

„Ich hatte dich vergessen", flüstert er. „Das war schrecklich."

„Astaroth", sagt sie leise, aber mit Bestimmtheit in der Stimme. „Er hat dich hier eingesperrt und hält deine Seele gefangen. Sobald ich weiß, wo du genau bist, werde ich dich hier rausholen."

„Ich versuche es herauszufinden."

Ben schaut auf und seiner Freundin tief in die Augen. Er seufzt laut.

„Es tut mir so leid, dass ich dich da mit reingezogen habe."

„Mach dir keinen Kopf um mich. Ich hätte nicht gewusst, wie ich ohne dich weitergelebt hätte. Da erscheint mir die Alternative, deine Seele zurück in deinen toten Körper zu buchsieren, um einiges schöner."

„Was ist mit meinem Schwert Dante?"

„Hast du es so genannt?"

Ben schaut überrascht und setzt einen Schritt zurück.

„Du weißt nicht", er grübelt kurz, „warum es so heißt?"

„Sonst hätte ich nicht ‚Hast du das so genannt?' gefragt!"

Er lacht und wedelt mit den Händen umher, als würde er an einem Fechtkampf teilnehmen.

„Uns bleibt leider nicht mehr viel Zeit. Die Erklärung schulde ich dir für ein andermal. Dante wählt den Träger aber selbst aus! Es ist also direkt zu dir nach meinem Ableben ... Das macht dich aber zum Glück nicht zur rechtmäßigen Trägerin."

„Zum Glück?" Kira runzelt mit der Stirn und schaut ihren Verlobten argwöhnisch an.

„Na, weil es mein Schwert ist und ich es dir nicht überlassen möchte."

„Dabei sieht es doch so schön aus", erwidert sie mit spöttischer Übertreibung.

„Ein Schwert", Ben nimmt ihre Hand, „ist niemals eine Gabe. Es kann kein Leben schenken, nur nehmen. Es ist ein Fluch, den ich an dich weitergetragen habe, aber wieder von dir nehmen werde."

Kira schaut ihren Verlobten ungläubig an und bemerkt den ernsten Tonfall. Er versteht die Stille als Wertschätzung seiner Worte.

„Ach komm", lacht sie und zieht ihre Hand weg, „selbst als körperlose Seele benimmst du dich noch so dramatisch?"

Ben kann nicht anders, als loszulachen.

„Wie kommst du hier eigentlich wieder raus?"

„Das weiß –"

Ein gleißendes Licht, das von oben herabscheint, als hätte jemand eine lichtdichte Flasche geöffnet, blendet die beiden.

„Die Frage hat sich damit wohl beantwortet", sagt Ben und tritt einen Schritt zurück.

„Ich komme wieder", erwidert Kira, während sie langsam nach oben fliegt. „Glaube ich zumindest. So oder so, wir werden dich finden!"

Ihre letzten Worte muss sie rufen, da der unsichtbare Aufzug, der sie nach oben fährt, immer schneller wird.

„Kira!“, Ben brüllt hinterher, „ICH LIEB –“ Aufgewacht.

Schweißgebadet und orientierungslos steht Kira senkrecht im Bett. Sie fasst sich und schaut auf die Uhr. Früh morgens und die Sonne geht gerade erst auf. Trotzdem ist sie hellwach. Sie greift nach ihrem Handy und ruft ihre beste Freundin an.

„Jen?“

„Es ist noch nicht mal sechs Uhr …“, seufzt die verschlafene Stimme am anderen Ende.

„Du glaubst nicht, was mir gerade passiert ist!“

X

TRAUM-BESPRECHUNG

DISCURSUS SOMNII

Kira und Jen sitzen zusammen in einem ihrer Lieblingscafés. Hier gibt es nicht nur leckere Kaffees, sondern auch komisch klingende Kaltgetränke wie den „Karamell-Matcha-Latte mit Rum-Cola". Kann man trinken, schmeckt aber nicht. Im Café ist es laut und, wie üblich, voll. Es ist direkt neben der Universität gelegen und daher ein beliebter Treffpunkt.

Im gesamten Etablissement riecht es nach frisch gemahlenen Kaffeebohnen und saftigem Schokokuchen. Kakao, Karottenkuchen und sogar amerikanische Donuts sind hier vertreten. Kein Wunder also, dass Kira hier so gerne hingeht.

Sie sitzen direkt an ihrem Lieblingsfensterplatz, von dem sie vorbeigehende Menschen beobachten können – aber nicht zum Lästern, sondern weil sie es aufregend finden, welcher Schlag Leute sich hierhin verirrt. Sich über Leute, die man nicht kennt, auszulassen, ist keine Art.

Fremde sind am Ende des Tages nur Freunde, die wir noch nicht kennengelernt haben. Davon ist zumindest Kira überzeugt.

„Du glaubst wirklich, dass das kein Traum war, sondern du auf dieser Ebene abgehangen hast?", fragt Jen, die von der Story gleichermaßen irritiert wie beeindruckt ist. „Was sagt Joker dazu?"

„Ich höre die Story doch auch zum ersten Mal", antwortet der Urgott. „Ich kann ihre Träume nicht sehen. So creepy bin ich dann auch nicht."

„Das, was sie beschreibt", Wraiths Stimme erklingt aus heiterem Himmel in den Köpfen der beiden Jägerinnen, „klingt nach der Astralebene. Nach einer der Astralebenen zumindest. Es gibt viele."

„Kann sie davon nicht trotzdem einfach geträumt haben und jetzt beschreibt sie etwas, das sehr ähnlich klingt?"

„Möglich ist alles, ich halte es aber für unwahrscheinlich."

„Er hat mir erzählt, wie mein Schwert heißt – sein Schwert heißt." Kira seufzt laut. Die Interaktion hat ihr nicht gefallen. Sie versteht, was ihr Verlobter meinte, dass Dante ein Fluch sei. Aber irgendwie klang es nach mehr. War er eifersüchtig?

„Ja", Jen nickt hektisch, „wie heißt es denn?"

„Dante."

„Wie der Typ aus dem Videospiel?"

„Was ist ein Videospiel?", fragt Joker.

„Moment", Jen ist kurz davor aufzustehen, „du weißt nicht, was ein Videospiel ist? Ihr seid doch alle Jahrhunderte alt."

„Kleines bisschen älter als das", hakt Wraith ein.

„Und da wisst ihr nicht, was ein Videospiel ist?"

„Ich will nicht deine Bubble zerplatzen, aber es gibt noch ein paar mehr Planeten als nur die Erde. Alles kennen wir nicht."

„Und was ist mit den sozialen Netzwerken?"

„Sowas wie Fußball?"

Jen lacht laut auf und zieht die Blicke einiger anderer Kaffeetrinker auf sich. Einen jungen Mann, der schon die ganze Zeit neben ihnen sitzt, sie immer wieder mit großen Augen anstarrt und wild auf seinem Handy herumtippt, bemerken sie nicht.

„Nein", sagt sie. „Nicht so was wie Fußball. Dante ist aus einem Videospiel. Das ist interaktives Fernsehen. Ihr könnt die Figur selbst steuern. Er ballert mit seinen Waffen und hat ein krasses Schwert mit dem er – Achtung, Zufall! – Dämonen umbringt."

„Ich glaube", grübelt Kira, „wenn Ben sein Schwert so genannt hat, dann aufgrund des Dichters Dante Alighieri. Er hatte schon immer eine Schwäche für alte Kunst."

Wraith schaut Joker etwas irritiert an und redet telepathisch mit ihm, sodass es die beiden Frauen nicht mitbekommen: „Sie weiß aber schon, dass das Schwert Dante heißt, weil seine Seele in ihm gefangen ist?"

„Vom Videospieler?" Joker lacht.

„Du weißt, was ich meine …"

„Natürlich, aber solange es nicht wichtig ist, würde ich es ihr nicht sagen. Nachher versucht sie noch, das Schwert zu zerstören, bei ihrem krassen Helferkomplex."

Kira nimmt einen beherzten Schluck von ihrem Karamell-Matcha-Latte mit Rum-Cola und schaut Jen mit ernster Miene an: „Vielleicht können wir Ben so wiederfinden? Das Gefäß muss ja auf irgendeiner dieser Astralebenen sein."

„Hat er dir nicht gesagt, wo sich das Gefäß befindet?" Wraith grübelt, Astaroth kann nur an einem Ort sein.

„Ich habe vieles wieder vergessen", erwidert Kira. „Wenn ich sonst träume, kann ich mir auch nie was merken."

„Also war es doch –"

„Ich bin aber sehr sicher, dass es kein normaler Traum war. Ich habe Ben gesehen. Ihn gespürt. Sonst wüsste ich auch nicht, dass in dem Schwert ein Halbdämon gefangen ist."

„Ich dachte, er hat das Schwert nach einem Dichter benannt!" Jen rollt mit den Augen.

„Vielleicht heißt der Halbdämon ja so!"

Joker lacht auf. „Ja, so heißt der Halbdämon. Ich wollte es dir erst nicht sagen, damit du ihn nicht da rausholst. Aber glaube mir, er ist nicht umsonst eingesperrt."

„Wäre es möglich, ihn –"

„NEIN!" Die beiden Götter antworten ihrem Schützling im Chor.

„Sag mal", Jens Stimme ist flüsterleise, „der Kerl hinter dir, saß der da eben schon?"

„Kann sein", Kira flüstert mit, was den jungen Mann aufhorchen lässt.

Er springt erschrocken auf, packt sein Handy weg und trottet schnellen Schrittes Richtung Ausgang.

„Der hat uns belauscht", sagt Jen und läuft ihm umgehend hinterher.

Kira schaut einen Moment irritiert, bis sie versteht, was passiert ist, und rennt ihr nach.

Vor der Tür muss sie sich erst umgucken, bis sie ihre Freundin sieht, die einem eingeschüchterten Kerl hinterherrennt.

„JEN", ruft sie, „BLEIB STEHEN!"

Doch ihre beste Freundin lässt nicht locker. Kira läuft hinter den beiden her und merkt, wie schnell sie ihre Kondition betrügt. Nur einige Meter weiter quälen sie erbarmungslose Seitenstiche und das rasante Ringen nach Luft. Glücklicherweise hat Jen den Kerl dazu gebracht, anzuhalten. Kira humpelt angestrengt rüber und verschnauft.

„Wirklich?", sagt Jen und schüttelt den Kopf. „Du solltest dringend Sport machen." Der junge Mann, den beide eingehend mustern, scheint im selben Alter wie sie zu sein.

Vielleicht besucht er hier die Uni. Aber wieso hat er sie belauscht?

„Bist du ein Perverser?“ Jen war schon immer eine Connaisseuse, wenn es um geeignete Wortfindung geht. „Wieso hast du uns belauscht?“

„Ichich –“ Der Typ scheint zu aufgeregt zu sein, um einen zusammenhängenden Satz sprechen zu können. „Sorry, wollte ich nicht!“

„Hast du gehört“, Kira ringt nach Luft, „was wir gesagt haben?“

„Ihr gehört doch zu den LARPern, oder?“

„LARPern?“

„Ihr habt doch irgendwelche Rollen gespielt, auf die Antworten von zwei anderen im Kopf gewartet, die nicht dabei waren und dann wieder gesprochen. Was von Schwertern, Dämonen. War das nicht für das LARP-Event am Wochenende?“

„Doch, doch, genau, wir –“ Kira sieht die perfekte Möglichkeit, die Situation zu retten. Jen ist da leider anderer Meinung.

„Nein, wir sind Dämonenjägerinnen.“

Kira atmet tief aus und ist kurz davor, ihrer besten Freundin ins Gesicht zu springen.

„Wieso bist du nicht mit der LARP-Geschichte gegangen …“ Sie flüstert, aber natürlich können alle Anwesenden klar verstehen, was sie sagt.

„Das war echt nicht schlau.“ Selbst Joker stimmt zu.

„Ihr jagt Dämonen?“ Der junge Mann stottert erneut. Er fühlt sich auf den Arm genommen. „Wie in der Bibel?“

Joker lacht auf und würde dem Kerl am liebsten erklären, warum.

„Ach so!“ Er atmet überraschenderweise gelassen aus. „Du bist voll in deiner Rolle, oder? Method-Acting! Find ich cool.“

„Wer bist du überhaupt?", fragt Kira.

„Ich heiße Peter", antwortet er und schaut schüchtern zur Seite. „Ich studiere Informatik."

Natürlich studiert er Informatik, genauso sieht er aus. Das denkt Kira zumindest, behält es jedoch für sich. Sie möchte es zwar nicht zugeben, aber auch sie ist manchmal etwas oberflächlich.

Peter schwitzt und rückt im Sekundentakt seine Brille zurecht. Seine blonden Haare sehen gepflegt aus, wurden aber nicht gegelt und stehen aufgrund der Verfolgungsjagd in alle Richtungen ab. Er trägt unscheinbare Klamotten, die auf den ersten Blick keiner Marke entsprechen. Nur sein T-Shirt, da ist das Logo einer bekannten TV-Serie drauf, die Kira aber nicht wiedererkennt. Seine Schuhe sind komplett schwarz – fürs Laufen eher ungeeignet.

„Ich habe euch wirklich nicht absichtlich belauscht", betont er erneut, schafft es jedoch nicht, einer von beiden in die Augen zu sehen. „Ich wusste, dass ihr vom Theatertrupp seid. Verarschen müsst ihr mich nicht."

„Sorry", erwidert Jen und setzt einen Schritt zurück. „Ich mag das nur nicht, einfach so abgehört zu werden. Besonders als Frau. Dort draußen gibt es echt weirde Kerle."

„Auch sorry", sagt er. „Darf ich dann gehen?"

„Frag ihn", Wraith gefällt die Situation noch nicht, „was er auf seinem Handy getippt hat."

„Aber das geht mich nichts an", erwidert Jen so laut, dass es auch Peter hört.

„Was geht dich nichts an?", fragt er und guckt sich überrascht um, mit wem sie gesprochen haben könnte.

„Was du auf deinem Handy getippt hast. Wraith hat gefragt."

Kiras Augen werden riesig und sie schaut ihre beste Freundin mit einem absoluten Todesblick an.

„Wer ist Wraith?“

„Das ist mein Spitzname!“ Kira grätscht dazwischen und versucht, die Situation abermals zu retten. „Ich habe mich gerade gefragt, warum du die ganze Zeit am Handy warst, als du uns zugehört hast. Ob du irgendwem geschrieben hast. Aber geht mich ja auch nichts an.“

Peter schaut noch nervöser drein als vorher und verabschiedet sich. Die Jägerinnen warten einen Augenblick, bis er nicht mehr in Hörweite ist, und Kira überlegt, Jen den Kopf abzureißen.

„Bist du denn des Wahnsinns?“, fragt sie und versucht, nicht ausfallend zu werden.

„Sorry!“ Jen schnauft laut. „Die Situation ist genauso neu für mich wie für dich!“

„ABER DESWEGEN ERZÄHLST DU DOCH NIEMAND –“

„Beruhigen Sie sich, junge Dame.“ Joker springt dazwischen und sorgt dafür, dass Kira erst einmal Sendepause hat. „Es ist nichts passiert. Im schlimmsten Fall geht der Typ davon aus, dass ihr durchgeknallt seid. Was dein Rumschreien nur bestätigen würde!“

„Nie wieder“, sagt Kira, kurz davor zu explodieren. „Nie wieder verbietest du mir den Mund. Sonst kannst du dir deinen Vertrag sonst wo hinschieben.“

Die beiden Frauen seufzen laut und haben sich – ohne ein Wort zu wechseln – wieder vertragen. Sie überlegen einen Augenblick, ob sie noch woanders hingehen sollen, entscheiden sich aber, zusammen zu Kiras Wohnung zu spazieren.

Was ihnen dabei entgeht, ist, dass sie von Peter verfolgt werden, der sich in sein Handy diverse Theorien geschrieben hat, wer die beiden wirklich sind.

XI

ZAUBEREI

ARS MAGICA

Ob es vielleicht doch nur ein Traum war?“ Kira denkt laut in sich hinein. Sie war sich so sicher, aber mit all dem, was in letzter Zeit passiert ist, wäre es gar nicht so komisch, wenn das Zusammentreffen mit Ben wirklich nur ein Wunsch war.

„Das glaube ich nicht“, antwortet Jen und Wraith stimmt ihr unmittelbar zu.

„Die Beschreibung der Astralebene - ein Raum, den du vorher noch nie gesehen hast - war dafür zu passend“, erklärt die Dimensionsherrscherin. „Joker und ich haben uns auch noch einmal beraten und irgendetwas scheint dich mit deinem Verlobten zu verbinden.“

„Ihre Liebeeeeeeee“, sagt Jen und tanzt absichtlich um ihre Freundin herum.

„Viel eher“, Wraith überlegt kurz, „könnte es sein, dass –“

BOOM

Mitten auf der Straße hat sich eine Lavagrube mit einer lauten Explosion geöffnet.

„Wir befinden uns in der Schattenwelt.“ Wraith erscheint neben den Jägerinnen, dicht gefolgt von Joker. „Wieso haben wir das nicht mitbekommen?“

„Irgendwas hat uns in eine Falle gelockt", erwidert Joker.

Aus dem Lavaloch entsteigen komische Wesen, die aussehen, als seien sie mit Stroh gefüllt.

„Sind das lebendige Vogelscheuchen?", fragt Jen und traut ihren Augen kaum.

„Nein", erwidert Wraith und rümpft die Nase. „Das sind Scarecrows."

„Das hat sie doch gerade gefragt", erwidert Kira und guckt verdutzt. „Das hast du doch gerade gesagt?"

„Aber in einer anderen Sprache", witzelt Joker, „das ist schon wichtig!"

„Scarecrows sind nicht sonderlich gefährlich."

Die Strohsäcke, an deren Seiten Sensen herabhängen, die den Anschein erwecken, lange nicht mehr geschärft worden zu sein, und deren Augen aus zwei schwarzen Knöpfen bestehen, wackeln auf die Jägerinnen und ihre Partner zu.

„JOKER!"

„WRAITH!"

Mit einem lauten Knall verwandeln sie sich und Kira schwingt Dante, um die erste Scarecrow problemlos zu teilen. Jen tut es ihr gleich und schickt zwei Scarecrows mit Energiebällen zurück in das Loch, aus dem sie herausgekrochen sind.

Die Urgötter sehen ebenso keine Herausforderungen in den kleinen Strohmännern und befördern einen nach den anderen heimwärts in die Hölle.

„Das war es schon?", spottet Kira. „Da müsst ihr schon was Größeres schicken."

Ein lautes Rumoren ist wahrnehmbar und der Rest schaut sie enttäuscht an. Sie konnte einmal mehr nicht die Klappe halten.

Ein fieses Schlürfen ist zu hören, als würde man mit einer nassen Hand auf den Boden schlagen – immer und immer wieder. Aus dem Loch ragt ein haariges Bein hervor, das mit kleinen Zacken dekoriert ist.

„Bitte nicht", betet Kira.

Vier weitere Beinchen treten hervor, gefolgt von einem dicken, schleimigen Körper, der aus einem enormen Spinnenhintern und dem Kopf einer alten Frau besteht, die vier Glubschaugen und scheinbar ordentlich Kohldampf hat.

„Warum …" Kira wimmert leise in sich hinein und Jen springt einige Meter zurück, um nicht zu nahe an diesem Spinnenmonster dran sein zu müssen.

„Arachne", knurrt Wraith. „Ich dachte, ihr seid längst ausgestorben."

„Du kennst dieses Wesen?" Jen schaut angeekelt auf das hybride Spinnenmonster.

„Arachnen sind Kriegerinnen von einem anderen Planeten. Die Dämonen haben sie überfallen, unterjocht und nutzen die wenigen Verbliebenen, um ihre Eier auf den Systemen zu legen, die sie erobern wollen."

„Es gibt mehr als eine davon?" Jen schaudert es bei dem Gedanken.

„Scheiß drauf", brüllt Kira und springt mit todesmutiger Entschlossenheit auf das entstellte Monstrum. Die Spinne weicht in Windeseile aus und krabbelt eine Hauswand empor. Von dort scannt sie das Schlachtfeld und ihr Hintern spuckt Netzflüssigkeit, um ihre Gegner zu fangen. Die Jägerinnen und Urgötter weichen mindestens genauso schnell wie sie aus.

„WAS ZUR HÖLLE!" Peter springt hinter einem Auto hervor, nassgeschwitzt vor Nervosität, und zeigt mit runtergefallener Kinnlade auf die Arachne. „DAS IST ABER KEIN LARP!"

„Wie ist er in die Schattenwelt gekommen?" Kira prescht

vor ihn und hält Dante schützend vor sich. „Wie bist du hier reingekommen?“

„Wo reingekommen???“ Er verfällt in absolute Hysterie, ganz zum Amüsement von Joker, der den zappelnden jungen Mann auslacht.

„Wer ist das? Wieso lacht er mich aus?“

Die Spinne ist von dem Rumgekreische irritiert und ihre acht Beine sausen im Gleichschritt zum schreienden Peter. Kira bleibt gefestigt vor ihm stehen, faucht ihn an, dass er leise sein soll, und schlägt zu. Die Arachne weicht seitlich aus und schnappt sich Peter. Der ist so panisch, dass er schlichtweg in Ohnmacht fällt.

„Wie hat Arachne ihn eingefangen?“ Wraith schaut verdutzt. Normalerweise sind die Spinnenmonster nicht so schnell. „Das ist keine normale Vertreterin ihrer Art.“

Das Monstrum krabbelt blitzgeschwind zurück auf das Häuserdach und wickelt Peter in ihrem Netz ein. Sie wirft ihn gekonnt in die Luft und mit einem treffsicheren Schuss klebt er an der Häuserwand gegenüber.

„Joker, hol ihn da runter“, befiehlt Kira. „Und hör auf zu lachen.“

„Das sieht einfach zu komisch aus. Dieser zappelnde Dussel.“

Die Arachne lässt nicht locker und schießt unzählige Netze auf die Angreifer. Die Scarecrows versuchen ebenfalls immer wieder ihr Glück, haben aber keine Chance gegen große Schwerter und aufgeladene Energiekugeln.

„Ich kümmere mich um die Spinne“, Kira rennt los, „ihr fangt die Vogelscheuchen ab.“ Jen und Wraith nicken ihr zu. Sie läuft an den Gegnern vorbei und springt mit der Eleganz einer Kunstturnerin einen Baum hoch, bis sie ganz oben in der Krone angekommen ist – Jokers Kräften sei Dank. Blöd nur, dass sie nicht bei der Kondition helfen. Angestrengt zeigt sie mit der Schwertspitze auf die Arachne.

„Lass den Typen frei", sagt sie. „Kann die sprechen?"

„Ich glaube nicht", antwortet Wraith und feuert eine riesige Kugel auf eine Gruppe Scarecrows, deren Stroh im Anschluss quer durch die Gegend fliegt. „Frag sie doch!"

„Kannst du sprechen?"

Das Spinnenvieh kreischt laut auf und springt auf Kira zu, die acht Beine voran.

„Anscheinend nicht", ruft Kira und weicht mit einem galanten Sprung zur Seite aus.

„Wie widerlich!"

Die Arachne landet neben Peter an der Häuserwand und zieht ihn mit einem lauten Pflortsch-Geräusch ab. Sie hält ihn hoch und renkt ihren Kiefer aus.

„Das war doch alles schon ekelhaft genug", kommentiert Kira und sieht zu, wie sich das alte Frauengesicht in vier Teile auflöst und ein riesiger, gieriger Schlund mit scharfen Zähnen und ordentlich grünem Sabberschleim zum Vorschein kommt.

„Ich bin ehrlich", sagt Joker, „da bin selbst ich kein Fan von."

Kira wirft Dante in Richtung der Spinne, um die davon abzuhalten, Peter den Kopf abzubeißen. Abermals weicht diese aus. Ihren Blitzreaktionen kann keiner der Anwesenden was anhaben.

„So wird das nichts", ruft Wraith. „Sie ist zu schnell."

Urplötzlich krabbelt die Spinne los, weg von ihren Feinden, die nur große Augen machen und ordentlich überrascht sind.

„Das kann doch nicht wahr sein", motzt Kira und winkt die anderen zu sich her, um hinterherzulaufen. „Lasst die Scarecrows, wir müssen die Spinne einfangen."

Sie preschen los und versuchen, die Arachne nicht aus den Augen zu verlieren. Leichter gesagt als getan. Die Spinne springt von einem Häuserdach zum nächsten und hinterlässt dabei jedes Mal klebrige Netze, um die Verfolgung zu erschweren.

„Wo will sie denn mit ihm hin?", fragt Jen.

„Sie sucht mit Sicherheit ein Nest", antwortet Wraith.

„Aber das wird sie hier doch nicht finden."

„Dann macht sie selbst eins."

Kira und Jen seufzen laut und legen einen Zahn zu.

Die Arachne kommt an einem großen, hochgewachsenen Baum in einem kleinen Wäldchen zum Stehen. Sie startet umgehend mit dem Einweben der Baumkrone und dem Dranhängen von Peter – wie eine Weihnachtskugel am Tannenbaum hängt er hoch oben und kann von allen bestaunt werden.

„Ich hole ihn da runter", sagt Kira.

„Das machen wir zusammen", fügt Joker hinzu und zu viert springen sie von Ast zu Ast, bis sie auf derselben Höhe wie die Spinnengegnerin sind, die ihre acht Beine bedrohlich ausgestreckt hat, um sie zurückzuhalten. Die kleinen Zacken packen scharf zu, und genauso flink, wie sie krabbelt, kann die Spinne zuschlagen.

„Lasst euch nicht treffen", mahnt Wraith. „Sie könnte giftig sein."

„So kommen wir nicht dran", merkt Kira an, die mit Dante immer wieder versucht zuzustechen, aber es ums Verrecken nicht schafft. Die Gegnerin ist schier zu schnell.

Wraith hält inne, konzentriert sich und feuert mit voller Wucht eine aufgeladene Donnerkugel ab. Die Spinne weicht aus, der Ball trifft die Krone und einige Äste samt Blättern fallen herab. Der peterliche Weihnachtsschmuck sinkt ebenso etwas ab.

„Vorsicht“, ruft Kira. „Wenn er fällt, ist er Matsche. Das dürfen wir nicht riskieren.“ Es klingt, als würde die Arachne loslachen und imitiert Kiras Stimme: „Matsche!“

„Wie ekelhaft kann denn bitte ein einziges Monster sein!“

Das Ungeheuer schnappt sich Peter und springt mit ihm an die Spitze des Baumes. Es lässt ihn direkt über den Abgrund baumeln, sodass er geradewegs nach unten fallen und fatal aufschlagen würde.

Die Jägerinnen und Urgötter stecken ihre Waffen vorsichtig weg und ihre Hände langsam nach oben, um dem Monster zu zeigen, dass sie aufgeben.

Es lacht erneut mit einer rauchigen Hiss-Stimme auf und lässt los. Kira und Jen reißen die Augen vor Schock auf.

Wraith springt, streckt einen Arm zu Joker aus, der ihn annimmt und die Partnerin mit voller Wucht in Richtung Peter katapultiert. Sie bekommt ihn zu fassen, dreht sich in der Luft wie bei einer grimmigen Ballettvorführung und packt einen der herabhängenden Spinnenfäden, der nur einen kurzen Augenblick hält, bevor er reißt.

Sie fallen und kommen ungebremst auf dem Boden auf. Ein lautes Aufschlagen bescheinigt, dass der Mensch es nicht überlebt hat.

Wraith schaut ihn an und auch, wenn er ihr auf den Keks ging, weiß sie, wie unnötig sein Tod war. Sie guckt auf und sieht ihre Partnerinnen mit der Spinne kämpfen. Mit einem tosenden Energiestrahl, der sie nach oben katapultiert, fliegt sie hoch, bekommt die Arachne zu packen und hält ihren voluminösen, pulsierenden Hintern fest. Das Monster versucht sie zu greifen, schafft es aber nicht in der Zeit, in der Wraith ihren gesamten Körper auflädt. Ein weißes, grelles Licht überzieht sie vollumfänglich. Joker packt die Jägerinnen und springt mit ihnen in Sicherheit. Eine laute Explosion ist zu hören. Der Spinnenpopo platzt mit einem

FLARTSCH auf und das Wesen sackt in sich zusammen.

„Warum nicht gleich so?“, lacht Joker und schaut eine mit Schleim, Spinneneiern und Fäden übersäte Wraith an.

Kira schafft es gerade noch, nicht auf sie draufzukotzen.

„Ist das ekelhaft ...“

Sie steigen den Baum langsam hinab und Kira sagt Joker, dass er den Leichnam mitnehmen soll. Sie müssen sich eine Geschichte überlegen, um selbst nicht beschuldigt zu werden. Niemand wird ihnen glauben, was hier vorgefallen ist.

„Der arme Kerl“, sagt Jen und eine Träne läuft ihr die Wange hinab.

„Der nervige Perversling“, meckert Joker. „Kann den nicht wer anders tragen?“

Ein dumpfer Knall ist direkt neben den Überlebenden zu hören und ein Portal öffnet sich.

„Was jetzt?“, sagt Wraith und die Donnerkugeln erscheinen erneut in ihren Händen. Kira und Jen zücken ihre Waffen, Joker ballt die Fäuste.

Durch das lilane, zuckende Portal steigt eine junge Frau.

„Hey, ho. Ich dachte, ich komm einfach mal hier durch. Das geht schneller. Huch, schon hat es sich wieder geschlossen“, sagt sie und zeigt dabei auf das sich schließende Dimensionstor. „Ich bin Mona.“

Sie hält ihre Hand hin, aber die Verteidiger, die dem Braten nicht trauen, sind bis an die Zähne bewaffnet.

„Ach“, frohlockt sie, „da bist du ja!“

Kira studiert die sehr junge Frau – vielleicht ein Mädchen – eingängig. Sie trägt einen blauen, langen Mantel, der allerlei bunte Verzierungen aufweist. Sterne, Tiere, Konfetti – alles, süß und verspielt, findet sich wieder. Dazu einen passenden blauen Hut, der so aussieht, als könnte der Zauberer Merlin ihn getragen haben. Unter dem Hut ragen braune Haare ihren gesamten Rücken hinab. Dazu trägt sie ein Top, das ihr bis zur Hüfte reicht und in einem Rock endet, der ihr bis über die Knie reicht. Das Outfit wird von bequemen Schuhen, die den Eindruck erwecken, Hausschuhe zu sein, abgerundet. In der Hand hält sie ein obszön dickes Buch. Definitiv mehr Seiten als die Bibel, denkt Kira. Monas eisblaue Augen unterstreichen, zusammen mit ihrer Stupsnase und dem herzlichen Lächeln den Anschein, dass sie noch sehr, sehr jung ist. Vielleicht nicht einmal volljährig.

„Wer bist du?", fragt Wraith.

„Kann das bis gleich warten?", erwidert die junge Dame, „ich muss hier was erledigen."

„Ich weiß", Joker lehnt sich an den Baum und grinst, „wer du bist."

Mona geht auf die Knie und ganz nah an das Ohr des Toten heran. Sie flüstert ihm etwas zu.

„Der ist tot", sagt Wraith mit erschreckender Gelassenheit in der Stimme.

„Noch nicht", erwidert die junge Frau und zwinkert den anderen comicartig zu.

Ein Pergament erscheint aus dem Nichts und alle – bis auf Joker – schauen mit großer Überraschung darauf.

Sie nimmt eine von Peters Händen und führt sie zum Vertrag. Ohne dass sich sein Körper auch nur ansatzweise regt, malt sie mit seiner steifen Hand den Buchstaben ‚P' darauf.

„Unsere Seelen sind nun eins im Meer der Versprechen. Mit dem Bündnis unseres Schicksals ziehen wir zusammen voran. Rufe meinen Namen und entfessle meine Macht, um die Kraft zu wecken, die seit Ewigkeiten in dir schlummert. Vergiss, was die anderen über dich sagen, die verstehen dich sowieso nicht. Mit meinem Zauberbuch werde ich deinem Leben die nötige Magie verleihen. Wenn es etwas gibt, das Verzauberung benötigt, bin ich da. Ich bin eine Gelehrte des Khaos, ich bin … Mona!"

XII

DIE BIBLIOTHEK

BIBLIOTHECA

Die anderen verstehen dich sowieso nicht?" Joker lacht und klopft Peter mehrfach, nicht gerade zaghaft auf die Schulter. „Ich wusste gar nicht, dass du ein zwölfjähriger Junge in seiner Emo-Phase bist."

„Aber soziale Netzwerke kennst du nicht", seufzt Jen.

Peter blickt stoisch in den Wald hinein. Bisher hat er kein Wort verloren und die anderen nicht mal eines Blickes gewürdigt.

Kira studiert seinen neuen Look, der mit dem von Mona fast perfekt übereinstimmt. Nebeneinandergestellt könnten die beiden ein Geschwisterpaar sein, das in viel zu hohem Alter dieselben Klamotten anzieht.

Bis auf den blauen Rock – und selbst der hätte ihm bestimmt gestanden – tragen sie dasselbe Outfit. Stattdessen trägt er eine kurze, blaue Hose. Joker kann nicht anders, als sich über das neue Aussehen dezent zu amüsieren.

In seiner Hand hält Peter eine Kopie von Monas Zauberbuch fest. Reingeschaut hat er bisher nicht.

„Peter?" Kira winkt mit der Hand vor seinen Augen rum, aber nichts regt sich. „Sag mal, Mona …"

„Ja?" Mona streckt sich und gähnt laut. „Ist was?"

„Aber du hast hier jetzt keinen Zombie einfach in dein Outfit gesteckt und bist mit ihm einen Blutvertrag eingegangen?“

„Was sind Zombies?“ Mona tritt nah an Kira heran. Ihre Augen weiten sich und Kira merkt, dass ihre Frage ehrlich gemeint war. Wie ein Kind, das zum ersten Mal ein Schimpfwort gehört hat.

„Mona“, hakt Wraith ein, „wir kennen uns nicht.“

„Bist du auch eine Zauberin?“ Die geweiteten, aufgeregten Augen scheinen Dauerzustand bei ihr zu sein.

„Ich bin eine Dimensionswanderin.“

„Oooh“, Mona zieht ihre Os sehr lang, „davon habe ich schon gehört. Stimmt es, dass du mit anderen –“

„Hat Inari dich geschickt?“

„Inawie?“

„Genau.“

„Hä?“ Ihr Gesicht verzieht sich zu einer schiefen Grimasse, die Joker ein Lächeln auf die Lippen zaubert.

„Wer hat dich geschickt?“

„Khaos. Mein Meister. Er meinte, ihr braucht Hilfe.“

„Der Name sagt mir gar nichts …“ Wraith schaut grübelnd in die Luft. In der ganzen Zeit, seit der sie durch das Universum reist, ist ihr noch nie ein Wesen mit diesem Namen begegnet.

„Er ist ein großartiger Magier und Erschaffer. Unter ihm habe ich einige Hundert Jahre gelernt, bin daher endlich eine Klasse weiter und darf auf meinen ersten Organismus aufpassen!“ Ihr breites Lachen wirkt noch breiter als sonst und mit beiden Händen formt sie Peace-Zeichen. „Jetzt muss ich nur aufpassen, dass er nicht stirbt, und ich bekomme mein Abzeichen. Das geht alles immer so schnell.“

„Wie alt bist du?“ Kira hat mit großer Verwunderung zugehört. Komischer als Joker kann es nicht werden, denkt sie sich.

„Noch sehr jung. Keine tausend Jahre alt.“

„Ich bin noch keine dreißig …“

„Aber du siehst gar nicht aus wie ein Baby!“ Mona ist sichtlich aufgeregt und studiert Kira in Windeseile von allen Seiten. Immer wieder pikst sie in ihre Haut oder geht mit ihrem Gesicht viel zu nah ran. „Was für ein Zauber ist das?“

„Kein Zauber“, erwidert Wraith. „Sie ist ein Mensch.“

„Stimmt. Khaos sagt, Menschen werden nur ein paar Hundert Jahre alt.“

„Nicht ganz“, Kira seufzt und tritt einen Schritt zurück, um etwas Abstand von der Zauberin zu haben.

Wraith und Joker entfernen sich ebenfalls ein paar Schritte, um sich ungestört beraten zu können.

„Müssen wir uns um Mona Sorgen machen?“ Wraith beäugt sie kritisch. Mona ist mittlerweile damit beschäftigt, Peters Outfit geradezurücken.

„Der kleine Flummi?“, lacht Joker. „Nein. Ich bin mir sicher, dass mir Inari schon mal von ihr – oder viel eher von einer Gilde von Zauberinnen erzählt hat. Sie tragen alle denselben Look. Sind etwas irritierend, aber tun keinem weh.“

„Da kenne ich noch wen.“ Wraith schaut Joker eindringlich an.

„Ich bin immerhin lustig!“

„Ich werde sie trotzdem im Auge behalten. Den Namen Khaos habe ich in all meiner Zeit noch nie gehört. Und von dieser Zauberergilde weiß ich auch nichts. Ein ungutes Gefühl bleibt.“

Joker zuckt mit den Schultern und wandert zurück zu den anderen.

„So“, Mona rückt Peters Hut zurecht, „viel besser. Was meinst du?“

„Wieso wache ich aus diesem Albtraum nicht auf?“ Er hat seine Stimme wiedergefunden, wenngleich sie gedämpft und weinerlich klingt. „Wer seid ihr?“

„Du hast uns belauscht", erwidert Kira. „Schon vergessen?"

„Aber ihr seht so anders aus", er schaut an sich herunter, „ich sehe so anders aus."

„Mona hat dich vor dem sicheren Tod bewahrt. Auch wenn wir", Kiras Blick wandert für einen Augenblick zu Wraith, die ihn ignoriert, „dachten, du seist schon draufgegangen."

„Ich dachte ihr seid LARPer und habt mir auch so ein Kostüm angezogen, als ich ohnmächtig war?"

Jen kann nicht anders, als über seine Aussage zu lachen. Sie schüttelt den Kopf.

„Das hier ist alles echt. Wir sind keine LARPer und du bist ab heute Teil von unserer Dämonenjägergruppe."

„Ich will nach Hause …" Peter seufzt laut und setzt sich vor den anderen auf den kühlen, feuchten Waldboden. „Gleich wache ich bestimmt auf."

„Wer seid ihr überhaupt?" Mona hüpft aufgeregt zu Jen und Kira und streckt ihre Hände aus, um beide gleichzeitig geschüttelt zu bekommen. „Gebt mir ALLE Details!"

„Ich fang mal an", sagt Jen mit sichtlicher Verwirrung im Gesicht. „Ich bin Jen. Eigentlich Jennie, aber so nennt mich niemand. Du also auch nicht. Kira hier ist meine beste Freundin und Wraith ist meine Partnerin –"

„Oh, ihr seid ein Pärchen?" Monas Kopf wackelt aufgeregt von einer Seite zur anderen. „Liebe ist sooo schön!"

„Nein, sie ist meine Partnerin, so wie Peter dein Partner ist …"

„Ach sooo! Wegen des Vertrags? Das war ja ulkig. Ich wusste gar nicht, dass es so etwas gibt. Ich habe nur gemerkt, Peter brauchte mich, und das Pergament ist ganz von selbst erschienen. Glück gehabt, würde ich sagen!"

„Das Mädchen ist mir ein Rätsel", seufzt Wraith und würde am liebsten mit Inari sprechen, doch sie weiß nicht, wo sich die Obergöttin aufhält.

„Und du?“ Mona dreht sich zu Kira, die Hände beider Frauen weiterhin am Schütteln.

„Wer bist du?“

„Ich bin Kira. Ich bin einen Seelenvertrag mit Joker eingegangen, weil eigentlich mein Verlobter, der durch Astaroth umgekommen ist, einen Blutvertrag von ihm bekommen soll. Ist etwas kompliziert. Seine Seele steckt in einem Gefäß und wir wollen ihn wiederholen, wissen aber noch nicht so ganz, wie.“

Mona zieht die Hände zurück, schaut einen Atemzug lang mit angestrengtem Blick in die Luft, als müsste sie sich ihres Mittagessens entledigen und guckt aufgeregt in die Runde: „Ganz einfach. Wir reisen in die Bücherei des Todes!“

„Das klingt ja einladend“, wimmert Peter, der auf dem Boden sitzt und mit kleinen Stöckchen hantiert.

„Aber klar doch!“ Wraith stimmt ihr ungewöhnlich euphorisch zu. „Du kannst ja auch ein Portal öffnen. Die Reise ist zwar gefährlich, aber wenn wir schnell sind, sollte das passen. Wir brauchen nur Astaroths Totenbuch. Es sollte uns die Antwort liefern, die wir benötigen!“

„Da seid ihr noch gar nicht draufgekommen?“ Mona kratzt ihren Hut, was komisch aussieht.

„Nein“, erwidert sie, die Euphorie in ihrer Stimme ist wieder verschwunden, „allein hätte ich zwar ein Portal aufmachen können, aber hätte die anderen ohne mich gehen lassen müssen. Wären sie auf Widerstand gestoßen, wäre das Risiko zu groß gewesen. Wenn du aber das Portal öffnest, Mona, und dafür sorgst, dass es aufbleibt, sollte ich uns dort sofort rausteleportieren können, wenn die Lage brenzlig wird.“

„Klingt gut“, erwidert die Zauberin. „Ist gebongt! Weiß einer, wo die Bücherei ist?“

„Die Bücherei des Todes?“ Kira zieht eine Augenbraue hoch. „Nein?“

„Nein, nein", Mona lacht. „Die Bücherei. Eine Bücherei. Mehr brauche ich für den Zauber nicht."

„Ja … klar", antwortet Jen, die die Situation nicht ganz begriffen hat. „Ich führe euch hin." Mona schnippst einmal und die Schattenwelt sowie die Urgötter verschwinden. Peter steht schnurstracks gerade und schaut sich um.

„Wo sind eure Klamotten? Wo sind meine Klamotten? Und die drei anderen Leute?"

„Ich bin doch hier", sagt Mona, die zusammen mit Wraith und Joker auf der Astralebene abhängt. „Direkt in deinem Kopf!"

„In meinem Kopf?" Das Wimmern geht wieder von vorne los.

Kira und Jen nutzen die Zeit, die sie bis zur Bibliothek benötigen, und erklären Peter, was vorgefallen ist, was er da überhaupt unterschrieben hat und was sie vorhaben. Er saugt die ganzen Informationen wie ein Schwamm auf und notiert sich einiges davon in seinem Handy.

„Ich hoffe, das ist kein Traum", sagt er.

„Eben wolltest du doch noch aus diesem Albtraum aufwachen?", erwidert Kira.

„Darf man seine Meinung nicht ändern?"

„Woher der plötzliche Umschwung?", fragt Jen.

„Das erscheint mir alles sehr logisch, was ihr sagt. Auch wenn ich Astaroth nicht kenne und auch nicht weiß, wie das Gefäß aussieht, helfe ich euch gerne, wenn ich danach zu meinem normalen Leben zurückkehren kann."

„Uh …"

„Keine Sorge, Peter", Monas sprudelnde Art wird den Tag schon retten, „ich werde ab sofort immer bei dir sein. Außer du stirbst!"

Seine Pupillen werden klein und er schaut geschockt auf den Boden. Mehr als: „Hier ist schon die Bücherei“, fällt ihm nicht ein.

„Und was jetzt?“, fragt Kira.

„Einen Mooooment“, sagt Mona, und wie von Geisterhand sind sie wieder in der Schattenwelt. Dieses Mal aber nicht vollständig umhüllt, sondern nur in einer kleinen Blase, die sie und ihre Partner umgibt. Sie können andere Menschen außerhalb sehen und begutachten die Unterschiede. Die Möbel, Bücher und insbesondere Personen existieren in dieser Welt nicht. Leute, die auf sie zugehen, bemerken sie nicht und verschwinden hinter der Blase.

„Das ist ja freaky“, sagt Jen und fühlt sich wie ein Goldfisch in einem klitzekleinen Aquarium. „Und hier kann uns niemand sehen?“

„Nö“, erwidert Mona quiekend. „Ist ein Zauber aus meinem Buch. Ich such auch gerade noch …“

Sie blättert wild in ihrem übergroßen Schinken umher.

„Ah, da ist es ja!“

Sie wiederholt immer wieder eine Zauberformel, die sie förmlich in sich hineinmurmelt und die kein anderer versteht. Einen Augenblick später öffnet sich ein Portal, das haargenau so aussieht wie das, in dem sie erschienen ist. Wraith ist skeptisch, entscheidet sich aber, ihr zu vertrauen.

„Da müsst ihr durch und seid direkt in der Bücherei des Todes. Ich bleibe hier und halte das Portal offen. Die Reise könnte etwas unangenehm sein. Doch das schafft ihr schon. Sobald ihr auf der anderen Seite seid, sucht ihr nach Astaroths Totenbuch. Nichts anderes, damit niemand auf euch aufmerksam wird. Ich bleibe hier und halte das Portal so lange offen, bis ihr wieder durch seid."

„Das ist auch kein Problem für dich?", fragt Kira und mustert die junge Zauberin.

„Vertraut mir", sagt Mona und zwinkert ein paarmal zu oft.

„Sie hat das Wichtigste schon gesagt. Fasst nichts an außer Astaroths Totenbuch. Es sollte niemand mitbekommen, dass wir da sind, solange wir uns genau daran halten. Sobald wir sein Buch haben, öffne ich uns ein Portal, um zurück zu diesem hier zu kommen. Ist etwas chaotisch, aber habt ihr das alle verstanden?" Wraith bereitet sich mental vor und schaut argwöhnisch in die Runde, weil sie niemanden unvorbereitet in die Bibliothek des Todes lassen möchte.

Alle – außer Joker, der den Menschen außerhalb der Schattenwelt-Blase zuwinkt – nicken.

„3, 2, 1!" Wraith springt entschlossen ins Portal, dicht gefolgt von den anderen.

XIII

DIE BIBLIOTHEK DES TODES

BIBLIOTHECA MORTIS

Es hat funktioniert.“ Peter ist der Erste, der seine Stimme wiederfindet. „Wir sind drin.“

Die anderen bleiben stumm. Eben waren sie noch in einer stinknormalen Bücherei. Jetzt befinden sie sich in einer schier unendlich großen Bibliothek in einer fremden Dimension.

„Du wusstest, dass diese … Bücherei existiert?“, fragt Jen, die als Zweite ihre Stimme wiederfindet und begreift, was passiert ist.

„Ich sagte doch bei unserer ersten Zusammenkunft: Ich bin die Dimensionsherrscherin!“

„Ich dachte nicht, dass das so wörtlich zu verstehen ist.“

„Wie sollen wir das Buch hier finden?“ Kira zieht eine Augenbraue hoch.

Vor den Augen der drei eröffnet sich ein absurdes Bild, dem sie niemals Glauben geschenkt hätten, wären sie nicht selbst Zeugen. Eine Decke, die nicht nur aus schnödem Weiß besteht, sondern von einem sich stetig bewegenden Kosmos verziert ist. Sterne, Planeten, das unendliche All schimmern auf ihr. Zu jeder Zeit bewegt sich ein kleiner Fleck und huscht über die Tapete. Wände sind keine sichtbar. Vor ihnen erstrecken sich gigantische Regale, gefüllt mit Büchern, die goldene Verzierungen und alle den gleichen Einband aufweisen. Nur der Titel unterscheidet sich bei jedem einzelnen Werk. Dazwischen sind Dokumente, Schriften und Pergament eingequetscht, die augenscheinlich keinen festen Platz besitzen oder einen anderen Zweck erfüllen.

„Das ist die Frage", antwortet Jen und wandert los. „Beginnen wir mit der Suche." Sie steigen eine Wendeltreppe hinab, die ordentlich weit in die Tiefe führt und genug Platz für eine Person bietet.

„Eventuell hebt sich Astaroths Buch von den anderen ab?", fragt Kira.

„Negativ", sagt Wraith, „die Totenbücher sind einheitlich. Die Geschichte eines jeden ist hier verzeichnet. Das Schicksal lässt nichts aus."

„Auch eure Geschichte?"

„Natürlich", wirft Joker ein und kommt Wraith zuvor, „aaaber die solltet ihr euch nicht anschauen. Mal davon abgesehen, dass da eine Millionen Jahre an Story drinstehen, würde euch der Inhalt einerseits deprimieren und andererseits dafür sorgen, dass euch der Kopf platzt."

„Was soll bitte noch passieren? Wir wandern gerade in eine kosmische Bücherei hinab, die aus einer King-Novelle stammen könnte und ich gehöre zu den sieben Auserwählten", antwortet Jen.

„Glaub mir", flüstert Wraith ihr zu, „du hast nicht einmal die Oberfläche angekratzt." Der restliche Abstieg ist von ehrfürchtiger Stille geprägt. Nur das metallene Klingen der Treppe ist mit jedem Schritt zu hören. Keiner traut sich, weitere Fragen zu stellen. Das könnte aber auch mit einer grundlegenden Überforderung zu tun haben.

Nach einer kleinen Ewigkeit sind sie im Erdgeschoss und schauen ungläubig die wolkenkratzerhohen Regale an. Peter wirft seinen Kopf in den Nacken und erkennt zwar die Decke, aber nicht, wo die Bücherborde enden.

„Leute", seufzt er und ringt nach Luft, „wie zum Teufel finden wir hier das Totenbuch von Astaroth?"

„Ausgezeichnete Frage", erwidert Joker, „die lasse ich direkt mal meine treue Gefährtin R–", ein Zischen ist zu hören, das eindeutig aus Wraiths Richtung kommt „Pardon, Wraith beantworten."

Kira und Jen tauschen Blicke aus. Erneut hat Joker einen Namen nennen wollen, was ihm verboten wurde. Was verheimlicht er der Gruppe?

„Die Bücher sind nicht sortiert." Wraith wandert auf und ab, ganz so wie eine Generalin, die ihren Soldaten die Lage erklärt. „Zumindest in keiner Reihenfolge, die uns behilflich ist. Die Regale sind unendlich. Ich weiß, Fragen über Fragen, aber lasst mich erst ausreden. Das heißt, ihr könnt sie euch anschauen und wenn ihr ein Buch von weiter oben haben wollt, denkt feste dran und das Regal sinkt herab. Es existiert in einem endlosen Portal, sinkt in den Boden und kommt oben wieder heraus. Verstanden? Wenn nicht, egal, befolgt einfach, was ich sage, und wir sind hier hoffentlich schnell wieder raus."

„Hoffentlich?", fragt Jen und verschränkt die Arme. „Ich dachte, hier lauern kaum Gefahren?"

„Nee, nee, wir haben gesagt, dass es kaum ein Risiko gibt!", erwidert Joker und sein hämisches Lachen keimt mal wieder auf. „Aber wo denkt ihr, wo wir hier sind?"

„In der Bücherei des Todes?", antwortet Peter.

„Und wieso heißt sie so?"

„Weil hier die Totenbücher aller Wesen sind."

„Und wer führt hier Buch?"

„Das Schicksal?“

Joker lacht, unrecht hat der Junge nicht. Aber er scheint nicht zu verstehen, worauf der Weltenwanderer hinausmöchte.

„Stimmt. Aber wer bewacht so eine Bücherei? Ich gebe euch einen Tipp. Ist schon im Namen!“

„Der Tod?“

„Die Sensenfrau.“

„Frau?“, fragt Peter und lacht dämlich.

„Hast du ein Problem damit?“, zischt Wraith.

„Was?“, er schüttelt hektisch mit dem Kopf. „Aber Tod und Sensenmann … Frau! … sind doch dasselbe?“

Erneut lacht Joker los, bemerkt aber Wraiths bohrenden Blick. „Die Sensenfrau ist die Herrscherin über die Tode oder von mir aus auch Sensenmänner. Sie sind ihre Diener und hören auf jedweden ihrer Befehle. Sie kommt nur raus, wenn es sich lohnt. Wenn jemand stirbt, den das Schicksal schon lange haben wollte. Die restliche Zeit verbringt sie mit lesen.“

„In ihrer Bücherei?“

„In ihrer Bücherei!“

Stille breitet sich erneut aus und Peter fühlt, wie sich seine Brust zuschnürt. Panik versucht sich einen Weg zu bahnen und er verflucht, dass Mona zurückgeblieben ist.

„Hey“, Wraith erhebt ihre Stimme und schaut in die Runde, „beruhigt euch. Sollte es brenzlig werden, hole ich uns hier raus. Billie darf uns nur nicht entdecken.“

„Das ist ihr Name?“, Kira grinst. „Billie? Wie Billie Jean? Oder Billy the Kid?“

„Los jetzt. Wir haben schon genug Zeit verschwendet.“

Die Dämonenjäger stapfen los und mustern eingängig die vorbeiziehenden Regale. Selten, dass ein Name auftaucht, den sie irgendwo mal gehört haben. Eher komplett unbekannte Personen oder sogar Wesen von einem anderen

Planeten. Es sind Sprachen dabei, die keinen irdischen Ursprung besitzen.

„Weiß einer", Peter zeigt auf eines der Bücher vor sich, „was hier steht?"

„Die Sprache stammt aus einer anderen Dimension. Sie zu lernen würde dich Jahrzehnte deines Lebens kosten", antwortet Joker und zuckt mit den Schultern.

„Sie hat etwas Familiäres. Besser kann ich es nicht erklären." Joker guckt ihn misstrauisch an und alle ziehen weiter.

Das anfängliche Staunen und Nicht-wahr-haben-Können weicht einer grundlegenden Unruhe.

„Wie lange sind wir schon am Suchen?", fragt Kira.

„Dieser Raum. Dieser Ort. Er besitzt keine Zeit", erwidert Wraith.

„Aber ich bin trotzdem aus der Puste und meine Augen tun weh."

„Heulen hilft auch nicht. Das hat mit deiner schlechten körperlichen Verfassung zu tun."

Beleidigt schaut Kira an sich herunter. Wraith bemerkt ihren Blick jedoch. „Ich meinte deine Kondition. Sport würde dir guttun. Der Rest ist mir egal."

Joker lacht los, während Peter unangenehm berührt auf das Regal vor sich starrt.

„Leute", er greift nach dem Buch, „den Namen hier, den kenn ich doch." Er schlägt den Wälzer, auf dem „Alexander Mars" steht, auf.

„Der Kerl hat mich damals in der Schule immer geärgert. So ein kräftiger Typ, dessen Eltern ihn immer allein und den ganzen Tag vor der Glotze haben hängen lassen."

Er beginnt zu lesen.

„Sei vorsichtig", ermahnt Wraith, „du wirst nicht zwingend mögen, was du liest."

Doch Peter ist im Wälzer gefangen und kann nicht mit

dem Lesen aufhören. Fast schon, als würde ihn das Buch zwingen, immer weiter voyeuristisch in das Leben eines anderen einzutauchen, der sein eigenes für so lange Zeit zur Hölle gemacht hat.

„Krebs", flüstert Peter und schlägt es zu. „Er wird bald an Krebs sterben. Das wollte ich nicht …"

„Es ist doch nicht deine Schuld, dass er sich eine Krankheit zuzieht und daran zugrunde gehen wird", erwidert Wraith und winkt, damit sie weitergehen.

„Aber jetzt weiß ich es. Ich stehe in der Verantwortung, ihm davon zu erzählen!"

Joker und sie schauen ihn mit großen Augen an. Bevor sie etwas sagen können, sprudeln die nächsten Sätze aus ihm heraus.

„Ich weiß jetzt, was mit ihm passieren wird. Wann es ihm passieren wird. Ich kann ihm helfen!", wimmert er und stapft aufgeregt hin und her, bis ihm ein Geistesblitz erscheint, bei dem Wraith hoffte, dass niemand darauf kommt. „Unsere Bücher! Wir brauchen sie. Dann wissen wir genau, wie wir unseren eigenen Tod abwenden können!"

Uncharakteristisch ruhig und verständnisvoll versucht Wraith, ihn aus seiner Aufregung zu befreien: „Peter. Das Wissen, das du …"

KRACH

Sie verstummt und schaut instinktiv zu ihren Schützlingen. Der Boden bebt tosend und Bücher fallen herab.

„Versteckt euch!", befiehlt sie. „Schnell!"

Zusammen finden sie sich hinter einem der Regale ein.

„War das Billie?", flüstert Kira.

„Nein", erwidert Joker. „Das Schicksal mag es nicht, wenn es Veränderung spürt."

BANG BANG BANG

Ohrenfellzerfetzende Schritte, die klingen, als würde man eine Reihe Klaviere von einem Haus hinabwerfen, breiten sich im gesamten unendlichen Raum aus, ohne dass man sie orten kann.

Wraith hält ihren Zeigefinger vor den Mund und signalisiert den anderen, mucksmäuschenstill zu bleiben.

BANG BANG BANG

Die schweren Schritte werden lauter, der Boden bebt weiter und Buch für Buch fällt in den Abgrund. Kira bemerkt verwirrt, dass diese nicht lange auf der Erde liegenbleiben. Wie von Geisterhand werden sie nach kurzer Zeit zurück an ihren Platz im Regal geräumt – egal, wie oft sie erneut runterfallen.

KRACH

Wraith atmet laut aus und ihre angespannte Körperhaltung löst sich.

„Es ist weg."

Vorsichtig kommen sie hinter dem Regal hervor und gucken sich aufgeregt um. Niemand ist zu sehen und alle Dokumente stehen wieder an ihrem Platz.

„Was war das?", fragt Peter und schaut mit großen Augen in die Runde.

„Du hast es herausgefordert", grinst Joker. „Das Schicksal. Und das mag es so gar nicht."

„Ich habe was?"

„Du wolltest ändern, was geschrieben steht. Das ist ein großes No-Go."

„Aber was –"

„Nichts was", entgegnet Wraith erzürnt. „Du hast unsere Mission gefährdet. Konzentrier dich. Vergiss, was du gelesen hast. Und keiner von euch wird nach seinem eigenen Buch Ausschau halten. Ihr würdet nichts als Verzweiflung und Schmerz vorfinden. Das verspreche ich euch."

Jen nimmt einen sichtlich eingeschüchterten und verängstigten Peter in den Arm und schaut ihre Vertragspartnerin missmutig an: „Weil unsere Leben so scheiße sind und wir herausfinden würden, dass wir auf irgendeiner Mission, auf die ihr uns schickt, draufgehen?“

Joker, der Wraith ansieht, dass sie gleich explodiert, übernimmt das Ruder: „Nein, auch, wenn das irgendwie sehr ironisch wäre.“ Er lacht einen Moment, fängt sich aber umgehend. „Sobald ihr rausfindet, wann ihr und vor allem wie ihr sterbt, gibt es kein Zurück mehr. Selbst wenn dieser Tag in der fernen Zukunft läge, würdet ihr an nichts anderes mehr denken. Es gäbe kein Normal mehr, keine Möglichkeit, es aufzuhalten.“

„So ergeht es Menschen mit fatalen Krankheiten doch auch?“

„Nein“, Joker setzt eine ernste Miene auf. „Diese Menschen haben Hoffnung. Und wenn sie die nicht haben, dann finden sie irgendwann Akzeptanz.“

„Die fünf Stufen der Trauer“, wirft Kira ein, „aber durch die würden wir doch auch gehen?“

„Nein. Ihr würdet euch vor dem Tag fürchten, vor den Umständen, würdet alles daransetzen, dass es nicht so weit kommt. Aber wenn ich euch eins versprechen kann: Das Schicksal bekommt immer, was es einfordert.“

„Also kann das, was im Totenbuch geschrieben steht, niemals geändert werden?“

„Das habe ich nicht gesagt. Mit jeder Entscheidung, die ihr trefft, ändert sich euer Weg. Eine neue Kreuzung offenbart sich und ihr müsst stetig überlegen, ob ihr den einfachen oder den richtigen Weg beschreiten wollt. Eure Geschichte – euer Totenbuch – verändert sich entsprechend ebenso.“

Abermals erfüllt Stille die Gruppe. In Gedanken versunken, ohne dass ihnen ein Argument einfällt, schlendern sie langsam weiter. Allen voran Wraith, die den Kopf schüttelt, weil sie die menschliche Kontrollsucht nicht versteht. Lieber sollten sie sich auf das Hier und Jetzt konzentrieren, denkt sie. Das Leben genießen und jede Minute auskosten!

„Ihr geht gerade durch die Bücherei des Todes!“, entweicht es ihr. „Wie viele andere Menschen haben diesen Ort bisher gesehen? So gut wie niemand. Selbst wenn ihr alle morgen draufgeht, habt ihr dafür einen Blick auf das Auge des Kosmos werfen können. Mit dem Wissen, dass ihr nur ein winzig kleiner Teil einer riesengroßen Maschine seid, die seit Milliarden von Jahren läuft. Also reißt euch alle mal zusammen – auch du Joker – und lasst uns das Buch von Astaroth finden. Wir wollen schließlich Ben wiederbeleben.“

Nach der kurzen, etwas verwirrenden Ansprache stapfen Kira, Jen und Peter los und schauen sich genau um. Was erst wie ein Kampf gegen Windmühlen aussah, wandelt sich in eine hochkonzentrierte Aufgabe um. Regale wandern umher, schießen von oben nach unten, und in Windeseile lesen sie die Namen auf den Einbänden. Namen, die aus anderen Welten stammen, Namen, die ihnen bekannt vorkommen und die sie absichtlich ignorieren – und Namen, die ein unerklärliches Unbehagen in ihnen auslösen.

„Leute“, sagt Peter abermals und winkt die anderen zu sich herüber. „Der Name hier …“

„Hast du NICHTS von dem verstanden, was ich eben gesagt habe?“, seufzt Wraith.

„Doch, doch. Aber der Name hier. Das ist doch nicht ernst gemeint, oder?“

Peter nimmt das Buch und hält es hoch, damit die anderen den Einband sehen können: Gott.

Wraith und Joker begreifen einen kurzen Moment nicht, doch dann lacht der Urgott laut los.

„Ach so“, grinst er, „jetzt verstehe ich. Die Person kommt schon dem sehr nahe, was ihr in einem eurer dicken Bücher für Gott haltet. Aber ich sag mal so: Er hat weder die Erde noch euch erschaffen. Er ist einer der Götter, die über euch gewacht haben."

„Haben?"

„Schlag das Buch auf und sieh selbst."

Wraith möchte widersprechen, doch Peter lässt sich nicht zweimal bitten und schlägt den Wälzer blitzschnell auf und liest laut vor: „Gott, auch bekannt als Morgan Freeman", er hält inne und seine Augen drohen aus den Augenhöhlen zu springen, „ach komm, Morgan Freeman?"

Kira kann nicht anders, als auf seine Reaktion mit lautem Gelächter zu reagieren.

„Klassiker", lacht Joker mit und nimmt ein mentales Bild von Peter auf, dessen Kinnlade am Boden hängt.

„Ich kürz das mal ab", wirft Wraith ein, die als Einzige im Kopf hat, dass, umso länger sie hier sind, es desto gefährlicher wird. „Er kam auf die Erde, weil er den Auftrag bekam, über eine sehr junge Menschheit zu wachen. Hat das Jahrtausende über Jahrtausende getan und sich mittlerweile zur Ruhe gesetzt. Spielt in bewegten Bildern mit. Aber nach deiner Reaktion zu urteilen, wusstest du das bereits."

Peter, der es vor Aufregung nicht schafft weiterzulesen, klappt das Buch zu und lässt es wortlos fallen – und schwupp, ist es zurück an seinem Platz.

„Also ist er nicht der eine Gott, für den ihn alle halten?", fragt Jen, die bekennende Atheistin ist und sich ein Lächeln nicht verkneifen kann.

„Nee", erwidert Joker, „dafür hat er sich auch zu oft gezeigt."

„Aber er ist schwarz?", platzt es aus Peter heraus.

„Woooah!" Joker schaut entrüstet. „Ich hätte dich niemals für rassistisch gehalten!"

„Nein, so meine ich das nicht!"

„Da kommst du nicht mehr raus. Wenn wir zurück sind, drück ich dir erst mal ein paar Geschichtsbücher in die Hand."

„Ich dachte einfach nur, dass er …"

„Jesus war auch schwarz, und jetzt? Entsagst du jetzt deinem Glauben und rasierst dir den Kopf?" Joker stachelt ihn weiter an, wohlwissend, wie er es meinte.

„Ich bin doch Atheist!"

„Ich auch." Joker baut sich vor ihm auf. „Aber kein Rassist!"

„… es gab Jesus wirklich?"

„Keine Ahnung …"

„Schluss!", brüllt Wraith. „Mona hätte ihn ganz sicher nicht ausgewählt, wäre er ein rassistischer Vollidiot!"

„Oops …", entweicht es Joker. Wenn Wraith anfängt zu fluchen, sollte man sie besser nicht weiter reizen.

„Wartet mal", unterbricht Jen, „hört ihr auch so ein Klimpern?"

„Die Ketten", erinnert sich Kira. „Die habe ich schon einmal gehört. Als Joker mir den Vertrag anbot und ich kurz davor war, den Löffel abzugeben."

„Billie ist hier", sagt Wraith. In ihren Händen erscheinen aufgeladene Blitzkugeln. Joker stellt sich neben sie und schüttelt den Kopf. Er hat recht. Einen Kampf mit Billie überlebt niemand. Einmal mit ihrer Sense getroffen, und es ist vorbei. Selbst für Wraith und ihn wäre es eine tödliche Begegnung.

„Was machen wir jetzt?", fragt Peter, dessen Angst in seiner Stimme zu hören ist.

„Fliehen", sagt Joker.

„Aber das Buch!", erinnert Kira.

„Wir haben zu lange gebraucht", erwidert Wraith. „Billie ist hier irgendwo. Wenn wir das Buch nicht in den nächsten fünf Sekunden finden, wird sie uns alle auslöschen. Lange vor unserer Zeit."

Verzweifelt schaut sich Kira um und erinnert sich an die Worte vom Anfang: „Du hast gesagt, wir müssen einfach nur daran denken, und das Regal bewegt sich, damit wir an die hoch gelegenen Bücher kommen!"

„Und?"

„Ich möchte das Buch von Astaroth!", ruft Kira und einige Schritte entfernt von ihnen setzt sich ein Regal in Bewegung.

Wraith, sichtlich überrascht, folgt den anderen, die direkt hinlaufen. Sie bleiben stehen und mustern die Wälzer vor ihnen genau.

„Ich kann die Sprache nicht entziffern", sagt Kira.

„Sie ist ja auch dämonischer Herkunft", lächelt Joker. „Hier ist es." Er zeigt auf eines der Bücher links außen. Alle Bücher hier scheint dieselbe Sprache zu zieren. Kira packt das äußere und hält es fest. Jokers Blick wandert auf das Buch, das direkt danebensteht.

„Lucifer ...", haucht er, bemerkt aber Wraiths unauffälligen Blick in seine Richtung und lässt den Gedanken fallen.

Das Kettengeklimper wird lauter und nähert sich der Gruppe unaufhörlich.

„Zeit zu gehen." Wraith öffnet ein Portal, das zum Eingang der Bibliothek führt und alle umgehend dorthin teleportiert. Die Ketten werden geräuschvoller.

„Billie ist uns dicht auf den Fersen", mahnt Wraith. „Wir müssen sofort hier raus."

Kira lässt sich kein zweites Mal bitten und springt ins Portal hinein. Panisch folgen ihr die anderen und fallen förmlich hindurch.

XIV

RECHERCHE

INQUISITIO

Sie kommen hart auf bekanntem Boden auf und atmen erleichtert aus. Zurück in der Bibliothek schaut die Gruppe sich um, ob Billie ihnen nicht doch gefolgt ist.

„Das war aber knapp“, sagt Mona, die zurück auf der Astralebene ist. „Eine Sekunde länger und das Portal wäre zugegangen. Ihr wart doch recht lange weg.“

Die Schattenwelt-Blase ist ebenso verschwunden und die Urgötter nicht mehr zu sehen.

„Hört ihr noch Kettengeklimper?“, wimmert Peter.

„Wenn du die Klappe hältst, können wir nachhorchen“, zischt Wraith, die nur in den Gedanken der anderen zu hören ist.

Peter wirft Jen einen griesgrämigen Blick zu, den sie nicht zu deuten weiß. Unschuldig schüttelt sie den Kopf.

„Nein“, sagt Mona, „ihr seid als Einzige zurückgekommen. Der Tod ist euch nicht gefolgt. Gerade rechtzeitig, wie gesagt. Das war echt anstreeengend.“

„Ich kann auch nichts hören“, antwortet Kira und schlendert los. „Unauffällig. Soll niemand wissen, wo wir waren.“

Die drei stolzieren, exakt nebeneinander, die Bibliothek entlang und pfeifen.

„Sehr unauffällig", lacht Joker. „Zudem, woher sollen die Leute wissen, dass ihr gerade in der Bibliothek des Todes wart? Die glauben höchstens, dass ihr euch ordentlich einen reingedübelt habt, wenn ihr weiter so lustig geht."

Kira seufzt und bleibt neben einem leeren Tisch stehen. Sie winkt die anderen herüber und sie setzen sich hin. Vorsichtig holt Kira das Totenbuch hervor und legt es in die Mitte. Aufgeschlagen untersuchen es alle mit höchster Neugierde, bis sich relativ schnell ein Problem offenbart.

„Stimmt, das ist in dieser Dämonensprache", ärgert sich Jen und verschränkt die Arme.

„Enochian", sagt Mona fast schon emotionslos.

„Ein Ozean?" Kira zieht eine Augenbraue hoch.

„Enochian", seufzt sie und holt tief Luft. „Die Sprache der Dämonen. Und Engel. Wenige Sterbliche können sie sprechen. Erstmals wurde sie im 16. Jahrhundert entdeckt. Hexer und Hexen beherrschen sie zum Teil. Die Sprache ist jedoch nicht einheitlich. Vieles von ihr beruht auf Aussprache und Phonetik."

„Und du kannst sie lesen?", fragt Jen.

„Zumindest zum Teil." Mona schaut sich durch Peters Augen das Buch an. „Aber das wird euch nicht wirklich helfen. Khaos hat uns die Sprache nicht beigebracht. Der Großteil bleibt mir verwehrt. Wir müssen jemanden suchen, der die Sprache besser beherrscht und dem wir vertrauen können."

„Kennt ihr wen?", witzelt Joker.

„Nee, woher denn?" Peter scheint der ironische Unterton entgangen zu sein.

„Vielleicht", erwidert Wraith. „Aber ich müsste allein losziehen. In der Zeit hättest du meine Kräfte nicht, Jen."

„Kein Problem. Wie lange bist du weg?"

„Mit etwas Glück nur ein paar Jahrzehnte."

Stille erfüllt die Bibliothek – was eigentlich nichts Ungewöhnliches ist.

„Jo, R–", Joker schluckt, „aith. Raith! Menschen leben aber gerade mal ein paar Jahrzehnte. Das weißt du doch. Hatten wir besprochen!"

„Verdammt. Was wäre eine lebensfreundliche Zeit? Damit ihr noch lebt, wenn ich wieder da bin? Ein paar Jahre?"

Die drei schütteln gleichzeitig ihre Köpfe.

„Ein paar Monate?"

Gefolgt von Schulterzucken.

„Wochen?"

Gefolgt von sehr lautem Seufzen.

„… Tage?"

Gefolgt von überschwänglichem Nicken.

„Keine Versprechen, aber ich gebe mein Bestes."

„Wen suchst du?", fragt Kira.

„Sie ist schon weg", erwidert Jen, die durch ihre starke Verbundenheit mit der Urgöttin spürt, wenn sich die Bindung löst.

„Wie war es in der Bibliothek?", wirft Mona mit jugendlicher Neugierde ein.

Urplötzlich schnellt Peter hoch, sodass sein Stuhl mit Karacho umfällt: „Hast du eben Engel und Hexen gesagt?"

„Ich habe meine Frage zuerst gestellt!"

„Bist du so überrascht", Kira zieht beide Augenbrauen hoch, „dass es auch Engel und Hexer gibt?"

„Also gut", lacht Joker, „ich roll das mal relativ fix auf: Dämonen kennt ihr ja bereits. Engel ist derselbe Deal, nur noch mal eine andere Dimension. Hexer und Hexen gibt es beide auf der Erde. Ähnlich wie Dämonenjäger sind sie einen Pakt mit einer anderen Spezies eingegangen, die Magie benutzt. Was auf ihrem Planeten übrigens als Wissenschaft angesehen wird. Verrückt, oder?"

Peter hebt langsam seinen Stuhl auf und setzt sich nickend hin.

„Die Bücherei!", ruft Mona. „Spannt mich doch nicht so auf die Folter!"

„Riesig. In der Mitte des Kosmos. Unendlich viele Bücher. Wir hatten Glück. Kira war diejenige, die rausfand, wie man an das Buch gelangt", antwortet er.

„Sie hat herausgefunden, wie man an das Buch gelangt?", grübelt Mona.

„Japp, ohne sie", Peter zeigt demonstrativ auf Kira, „hätte Billie uns mit Sicherheit gefunden."

„Spannend …" Mona versinkt in ihren Gedanken und erwidert nichts auf die Beschreibung der Bücherei. Anscheinend ist ihr etwas aufgefallen, das den anderen bisher entgangen ist. Sie blättert wild in ihrem eigenen Zauberbuch herum. Was sie den anderen nicht erklärt hat – unabsichtlich, da ihre Gedanken oft sehr chaotisch sind – ist, dass es nicht nur Zauber, sondern auch einiges an Wissen enthält.

„Ihr beide. Ihr habt schon mehrfach einen anderen Namen nennen wollen. Warum?" Kira stellt Joker telepathisch zur Rede, was die anderen Jäger natürlich auch mitbekommen.

„Dir entgeht aber auch nichts", lacht Joker. „Du Schlingel!"

„Und?"

„Nichts. Was auch immer du dachtest, gehört zu haben, du hast dich verhört."

„Definitiv nicht. Jen, unterstütz mich hier."

Jen, die ins Buch, dessen Sprache sie nicht lesen kann, vertieft war, schreckt auf und schaut Kira verdutzt an.

„Ja, sowas sagt man nicht, Joker!"

„Was? Nein …" Ein lauter Seufzer erfüllt die Bibliotheksstille. „Den anderen Namen, den er sagen wollte."

„Ach so! Ja. Fängt mit Re an und hört mit nate auf?" Joker lacht und ignoriert den Kommentar.

„Also wirst du ihn uns nicht verraten?"

„Mädels …"

„Ey", ruft Peter dazwischen.

„Mädels, es gibt nichts zu verraten." Jokers lachender Tonfall ändert sich in eine flüsternde Stimme. „Manche Dinge sollten ein Geheimnis bleiben."

„Mona", sagt Peter und zieht das Buch zu sich, „kannst du zumindest Teile übersetzen, die uns helfen könnten?"

Erneut nutzt diese Peter als willige Marionette und durchstöbert die Seiten des dicken, in Gold gehüllten Schmökers.

Sie blättert weiter und lässt einen verzückten Laut von sich. „Er hat einen Drachen als Haustier!"

„Das sind keine guten Nachrichten!", erwidert Jen mit aufgerissenen Augen.

„Aber Drachen sind so toll. Groß, schuppig, schwarze Knopfaugen, helfen dabei, dass man warm bleibt. Ich lieeebe Drachen!"

„Drachen fressen Menschen", sagt Peter.

„Bist du schon mal einem begegnet?", fragt Mona.

„Nein", erwidert er und senkt seinen Kopf.

„Woher willst du das dann wissen? Wegen deiner Vorurteile?"

„Gar nicht. Hast recht. Sorry …"

„Aber ja", Mona räuspert sich, „Drachen fressen Menschen. Ihr solltet ihnen also nicht zu nahe kommen."

Peter rollt unauffällig mit den Augen.

„Das ignorier ich jetzt mal", grunzt sie und liest weiter. „Er befehligt eine ganze Reihe an Legionen und ist der Großherzog der Hölle. Viel Streit mit anderen Generälen. Einige Dämonenjäger bisher umgebracht. Sammelt ihre Seelen."

„Das wissen wir alles schon", entweicht es Kira.

„Mein Enochian ist auch ordentlich eingerostet!" Ein weiteres Mal blättert Mona, bis sie innehält und mit Peters Finger auf einen Absatz zeigt. „Er sammelt die Seelen in einem Gefäß in seinem Thronsaal. Im –"

„Im?" Die Gruppe beugt sich nach vorn, als würde sie jemandem lauschen, der in der Mitte sitzt.

„Im ersten Ring der Hölle", flüstert Mona und versucht sich, ihren entmutigten Tonfall nicht anmerken zu lassen.

„Was heißt das?", fragt Kira.

„Wir müssen in die Hölle hinabsteigen." Monas emotionslose Art ist zurück. „Wenn wir Bens Seele aus dem Fegefeuer springen sehen wollen, müssen wir in die Hölle hinabsteigen."

Die Gruppe erschrickt. Jokers Lache ist so laut zu hören, dass sie in der gesamten Bücherei widerhallt. Die anwesenden Studenten schauen irritiert in die Richtung der drei.

„Wieso können sie dein dummes Gelächter hören?", fragt Kira entsetzt und steht peinlich berührt auf.

„Huch", Joker fängt sich wieder, „da war ich wohl zu übereifrig. Ich denke, Mona und ich kehren zu Inari zurück und schicken Wraith eine Brieftaube, dass diese Menschheit zwar ganz schön war, aber keiner von uns Bock hat, in die Hölle hinabzutauchen. Besonders nicht die, von der Mona spricht. Spoiler: Die ist noch uncooler als das, was ihr euch vorstellt. Aber war angenehm mit euch. Danke für den Ausflug in Billies Bücherei!"

„Ich warne dich", zischt Kira, „jetzt wirst du keinen Rückzieher machen. Wir holen Ben zurück und er wird die Sieben anführen. Ich bin keine Jägerin. Und ich will dich nicht ewig in mir drin haben."

„Wir müssen da echt eine andere Beschreibung für finden", wirft Peter ein und verstummt umgehend, als er Kiras bitterbösen Blick bemerkt.

„Selbst wenn ich vollste Intention hätte, in die Hölle zu steigen …"

„Zu steigen?"

„Wie gesagt, noch mal uncooler, als ihr denkt. Selbst wenn ich diese Intention hätte, wie lange habt ihr vor, dort zu überleben? Wir sind zu dritt. Also zu sechst, aber ihr wisst, was ich meine. Einen der Sieben trägst du nonchalant in deinem Rucksack mit dir herum."

„Dann finden wir den Rest der Sieben!", platzt es aus Jen heraus, die voller Tatendrang aufspringt.

Joker schüttelt lachend den Kopf.

„Das könnte klappen", denkt Mona laut. „Astaroth streift schon viel zu lange ungestraft durch die Gegend."

„Aber dafür müssen wir nicht bis in den ersten Ring vordringen. Wir können ihn ja wieder rauslocken irgendwie."

„Bens Seele", argumentiert Mona. „Inari will Bens Seele. Und er ist deine Verantwortung, Joker."

„Warum immer ich …"

„Weil du anscheinend immer alles vergeigst. Hat Wraith mir zumindest erzählt!"

„Hey!" Kira grätscht dazwischen. „Ich will auch die Seele meines Verlobten wiederholen."

„Warten wir auf Wraith. Sie wird hoffentlich jemanden finden, der uns bei dem Buch helfen kann. Danach überlegen wir uns einen Plan, wie wir die restlichen drei finden."

Kira erinnert sich an ihren Traum. War das Zusammentreffen mit Ben in Astaroths Gefäß vielleicht doch mehr als nur das?

„Ich glaube", Joker lacht erneut auf, „ich weiß genau, wen Wraith im Kopf hat."

XV

EIN ANDERER PLANET

PLANETA ALIUS

Mit einem mulmigen Gefühl wandert Wraith durch die Straßen dieser verlassenen Welt. Spärliches Licht wird nur durch das Firmament am Himmel gespendet, das vor langer Zeit erloschen ist. Keine Sterne oder gar eine Sonne gibt es hier mehr, nur einen Mond, der mit letzter Kraft flackert.

Um sie herum türmen sich Ruinen einst prunkvoller Häuser, die durch Gewalt und Hass zusammen mit ihren Bewohnern das Zeitliche gesegnet haben.

Der gepflasterte Weg, auf dem sie geht, ist mit Schlaglöchern dekoriert und erzählt seine eigene Geschichte, deren Ende aus Tragik und Verlust besteht.

Diese Welt hat vor Jahrtausenden Krieg und Schmerz gesehen. In ihrer dunkelsten Stunde hat die Hölle zugeschlagen und jeden ausgelöscht, der sich ihr zur Wehr setzte.

Wraith ist sich nicht einmal sicher, ob sie die Person findet, nach der sie sucht. Im Krieg war sie nicht umgekommen, aber der Verlustschmerz, den sie empfand, könnte das korrigiert haben.

Vorsichtig und mit gespitzten Lauschern bewegt sich Wraith durch die zerstörte Landschaft, ihr Ziel: ein großes Gebäude genau im Epizentrum. Licht strömt aus der Richtung, und dort könnte sie Glück haben oder zumindest nachfragen, wo sie jemanden findet, der Enochian spricht. Sie weiß, dass die Beschützer dieser utopischen Stadt die Sprache beherrschten.

GRRR

Hinter ihr erklingt ein Knurren. Doch so leicht lässt sich die Dimensionsherrscherin nicht aus der Ruhe bringen. Insbesondere, da sie schon vor geraumer Zeit mitbekommen hat, dass sie verfolgt wird.

„Du bist einer von Billies Kläffern, oder?"

GRRRRRR

Aus den Schatten schleicht eine Kreatur hervor, die einem Hund ähnlich sieht, aber für einen der irdischen Vierbeiner definitiv zu groß ist. Sie besitzt rasiermesserscharfe Zähne und Krallen, pechschwarzes Fell, glutrote Augen sowie spitze, gezackte Hörner, die sich vom Kopf bis zur Schwanzspitze erstrecken. Ein äußerst hässlicher Hund.

„Ich weiß gar nicht", Wraith macht sich bereit, „wann ich das letzte Mal einem von euch Höllenfiffis begegnet bin. Recht lange her. Denk dran, ich stehe noch."

RAWR

Mit lautem Knurren und tödlichen Absichten prescht der Höllenhund auf sie zu und verfehlt sie knapp.

„Da musst du schon –", *RISCH,* „ARGH!"

In Lichtgeschwindigkeit hat sich die Bestie umgedreht und mit ihrer Pranke Wraith am Rücken getroffen. Vier tiefe Krallenfurchen zieren ihr Kreuz und haben die Jacke ordentlich in Mitleidenschaft gezogen.

Kurzentschlossen wirft sie ihre zerrissene Uniform weg. Ein hellweißes Shirt, das schon bessere Tage gesehen hat, offenbart sich.

Erneut setzt der Hund zum Angriff an, doch dieses Mal ist sie vorbereitet.

Er springt, knurrt und sie weicht aus. Sie verfolgt ihren Angreifer haargenau und studiert seine Bewegungen. Es wäre ein leichteres Unterfangen, wenn sie mehr Lichtquellen hätte. Sie lockt die Bestie weiter in Richtung Stadtmitte, wo der Mond heller flackert und Licht aus dem ehemaligen Palast gespendet wird.

RAAAWR

Der Höllenhund läuft auf sie zu und holt mit seinen bärigen Pranken aus. Wraith, die das Angriffsmuster durchschaut hat, springt einen großen Satz zur Seite, um so viel Abstand wie möglich zu bekommen, damit er sie nicht im Sprung erwischt.

Das Mondlicht schimmert deutlich auf die beiden herab und eine narbenzerfressene Schnauze offenbart sich. Der Rücken des Biestes ist mit ebensolchen tiefen Kriegswunden verziert und einige seiner Zacken sind abgebrochen. Löchrige Einschnitte dekorieren das pechschwarze Fell, welches mit gräulichen Fäden überzogen ist.

Vor ihr steht keine kalte Killerbestie, sondern ein Veteran, der seiner Meisterin zu lange dient und längst in den Ruhestand hätte einziehen müssen.

Wraith erkennt die Narben. Sie trägt dieselben. Einige davon im Herzen.

Zögernd, aber entschlossen, der Kreatur kein weiteres Haar zu krümmen, sinken ihre Arme hinab. Mit Vorsicht kniet sie sich auf den Boden und streckt ihre Hand aus.

„Ich habe keine bösen Absichten", sagt sie.

GRRRR

Der Höllenhund versteht das Schauspiel nicht. Gerade noch stand vor ihm eine gefürchtete Gegnerin, die ihm den Hals umdrehen wollte. Jetzt ergibt sie sich freiwillig? Das kann nur eine Falle sein!

Knurrend bewegt er sich auf sie zu, den Kopf weiter senkend, den Kamm höher aufstellend. Die gelbweißen Zähne komplett freigelegt und im Anschlag, um in Sekundenschnelle kurzen Prozess zu machen.

Wraith lässt ihren Arm ausgestreckt und schließt die Augen. Demonstrativ fasst sie mit der anderen Hand auf den Boden, um zu zeigen, dass sie keine feindlichen Absichten mehr hat.

Das ist keine würdige Jagd für einen Höllenhund. Das Knurren der Bestie wird leiser, doch sie nähert sich weiterhin mit einer gesunden Portion Misstrauen.

Die Krallen ausgefahren, beschnuppert sie die ausgestreckte Hand. Wraith spürt den warmen Atem der Kreatur und streckt vorsichtig den anderen Arm aus, um den Hund zu streicheln.

Leises Knurren weist sie darauf hin, keine falschen Bewegungen zu unternehmen – ansonsten heißt es, Arm ab.

„Du bist kein Killer", flüstert sie und streichelt sanft die Seite des Höllenhundes.

Die Kiefermuskeln des Tiers lösen sich, die glutroten Augen erlöschen und weichen einer vertrauten Schwärze. Die Krallen fahren ein und langsam kommt eine dicke Schlabberzunge zum Vorschein, die ordentlich Sabber mit sich bringt.

„Mein Name ist Wraith", sie streichelt den Hund mit beiden Händen, „du musst schreckliche Dinge gesehen und getan haben. Aber nun ist alles gut. Ich bin da."

Der gezackte Schwanz des Höllenhunds wedelt verhalten – als erinnere er sich daran, wie es ist, sich über ehrliche Zuneigung eines anderen Wesens zu freuen. Ein Wesen, das dafür nichts im Gegenzug verlangt.

„Wie heißt du?", fragt Wraith und krault vorsichtig die Brust des riesengroßen Vierbeiners.

WUFF

„Inuki", lächelt sie, „so ein schöner Name."

WUFF WUFF

„Keine Sorge", sie steht vorsichtig auf und tätschelt den Kopf des Vierbeiners, „Billie wird dir nichts antun. Ich werde dich beschützen."

Zufrieden setzt sich Inuki hin und wirbelt mit seinem Schwanzwedeln den Dreck vom Boden auf.

„So ein herzerwärmendes Schauspiel", erklingt es hinter den beiden.

Sie erschrecken und springen unmittelbar zurück in Kampfposition – aber dieses Mal nicht gegeneinander, sondern miteinander.

„Entschuldigt", eine Figur tritt aus dem Schatten hervor, „ich wollte euch keine Angst einjagen."

„Du bist es!", ruft Wraith und Erleichterung zeichnet sich auf ihrem Gesicht ab. Inuki versteht die Mimik seiner neuen Freundin und setzt sich erneut neben sie hin, neugierig, was als Nächstes passiert.

Den beiden nähert sich eine Frau. Mit Sicherheit Jahrtausende alt, was man ihr aber keineswegs ansieht. Mit jedem Schritt, den sie näherkommt, scheint sie förmlich zu schweben. Sie bleibt einen gesunden Abstand vor ihnen stehen. Das Mondlicht scheint von oben auf sie herab.

Vor den zweien steht eine umwerfende Frau – als hätte sie ein Bildhauer aus dem schönsten Marmor geschlagen, mit liebevollen, kastanienbraunen Augen und der Ausstrahlung einer fürsorglichen Mutter. Ihre Haare sind weißgräulich, passend zum leichten Gewand, das sie trägt. Doch trotz ihrer angenehmen Aura vermittelt sie den Eindruck, als würde in ihrem Herzen eine Kriegerin schlummern. Eine Beschützerin, die für ihre Familie ohne Zögern ihr Leben geben und sich in Gefahr stürzen würde – etwas, das sie augenscheinlich bereits mehrfach hinter sich hat. In ihrem Gesicht zeichnet sich eine Straße des Verlustes und der Einsamkeit ab. Aber all das Leid erinnert sie daran, wie wichtig es ist, andere davor zu bewahren.

„Hey Freya", lächelt Wraith, „schön dich zu sehen."

Die beiden umarmen einander innig – wie Schwestern, die sich eine zu lange Zeit nicht gesehen haben.

„Was verschlägt dich in diese Welt?"

Schnell – weil Menschen komischerweise keine Jahrzehnte warten können – erzählt sie von Astaroth und der Bücherei des Todes und Billie, bei deren Name Inuki aufhorcht und leise wimmert, was sich mit Streicheleinheiten von Wraith zum Glück schnell wieder legt.

„Enochian sagst du?" Freya schaut nachdenklich auf ihren zerstörten Palast. „Die Sprache habe ich lange nicht mehr gesprochen. Hast du das Buch dabei?"

„Nein, du müsstest mit zur Erde", erwidert Wraith.

„Nach Midgard?" Sie schaut weiterhin auf die Ruinen ihrer Stadt. „Lange ist es her. Einer meiner Söhne liebte den

Planeten. Irgendwann haben sie uns jedoch vergessen."

Freya schaut sich andächtig um und Tränen steigen ihr in die Augen.

„Alle haben uns irgendwann vergessen."

Inuki stapft vorsichtig auf die Göttermutter zu und lehnt seinen Kopf sanft an ihre Hüfte.

„Ist schon in Ordnung", sie streichelt ihn liebevoll, „so ergeht es uns irgendwann allen. So sehr wir auch dagegen ankämpfen, eines Tages werden alle unsere Gräber unbewacht zurückgelassen und sie empfangen keine Besucher mehr."

„Du irrst dich", wirft Wraith ein. „Ein jeder lebt im Herzen eines anderen weiter. Nicht jeder hat euch vergessen. Wir wissen, was hier passiert ist. Ich trage deine Söhne im Herzen und werde ihre Heldentaten niemals ignorieren."

„Das ist ein schönes Gefühl", erwidert Freya und umarmt ihr Gegenüber ein weiteres Mal. „Trotzdem kann ich dir nicht helfen, außer du bringst das Buch zu mir."

„Was hält dich hier fest?"

„Nichts", sie lässt los und schaut sich abermals um, „ich bin nur ein Geist, der diese Ruinen heimsucht, in der Hoffnung, doch noch einmal die Tage der Vergangenheit aufleben zu lassen."

„Dann komm mit mir. Ich bin mir sicher, dass auf der Erde Aufgaben auf dich warten. Schließlich sind wir gleich."

„Das sind wir."

Freya tritt nah an Wraith heran, sodass sich zeigt, dass sie einen ganzen Kopf größer ist, und gibt ihr einen liebevollen Kuss auf die Stirn.

„Auf Wiedersehen, R–"

WUFF

„… es war schön dich wiedergesehen zu haben."

„Wenn du jetzt gehst, Freya, wirst du es ewig bereuen.

Geister leben nicht. Sie suchen die Lebenden heim und halten an etwas fest, das es nicht mehr gibt!“

Wortlos entschwindet die Göttermutter in die Nacht und lässt eine verärgerte Wraith zurück.

„Das kann doch nicht ihr Ernst sein, Inuki.“

WUFF WUFF

„Keine Sorge, meine Freunde werden dich lieben. Besonders Kira. Joker könnte allergisch sein … aber das ist egal.“

WUSCH

Mit einer ausufernden Handbewegung und allerhand Gestikulieren öffnet sie ein Portal zurück zur Erde und schreitet mit ihrem neuen Freund hindurch.

Freya tritt aus dem Schatten hervor und mustert das Dimensionstor mit angestrengter Miene.

XVI

ÜBERSETZUNGS-PROBLEME

DIFFICULTATES TRANSLATIONIS

Eine gute Woche ist auf der Erde vergangen, während für Wraith die Zeit beinahe stillgestanden ist. Für sie war es ein viel zu kurzer Ausflug, der in Menschenzeit keinen Tag gedauert hat. Ihr Portal öffnet sich inmitten von Jens Küche.

„Was zur Hölle!" Jen springt vom Frühstückstisch auf und stößt sich das Knie. Mit schmerzverzerrter Miene reibt sie sich ihr Bein. „Du musst mich doch vorwarnen, wenn du wiederkommst!"

„Sorry, Jen", erwidert Wraith, „die meisten spüren Trennung und Vereinigung eigentlich nicht."

„Ich anscheinend schon. Bescheid sagen wäre also cool."

„Dann habe ich eine bescheidsagende Vorwarnung für dich."

„Vereinigt sich noch wer mit mir?"

„Nicht so ganz."

DING DONG

„Weißt du", Jen hält einen Moment inne, „wer das ist?"

„Hoffentlich. Ich habe ihm die Koordinaten genannt. Er konnte sich nicht direkt mitteleportieren, sondern musste ein bisschen zu Fuß laufen."

„Hast du jemanden gefunden, der uns helfen kann?“

„Ja?“ Wraiths zögerliche Antwort hinterlässt kein zuversichtliches Gefühl in Jen, die vorsichtig zu ihrer Haustür schleicht und sich dabei paranoid umschaut – obwohl sonst niemand hier ist.

DING DONG

„Ja“, antwortet sie und hält die Klinke kurz fest, „ich mach sofort auf.“

Mit mulmigem Bauchgefühl und bereit, „Wraith“ zu brüllen, öffnet sie die hölzerne Tür und schaut verdutzt – zumindest im ersten Moment. Im Nächsten schreit sie los und versucht, die Haustür zuzuschlagen. Doch Inuki ist längst reingerannt und hat es sich umgehend auf der Couch bequem gemacht.

„Wraith?“ Schnappatmung breitet sich aus und Jen weiß nicht, ob sie weinen, wegrennen oder Wraith den Hals umdrehen soll. „Was ist das da auf meiner Couch?“

„Das ist Inuki“, erwidert die Dimensionsherrscherin, als sei es komplett normal, anderen Leuten Höllenhunde aufzudrücken.

„Was macht Inuki hier?“ Sie schleicht auf Zehenspitzen hinterher und wagt einen vorsichtigen Blick ins Wohnzimmer. „Und wieso liegt er auf meiner Couch? Und wieso riecht er wie eine ganze Armee nasser Hunde?“

„Inuki ist ein Höllenhund von Billie.“

„Willst du mich verarschen?“, platzt es aus Jen heraus, was dafür sorgt, dass der übergroße Hund leise knurrt.

„Ohshitohshitohshit, braaaaaver Höllenhund“, stammelt sie und bewegt sich langsam zur Haustür.

„Er wird dir nichts tun“, sagt Wraith.

„Woher willst du das wissen?“

„Weil er mein Hund ist.“

„Ich dachte er ist von Billie?“

„Er war von Billie.“

„Du bist viel zu ruhig für diese Situation!!!“

Wraith übernimmt die Zügel und wandert zurück ins Wohnzimmer. Höllenhunde haben vielerlei gesehen, von daher wundert es ihn wenig, dass Jen aus heiterem Himmel eine andere Stimme besitzt.

„Ruhig, Inuki. Jen muss sich erst an dich gewöhnen“, sagt sie und streichelt ihren neuen Freund. „Ich kann hier leider nicht so einfach rumrennen, ohne dass es mich viel Kraft kosten würde. Aber keine Sorge, in anderen Dimensionen ist es leichter.“

„Komm schon“, wütet Jen, „du sollst doch Bescheid sagen, bevor du mich wie eine Marionette benutzt.“

„Sorry ...“

Sie greift nach ihrem Handy und öffnet die Chat-Gruppe, die aus Kira, Peter und ihr besteht.

Jen: „Leute, ihr müsst vorbeikommen. Sofort.“ Peter: „Ist alles gut?“

Kira: „Hast du keine Butter mehr?“ Jen: „Kommt sofort vorbei!“

Peter: „Bin gerade unterwegs. Komme später. Oder bist du in Gefahr?“ Jen: „Bin ich nicht.“

Jen: „Das war Wraith. Ich glaube schon.“

Peter: „Wraith ist nicht in Gefahr, du aber schon?“ Kira: „Ich komme.“

Jen: „Danke! Dann komm nach, Peter.“

Etwas später klingelt es abermals an der Tür. Hoffentlich ist es Kira und nicht noch eine fellige Überraschung.

DING DONG

Noch während des Klingelns reißt Jen die Haustür auf, packt eine überraschte Kira am Ärmel und zieht sie in die Wohnung herein.

„Ins Wohnzimmer", flüstert sie und schleicht erneut auf Zehenspitzen los. „Leise!" Kira, die irritiert eine Augenbraue hochzieht, geht schnurstracks in den Wohnraum, nur um laut „Scheiße!" zu brüllen und beinahe nach hinten umzukippen.

„Was ist das?"

„Das ist ein Höllenhund von Billie!"

„Ein was?"

„Wraith sagt, er sei harmlos."

„Da ist ein Pony, das auf deiner Couch schläft!"

Aus dem Nichts ist Jokers charakteristisches Lachen zu hören: „Wirklich, Wraith? Ein Höllenhund?"

„Er tat mir leid. Er ist keine böse Bestie. Billie hat ihn auf mich gehetzt, um sich für den Buch-Diebstahl zu rächen."

„Du weißt, dass ich gegen Höllenhunde allergisch bin."

„Nee, das wusste ich nicht", sagt Wraith und pfeift unschuldig.

„Was soll ich mit dem Vieh anfangen?", schnauft Jen.

„Es beherbergen, bis ich weiterziehe", erwidert die Dimensionswanderin.

„Aber ich dachte, du ziehst erst weiter, wenn ich draufgehe?"

„Das kann ja wohl nicht so lange dauern."

Jokers Lachen unterbricht die Diskussion: „Ihr wisst aber schon, dass es nicht nur diesen einen Höllenhund gibt?"

„Inwiefern?", fragt Kira, obwohl sie sich der Antwort bewusst ist.

„Den hier hat Billie auf Wraith angesetzt", erklärt er und hört auf zu lachen. „Wir werden alle unseren eigenen haben."

Als hätte er es vorhergesehen, klingeln gleichzeitig die Handys der beiden Frauen.

„Wieso will Peter einen Videogruppenanruf starten?", wundert sich Jen und geht dran. „Alles cool bei dir?"

„Nein! Verdammt! HILFE!", schreit er und die vier können auf dem kleinen Bildschirm und dem verpixelten Bild einen laufenden Peter ausmachen, der versucht einem Höllenhund zu entkommen. „Mona studiert das Buch. Sie hört mich nicht!!"

„Wo bist du?"

„Immermannsstraße!"

Die vier laufen augenblicklich los. Wraith pfeift Inuki zu, damit er folgt.

Es dauert zum Glück nicht lange, da die Straße relativ nah an Jens Wohnung gelegen ist. Vor ihnen entfaltet sich ein makabres Schauspiel.

„Da drüben", Jen zeigt auf einen weinenden Peter, der sich hinter einem Auto versteckt hat und vom Höllenhund gesucht wird. „WRAITH!"

Ein Blitz schnellt vom Himmel herab und Jen trägt Wraiths Outfit, die geisterhaft hinter ihr steht und ihre Bewegungen imitiert.

„JOKER!", brüllt Kira und sorgt dafür, dass der Höllenhund auf sie aufmerksam wird. Mit Dämonenjäger-Schwert Dante und Energiekugeln bewaffnet, rufen sie dem Hund zu, damit er komplett von Peter ablässt.

„Na komm, du Töle!", brüllt Kira und schaut unangenehm berührt auf Inuki, der hinter Jen steht und knurrend auf seinen alten Weggefährten guckt.

„Ich weiß", Wraith spricht zu ihrem neuen Freund, „die Situation ist maximal beschissen. Aber vielleicht können wir ihm auch helfen."

KRACH

Hinter dem feindlich gesinnten Biest öffnet sich die Straße. Ein Lavaschwall prescht hervor und drei Dämonen steigen aus dem Loch heraus. Sie sehen anders als vorher aus. Anstelle von roten Augen, Hörnern und dem ganzen höllischen Look ziert sie dunkelrote Haut. Sie sind unwesentlich größer als der Hund und statt Händen, besitzen sie scharfe Klingen. Der Toilettengang ist damit sicher eher schmerzhaft.

„Was sind das denn für welche?“, fragt Kira.

„Nichts Wildes“, erwidert Joker hinter ihr schwebend und ein breites Grinsen aufgesetzt, sodass man seine spitzen Zähne aufblitzen sieht. „Astaroths Handlanger, die er zur Verstärkung schickt.“

„Haben die einen Namen?“

„Wir nennen sie Hunter“, sagt Wraith.

Hinter den Huntern stolpern unbeholfen Scarecrows her, die den Eindruck erwecken, ihre Niederlage kommen zu sehen. Kira und Jen schießen auf die Feinde zu und liefern sich einen wilden Schlagabtausch. Inuki knurrt seinen kollegialen Widersacher an und die beiden drehen sich in weiten Kreisen, genau außerhalb des Kampfgeschehens.

„MONA, MONA, MONA!“, brüllt Peter und lässt die anderen aufschrecken. „Wieso kommst du nicht …?“

Wimmernd bleibt er hinter dem Fahrzeug versteckt.

„Das wird er nicht zum ersten Mal gefragt haben“, scherzt Jen und wirft eine kolossale Kugel auf eine der Scarecrows, die mit dem Energieball hinter sich in ein Auto reinfliegt.

Erst jetzt bemerken die Verteidiger, dass sie etwas vergessen haben.

„Ach so!“, lacht Joker, und mit einer Handbewegung teleportieren sie sich in die Schattenwelt. „Nun könnt ihr gerne weiter zerstören.“

Blitzschnell springen zwei Scarecrows auf Kira zu, die schützend das monumentale Schwert vor ihren Körper hält und die Klingen der Angreifer abwehrt.

„Habe ich dir eigentlich schon erzählt“, Joker stellt sich neben seinen Schützling, „dass ich auch so Energiefuchteleien habe. Magie sagt ihr mit Sicherheit dazu. Schau mal in die Innenseite deines Mantels.“

Mit hochgezogenen Augenbrauen und verunsichert, ob Joker sie nicht nur verarscht, wagt sie einen Blick hinein. Eine Palette messerscharfer Shuriken offenbart sich ihr, die wie von Zauberhand in der Luft erscheinen, wenn sie die Mantelseite vollständig öffnet.

„Wieso sagst du mir das erst jetzt?"

Die Beine fest auf den Boden gestellt und das Dämonenschwert gehalftert, setzt Kira ein verschmitztes Grinsen auf, öffnet ihren Mantel und binnen Sekunden fliegt eine unzählbare Armee an Shuriken in Richtung der Feinde.

Mit Mühe versuchen die Scarecrows auszuweichen, werden aber von den Kunai immer wieder getroffen. Mit gehörfeindlichem Kreischen ziehen sie sich zum Höllenloch zurück. Klaffende, stark blutende Wunden werden von ihrer Niederlage berichten.

„Astaroth wird sie nicht am Leben lassen", sagt Wraith.

„Wieso schickt er nur drei?", grübelt Jen und schaut nachdenklich in die Luft.

„LEUTE", brüllt Peter, der mittlerweile auf dem Auto steht und auf die zwei Höllenhunde zeigt, die sich anfallen.

„Shit." Wraith sprintet zu Inuki und stellt sich zwischen die beiden.

„Hört auf. Ihr gehört zueinander." Die Hände in die Richtung der zwei gerichtet und Stopp signalisierend, versucht sie die Hunde zu besänftigen. „Niemand muss dem anderen etwas antun. Billie beherrscht euch nicht."

Beide horchen beim Namen ihrer Herrin auf. Inuki reagiert eingeschüchtert, sein Kontrahent aggressiv und knurrt Wraith an.

GRRRRR

„Okay, okay", sie streckt die Arme erneut aus, „nicht den Namen erwähnen."

„Der Flohtransporter wird keine Reue zeigen“, sagt Joker und schlendert gemächlich auf das Schauspiel zu. „Zeit, Gnade walten zu lassen und ihn in den Hundehimmel zu schicken.“

„EY!“, brüllt Kira protestierend.

„Niemand wird hier umgebracht. Höllenhunde sind keine Dämonen, Joker. Das weißt du!“ Wraiths Augen blitzen erzürnt auf.

„Trotzdem wollen sie dir ans Leder“, lächelt er und lehnt sich an eine Straßenlaterne, um zuzuschauen.

Peter, der die Situation soweit überwunden hat, auch wenn seine Vertragspartnerin nicht da ist, stellt sich hinter Joker.

„Können wir nicht einfach gehen?“, fragt er.

„Diese Hunde sind darauf trainiert, uns zu folgen“, erklärt Joker, „und das weiß Wraith genauso wie ich. Wenn sie ihn gehen lässt, kennt er unseren Geruch und wird seiner knochigen Meisterin berichten. Sie will ihr Buch wieder und Tribut gezollt haben.“

„Dann töten wir ihn!“, platzt es aus Peter hinaus, der seinen Zeigefinger in die Luft hebt, als hätte er eine grandiose Idee.

„Niemand wird hier getötet!“, brüllen Wraith, Kira und Jen gleichzeitig.

„Sagt mal“, überlegt sie laut und zieht eine Augenbraue hoch, „wieso greift er nicht an?“

„Weil ich zwischen den beiden stehe?“, erwidert Wraith.

„Hört ihr das nicht auch?“

Irritiert gucken sie sich um und blenden das Knurren der Hunde aus.

„Verdammt“, Wraith lässt ihre Arme sinken, „das Geklimper. Sie ist in der Nähe.“

„Zeit zu gehen“, sagt Joker und stellt sich auf. „Was machen wir mit dem Höllenhund? Er kennt unseren Duft.“

„Ich nehme nicht noch einen auf“, erwidert Jen.

„Lasst ihn“, sagt Wraith, bereit ein Portal zu öffnen, das sie hier wegbringt.

„Wraith …“, seufzt Joker.

„Er greift uns nicht mal an!“

„Weil er Zeit schindet!“

„Es wird kein Hund – auch nicht aus der Hölle – umgebracht!“ Das Kettengeklimper wird lauter und die Zeit läuft davon.

„Was ist, wenn –“,

Ohne Vorwarnung springt sie der gegnerische Höllenhund an und beißt sich in ihrem Arm fest.

„Argh!“

Ohne dass die Jäger Zeit haben zu reagieren, prescht Inuki los und verbeißt sich in der Kehle seines alten Weggefährten. Dieser schreit auf und lässt von der Dimensionswanderin ab. Er versucht, sich zu befreien, doch Inuki ist ihm körperlich überlegen. Mit all seiner Kraft beißt er zu, während Kira Wraith abstützt und sie nur mit Horror in den Augen zuschauen können.

Ein letztes Mal versucht der Hund sich zu entreißen und seinem Schicksal zu entkommen, doch Inuki verbeißt sich immer tiefer im Nacken. Ein lautes Knacken ist zu hören, dass sich wie ein Ast anhört, der entzweigebrochen wird, und der leblose Körper fällt zu Boden.

„Also, wenn das nicht –“

„Halt die Klappe, Joker“, zischt Wraith.

„Es tut mir leid“, flüstert Peter, der mit tränenerfülltem Blick auf den toten Höllenhund schaut und einen winselnden Inuki im Augenwinkel sieht, der mit blutiger Schnauze von seiner neuen Freundin getröstet wird.

„Nicht deine Schuld“, sagt Wraith beim Ausatmen, kurz davor, das Bewusstsein zu verlieren. „Wir müssen hier weg.“

Die Erde bebt – anders als vorher. Kein Loch, das im

Boden auftaucht, sondern ein wahrhaftiges Erdbeben, das Laternen umkippen lässt und durch das sich die parkenden Autos verschieben.

„Gut, dass wir in der Schattenwelt –", sagt Joker, doch der Schutzschleier löst sich urplötzlich auf und ein tiefes, rachsüchtiges Geschrei zerfetzt die Luft.

„Billie", flüstert Wraith und öffnet ein Portal.

„Schnell durch!"

XVII

PLAN B

CONSILIUM II

Das war Billie?“, fragt Kira, die als Erste wieder ihre Stimme wiederfindet. Die anderen, einschließlich der Urgötter, haben mit Schnappatmung zu kämpfen. „Aber das war einfach nur eine schwebende, schwarze Robe?“

„Billie“, Wraith holt tief Luft, „ist mehr als das. Mehr weiß ich nicht. Mehr will ich nicht wissen.“

„Stell dir vor“, fährt Joker fort, „du hast einen Autounfall und dein Bein bricht an mehreren Stellen. Die Knochen gucken raus. Und der Schmerz wird erst so richtig schlimm, wenn du draufschaust. So ist das auch mit Billie. Also halt an der schwarzen Robe fest.“

„Aber, wie sieht –“

„Nein!“ Eine wütende Wraith würgt Peters Satz sofort ab und kniet sich zu Inuki auf den Boden, der wimmernd und platt wie eine Flunder rumliegt.

Sie legt ihren Kopf vorsichtig auf den seinigen und lauscht seinem Winseln.

„Ich weiß“, tröstet sie ihn, „sonst hätte er mich umgebracht. Ich danke dir von ganzem Herzen, dass du mich beschützt hast. Ich hätte dich daheimlassen sollen. Du musst nicht mehr aufs Schlachtfeld. Es tut mir leid.“

„Kannst du ihn verstehen?", fragt Peter.

Wraith antwortet ihm nicht, sondern drückt ihren Kopf noch tiefer in das dicke, schwarze Fell ihres Freundes hinein.

Kira hockt sich vorsichtig neben sie und legt eine Hand auf ihren Rücken. Unsicher, ob sie die Urgöttin trösten sollte, streichelt sie ihr nicht über das Kreuz, aber bleibt bei ihr. Sie bemerkt, wie ihr Arm blutet. Die Wunde wird mit jeder Sekunde kleiner. Ist das eine von ihren Kräften?

„Konntest du einen Übersetzer für das Buch finden?", fragt sie, ihre Stimme gesenkt und ohne Nachdruck. „Wenn nicht, kein Problem, wir –"

„Ich habe eine Übersetzerin gefunden", erwidert sie und schaut auf. „Eine Urgöttin namens Freya –"

„Wusste ich's doch!" Joker klatscht sich selbst Beifall und ignoriert die angenervten Blicke der anderen.

„Freya spricht die Sprache noch. Wir müssten das Buch aber zu ihr bringen. Da mir Inuki aber selbst bis Asgard –"

„Asgard?", Peters Augen werden riesig. „Das Königreich der Nordgötter aus der Mythologie?"

„Ja, Peter, das Asgard", erwidert sie, ohne ihre blank liegenden Nerven zu verstecken. „Freya ist die Letzte ihrer Art. Sie möchte die Erinnerung an ihr altes Reich nicht aufgeben. Ich hatte gehofft, sie würde mitkommen. Aber sie ließ sich nicht umstimmen."

„Immerhin hast du ein riesiges Wollknäuel mitgebracht, das dir direkt mal das Leben gerettet hat", sagt Jen und klopft Wraith auf die Schulter.

Inuki wedelt ein wenig mit dem Schwanz und das Wimmern wird leiser.

„Haben wir einen Plan B?", fragt Kira und kommt sich etwas blöd dabei vor. „Ich weiß, gerade geht es drunter und drüber und wir sind alle noch gar nicht so richtig aneinander gewöhnt, aber umso länger wir warten, desto höher ist die Gefahr, dass noch mehr Hunde kommen und Billie uns findet. Nur wegen dieses blöden Buches."

„Was ist denn", hakt Joker ein, „wenn wir uns alle zusammen nach Asgard teleportieren –"

„O ja!" Peter hüpft aufgeregt in die Luft.

„Alle zusammen hin, Freya übersetzt es, wir springen zurück in Billies Bücherei, wischen noch eine Runde Staub und packen das Buch zurück an seine Stelle? Dann ist das Gleichgewicht wiederhergestellt und sie ist nicht mehr böse!"

„Was meinst du mit hergestelltem Gleichgewicht?" Kira zieht die Augenbraue hoch. Entweder hat sie vorher nicht aufgepasst oder sie hört zum ersten Mal davon, dass sie irgendein Gleichgewicht durcheinandergebracht haben. Bei ihrem Glück irgendetwas Kosmisches, was die Waagschalen des Universums aus dem Ruder hat laufen lassen und deswegen dafür sorgt, dass der Mond bald auf die Erde fällt. „Haben wir irgendein schicksalhaftes Zahnrädchen in Bewegung gesetzt?"

„Nicht ganz", antwortet Wraith. „Aber Billie ist die Einzige mit der Befugnis, in ihren Büchern zu lesen. Sie allein darf sich das Wissen aneignen, wann jemand stirbt. Sobald eines dieser Bücher weg ist, kann sie ihren Job nicht machen. Da Astaroth aber sowieso durch unsere Hand sterben wird, ist das eigentlich recht egal."

„Falls wir Erfolg haben", fügt Joker an.

„Wenn wir Erfolg haben", erwidert sie. „Auch wenn ich deinen Plan für schwierig halte, fällt mir nichts Besseres ein. Wenn Freya nicht zu uns kommt, müssen wir eben zu ihr. Jedoch sollten wir uns genau überlegen, wer mitkommt."

„Also, Asgard habe ich noch nie –"

„Wo ist Mona?" Wraith unterbricht Peter, bevor dieser seinen Satz zu Ende spricht, und schaut sich um. „Ist sie immer noch nicht da?"

„Nein", erwidert er. „Keine Ahnung, wo sie ist. Ich kann mit ihr auch nicht kommunizieren."

„Moment ..." Wraith schaut sich aufmerksam auf der Astralebene um. Neben Joker erblickt sie jedoch niemanden. Sie wandert ein paar Schritte umher und dort, hinter einem Felsen, sieht sie die kleine Zauberin tief in ihrem Buch vergraben. Mona summt laut eine Melodie, die Wraith irgendwo schon einmal gehört hat, aber nicht genau einordnen kann.

„Mona?" Sie steht erwartungsvoll hinter ihrer Kollegin, doch diese reagiert nicht.

„Hallo?"

Sie geht einen Schritt näher auf sie zu und tippt sie an. Mona springt erschrocken auf und murmelt hektisch einen Zauberspruch. Eine beeindruckende Feuerfontäne schießt aus ihrer linken Hand und sie hält sie schützend vor sich. Wraith macht einen großen Satz zurück und guckt sie nur mit aufgerissenen Augen und einem angenervten Blick an.

„Oh, Wraith", erschrocken löscht sie die Flamme, „ich habe gar nicht mitbekommen, dass du hier bist. Ich war so vertieft –"

„Kennst du dein Zauberbuch mittlerweile nicht auswendig?"

„Nee, nee, nicht mein Zauberbuch", erwidert Mona und zeigt Wraith das Totenbuch.

„Astaroths Ablebestory versuche ich zu übersetzen. Gar nicht so leicht. Bin ich ehrlich. Aber Enochian leiht sich vieles aus anderen Sprachen. Ich glaube, wenn ich so weitermache, sollte ich in drei Äonen fertig sein."

„Dann sind aber die Jägerinnen und Jäger schon lange tot."

„Ach so ..." Mona kratzt an ihrem Hut und schaut nachdenklich in die Luft. „Also wäre das zu lang?"

„Eindeutig", seufzt Wraith und guckt ermüdet zu Boden. Eigentlich meint es die Zauberin nur lieb, in solchen Augenblicken merkt sie aber, dass Mona die jüngste der Urgötter ist. „Wir haben einen Plan B entworfen. Peter hätte dich übrigens eben gebrauchen können."

„Peter?", abermals kratzt sie an ihrem Hut und schaut Löcher in die Luft. „Ach so! Der Junge, dem ich meine Kraft leihe!"

Wraith hält an sich, nicht auszurasten. In Menschenjahren wäre sie zwar ein Urgestein, aber Mona hat zum ersten Mal einen Vertragspartner und scheint die Beziehung noch nicht verstanden zu haben. Das ist nicht ihre Schuld, denkt sich die Dimensionswanderin. Schließlich gibt es niemanden mehr, der sie beiseitenimmt und ihr genau erklärt, was ihre Aufgabe als Partnerin ist. Inari gehörte damals zu denjenigen, die anderen Göttern aufgezeigt haben, wie sie ihren Schützlingen im Kampf zur Seite stehen können. Heutzutage ist sie eine der allerletzten Übriggebliebenen, die schon zum Anbeginn der Zeit da waren. Bevor die Dämonen ihren und viele weitere Planeten zerstört und alles an Leben ausgelöscht haben, das den Fortbestand gesichert hätte. Irgendwann werden somit auch die Urgötter nicht mehr existieren. Ein düsterer Gedanke, der sich in Wraiths Kopf einbohrt wie ein Mehlwurm, der Heißhunger auf Apfel hat.

„Ist alles gut?"

„Alles gut, Mona. Sorry. Bin kurz abgedriftet. Peter ist dein Schützling. Wenn er deinen Namen ruft, musst du zu ihm gehen. Nur mit deiner Kraft ist es ihm möglich, die Dämonen zurückzuschlagen. Vergiss das nicht."

Mona nickt hektisch und packt das Totenbuch weg – eine Kopie dessen, was Kira in der echten Welt in ihrem Rucksack aufbewahrt. Aber das ist das Schöne an der Astralebene: Alles, was sich die Götter vorstellen, können sie mit der Kraft ihrer Gedanken herbeizaubern. Eine exakte Kopie oder eher eine Replik. Glücklicherweise funktioniert dies aber nur mit unorganischen Materialien, nicht auszudenken, was Joker sonst alles heraufbeschwören würde.

„Mona war auf der Astralebene mit der Übersetzung von Astaroths Buch beschäftigt“, erklärt Wraith und gesellt sich wieder zu den anderen. „Weit gekommen ist sie aber leider nicht.“

„Mein Enochian ist aber auch sehr schle–“

„Wo warst du?“ Peter heult hysterisch auf und schaut sich irritiert um. „Ich wäre beinahe gestorben!“

„Das ist aber sehr theatralisch“, erwidert Joker lachend. „Wir sind dir doch zu Hilfe geeilt!“

„Ihr habt viel zu lange gebraucht und der Höllenhund hätte mich beinahe weggerissen! Zudem standest du doch nur an einer Laterne rum!“ Panik setzt ein und Peter ringt nach Luft.

Kira und Jen schauen ihn nur unangenehm berührt an und versuchen, die Situation zu überspielen.

„Mona hat auf jeden Fall keinen nennbaren Fortschritt gemacht“, fährt Wraith fort.

„Aber ich weiß, was Milch auf Enochian heißt!“

„Uh, was denn?“, fragt Joker.

„WJlkq“

Bis auf Joker, der verrückt grinst und nickt, schauen die anderen Anwesenden eingeschüchtert zur Zauberin. Ihre liebliche, kindliche Stimme ist für die Länge des Satzes einem tiefen, markerschütternden Grollen gewichen, das das Blut aller hat gefrieren lassen.

„Das ist mein Fetisch“, sagt Joker.

„Mach das nie, nie wieder“, antwortet Kira und schüttelt sich in Abscheu.

Mona schaut bedröppelt zu Boden, vor allem, weil sie gar nicht mitbekommen hat, dass sich ihre Stimme verändert hat.

„Genug rumgeblödelt“, erklärt Wraith in bitterernstem Ton. „Kira, Joker, Jen und ich werden zurück nach Asgard reisen und das Buch mitnehmen. Mona und Peter bleiben hier. Vielleicht findest du“, sie nickt ihr zu, „trotzdem noch etwas heraus. Pass auf Peter auf, die Höllenhunde werden nicht weniger werden.“

Auf einmal hören sie ein Winseln. Inuki ist nach seinem wohlverdienten Ruheschlaf aufgestanden und stupst seine beste Freundin flehend an.

„Aber wenn noch mal einer deiner ehemaligen Weggefährten dort wartet, weiß ich nicht, ob ich dich beschützen kann“, sagt Wraith und streichelt ihm liebevoll den Kopf.

„Bleib bei Peter und Mona. Die beiden kümmern sich um dich! Du musst nicht mehr kämpfen. Versprochen!“

Inuki schmiegt sich sanft an und wedelt verhalten. Er weiß Wraiths Angebot zu schätzen, merkt aber, dass etwas in ihm schlummert.

„Das heißt“, meckert Peter, „ich bleib als Einziger zurück … Mit Mona? Die sowieso zum ersten Mal jemanden beschützt? Und diesem Vieh?“

Wraith seufzt und öffnet das Portal.

„Jopp“, erwidert Kira und klopft ihm verhalten auf die Schulter. Eigentlich hatte sie gedacht, dass sich die Jägerinnen und Jäger blendend verstehen würden. Doch mit Peter ist sie bisher nicht so wirklich warm geworden. Entweder kommt das noch oder sie muss akzeptieren, dass wir nicht mit allen Menschen in unserem Leben klarkommen.

Sie nimmt ihren Rucksack, checkt, ob das Buch und der Kopf drin sind – wo soll er auch sein, wegrollen kann er zum Glück nicht –, und schnallt ihn sich auf den Rücken.

„Moment“, hakt Jen ein, „du warst eine ganze Woche weg. Was soll ich denn meinen Eltern und meinen Freunden erzählen? Und erst recht meiner Uni?“

„Stört sie das, wenn du eine Woche weg bist, ohne dass sie wissen, wo du bist?“ Kira und Jen tauschen einen Blick aus, der besagt, dass sie nicht glauben können, wie wenig Verantwortungsbewusstsein Urgötter besitzen.

„Ja, das heißt das. Kira und Joker können mit. Ich bleibe hier und halte die Stellung. Muss ja schließlich jemand auf Peter und Mona aufpassen.“

„Ich kann zaubern!“, wirft Mona ein, mehr fällt ihr jedoch nicht ein.

„Ja, das kannst du“, erwidert Joker und tätschelt ihr leicht den Kopf.

Die Zauberin grinst stolz, umarmt ihr Zauberbuch und drückt es fest an sich.

„Jen“, Kira schaut ihre Freundin ernst an, „wenn jemand fragt, sagst du, dass Ben und ich spontan Urlaub machen. Wir haben keine Handys dabei und wollten einfach mal abschalten.“

„Aber ich will Thea nicht anlügen“, erwidert Jen und verzieht ihre Miene zu einem tieftraurigen Blick – vollkommen aufgesetzt, was alle sofort sehen. „Aber wenn es nicht anders geht, dann mach ich das.“

„Wir sind hoffentlich in spätestens einer Woche wieder da.“

Joker wackelt mit seiner rechten Hand, als wolle er sagen, dass es um einiges länger als das dauern könnte.

„Wir sollten nicht noch mehr Zeit verplempern.“ Mit diesen Worten springt Wraith in ihr Portal, gefolgt von Joker.

Kiras mulmiges Bauchgefühl lässt nicht locker und obwohl sie den beiden komplett vertraut, hat sie Sorge, dass sie irgendetwas verpasst, wenn sie mit ihnen durch das Dimensionstor schreitet.

„Keine Angst“, sagt Jen und umarmt ihre beste Freundin. „Ich pass hier auf alles auf. Du bist schneller wieder da, als du dich versiehst. Da bin ich mir sicher.“

Kira drückt sie fest an sich und bedankt sich bei ihr. Mit neugefasstem Mut dreht sie sich um und durchschreitet das Portal zu einer anderen Welt.

XVIII

EINE NEUE WELT

MUNDUS NOVUS

Inuki räkelt sich zufrieden auf Kiras Couch, während Jen, Peter und Mona in der Küche einen Kaffee mit extra Koffein trinken und überlegen, wie sie die Zeit herumkriegen, ohne sie nur mit Warterei verbringen zu müssen.

„Mann, bin ich froh, dass du wusstest, wo Kiras Zweitschlüssel versteckt war“, sagt Peter. „Ich hätte die Bestie definitiv nicht mit zu mir nehmen wollen.“

„Meine Couch hat er schon kaputtgemacht“, seufzt Jen und zuckt mit den Schultern.

„Aber was macht man nicht alles für die Höllenhunde von Freunden …“

„Soll ich ihn einschläfern?“, fragt Mona aus heiterem Himmel. „Ich kenne dafür einen Spruch. Aus meinem –“

„Ja, aus deinem Zauberbuch, und nein, wir bringen niemanden um!“

Jen faucht Mona von der Seite an, die kleine Kullertränchen zurückhält.

„Ich wollte doch nur helfen“, sagt sie und vergräbt das Gesicht in ihrem Buch. „Du musst doch nicht direkt so fies sein.“

„Entschuldigung –“, setzt Jen an, wird aber sofort von Peter unterbrochen.

„Mona ist noch sehr jung! Sie wollte nur helfen!"

„Das hat sie doch gerade gesagt!", erwidert Jen und steht mit verschränkten Armen auf. „Ich wollte sie nicht so anmachen. Aber das wird mir alles gerade zu viel. Ich brauche ein bisschen frische Luft."

„Willst du wirklich rausgehen?", fragt Peter und beißt sich auf einen Fingernagel. „Ich glaube nicht, dass es allzu sicher ist."

„Ja. Ich muss mal allein sein. Mir wird schon nichts passieren. Und zur Not kann ich Wraith rufen."

„Ich glaube nicht", flüstert Mona zurückhaltend, „dass sie dich auf Asgard hören kann. Bleib lieber hier."

„Ich bin gleich wieder da", erwidert Jen.

Vor der Tür seufzt sie laut und stampft auf. Die Decke fällt ihr auf den Kopf und sie weiß nicht, wohin mit ihren Emotionen. Kira hilft ihr in solchen Situationen, doch nicht nur dass sie auf einem anderen Planeten ist, sie hat ihre eigenen Sorgen. Immerhin ist Jens Verlobter nicht gestorben – sie hat zwar nicht mal einen, aber sie wüsste nicht, ob sie so standhaft bleiben könnte. Sie würde sich am liebsten etwas von Kiras Hoffnung und Willenskraft abschneiden. Schon damals sah immer alles so einfach aus, was ihre beste Freundin unternommen hat. Egal, was sie sich in den Kopf gesetzt hat, sie hat es schlichtweg umgesetzt. Warum macht das nicht jeder so?

„Weil alle Menschen andere Menschen sind", denkt sie laut. Den Satz hat sie irgendwo mal aufgegriffen und sich eingeprägt. So simpel er ist, so viel Wahrheit steckt in ihm. Keiner von uns ist gleich und wir alle besitzen eigene Auffassungsgaben und erleben jeden einzelnen Augenblick komplett individuell. Und wer weiß, wie es tief in Kiras Innerem aussieht? Selbst Jen kann nicht erahnen, welche inwendige Schlacht ihre Freundin bestreitet, während sie versucht, die Fassade aufrechtzuerhalten. Mit Sicherheit konnte sie bis jetzt nicht einmal ansatzweise alles verarbeiten, was ihr zugestoßen ist. Sie prescht lieber nach vorne und zieht so lange durch, bis ihre Mission abgeschlossen ist und sie einen Moment der Ruhe findet. Zwischendurch lässt sie sich von nichts abbringen. Mehr Menschen sollten wie ihre beste Freundin sein, beendet Jen ihr Gedankenspiel und spaziert los.

Auf Asgard suchen Kira, Joker und Wraith unterdessen nach Freya. Nachdem sie sich beim ersten Besuch selbst offenbarte, haben sie Schwierigkeiten, die Muttergöttin zu finden.

„Hier ist einfach nichts“, sagt Joker. „Wie kann man sich hier noch aufhalten? An diesem zerstörten, verlassenen Ort? Hier sieht es schlimmer aus als damals, als ich aus Spaß ‚Hexe‘ geschrien habe und plötzlich alles angezündet wurde.“

„Psst“, faucht Wraith. „Nicht, dass sie dich hört. Ihr Herz hängt an diesem Ort und ist bisher nicht weitergezogen.“

„Du hast was aus Spaß geschrien?“, zischt Kira und schaut Joker durchdringend an.

„Hat er nicht“, erwidert Wraith, „ist nur sein dummer Humor.“

„Ey“, er drückt sich auf die Nase, „ich habe gelacht!“

Die beiden Frauen seufzen laut und schreiten voran. Ihre Umgebung lässt sie kaum hoffen, Freya in absehbarer Zeit wiederzufinden. Auf Wraiths Vorschlag hin wandern sie zum Palast, der als einzige Lichtquelle die zerstörte Umwelt preisgibt. Sie erkennen wenig, aber das, was sie sehen, sorgt für Bauchschmerzen und ein Gefühl, schreien zu müssen.

„Wie konnte das passieren?“, fragt Kira, ihre Stimme gedämpft, als würde sie den gefallenen Gebäuden Respekt zollen. „War das nicht das Land der Götter?“

„Die Dämonen sind hinterrücks eingefallen. Haben sie alle überrascht. Ihre stärksten Verteidiger konnten nichts gegen sie ausrichten. Sie wussten, dass der Tag des Jüngsten Gerichts kommen würde. Sie dachten, sie wären vorbereitet.

Aber sie haben den Überraschungsangriff nicht eintreffen sehen. Einer der Ihrigen hat sie verraten und für die Zerstörung ihrer Stadt gesorgt."

„Wer hat den Verrat begangen?"

„Einer von Freyas Söhnen. Sie hat alle ihre Kinder gleich geliebt. Er fühlte sich trotzdem benachteiligt. Wollte der Thronerbe sein. Er brachte einige Krieger Asgards um und ließ die Dämonen ein … Das ist aber alles lange her. Freya würde nicht wollen, dass ich diese Geschichte erzähle."

„Aber ist es nicht wichtig, die Vergangenheit in Erinnerung zu behalten, damit wir die ehrenhaften Opfer, die erbracht worden sind, niemals vergessen?"

„Ehre?" Joker lacht und schüttelt verächtlich mit dem Kopf.

„Ehre?" Wraith schließt sich dem Kopfschütteln an. Aber es ist eher ungläubig als abfällig. „Wir stehen in der Asche Millionen toter Seelen. Sieh dich um. Frag die Geister, ob ihnen Ehre wichtig war."

Kira schaut sich angespannt um, kann aber offensichtlich niemanden sehen – niemand ist da, den sie fragen könnte.

„Hier ist niemand –"

„Damit hast du deine Antwort."

Kira verstummt und nickt nur. In ihrem Kopf war das Verteidigen der eigenen Heimat eine ehrenhafte Aufgabe. Sie selbst war zum Glück – bisher – in keinerlei Krieg verwickelt, aber der Überzeugung, sollte es soweit kommen, wäre sie die Erste, die ihre Familie beschützen würde. Mit allen ihr zur Verfügung stehenden Mitteln.

„Manchmal", Joker klopft ihr auf die Schulter, „ist es keine Schande, seine Waffen fallen zu lassen und einen Konflikt ruhen zu lassen."

„Aber die Menschen hier", Kira streckt die Arme zu beiden Seiten aus und dreht sich, „hatten doch keine andere Wahl."

„So blöd es klingt, aber du hast immer eine Wahl."

Sie sind am Palast angekommen. Zwar schimmert Licht durch, aber einen Eingang, der nicht zugeschüttet ist, entdeckt keiner.

„Können wir hier überhaupt rein?", fragt Kira und inspiziert das Gebäude genauestens. Eine wunderschöne, prunkvolle Fassade, komplett in weißen Marmor gehüllt, die Rahmen mit Gold verziert und Bilder der Königsfamilie eingemeißelt. Das denkt sie zumindest, denn viel ist nicht übergeblieben. Vor ihrem inneren Auge vervollständigt sie das Abbild des Palastes und ist überzeugt, dass er einst so aussah. Immerhin das Antlitz einer Göttin ist noch klar erkennbar. Eine bildhübsche, junge Frau mit langen Haaren und liebevollen Augen. Das muss Freya sein.

„Wraith", sie zeigt auf das marmorne Bild, „ist das Freya?"

Wraith, die einmal um den Palast gegangen ist und nichts gefunden hat, das ihnen Zutritt gewähren könnte, lächelt – ein herzliches Lächeln, das voller Reue steckt. Sie tritt nah an die Figur heran und legt ihre rechte Hand auf ihr ab. Sie gleitet sanft über das steinerne Meisterwerk, das sich so glatt wie am ersten Tag anfühlt, und senkt ihren Kopf.

„Ja", sagt sie, „das war Freya."

Zurück auf der Erde spaziert eine wütende Jen durch den örtlichen Stadtgarten und ist fast schon angewidert von den ganzen Liebespärchen – warum sollten die glücklich sein und sie nicht?

„Nein, lassen Sie mich bitte in Ruhe", sagt eine junge Frau nicht unweit von Jen entfernt. Ein älterer Mann stapft ihr hinterher. Er sieht zwar nicht wie eine Bedrohung aus, aber die Situation scheint der Dame unangenehm zu sein. Jen beobachtet das Schauspiel einen Moment und entscheidet sich, einzuschreiten.

„Alles okay bei dir?", fragt sie die Frau.

Sie nickt verhalten und geht schnurstracks weiter, um nicht aufgehalten zu werden. Der Bursche mustert Jen und schaut sie griesgrämig an: „Ist das deine Freundin?"

„Nein", erwidert sie standhaft „ich sehe aber, dass sie sich nicht wohlfühlt. Kennen Sie sich?"

Der Kerl lacht und sein Auftreten ändert sich von aufdringlich zu widerlich.

„Bisher nicht. Aber ich möchte sie ja kennenlernen." Er will an Jen vorbei, die jedoch einen Seitschritt macht und ihm den Weg versperrt.

„Sie könnten der Vater dieser jungen Frau sein. Zischen sie ab."

„Ganz schon großmäulig für so eine Göre."

Jen lächelt. Zu gerne würde sie ihre Vertragspartnerin rufen, aber die braucht sie bei so Schlappschwänzen nicht.

„Komm, Mädchen, geh aus dem Weg", sagt er und versucht ein weiteres Mal an ihr vorbeizugehen. Dabei berührt er ihren Arm.

Jen, die sich nicht zum ersten Mal mit widerlichen Wichten auseinandersetzt, fällt zu Boden und zieht die Blicke anderer Parkspaziergänger auf sich.

„Wieso betatschen Sie mich?", schreit sie und steht zitternd auf. „Fassen Sie mich nicht an!"

Ein Zeuge kommt umgehend herübergeeilt und stellt sich vor Jen.

„Was soll das?", fragt der herbeigestürmte Mann und schaut den verwirrten Kerl bitterböse an. „Verschwinden Sie!"

„Ich hab nur –", stottert der, zuckt aber zusammen, als sein Gegenüber die Fäuste ballt.

„Wird's bald?" Er setzt zum Schlag an und der Widerling zieht umgehend ab. „Alles okay bei dir?"

Der Notretter schaut Jen an, die nur dankend nickt und ihm den Rücken zukehrt.

„Hey“, ruft er ihr hinterher, „ich habe dich gerade gerettet.“

„Sie“, erwidert Jen mit Nachdruck, denn das Du hat sie ihm nicht angeboten, „haben genau das Richtige unternommen. Dankeschön!“

Die junge Frau, die vom Typen verfolgt wurde, hat alles aus sicherer Entfernung beobachtet und schleicht Jen entgegen.

„Danke“, sagt sie leise, „der ist mir schon die ganze Zeit hinterhergestiefelt. Ich hatte Angst, dass er mir was tut.“

„Wieso hast du ihm nicht gesagt, dass er abhauen soll?“, fragt Jen mit verständnisvoller Stimme. Sie möchte nicht, dass die junge Dame den Eindruck bekommt, sie hätte Schuld an dem abscheulichen Verhalten.

„Das habe ich mich nicht getraut …“ Eine Träne läuft ihr übers Gesicht und Jen kann nicht anders, als die Schulter der Frau zu streicheln.

„Ich bin Jen“, sagt sie und hält der Frau die Hand hin.

„Ich bin Ellie“, erwidert diese und sie schütteln die Hände.

„Ellie“, wiederholt Jen und lächelt, „es freut mich sehr, dich kennenzulernen! Typen wie dieser Ficker –“

„Huch“, Ellie horcht auf und ihr Gesicht wird rot. „Ich bin nicht so gut im Fluchen.“

„Kann ich dir beibringen!“, antwortet Jen und lacht. „So Kerle brauchen klare Ansagen. Anders verstehen sie es nicht. Niemand hat dich so zu behandeln, egal ob Mann, Frau oder wer auch immer. Merk dir das!“

„Mein Papa –“ Ellie schluckt. Sie merkt, dass sie einer Frau, die sie erst seit zwei Minuten kennt, ihre Lebensgeschichte anvertrauen wollte. „Schon gut. Danke.“ Peinlich berührt verabschiedet sie sich leise und stiefelt los. Jen schaut ihr amüsiert hinterher, überlegt kurz und holt wieder auf.

„Hast du Lust auf einen Kaffee, damit wir uns ein bisschen aufwärmen können?“

„Ich trinke keinen Kaffee …“ Ellie freut sich über das Angebot, ist aber unsicher, woher es kommt.

„Wie wäre es mit Tee? Oder Kakao?“

„Ein Tee klingt gut.“

„Perfekt. Ich kenne hier einen super Kaffeeladen um die Ecke. Ist ganz klein und keine der großen Ketten, die alles mit Zucker und Geschmacksverstärkern vollballern. Sollen wir dahin?“

Ellie nickt verhalten. Sie weiß, dass von Jen keine Gefahr ausgeht, fragt sich aber, ob sie eine Agenda verfolgt. Sie ist daher lieber vorsichtig und hält den Kopf unten.

„Wieso kommst du mir so bekannt vor?“, überlegt Jen und will Ellie abermals über den Arm streicheln, weil sie das Gefühl hat, sie müsste die junge Frau beschützen, entscheidet sich aber dagegen, damit es nicht unangenehm wird.

„Das weiß ich nicht“, erwidert Ellie kleinlaut und schaut weiter zu Boden.

***

Auf Asgard schauen Kira, Joker und Wraith ebenfalls auf ihre Füße. Der Palast war – obgleich er voller Erinnerungen steckte – ein Reinfall. Und auch sonst ist niemand auffindbar. Der Ort scheint vollends zurückgelassen.

„Ich hätte nicht gedacht“, seufzt Wraith, „das Freya diesen Ort verlassen würde. Sie klang so überzeugt davon, hierbleiben zu wollen. Ob es meine Schuld ist?“

„Was hast du zu ihr gesagt?“, fragt Joker. „Hast du ihr irgendwas davon erzählt, dass sie nicht wie eine Leiche durch die Gegend wandern, sondern mal wieder anständig bumsen sollte?“

„Nein“, erwidert Wraith und schnauft. „Zumindest nicht mit diesen Worten.“

„Ach R–“

„Psssst“, zischt Kira die beiden an und schaut durchdringend. Sie sieht die Silhouette eines Wesens einige Meter hinter ihnen. Rote Augen und ein Kopf, der sich fragend zur Seite dreht, schimmern durch Ruinen hindurch. „Da ist jemand.“

„Freya?“, ruft Wraith, was dafür sorgt, dass Kira sich lauthals über sie aufregt.

„Was ist, wenn das so ein Höllenhundvieh ist?“

„Dann bekämpfen wir es.“

„Oder adoptieren noch einen!“

„Ich dachte, du bist allergisch?“

„Nee, das habe ich immer nur so gesagt.“

Das Knacken des Unterbodens verrät den dreien, dass das Wesen langsam in ihre Richtung schleicht. Kira streckt ihren Arm aus und will Dante zu sich rufen, doch Wraith winkt ab und gibt ihr ein Zeichen, dass sie sich ruhig verhalten soll.

Die Figur wandert näher und das spärliche Licht offenbart eine junge Kreatur. Ihre Haut ist gräulich gefärbt, die Augen hellrot und sie hat kleine, spitze Zähne. Wenn Kira raten müsste, würde sie davon ausgehen, dass es ein Kind ist. Das Gesicht strahlt gleichermaßen Unschuld wie Neugierde aus. Ihrer Körperhaltung nach zu urteilen, hat sie kein Interesse an einer gewalttätigen Auseinandersetzung, sondern sucht ebenfalls etwas.

„Hey Kleiner“, sagt Wraith und streckt ihre Hand aus. „Es ist alles gut, du musst dir keine Sorgen machen. Hast du deine Eltern verloren?“

„Trolle …“ Joker atmet lange aus und dreht dem Wesen den Rücken zu. „Warum muss es ein Troll sein?“

„Das ist ein Troll?“, fragt Kira.

„Ja. Dumme, nichtsnutzige Geschöpfe.“

„Warum bist du so fies?“ Sie schüttelt den Kopf und ärgert sich über Joker.

„Bin ich nicht. Er versteht mich sowieso nicht. Aber mit Trollen habe ich keine guten Erfahrungen gemacht. Wenn sie reden, klingen sie wie sterbende Kröten, die versuchen ‚Freude schöner Götterfunken‘ zu singen. Und wenn sie dich falsch verstehen, beißen sie sofort zu. So oder so bedeuten sie Ärger.“

Kira schüttelt abermals den Kopf und gesellt sich zu Wraith, die in die Hocke gegangen ist und mit dem Wesen kommuniziert. Mehr als grummelige Laute nimmt sie aber nicht wahr.

„Er hat seine Eltern verloren“, erklärt Wraith und schaut Kira an. „Sollen wir ihm helfen, sie zu finden?“

„Und wenn seine Eltern glauben, dass wir ihn entführt haben?“

„Das glaube ich nicht. Trolle sind –“

„Dumm“, ruft Joker relativ weit entfernt. „Ich suche nicht mit!“

„Trolle sind gutherzige Kreaturen. Sie haben den Krieg überlebt, doch die Ressourcen sind knapp, da sie nicht wissen, wie man Essen anbaut.“

„Wieso bringt ihr es ihnen nicht bei?“

Wraith seufzt und stellt sich wieder aufrecht hin. „Dafür fehlt uns die Zeit. Und die Ausdauer. Auch wenn ich Joker nicht gerne zustimme, aber Trollen fehlt der Grips, um sich zu merken, wie man selbst Nahrung anbaut.“

„Vielleicht“, Kira reflektiert einen Moment, „ist Freya bei den Trollen? Leistet ihnen Gesellschaft und hilft ihnen, Nahrung zu finden?“

Wraith überlegt angestrengt und geht in die typische Denkerpose über. Mit der linken Hand hält sie ihr Kinn fest und guckt in die Luft.

„Ich halte es für unwahrscheinlich", erwidert sie. „Trotzdem denke ich, dass wir jeden Stein umdrehen sollten. Wenn wir schon einmal hier sind, können wir auch bei den Trollen schauen. Vielleicht kann uns der Kleine hinführen?"

Sie geht erneut in die Knie und tauscht grummelige Laute mit dem jungen Troll aus. Kira weiß nicht, wie sie die Mimik des Kleinen zu deuten hat. Er scheint besorgt zu sein.

„Ich habe leider nicht alles verstanden", erklärt Wraith. „Aber er führt uns zu seinem Dorf. Ob Freya dort ist, weiß er nicht. Aber seine Eltern seien verschwunden. Er sucht nach ihnen. Ich habe ihm gesagt, dass sie vielleicht wieder da sind. Mit Sicherheit sind sie auf Essenssuche gegangen."

„Verstehe. Auf geht's", antwortet Kira und der kleine Troll sprintet von dannen. „Der ist aber flink, hinterher!"

Wraith und Kira rennen ihm nach. Joker bekommt ihren Tatendrang nicht mit, da er mittlerweile wieder zur Stadtmitte getrottet ist.

XIX

EINE WOCHE SPÄTER

POSTEA UNA HEBDOMADA

Während Kira und Wraith zum Trolldorf eilen, ist auf der Erde eine ganze Woche vergangen. Die zurückgebliebenen Jägerinnen und Jäger machen sich zwar keine Sorgen, aber ihnen ist mulmig zumute, da sie keinerlei Kontaktmöglichkeiten zu Kira besitzen.

In Ellie hat Jen eine neue Freundin gefunden, für die sie sich wie eine Mentorin fühlt. Die hat ihr zwar wenig von ihrer Vergangenheit erzählt, doch Jen weiß, dass sie in einem ungesunden Mix aus Neid, Missgunst und täglichem Runtermachen groß geworden ist – all das, wovor Eltern ihr Kind bewahren und beschützen sollten.

„Manche Leute sollten echt keine Kinder in die Welt setzen", denkt sie sich und ist auf dem Weg zu Kiras Wohnung, in der sich Peter, Mona und Inuki mittlerweile eingenistet haben. Ganz zu ihrer Erleichterung, da sie es keine Nacht länger mit dem zu groß gewachsenen Höllenhund ausgehalten hätte. Dessen Alltag besteht darin, durchweg zu schlafen – außer er hat Hunger oder muss sich erleichtern. Dann frisst er gerne mal die monatliche Portion von drei Hunden und hinterlässt einen Turm aus Exkrementen im Garten, dem man nur mit Spaten und abgestorbenem Geruchssinn Herr wird. Oder man hat Mona, die die Häufchen problemlos in eine andere Dimension zaubert. In welche weiß Jen nicht – aber das ist auch nicht ihr Problem.

Sie hatte überlegt, Ellie mitzubringen, doch sie wüsste nicht, wie sie den übergroßen Flohtransporter erklären könnte. Einzig ihr aufzutischen, dass er eine seltene, besonders hässliche Rasse aus Transsilvanien sei, kam ihr in den Sinn. Aber das würden ihr höchstens Verschwörungsdenker abkaufen – die sind bekannt dafür, jede noch so weit hergeholte Geschichte zu glauben.

Ellie hingegen ist eine intelligente Frau, die verdammt aufgeweckt und empathisch ist. Obendrein denkt sich Jen bei jedem Treffen, wie süß sie aussieht – aber keine kindliche Variante, sondern eher die Variante, der man gerne mal die Zunge ins Ohr stecken würde. Sie ist zwar fast einen Kopf kleiner als Jen, dafür hat sie schöne edelholzbraune Haare und Augen. Aknenarben zieren ihr Gesicht, doch die lassen sie wie eine Kriegerin aussehen. Und trotz all dem Schmerz und der Pein, die ihr als Kind zugefügt wurden, ist nichts anderes als ein liebevoller und liebenswürdiger Mensch aus ihr geworden. Man mag es in ihrem Blick sehen, doch wenn sie lächelt, ist das alles vergessen.

Ob das Ellies Absicht ist? Weil sie so geübt darin ist, ihren Schmerz zu verbergen? Jen ist sich unsicher und weiß auch, dass sie noch nicht lange genug befreundet sind, um sie das zu fragen. Eines Tages vielleicht.

„Alles fit bei euch?", sagt Jen, die zur Tür in Kiras Wohnung hereingekommen ist, ihre Jacke auszieht und hinhängt.

„Japp", erwidert Peter mit vollem Mund. „Alles top. Willst du auch einen Toast?"

„Nee", antwortet sie, „ich habe schon gegessen."

„Ein Problem haben wir aber", sagt Mona. „Kiras Bett ist kaputt. Inuki hat drin geschlafen und es ist unter seiner Last zusammengebrochen."

Der Höllenhund winselt und schmiegt sich reuevoll an Peter, den er die ganze Zeit anbettelt, um auch ein Stück von seinem Toast – oder besser die Packung – zu bekommen.

„Das Schöne ist", grinst Jen und setzt sich gegenüber an den Küchentisch, „dass das ein Kira-Problem und kein Jen- oder Peter-Problem ist!"

„Aber hast du nicht den Hund mitgebracht?", fragt Mona und schaut nachdenklich an die Decke.

„Nein!", protestiert Jen. „Das war Wraith. Ich hatte rein gar nichts damit zu tun."

„Aber du hast ihn in Kiras Wohnung geschleppt", sagt Peter schmatzend und kaut genüsslich auf seinem Marmeladen-Toast.

„Ich hätte ihn ja schlecht allein bei mir lassen können!"

„Aber du hast ihn doch auch –", Peter hustet laut auf, da ein Stück Toast in die falsche Röhre gerutscht ist, „doch auch hierher mitgebracht und allein gelassen. Sonst wäre ja das Bett gar nicht erst zerbr–"

RING

Jens Handy klingelt und sie hält Peter ihre Hand vors Gesicht: „Schluck erst mal runter."

Sie schaut auf ihr Smartphone und sieht, das Ellie anruft.

„Hey Ellie", antwortet sie.

„Ellie?", fragt Peter leise und guckt Mona schulterzuckend an.

„JEN!", brüllt es am anderen Ende. Ellie scheint aus der Puste zu sein. „Irgendwer verfolgt mich!"

„Schon wieder so ein Penner? Erinnere dich, was ich dir gesagt habe. Bleib stehen und sag ihm eindringlich, dass er abzischen soll", brüllt Jen zurück und springt wütend auf.

„Nein! Irgendein Wesen!“

Ein Wesen? Jen erschreckt. Hat sie Ellie etwa in Gefahr gebracht, indem sie mit ihr so viel abgehangen hat die letzte Woche?

„Wo bist du gerade?“, fragt sie mit beruhigender Stimme.

„Gerade am Park vorbeigelaufen, wo wir uns zuerst getroffen haben. Bitte hilf mi–“ Aufgelegt. Hat das Wesen sie eingeholt oder hat sie hoffentlich nur vor Schreck das Handy fallen lassen?

„Los, sie braucht Hilfe.“

„Wer ist Ellie?“

„Das ist doch jetzt nicht wichtig!“, Peter und Mona preschen zur Haustür und reißen sie mit einem gewaltigen Ruck auf. Sie schaut zu Inuki, der heimlich versucht das Toastbrot aus der Tüte zu klauen.

„Aus!“, ruft sie ihm entgegen. „Oder mir egal. Aber komm mit, wir brauchen dich!“

Mit einem Schluck ist die komplette Toastbrottüte inklusive Inhalt verschwunden und er läuft Jen und den anderen gehorsam hinterher.

***

Zwischenzeitlich rennen Kira und Wraith auf Asgard dem kleinen Troll nach, der sie zu seinem Lager geleitet. Von Joker ist mittlerweile keine Spur mehr. Der Dimensionswanderin ist das relativ gleich, da sie die Pause von seinen unlustigen Witzen genießt. Kira hingegen macht sich Sorgen – zugeben möchte sie das aber nicht. Über ein Wesen, das göttliche Kräfte innehat, braucht man sich keine Gedanken zu machen.

„Und wir rennen auch mit Sicherheit nicht in eine Falle?“, fragt Kira und schaut Wraith besorgt an.

„Ja“, erwidert sie. „Trolle sind friedliche Wesen. Sie sehen nur etwas eigen aus.“

„Kannst du ihn … es … sie … ich weiß gar nicht, was es ist?“

„Ein Troll. Wahrscheinlich ein Junge.“

„Kannst du ihn fragen, wie weit es noch bis zu seinem Dorf ist?“

Grunzgeräusche sind vom kleinen Anführer zu hören, die Wraith als Antwort auf Kiras Frage versteht. Weit ist es nicht mehr. Und etwas, das sie aber nicht ausmachen kann.

„Was hat er gesagt?“

„Wir sind gleich da“, erwidert Wraith etwas entnervt. Den menschlichen Stress und die Hektik, die von den Homo sapiens ausgeht, kann sie zwar verstehen – sie wäre ebenfalls gestresst, hätte sie keine hundert Jahre zu leben –, aber trotzdem hat sie sich bis heute nicht dran gewöhnt.

„Ähm.“ Kira hält an und zeigt auf eine dicke, schwarze Rauchwolke vor ihnen. „Ist das ein Feuer?“

Abermals sind Grunzgeräusche vom kleinen Troll zu hören, doch Wraith muss nicht verstehen, was er sagt, um zu wissen, was passiert ist.

„Seine Eltern sind nicht verschwunden“, flüstert sie und schluckt. „Sie sind tot.“

Sie kniet sich neben den Trolljungen, der sie verwirrt anschaut. Er hatte ihr doch gesagt, was vorgefallen ist, und trotzdem wollten sie zu seinem zerstörten Dorf? Leider versteht er nicht, dass die beiden seine Sprache nicht sprechen und warum er zurück zum Ort des Verbrechens musste.

Wraith versucht, ihn zu umarmen, wird jedoch mit aufregendem Grunzen zurückgewiesen.

„Er möchte hier weg“, sagt sie zu Kira, die erstaunt die riesige Rauchwolke anschaut.

„Aber ohne uns.“

„Wieso ohne uns?“, fragt sie und schaut ihn mit einem mitleidigen Blick an.

„Er ist sauer“, fährt Wraith fort und stellt sich hin, „dass wir ihn gezwungen haben hierher zurückzukehren. Er könnte immer noch hier sein.“

„Wer?“

Ein Schrei ist zu hören und Kira hält sich instinktiv die Ohren zu. Der kleine Troll rennt zurück in die Richtung, aus der sie gekommen sind. Wraith will ihn aufhalten, zieht ihre Hand aber umgehend weg, weil er nach ihr schnappt.

„Was war das?“, fragt Kira mit gedämpfter Stimme.

„Er hat versucht mich zu beißen“, erwidert Wraith und mustert ihr Handgelenk.

„Nein“, sie reißt die Augen auf, „dieser Schrei. Was war das?“

„Eines von Surts Kindern.“

„Der Dämon aus der Mythologie, der Asgard zerstört hat?“ Kira zieht eine Augenbraue hoch und sie merkt, wie sich ihre Kehle zuschnürt. „Den gibt es wirklich? Und der hat Kinder gezeugt?“

„Ja, nein. Ist alles nicht so einfach zu erklären. Deine Denke ist sehr … menschlich –“

„Ich bin ja auch ein Mensch!“

„Psssst!“ Wraith hält Kiras Mund zu und legt mit der anderen Hand den Zeigefinger auf ihre Lippen. „Wenn er dich hört, haben wir ein Problem. Surt war –“

KRIIIIIEEEEEK

Ein weiterer Schrei ertönt und kommt mit erschreckender Geschwindigkeit näher. Kira wird leichenblass und brüllt Jokers Namen aus vollem Leibe. Doch leider scheint er sie nicht zu hören.

„JOKER, JOKER, JOKER!“ Sie kreischt weiter, bis ihr die Puste ausgeht.

„Verdammte Scheiße“, flucht Wraith und hält einen Arm schützend vor Kira. Im anderen wabert wespenähnlich eine rotblaue Energiekugel, bereit, Zerstörung anzurichten.

Vor ihnen ragt ein rotschwarzer Behemoth auf. Feuerrote Augen, eine Schädelkrone mit langen, gezackten Hörnern auf dem Kopf, ein echsenähnlicher Schwanz und in der Hand einen Morgenstern.

„Hey …“, sagt Kira mit tiefer Stimme und winkt dem Monster zu.

Wraith schaut sie irritiert an und richtet ihre Aufmerksamkeit wieder auf Surts Kind.

„Er versteht dich nicht“, flüstert sie. „Der ist dümmer als Joker.“

KRAWR

Ein lautes Knurren entweicht der Bestie.

„Anscheinend versteht er dich doch“, seufzt Kira.

Mit einem großen Ausfallschritt schießt der Dämon nach vorne und holt weit mit seinem Morgenstern aus. Wraith öffnet im Handumdrehen eines ihrer Dimensionsportale und schubst Kira rein, die unweit von ihr rauskommt. Sie springt zur Seite und wirft den aufgeladenen Energieball direkt vor den Kopf des Ungeheuers.

Ein fieses Kreischen attestiert ihr den Volltreffer. Das Biest taumelt und fällt auf sein höllisches Hinterteil.

„Warum?“, brüllt Kira aus der Entfernung und rennt zu Wraith.

„Hau ab!“, ruft die ihr zu. „Ohne Joker kannst du hier nichts ausrich–“

TOCK

Wraith war zu lange abgelenkt. Der Dämon ist wieder aufgestanden und hat ihr den Morgenstern über den Kopf gezogen.

Mit einem schmerzhaft klingenden Aufklatschgeräusch fällt sie zu Boden und bleibt liegen.

„JOKER!“ Kira rennt zu Wraith hinüber und brüllt abermals den Namen, der für Rettung sorgen könnte. Doch von Joker keine Spur. „Du dumme Sau!“

Surts Kind wendet sich ihr zu und mit einem unmenschlich hohen und viel zu weiten Sprung landet es direkt vor ihr.

Sie schluckt einen dicken Kloß herunter und hält ihre Arme schützend vor sich. Der Morgenstern segelt in einem Affenzahn auf sie herab und verfehlt sie nur knapp. Mit einer ungalanten Bewegung ist sie nach hinten ausgewichen.

„Moment“, denkt sie laut und streckt die rechte Hand aus. „O yeah!“

Dante erscheint und zumindest für den Bruchteil einer Sekunde freut sich Kira über die Rettung durch ihr Dämonenjägerschwert. Was sie komplett außer Acht gelassen hat, ist das Gewicht, das das Schwert mit sich bringt, und dass sie es ohne Jokers Kraft nicht heben kann.

WUMMPF

Mit einem lauten Knall fällt es zu Boden und bohrt sich in die Erde. Sie versucht verzweifelt, es anzuheben, weiß aber, dass es nichts bringt. Ihr Widersacher mustert das Schauspiel einen Atemzug lang und greift ebenfalls nach der Klinge. Glücklicherweise gelingt es auch ihm nicht, das Schwert hochzuheben. Allem voran, weil er unwürdig ist, aber viel mehr noch, weil eine von Wraiths Energiekugeln ihn direkt in den Hintern trifft und vor Schmerz in die Luft springen lässt.

„KIRA", ruft sie ihrem Schützling zu. „Zeit zu verschwinden!"

Die beiden Frauen nicken sich zu und ahmen es dem Trolljungen nach, der zurück zum Palast gelaufen ist. Blöderweise haben sie entweder vergessen, dass die Bestie Sieger im olympischen Weitspringen sein könnte, oder es durch den Schock schlichtweg nicht mitbekommen.

Mit einem lauten, erdbebenähnlichen Aufkommen landet diese vor ihnen. Wraith stellt sich abermals schützend vor Kira und versucht sie zum Davonlaufen zu bewegen. Doch die Jägerin bleibt fest angewurzelt stehen. Der Dämon schlägt zu und Wraith springt mit ihr im Arm zur Seite.

„Verschwinde", sagt die Dimensionswanderin. „Ohne Joker kannst du hier nichts ausrichten!"

Sie schießt einige Energiebälle in Richtung der Bestie, die mit lauten Explosionen aufprallen und sie zumindest für einen kurzen Augenblick außer Gefecht setzen.

„Wir haben keine Chance gegen eines von Surts Kindern", sie zeigt auf das Dorf, „schau, was es mit einer ganzen Armee von Trollen gemacht hat."

Doch für mehr Erklärungen ist nicht die Zeit. Der Dämon hechtet erneut in ihre Richtung und Wraith sieht keinen anderen Ausweg, als Kira wegzuteleportieren.

„Sorry", sagt sie und öffnet ein Dimensionstor. „Geh!"

Energiekugeln schießen aus ihrer linken Hand, um Surts Kind zu verlangsamen, während sie mit der Rechten das Portal aufhält. Kira zögert einen Augenblick und entscheidet, dem Befehl der Urgöttin Folge zu leisten – leider zu spät. Der Morgenstern trifft Wraith direkt in die Magengrube, was sie unter schmerzhaften Schreien zusammenbrechen lässt. Das Portal fällt in sich zusammen, keine Sekunde bevor Kira hindurchsteigen wollte.

Das widerliche Wesen holt erneut aus und hat vollste Intention, die Lichter von Jens Vertragspartnerin auszuknipsen. Kira wirft sich vor die am Boden liegende Wraith und hält ihre Hände schützend vor sich. Der Morgenstern rast nieder auf die beiden.

FUMP

Ein lautes Knackgeräusch ist zu hören. Doch zu Kiras Überraschung sind Wraith und sie unversehrt.

Sie schaut auf und sieht den Dämon, der den Morgenstern langsam zu Boden sinken lässt, auf die Knie und dann zur Seite fallen. Hinter ihm steht Joker, der dem Angreifer einen spitzen Stein in den Kopf gerammt hat.

„Ich hoffe, ihr kanntet euch nicht persönlich?", fragt Joker und hält beide Daumen nach oben.

„Wo warst du?", brüllt Kira und hilft Wraith auf.

„Wieso hast du mich nicht gerufen?", hakt Joker ein. „Schon wieder vergessen, wie –"

„Ich habe deinen Scheißnamen –"

„AUFHÖREN!", brüllt Wraith, die ihre Arme vor den Bauch hält. „Wo warst du, Joker? Wir wären fast draufgegangen."

„Ich habe nach Freya gesucht", er schaut nachdenklich in die Luft, „und dachte, wenn wir uns aufteilen, finden wir sie schneller."

„Hast du sie", Wraith schnauft, „gefunden?"

„Nee, leider nicht. Und dann bin ich euch suchen gekommen. Und habe euch – anscheinend im richtigen Moment – gefunden."

„Wir müssen zurück auf die Erde."

„Wie viel Zeit ist zu Hause vergangen?", fragt Kira und sieht dabei sentimental aus.

„Schwer zu sagen“, erwidert Wraith. „Etwas mehr als eine menschliche Woche, denke ich.“

„Was machen wir wegen des Buches?“

„Wir müssen jemand anderen finden. Vielleicht hat Mona Fortschritte gemacht. Freya ist nicht mehr hier.“

„Was ist mit Inari?“, hakt Kira ein und ihr Blick wandelt sich in Selbstsicherheit um, als hätte sie einen grandiosen Einfall.

„Exzellente Idee“, erwidert Joker. „Schade nur, dass Inari kein Enochian spricht.“ Die Dämonenjägerin seufzt und setzt sich erschöpft auf den Boden.

„Ich hoffe“, sagt Wraith mit gedämpfter Stimme und hockt sich neben Kira, „dass es Freya gut geht. Egal, wo sie jetzt ist. Möge sie Frieden finden.“

„Wollen wir nicht heim?“

Wraith und Kira erklären Joker, dass sie kurz etwas Ruhe benötigen. Zu dritt schauen sie sich den bildhübschen Sternenhimmel über Asgard an. Er ist ähnlich dem der Erde, doch wartet mit Millionen mehr bunten Sternen auf, die ein eindrucksvolles Schauspiel auf das Firmament zaubern.

„Ich dachte“, Wraith pausiert, um Luft zu holen, „das Himmelszelt wäre vollends erloschen.“

Verträumt schauen sie nach oben und lassen sich vom farbreichen Theater einlullen.

XX

SCHMERZHAFTE ERINNERUNGEN

MEMORIAE DOLOROSAE

Da ist sie!“ Jen zeigt auf eine schreiende Ellie, die sich vor einem Bajang versteckt.

„Wieso wird sie von diesem Monster verfolgt?“

Inuki lässt sich nicht lange bitten und prescht mit dämonischer Geschwindigkeit nach vorne. Der Gegner sieht ihn kommen, doch einem Höllenhund weicht niemand so schnell aus. Er reißt seine Beute zu Boden und stellt sich auf sie drauf.

Jen läuft zu beiden hinüber und schaut den Dämon an. Eine scheußliche Kreatur, die wie das personifizierte Böse aussieht.

„Kannst du sprechen?“

WUFF

„Nicht du. Das Wesen.“ Jen zeigt auf den Bajang, der unverständliche Laute von sich gibt. „Anscheinend nicht. Schick ihn zurück, wo er hergekommen ist.“ Zähne knirschen, Knochen knacken und wenig später hat sich der Dämon in schwarzen Staub aufgelöst. Nichts ist von der Bestie mehr über und Jen überwindet sich, Inuki mit vorsichtigen Streicheleinheiten zu belohnen. Irgendetwas vergisst sie …

Ein leises Wimmern verrät ihr, was genau, und mit aufgerissenen Augen springt sie zu Ellie hinüber, die sich hinter einer kleinen Mauer unmittelbar neben ihr versteckt hat.

„Was", ein Schluchzen kommt auf, „ist", noch mehr Schluchzen, „hier", die Worte sind kaum verständlich, „los?"

Sie bricht in Tränen aus und Jen umarmt sie fest. So eine Erfahrung ist mit Sicherheit traumatisierend – besonders, wenn einem kein göttlicher Partner zu Hilfe eilt.

„Ich hätte schwören können …", überlegt Jen laut und streichelt ihr über den Rücken. Sie wartet einen Moment, bis sich ihre neue Freundin beruhigt, und hilft ihr hoch. Ellie, die zu aufgeregt ist, etwas zu erwidern, wird von den anderen mit in Kiras Wohnung genommen. Auf dem Weg dorthin schaut sie Inuki durchweg misstrauisch an. So sieht doch kein Wolf und erst recht kein Hund aus?

Kurz vor der Haustür bleibt sie stehen, da die Neugierde dafür sorgt, dass sie sich beruhigt und ihre Stimme wiederkommt: „Was ist das?"

Inuki neigt den Kopf zur Seite und begutachtet Ellies Finger, der direkt auf ihn zeigt. Vorsichtig macht er einen Schritt auf sie zu, um ihre Hand abzuschnüffeln, doch sie erschrickt und zieht sie mit einem Piepsgeräusch zurück. Der Höllenhund zuckt ebenfalls zusammen und springt einen ganzen Satz nach hinten.

„Das ist Inuki", erklärt Jen und gerät ins Stocken, weil sie selbst gar nicht weiß, was er genau ist. „Er ist ein … Höllenhund?" Ein unsicheres Lachen entweicht ihr und anhand von Ellies Blick kann sie erkennen, dass die sich verschaukelt fühlt, aber nach den soeben passierten Ereignissen versteht, dass sie nicht angelogen wird.

„Klar", sagt sie mit monotoner Stimme, da sie in einem Albtraum gefangen ist, „ein Höllenhund. Was auch sonst."

Jens Augen wandern schnell von einer Seite zur anderen. Sie weiß nicht, was sie sagen soll. Stattdessen öffnet sie still die Tür und winkt alle herein. Inuki läuft vor und springt mit Anlauf auf die Couch, die unter seinem Gewicht bereits zusammengebrochen ist.

Peter und Mona warten kurz.

„Alles gut?", fragt Jen, da sie seinen besorgten Blick nicht einschätzen kann. „War es keine gute Idee, sie mit hierherzunehmen?"

„Doch, doch", erwidert er und ein leises Knurren ist zu hören. „Ich habe nur so Hunger."

„Ich glaube, Kira hat noch Toast –"

„Auf was Richtiges! Pizza oder so. Soll ich euch was mitbringen?"

Jen nickt und sagt ihm, dass irgendetwas Vegetarisches schon passen würde. Peter zieht mit Mona los und Jen betritt die Wohnung.

Sie wandert leise durch die Bude und kann Ellie im ersten Moment nicht erblicken. Sie scheint weder in der Küche noch im Bad zu sein. Sie guckt erneut ins Wohnzimmer und hört abermals ein Wimmern. Direkt hinter Inuki.

Jen schaut den Höllenhund ungläubig an.

„Hast du sie etwa –"

„Wuff?"

Er wedelt mit seinem langen, zackigen Schwanz und die entstandene Luftböe wirbelt Ellies Haare auf, die sich direkt hinter die kaputte Couch auf den Boden gesetzt hat. Jen schlurft zu ihr hinüber, lässt sich neben sie fallen und legt den Arm schützend um sie.

„Das war wahrscheinlich viel auf einmal und –"

„Wie hast du das gemacht?" Ellie schaut sie mit ihren großen Knopfaugen durchdringend an.

„Wie habe ich was gemacht?“ Jen ist irritiert von der Frage – vor allem, da sie sich weder verwandelt noch irgendwelche Kräfte eingesetzt hat.

„Diesen riesigen Höllenbären –“

„Hund …“

„Höllenhund dressiert bekommen? Dass er dich verteidigt? Und was ist überhaupt ein Höllenhund? Die Rasse kenne ich gar nicht! Und was hat mich da verfolgt und sich in Luft aufgelöst, als der Höllenhund –“

„Inuki –“

„Als Inuki reingebissen hat?“

„Du bist ja wie eine 20-Fragen-Maschine!“ Jen versucht, die Situation etwas aufzulockern, doch Ellie scheint nicht der Sinn nach Witzen zu stehen. „Inuki hat meine Partnerin gerettet.“

„Deine Partnerin?“ Sie horcht auf und Jen bildet sich ein, dass sie enttäuscht guckt.

„Also, meine Vertragspartnerin … Puuuh … Das ist gar nicht so easy zu erklären. Wo fang ich an?“ Jen kneift ein Auge zu.

„Am Anfang?“, wirft Ellie mit flüsternder Stimme ein.

„Ich versuch dir mal die Kurzfassung zu geben.“

Jen erklärt ihr im Detail – und somit überhaupt nicht kurz –, wer Wraith und Joker sind. Wie Inuki zu ihnen gefunden hat. Wer Peter ist sowie dass seine Vertragspartnerin Mona heißt, die das erste Mal auf einen Jäger aufpasst und daher komische Entscheidungen trifft. Und warum sie annahm, dass Ellie eine der Sieben ist.

„Die Sieben?“, fragt sie. Trotz kleinlichster Aufarbeitung scheinen wichtige Informationen durchgerutscht zu sein.

„Wenn ich das richtig verstanden habe, gibt es in jeder Generation – und frag mich bitte nicht, wie viele Generationen es schon gab – sieben auserwählte Jägerinnen und Jäger, die für das Beschützen der Erde zuständig sind.“

„Das wäre schön gewesen“, seufzt Ellie.

„Wieso das? Willst du wirklich den Rest deines Lebens dafür aufopfern, Dämonen zu besiegen?“

„Dann wäre mein Leben wenigstens für etwas gut …“ Ellie laufen einmal mehr Tränen die Wangen hinunter. Dieses Mal ist es kein Schluchzen und keine Angst, sondern eine Erkenntnis, die ihr tief im Herzen wehtut. „Meine Mutter hat immer gesagt, dass ich ein Parasit bin. Eine Made im Speck, die anderen auf der Tasche liegt und aus der nie etwas wird … Dabei hat sie selbst nie etwas im Leben erreicht.“

Jen überlegt, was sie antworten könnte. Leider fällt ihr so schnell nichts Gescheites ein, weswegen sie Ellie näher an sich drückt, um ihr ein Gefühl von Geborgenheit zu schenken.

„Ich wollte ihr nie glauben, aber alles, was ich mir vorgenommen habe – da ist nie was draus geworden.“ Sie atmet tief ein und versucht, weitere Tränen zurückzuhalten, damit sie nicht wieder in ein hysterisches Weinen verfällt.

„Was hast du dir denn vorgenommen?“, fragt Jen und hofft, dass ihr die Frage nicht in den Hintern beißt.

„Ich wollte immer Bücher schreiben. Aber niemand interessiert sich für das, was ich geschrieben habe.“

„Wem hast du es zu lesen gegeben?“

„Eigentlich niemandem … bisher … Ich traue mich nicht.“

Jen kann nicht anders, als zu lachen. Sie lockert ihren Griff, damit sie sich ein Stückchen weg von Ellie setzen und sie anschauen kann. Sie hofft, ihr Blick vermittelt Verständnis.

„Aber woher willst du dann wissen“, sie grinst, „dass es niemand lesen möchte?“

„Mein Vater hatte es mal gelesen. Er hat gesagt, wortwörtlich, dass das große Scheiße sei“, erwidert Ellie und atmet zum wiederholten Mal tief ein, damit sie die Traurigkeit der Erinnerungen nicht übermannt. Sie will sich nicht mehr von ihrer Vergangenheit leiten und einschüchtern lassen. „Ich weiß noch, wie ich tagelang geweint und alles weggeschmissen habe, was ich je geschrieben hatte."

„Dabei ist es doch sowas Schönes. Etwas zu schreiben. Etwas zu erschaffen. Andere an neuen Welten teilhaben zu lassen. Ich werde wirklich niemals verstehen, warum einige ihre Energie dafür nutzen, andere zu entmutigen. Davon hat niemand etwas. Dabei wäre es doch ein Leichtes, seine Kinder zu bestärken und im Gegenzug großartige Geschichten zu bekommen. Ein Lächeln zu schenken, kostet überhaupt gar nichts und kann etwas Wundervolles nach sich ziehen."

Ellie versucht, Jens Worte anzunehmen, merkt aber, dass sie die gedankliche Barriere, die sie seit Jahrzehnten mit sich herumträgt, nicht mal eben so durchbrechen kann.

„Es tut mir unendlich leid, dass deine Eltern dich nie ermutigt haben und deine Mutter dich Parasit genannt hat."

„Weißt du, manchmal glaube ich, sie hatte recht. Dabei hatte ich immer das Gefühl, dass sie nicht nur mich damit meinte. Wahrscheinlich wusste sie selbst, wie wenig sie geleistet hat. Aber gerade deswegen hätte ich mir gewünscht", Ellie wischt sich ihre Tränen aus dem Gesicht, „dass sie mehr Verständnis gehabt hätte. Ich hoffe, ich kann ihr eines Tages zeigen – ihr beweisen – dass ich keine Made im Speck bin."

„Das bist du nicht – und das warst du nie!"

Die beiden jungen Frauen schrecken auf und stehen kerzengerade. In der Mitte des Raumes steht Freya. Inuki freut sich wedelnd über die Muttergöttin und schmiegt sich zufrieden an sie.

„Wer … was …" Jen bekommt vor Perplexität keinen geraden Satz heraus.

Ellie schaut die Urgöttin gebannt an.

„Mein Name ist Freya."

„Die anderen such–" Jen stockt der Atem. Sie sieht Ellie dabei zu, wie diese langsam auf Freya zugeht.

„Hallo Ellie“, sagt die Muttergöttin und beugt sich zu ihr hinunter, da sie locker zwei Ellies hoch ist. „Es freut mich wirklich unfassbar, deine Bekanntschaft machen zu dürfen.“

„Hallo … Wieso freut es Sie, mich kennenzulernen?“, fragt Ellie mit kindlicher Naivität, ihre Stimme dabei respektvoll gedämpft.

„Weil ich schon sehr viel von dir mitbekommen habe. Und ich freue mich immer darüber, großartigen und spannenden Wesen zu begegnen. Du weißt es zwar noch nicht, aber du wirst nicht nur in deinem eigenen Leben viele grandiose Augenblicke erleben, weil du sie herbeigeführt und dir verdient hast, sondern auch eine große Rolle im Leben anderer Menschen spielen.“

Ellie, die sich mittlerweile selbst mit ihren herunterlaufenden, nicht enden wollenden Tränen auf den Nerv geht, schaut Freya mit glasigem Blick an.

„Sind Sie eine Wahrsagerin?“, fragt sie.

„Nein.“ Sie lacht und legt eine Hand liebevoll auf Ellies Schulter ab. „Ich habe viele Namen über die Äonen erhalten. Aber Wahrsagerin war keiner davon. Muttergöttin war wahrscheinlich der Beliebteste. Selbst meine Söhne haben mich öfter so genannt.“

„Du hast Kinder?“

„Ich hatte einst die besten Kinder, die sich eine Mutter je hätte wünschen können. Leider sind sie vor langer, langer Zeit verstorben.“

„Das tut mir sehr leid“, erwidert Ellie und nimmt Freya fest in den Arm.

„Das ist schon in Ordnung“, sie streichelt Ellie über den Kopf, „wir alle müssen irgendwann unser Leben niederlegen. Für die einen kommt die Zeit etwas früher – für die anderen genau richtig. Mir tut es leid, dass deine Eltern nicht erkannt haben, was du für ein tolles Wesen bist. Dass deine

Mutter nicht verstand, wie schmerzhaft Worte sind und wie lange wir sie wie Messer in unserem Rücken mit uns herumtragen, bis eines Tages jemand des Weges kommt und sie für uns herauszieht." Freya erwidert Ellies feste Umarmung und ein heller Lichtschimmer umgibt die zwei Frauen. Inuki drängt sich neben die beiden und drückt seinen Kopf in die Mitte, um mitumarmt zu werden.

„Aber was ist", Ellie schluchzt, „wenn meine Mutter recht hatte?"

„Weißt du, was das Schöne daran ist, die Muttergöttin zu sein?"

„Nein –"

„Dass ich dir ohne irgendwelche Zweifel genau sagen kann, ob deine Mutter recht hatte oder auch nicht."

„Und –"

„Und Ellie. Deine Mutter. Sie hatte unrecht. Das einzige Recht, das sie hatte, war dich zu lieben, dich zu beschützen und ihre eigenen Bedürfnisse zurückzustellen, um sich hingebungsvoll um ihr Kind zu kümmern. Aber ihr stand es niemals zu, dich so zu behandeln oder dir diese schrecklichen Namen zu geben. Jedes Kind hat eine liebende Mutter verdient, aber nicht jede Mutter ein liebendes Kind."

„Ich will doch einfach nur geliebt werden. Ich will, dass sie stolz auf mich ist."

„Das wird sie dir niemals geben können. Aber Ellie", Freya löst die Umarmung und schaut der jungen Frau tief in die Augen, „ich bin unendlich stolz auf dich."

Ellie weint. Kein hysterisches, selbstbemitleidendes, schmerzhaftes Weinen. Sondern ein kathartisches Brechen mit Erinnerungen und Erwartungen, die nie im Leben erfüllt worden wären.

Freya beugt sich zu ihr herunter und senkt ihren Kopf herab. Ellie versteht und drückt sanft ihre Stirn auf die der

Muttergöttin. Die beiden Frauen sehen sich einen Moment lang an und schließen die Augen.

„Unsere Seelen sind nun eins im Meer der Versprechen. Mit dem Bündnis unseres Schicksals ziehen wir zusammen voran. Rufe meinen Namen und entfessle meine Macht, um die Kraft zu wecken, die seit Ewigkeiten in dir schlummert. Sprenge die Ketten der Vergangenheit und definiere dich nicht mehr über unwahre Worte, die einst waren. Erkenne, wer du wirklich bist und welche Macht in dir schlummert. Ich werde auf ewig an deiner Seite bleiben und auf dich aufpassen. Ich bin die Muttergöttin. Man nennt mich … Freya!“

XXI

AUSBRUCH

ERUPTIO

„Hab ich was verpasst?“ Peter steht mit einem großen Fragezeichen im Gesicht im Flur und hält eine Reihe von Pizzakartons übereinandergestapelt in der Hand. Der Geruch von flüssigem Käse zieht durch die Wohnung.

„Leute“, hören sie eine Stimme aus der Küche rufen. „Schlechte Nachrichten, wir konnten Freya nicht finden.“

Kira, Joker und Wraith betreten den Raum und teilen Peters geschocktes Gesicht.

„Wäre auch komisch gewesen“, sagt Jen, die sich neben Inuki auf die kaputte Couch gesetzt hat. „Schließlich war Freya die ganze Zeit auf der Erde.“

Die geschockten Gesichter gelten nicht dem Höllenhund, der auf dem zerstörten Sofa pennt – auch wenn Kira am liebsten schreien würde –, sondern Ellie, die ein heller Lichtschimmer umgibt.

„Bist du mir gefolgt?“, fragt Wraith, die sich relativ schnell vom Schock erholt hat.

„Deine Worte“, erwidert die Muttergöttin, „sie haben etwas in mir ausgelöst, bei dem ich dachte, dass es mit meinem Volk gestorben sei.“

„Du bist Freya?“ Kira mustert sie eingängig und fasst es nicht, dass sie wahrhaftig vor ihr steht. „Ich habe schon so viel von dir gehört und gelesen.“

„Mit Sicherheit übertriebene Dramatisierungen. Aber ich freue mich sehr, dass die Gospels meiner Taten bis nach Midgard geschwappt sind.“

„Ich hab da mal so einen Film gesehen“, wirft Peter ein und scharrt unangenehm berührt mit dem Fuß. „Sonst wüsste ich gar nicht, wer du bist.“

„Ich weiß nicht mal, was ein Film ist“, seufzt Mona.

„Wir kennen uns noch nicht“, sagt Freya und streckt die Hand aus. „Hallo, junge Dame.“

„Hey, ich bin Mona, Zauberin, aber keine gute Übersetzerin.“

„Stimmt“, erwidert die Muttergöttin und guckt zu Wraith, „deswegen wolltest du, dass ich mit auf die Erde komme.“

„Nicht meinetwegen?“ Ellie schaut verunsichert. War das nur ein blöder Zufall und sie ist gar keine Auserwählte, die zu Größerem bestimmt ist?

„Doch.“ Freya umarmt ihren Schützling liebevoll. „Du hast mich gerufen und ich bin gekommen. Wärst du nicht auserkoren, hätte ich dich niemals gefunden.“

„Wer bist du überhaupt?“, fragt Joker und wackelt ungeduldig mit dem Kopf von der einen zur anderen Seite.

„Ach ja …“ Ihre Stimme wird leise und sie streicht sich peinlich getroffen über die Schulter. „Ich bin Ellie.“

„Wer bist du? Kannst du nicht lauter sprechen?“ Piesackt Joker sie, oder spricht er ihr Mut zu?

„Also“, sie setzt ein weiteres Mal an und atmet tief ein. „Ich bin Ellie und weißgarnichtsorichtigwarumichhierbinsorry.“

Joker lacht und schüttelt den Kopf. „Du darfst gerne lauter sprechen. Wir würden alle gerne wissen, wer du bist.“

„Halt doch mal die Klappe“, zischt Jen.

„Ellie“, spricht die Muttergöttin mit Kraft in der Stimme.

„Du bist es wert, gehört zu werden. In einem Raum voller Menschen, die du noch nicht kennst, die aber bald deine neue Familie sein werden. Wir alle wollen hören, was du zu sagen hast. Versprochen."

„Kommt drauf –" Jokers Witzchen wird von Wraith unterbrochen, die ihm ihren Ellenbogen in seinen Rippenbogen rammt.

Ellie tritt nach vorne und schaut mit neugefundenem Mut, der schon immer tief in ihr war, in die Gruppe der Menschen und Götter, mit denen sie Seite an Seite kämpfen wird: „Mein Name ist Ellie. Jen hat mich vor einem Dämon gerettet und mir von euch allen erzählt. Ich freue mich total, euch kennenzulernen. Zusammen werden wir Bob retten!"

„Bob?" Kira zieht die Augenbraue hoch.

„Ich habe einen Freund, der so heißt", sagt Peter, in der Hoffnung, dass Kira aufgrund des Versprechers nicht beleidigt ist.

Doch die Dämonenjägerin lacht los und klopft Ellie auf die Schulter. „Ben heißt mein Verlobter. Und seinen eingewickelten Kopf trage ich in meinem Rucksack herum."

„Ich habe aber auch Ben gesagt", erklärt Jen und lacht mit.

„Wo ist das Buch?" Freyas verständnisvoller Ton ist einer bitterernsten Stimme gewichen. „Mein Enochian wird eingerostet sein. Aber je nachdem, wie lang der Text ist, benötige ich eventuell nur ein paar Tage."

„Midgardtage oder Asgardtage?", fragt Wraith.

„Stimmt ja", erwidert Freya, „ihr lebt nur ein paar Monde."

„Ein paar mehr sind es schon", erklärt Jen.

„Midgardtage. Zeigt mir das Werk."

Kira kramt ihren Rucksack hervor und holt den Wälzer mit einer galanten Handbewegung schnurstracks heraus.

„Das Totenbuch des Dämonenkönigs Astaroth, Großherzog der Hölle und mächtigster Dämon der Ars Goetia …"

Freya liest den Einband laut vor und schlägt das Buch mit ungebändigter Abscheu auf. Die Seiten fliegen förmlich von einem zum nächsten Kapitel, während die Muttergöttin in unmenschlicher Geschwindigkeit immer wieder Fetzen liest und nach einem ganz bestimmten Absatz sucht. Wie von Zauberhand erscheinen und verschwinden einzelne Lettern auf den Seiten – als ändere sich das Geschehene fortwährend.

„Sag mal", hakt Kira ein, „sehe nur ich das oder verschwimmen die Buchstaben?"

„Du siehst richtig", erwidert Freya. „Astaroth ist noch am Leben. Seine Geschichte ändert sich in jedem Augenblick, zu jeder Sekunde. Genau wie deine. Oder meine. Die Bücher des Todes enthalten Ausblicke auf eine Zukunft, die sein könnte. Viele verschiedene Szenarien, die sich zu jeder Zeit ändern. Basierend auf euren Entscheidungen, die ihr –"

„Hat Joker schon erklärt", antwortet sie und bemerkt, dass sie gerade die Göttermutter unterbrochen hat. „Sorry!"

„Das Buch wird mir verraten, wenn wir auf dem richtigen Weg sind."

Aus heiterem Himmel und mit voller Wucht schlägt Freya das Werk zu.

„Wraith … Du hast erzählt, ihr habt das Buch aus Billies Bücherei?"

„In der Tat", erwidert die Dimensionswanderin und schluckt. „W i e s o?"

„Weiß Billie davon. Habt ihr sie gefragt?"

„Nicht ganz."

Peters Augen weiten sich und ein kalter Schauder läuft seinen Rücken hinab. Die Jägerinnen bleiben gefasst. Insbesondere Ellie, da sie nicht weiß, wer Billie ist.

„Sie wird das Buch wiederhaben wollen. Sie darf uns unter keinen Umständen lokalisieren."

„Kennst du Billie?", fragt Kira.

„Ich kenne sie. Ihr alle kennt sie. Sie ist allgegenwärtig. Ihr mögt sie fürchten, aber eines Tages solltet ihr sie wie eine alte Freundin willkommen heißen. Aber noch nicht jetzt."

„Moment", hakt Wraith ein, „was hast du gelesen?"

„Nichts", die Muttergöttin steht auf, „was sich nicht ändern lässt."

„Klingt nach Ärger", lacht Joker.

„Was hast du genau gelesen, Freya?" Wraith lässt nicht locker und schaut die Göttin durchdringend an.

„Du weißt es besser als ich", erwidert die, „es ist nicht gut, sich mit Billie anzulegen – oder mit dem Schicksal. Von daher ist es besser, wir konzentrieren uns auf unsere Aufgabe. Ich werde das Buch übersetzen – die Stellen, die für unsere Mission wichtig sind."

„Wie lange wird das dauern?", fragt Kira.

„Das war es schon?" Jen schaut mit besorgtem Blick in die Runde. „Keiner will wissen, was sie dort gelesen hat, das sie zum Aufspringen bewogen hat?"

„Nicht wirklich", seufzt Peter und setzt sich neben einen schlafenden Inuki auf die durchgedrückte Couch.

„Wir müssen uns auf unsere Aufgabe konzentrieren", antwortet Kira und schaut zu ihrem Rucksack. „Wenn wir Ben wiederhaben, ist es unwichtig, wer uns auf den Fersen ist. Er wird die Sieben anführen und Astaroth umbringen. Ich glaube daran." Joker setzt zum Sprechen an, bleibt aber stumm – allem voran, weil Wraith ihn anschaut und ihre linke Hand leicht nach vorne hält, um ihm das Zeichen für Stopp zu geben. Keiner von den beiden weiß, was passieren wird und ob die Mission Erfolg hat. Auch wenn es Jokers Aufgabe war, Ben zu einem waschechten Dämonenjäger zu trainieren, ist es verlockend, den Dämonenkönig zu töten.

„Ich möchte noch nicht sterben", sagt Ellie und schaut bedröppelt zu Freya.

„Das wirst du auch nicht", erwidert die und streicht ihr durchs Haar.

„Also zumindest jetzt nicht", fügt Joker an. „Wie das in ein paar Jahren aussieht, das weiß keiner so recht."

Wraith rollt mit den Augen und kämpft gegen das Bedürfnis an, Joker die flache Hand ins Gesicht zu drücken.

„Braucht ihr mich noch?", fragt Kira in die Runde und gähnt laut. „Der Trip nach Asgard war genauso anstrengend, wie ich erwartet hatte. Ich brauch erst mal Ruhe."

„Müssen wir gehen?", fragt Peter, der sich auf Inuki draufgekuschelt hat.

„Ihr könnt machen", ein weiterer Gähner unterbricht ihre Antwort, „was ihr wollt. Ich geh schlafen."

„Ich werde mit der Übersetzung des Buches beginnen. Ich erstatte Auskunft, sobald ich Fortschritte gemacht habe."

„Über die Couch reden wir noch …" Kira schaut Inuki mit vorwurfsvollem Blick an, was der tiefschlafende Höllenhund aber gar nicht mitbekommt. Sie zuckt mit den Schultern, taumelt in ihr Schlafzimmer, schließt die Türe und fällt nach vorne aufs Bett, in dem sie umgehend mit lauten Schnarchgeräuschen einschläft.

XXII

DER ZWEITE TRAUM

SOMNIUM SECUNDUM

Eine todmüde Kira öffnet verschlafen die Augen. Ihr entweicht ein lautes Gähnen und das Echo, das sich über die komplette Astralebene erstreckt, verrät ihr, wo sie ist. Sie reißt die Glubscher weit auf und obwohl sie träumt, fühlt sich alles echt an – genau wie beim ersten Mal, als sie auf der Ebene aus Geröll und diesem himmlischen Firmament erwacht ist.

„Hallo mein Schatz", sagt Ben, „schön dich zu sehen." Sie lächelt bis über beide Ohren und umarmt ihn innig.

„Ich hatte gehofft", sie küssen sich, „wieder von dir zu träumen."

„Du meinst", sie küssen sich erneut, „mich wieder hier zu besuchen?"

„Also ist es wirklich echt?"

„Ich bin mir fast sicher. Wir befinden uns an einem Ort, der zwischen Zeit und Raum existiert. Die Regeln unserer Welt existieren hier nicht."

Kira grinst bis über beide Ohren und die zwei umarmen einander innig. Wie lange vermag keiner zu sagen, da sie die

Minuten nicht gezählt haben. Zu kurz, wenn sie bedenken, wie viel Zeit ihnen gestohlen wurde.

„Wie geht es bei euch voran?“, fragt Ben und lässt von seiner Verlobten ab. „Habt ihr noch mehr der Sieben gefunden?“

Kira erklärt bis ins kleinste Detail, was passiert ist. Auch von Ellie und wie berührt sie davon war, was Freya zu ihr gesagt hat. So atemberaubend es war, ihren eigenen Urgott zu besitzen, der ihr zur Seite steht, so faszinierend war es, eine mythologische Figur vor sich stehen zu haben – die obendrein warmherzige Liebe ausstrahlt.

Ben scheint ihren Enthusiasmus nicht zu teilen. Kira kennt den Blick, er ist von Misstrauen geplagt. Aber warum?

„Kennst du Freya?“, fragt sie, als ob sie eine Vorahnung hätte.

Er schüttelt den Kopf, als hätte sie ihn aus einem Tagalbtraum gerissen.

„Nee“, er rümpft die Nase, „ich bin nur überrascht, dass es sie wirklich gibt.“

Kira weiß, dass ihr Verlobter ihr nicht die ganze Wahrheit erzählt, aber sie möchte die kurze Zeit, die sie miteinander verbringen, nicht mit Diskussionen verschwenden, die ins Nichts führen. Er war schon immer eher geheimnisvoll und es gibt zahlreiche Themen, über die er nicht reden möchte. Zum Beispiel seine Eltern. Kira weiß, dass er ohne Liebe und Rückhalt groß geworden ist. Anders als Ellie wurde er hoffentlich nicht missbraucht, aber trotzdem scheint etwas passiert zu sein, das dafür gesorgt hat, dass er keinen Kontakt mehr zu ihnen hat. Bis heute hat sie ihre Schwiegereltern in spe nicht kennengelernt – was vielleicht besser ist.

„Eine Frage hätte ich aber", wirft sie ein und wechselt absichtlich das Thema. „Bisher habe ich nur Fetzen an Informationen erhalten, wer wir eigentlich sind."

„Wir?" Ben steht ein großes Fragezeichen im Gesicht. Kira schafft es ab und an, wichtige Gesprächsfetzen nur zu denken, anstatt sie auszusprechen.

„Die Dämonenjäger. Dante. Die Urgötter. Hier und da haben Joker und Wraith was erzählt, aber einige Infos fehlen mir immer noch."

„In jeder Generation werden Auserwählte geboren. Sie sind dazu bestimmt, die gesamte Menschheit zu beschützen. Sie alleine müssen gegen die Kreaturen der Finsternis kämpfen. Sie sind die Dämonenjäger."

„Und Jägerinnen!"

Ben lacht. Hoffentlich, weil er sich ertappt gefühlt hat.

„Natürlich auch Jägerinnen. Man munkelt sogar, dass es mit einer Jägerin angefangen hat. Sie war die Erste, die den Blutvertrag von einem Urgott – oder einer Urgöttin – angeboten bekommen hatte. Sie wussten, dass sie ihre Macht nutzen mussten, um die Ausbreitung der Dämonen zu verhindern. Damals hießen die noch anders –"

„Wie –"

„… aber ich weiß leider nicht wie. Sie sind auf einem Planeten beheimatet, den wir die Hölle nennen. Niemand –"

„Wirklich niemand?"

„… lass mich doch mal ausreden." Ben seufzt laut. „Nein, niemand weiß, wo er genau liegt. Durch Höllenportale kommt man hin. Wenige können sie öffnen. Wraith könnte eine davon sein. Wie so ein Portal genau entsteht, kann ich dir aber nicht sagen." Kira steht auf und trappelt nachdenklich auf der Stelle.

„Die Urgötter haben die Möglichkeit, ihre Macht mit anderen zu teilen. Dafür gehen sie Verträge ein, um sicherzustellen, dass sie niemanden erwischt haben, der ihre Kraft für niederträchtige Zwecke nutzt – wie Dämonen es tun würden."

„Ellie hat von Freya keinen Vertrag bekommen."

„Dann muss eine unglaubliche Macht in ihr wohnen …", sagt Ben gedankenverloren. Seine Stimme ist gedämpft, als hätte er eine Erkenntnis erlangt, die er geheim halten wollte.

„Aber sollte sie nicht gerade deswegen einen Vertrag aufsetzen?" Kira zieht die Augenbraue hoch. Für sie klingt die Aussage wie ein Widerspruch.

„Wenn Götter mächtig genug sind, benötigen sie keinen. Sie könnte ihre Macht, ohne mit der Wimper zu zucken, wiederholen. Ellie – und wahrscheinlich auch niemand anders – hätte keine Chance sie aufzuhalten."

„Sie macht auf jeden Fall einen krassen Eindruck."

„Wo war ich?" Ben schaut nachdenklich in die Luft. „Ach ja. Sie wollten die anderen Planeten verteidigen und haben dabei aber eine ganz wichtige Sache außer Acht gelassen."

Er steht auf und schaut Kira melancholisch an. Bevor er sprechen kann, versteht sie und beendet seinen Gedanken.

„Sie haben ihren eigenen Planeten verloren", seufzt sie leise.

„Genau. Astaroth war damals einer der Angreifer und ist nach dem Sieg über den Planeten zum Dämonenkönig auserkoren worden. Er hat mit Abstand die meisten Götter umgebracht."

„Was ich aber noch nicht ganz verstehe", Kira räuspert sich und schaut verlegen,

„Freya ist auch eine Urgöttin. Aber sie stammt aus Asgard."

„Nicht alle Urgötter kommen vom selben Planeten. Jeder

Mensch hat sein eigenes Heimatland. So kannst du es dir auch mit den Göttern und ihren Planeten vorstellen.

Sie sind uns evolutionstechnisch um Jahrtausende – wenn nicht sogar noch mehr – voraus."

„Haben sie unsere Erde erschaffen?" Kira kommt sich bei der Frage unfassbar dämlich vor, aber möchte unbedingt die Antwort erfahren, anstatt sich selbst etwas zusammenzureimen. Ben lacht seine Verlobte herzlich an und will sie am liebsten küssen.

„Das weiß ich nicht", erwidert er. „Ich glaube nicht."

Kira nickt und schaut stoisch ans sternenbedeckte Firmament. So einiges hat sich in ihrem Leben in kürzester Zeit verändert und verrückterweise trägt sie die Macht eines Gottes in sich. Und doch kam sie sich noch nie so klein vor.

„Wir glauben zu wissen, wo du bist. Also wo das Seelengefäß von Astaroth sich befindet", sagt sie ihrem Verlobten, ohne den Blick von den Sternen abzuwenden.

„Wirklich?"

„Mona geht davon aus, dass du in einem Höllenring bist."

„Also", er stockt, „bin ich wirklich in der Hölle?" Kira wird flau im Magen beim Gedanken daran.

„Das heißt", sie schluckt, „wir müssen ein Höllenportal öffnen?"

„Oder du lebst dein Leben und vergisst mich." Bens Aussage mag hart klingen, er denkt aber nicht nur pragmatisch, sondern will nicht, dass sich seine Verlobte in Lebensgefahr begibt.

„Wie könnte ich dich jemals vergessen", sagt sie und möchte ihn umarmen.

Ein unsanftes Weckerklingeln reißt sie aus dem Traum und sie findet sich in ihrem Bett wieder.

XXIII

HÖLLEN-GEDANKEN

COGITATIONES INFERNI

Kira springt aus den Federn und sprintet ins Wohnzimmer. Aufgrund von undurchsichtiger Dunkelheit haut sie unsanft auf den Lichtschalter und weckt Inuki und Jen, die dort geschlafen haben. Vielleicht hätte sie vorher mal auf die Uhr schauen sollen.

„Wasnlos", brummt Jen verschlafen. „Ichwillnichindie-Schule …"

WUFF

Inuki scheint ebenfalls wenig begeistert davon zu sein, sich nicht weiter ausruhen zu dürfen.

Wraith und Joker haben Kiras hektisches Aufstehen mitbekommen und warten gebannt darauf, was sie zu erzählen hat.

„Ich habe wieder von Ben geträumt", sagt sie und atmet aufgeregt. „Ich glaube, ich weiß, wie wir zu ihm kommen."

„Spuck schon aus", seufzt Jen, die sich am Hinterkopf kratzt. Ihre Haare sind zerzaust und etwas getrockneter Sabber hängt ihr am Mundwinkel. Der Blick aufs Handy verrät ihr, dass es die sehr frühen Morgenstunden sind. Inuki hat die Augen wieder geschlossen und schnarcht.

„Durch ein Höllenportal!“

Jen horcht auf und ihre Augen weiten sich.

„Durch ein Höllenportal?“

„Wie sonst, wenn wir doch in die Hölle hinabsteigen wollen? Wir müssen so ein Portal öffnen!“

„Ich glaube nicht“, Wraith geht umgehend dazwischen, „dass das eine gute Idee ist. Auch wenn Astaroth und sein Gefäß dort sind, müssen wir einen anderen Weg finden, zu ihm zu kommen. So ein Portal zu öffnen, kann ungeahnte Folgen haben. Woher weißt du überhaupt davon?“

„Ben hat es mir erzählt.“

„Wieso weiß er davon?“, grübelt Wraith. „Die Hölle ist mehr als nur ein Planet oder ein Ort – der Planet heißt nicht mal so, aber das ist unwichtig –, sie besteht aus mehreren Orten. Schwer zu erklären. Ich glaube, Freya könnte das besser.“

„Aber wir könnten easy so ein Portal öffnen und nach ihm suchen?“, fragt Kira und merkt, wie ihrer großartigen Idee Skepsis entgegengebracht wird. „Wir müssen nur noch die anderen beiden finden!“

Joker lacht laut los und erschreckt die Anwesenden.

„Natürlich“, sagt er, „ist Astaroth in der Hölle und hat das Gefäß bei sich. Daher wollen wir doch auch die Tore zu diesem gottverlassenen Ort schließen.“

Wraith zischt ihn von der Seite an.

„Moment“, sagt Kira und schaut misstrauisch in die Runde. „Ihr wollt die Tore schließen? Dass keiner rein kann?“

„Ich wusste gar nichts“, erwidert Jen und hält ihre Hände hoch, als würde sie jemand überfallen.

„Und auch keiner mehr raus kann“, fügt Wraith an. „Das schaffen wir nicht, indem wir selbst ein Portal öffnen. Wir würden nicht nur riskieren, dass wir Dämonen in diese Welt lassen, wir würden sie damit anlocken – und damit meine ich nicht nur die unfähigen Ungeheuer, die wir bisher getötet haben."

„Aber", Kira ignoriert ihre Aussage, „wenn wir die Tore schließen, können wir Bens Seele doch gar nicht retten?"

„Unsere Mission ist es, dafür zu sorgen, dass die Dämonen nie wieder einen anderen Planeten angreifen können."

„Ich dachte", Kira wird zunehmend wütender, „dass es eure Mission ist, Bens Seele aus der Hölle zu holen, damit er die Sieben anführen kann?"

„Theoretisch brauchen wir die Sieben nicht, wenn die Hölle für immer geschlossen wird. Das hat Inari auch erkannt. Es ist also ein Entweder-oder-Szenario geworden."

„Theoretisch?", hakt Jen ein und teilt den misstrauischen Blick ihrer Freundin.

„Wir brauchen sie ein letztes Mal, um diese Tore zu schließen."

Kira denkt einen Augenblick nach und fasst relativ zügig einen Entschluss. Sie schaut festentschlossen in die Runde.

„Ich werde euch nur helfen, wenn wir Ben retten. Mehr möchte ich nicht. Wenn er wieder da ist, haben wir eine bessere Chance, die Tore zu verschließen. Er ist schließlich der Anführer der Jägerinnen und Jäger."

„Es wäre um Längen sicherer und einfacher, wenn wir auf einen weiteren Angriff warten und im richtigen Moment durch eines der Portale springen, das die Dämonen selbst öffnen." Wraith schüttelt den Kopf. Ihr gefällt Kiras Idee absolut nicht. Warum weiß Ben von den Höllenportalen? Dieses Wissen ist wohlbehütet und sogar unter Urgöttern nicht weit verbreitet.

„Und wie hoch ist die Wahrscheinlichkeit, dass wir auch dort ankommen, wo wir hinwollen?" Kira wird zunehmend ungehaltener.

„Dafür gibt es keine Garantie. Selbst eines dieser Portale könnte lebensgefährlich sein – aber immer noch sicherer, als selbst eines aufzumachen.“

„Dann haben wir ja eine Entscheidung getro–“

„Moment“, wirft Jen ein, die von der Diskussion verunsichert wurde. „Du würdest alles aufs Spiel setzen, sogar unsere Leben gefährden, um Ben wiederzuholen?“

„Er ist mein Verlobter. Und ich liebe ihn. Natürlich würde –“

„Würdest du das auch für mich tun? Du kennst Ben nicht mal ein ganzes Jahr. Ihr seid zusammengezogen und wenig später wart ihr verlobt. Wir kennen uns seit Jahrzehnten! Wir sind beste Freundinnen!“

Jens Stimme zittert. Sie klingt aber nicht wütend, sondern enttäuscht. Bis hierhin hat sie Kira nie reingeredet – schließlich war es nicht ihr Platz. Doch Ben gab ihr schon immer ein ungutes Gefühl. Als würde er Ärger bedeuten. Dass er ein Dämonenjäger ist, wusste sie damals natürlich noch nicht.

Wraith überlegt ihren Schützling zu trösten, doch eine Umarmung würde Jen gerade überhaupt nicht gefallen.

„Ich weiß, du liebst ihn. Aber wenn wir ihn retten wollen, sollten wir nicht unser aller Leben aufs Spiel setzen. Das würde auch ihm nichts bringen!“

„Das Höllenportal ist aber die einzige Möglichkeit. Er wird wissen, wovon er redet. Wraith“, Kira spricht bestimmend zur Dimensionswanderin, „mit einem eigenen Portal wüssten wir genau, wo wir rauskämen, oder?“

Sie nickt, wenn auch widerwillig. Joker sieht so aus, als würde ihn das Gespräch relativ wenig interessieren.

„Dann haben wir keine andere Wahl, als –“

Jen laufen dicke Tränen über das Gesicht. Kira verstummt vor Schreck.

„Würdest du dasselbe für mich tun?“, fragt Jen, sich der Theatralik vollkommen bewusst. „Seit Ben da ist, bin ich nur noch die zweite Geige für dich. Du würdest für ihn in die wirkliche Hölle gehen und für mich –“

„Jen, hör mir zu“, sagt Kira und umschließt sanft die Hände ihrer besten Freundin.

„Für dich würde ich durch Hölle, Himmel und alles dazwischen gehen. Du bist und bleibst meine Schwester. Das wird uns niemals jemand wegnehmen!“

Jen schaut zu Boden. So angenehm die Worte von Kira klingen, Taten haben schon immer mehr überzeugt.

„Erinnerst du dich“, Kira lächelt, „an die Freundschaftsbänder, die wir uns gegenseitig im Kindergarten gebastelt haben?“

„Natürlich …“

„Hast du deins noch?“

Jen blickt auf und Kira erkennt den Blick sofort: Sie würde es nicht einmal wiederfinden, wenn ihr Leben davon abhinge.

„Warte kurz.“ Sie lässt die Hände ihrer besten Freundin los und verschwindet im Schlafzimmer. Einen Moment später kommt sie mit dem Freundschaftsbändchen, das ihr Jen gebastelt hat, wieder raus. „Hier. Ich möchte, dass du für mich drauf aufpasst.“

„Aber ich habe doch selbst eins?“

„Egal, wo du bist, wenn du mich brauchst, halte einfach nur dieses Bändchen fest und rufe meinen Namen. Ich werde kommen. Versprochen!“

Jen steckt das Freundschaftsbändchen in die Hosentasche und umarmt Kira. Sie kommt sich ordentlich dusselig vor, dass sie jemals an ihrer Beziehung gezweifelt hat.

„Ich dachte sowieso“, hakt Joker ein und ruiniert die Atmosphäre, „dass wir da alle schon einverstanden wären.

Sonst hätten wir erst gar nicht das Totenbuch von Astaroth holen müssen?“

Wraith zischt ihn erneut an – zu Kiras Leidwesen, die sofort verstanden hat, warum.

„Ihr wolltet mich einfach nur in Sicherheit wiegen“, sagt sie. „Bens Seele wiederzuholen, wäre nur ein netter Nebeneffekt gewesen. Damit ich aber spure und die anderen der Sieben suche, habt ihr mich im Glauben gelassen, dass es auch euer Hauptziel war, seine Seele wiederzubeschaffen.“

„Das kommt hin“, erwidert Joker – ausnahmsweise ohne zu lachen.

Kira schüttelt nur den Kopf und stapft wütend in die Küche. Jen steht auf und folgt ihr. Die beiden Urgötter schauen sich an und Wraith seufzt.

„Warum, Joker?“

„Warum ich ihr die Wahrheit gesagt habe?“

„Nein“, erwidert sie seufzend. „Warum du es ihr jetzt schon gesagt hast. Wir brauchen ihr Vertrauen. Du weißt, dass wir trotzdem versucht hätten, seine Seele wiederzuerlangen. Astaroth zu töten, wäre das i-Tüpfelchen gewesen. Die Seele hätten wir gratis dazubekommen.“

„Ich glaube“, erwidert Joker, „wenn wir alles von Kira wollen, müssen wir komplett ehrlich zu ihr sein. Spätestens Freya hätte ihr gesagt, was Sache ist.“

„Soll ich mich etwa entschuldigen?“

„Solltest du“, lacht er.

XXIV

VERDIENTE PAUSE

MORA MERITA

Hat das deine Mutter damals wirklich zu dir gesagt?“, fragt Jen mit überschlagendem Eifer, da ihr die Angelegenheit seit dem Zusammentreffen mit Freya auf der Zunge brannte.

Kira, Ellie und Jen sitzen zusammen in einem kleinen, beschaulichen Ramen-Restaurant. Der Geruch von frisch geröstetem Knoblauch liegt in der Luft und schmeichelt den Nasen der anwesenden Gäste. Stilecht begrüßt sie die Servicekraft mit einem „Konbanwa“, was so viel wie „Guten Abend“ heißt. Kira bestellt für alle mit stark gebrochenen Japanischkünsten und bedankt sich anschließend mit einem „Arrigato“. Ob die Bestellung auf Japanisch stimmt, werden sie sehen, wenn das Essen kommt. Ellie ist zum ersten Mal hier und bewundert die fernöstliche Dekoration. Insbesondere der Blick in die Küche fasziniert sie. Drei Japanerinnen wuseln blitzschnell durcheinander und zaubern in Windeseile wunderschön angerichtete Ramengerichte, die mit allerhand Gewürzen und Zutaten daherkommen. Über vegetarische Varianten bis hin zu Schüsseln, die bis oben mit verschiedenen Fleischsorten vollgepackt sind.

„Ellie?“ Jen merkt, wie ihre Freundin komplett in den Bann gezogen wird. „Isst du zum ersten Mal Ramen?“

„Ja. Also …“ Ihre Wangen laufen rot an, was ihr sichtlich peinlich ist. „Ich gehe selten essen. Mit meinem Studentenjob –“

„Easy“, sagt Kira und zwinkert ihr zu. „Ich schmeiß heute ’ne Runde.“ Ellie läuft noch röter an und bedankt sich für die Einladung.

„Das ist so lieb, danke, danke, danke. Ich weiß gar nicht, was ich sagen soll.“

„Sind nur Ramen“, lacht Kira. „Also easy.“

Ellie versucht sie über den Tisch hinweg zu umarmen, schmeißt dabei aber ein kleines Fläschchen Sojasoße um, das krachend hinfällt und ausläuft.

„O nein, das tut mir so –“

„Chill“, Kira hakt direkt ein, damit Ellie nicht abermals einen Entschuldigungsanfall überkommt. „Ist nur Soße. Davon haben die hier genug.“

Ellie schaut sie mit großen Augen an.

„Weil es ein Restaurant ist“, schiebt Kira umgehend nach, als sie den erschrockenen Blick der neugekrönten Jägerin sieht.

Eine Kellnerin schnellt herüber und wischt die ausgelaufene Soße weg. Nachdem sich Ellie ein paarmal bedankt und entschuldigt hat, was sich wie „Dankesorry“ anhörte, stellt Jen ihre Eingangsfrage erneut.

„Wurdest du wirklich von deiner Mutter als Made im Speck bezeichnet?“ Ellie nickt verhalten.

„Sorry“, wirft Jen umgehend nach, „da müssen wir gar nicht drüber reden, ich –“

„Doch, doch“, erklärt sie, „das ist schon in Ordnung. Mir ist es nicht unangenehm, darüber zu reden oder dass sie das gesagt hat. Nur, dass ich mich manchmal immer noch so fühle.“

„Was hat sie gesagt?“ Kira steht vor Wut auf und schlägt die Fäuste auf den Tisch. „Ich bringe sie um!“

„Ohgottohgott.“

„Beruhig dich!“ Jen drückt Kira herunter, damit sie sich wieder hinsetzt und keine Szene in dem kleinen Restaurant veranstaltet.

„Wer hat das überhaupt gesagt?“

Jen rollt mit den Augen und erzählt Kira im Schnelldurchlauf – mit Ellies Einwilligung –, was die von ihrer Kindheit berichtet hat.

„Das hat sie gesagt?“ Sie möchte abermals dramatisch aufstehen, wird von Jen aber umgehend aufgehalten, die ihr erst gar nicht die Möglichkeit gibt, ein weiteres Schauspiel zu veranstalten.

„Lass sie doch erst mal ausreden“, faucht Jen.

Kiras Augen wandern vor peinlicher Berührung langsam nach rechts.

„Ich weiß gar nicht, was ich dazu sagen soll. Also, sie hat mich so genannt. Und viele andere Sachen. Manchmal ist ihr auch die Hand ausgerutscht. Ich habe ihre Laune nie verstanden. Heutzutage denke ich, dass sie selbst gar nicht wusste, warum sie das gesagt oder getan hat.“

„Und jetzt bist du wütend auf die Welt und willst alles brennen sehen?“, fragt Kira.

„Alles brennen sehen?“ Ellie scheint die Frage nicht zu verstehen und schaut nachdenklich an die Decke. „Ich hoffe, dass es niemand anderem so ergeht wie mir. Es gibt viel zu viel Schönes und Gutes auf der Welt, als dass ich sie brennen sehen möchte. Ich würde mir nur wünschen, dass wir alle netter zueinander sind. Keiner weiß, was im anderen vor sich geht, wenn wir nicht aufeinander zugehen und miteinander reden.“

Jen und Kira schauen sich mit einem fragenden Blick

an. Den beiden schwirren dieselben Sachen durch den Kopf. Kann es sein, dass Ellie aufgrund ihrer beschissenen Kindheit eine liebevolle und empathische Frau wurde? Wobei sie jemand definitiv korrigieren sollte. Sie ist nicht wegen ihrer beschissenen Kindheit, sondern trotz ihrer beschissenen Kindheitstage eine warmherzige und mitfühlende Person geworden.

„Wisst ihr", Ellie unterbricht die Stille, „ich denke mir immer, wenn ich mit gutem Beispiel vorangehe, machen es mir andere irgendwann nach."

„Ich –"

Kira kann ihre Zweifel erst gar nicht zum Ausdruck bringen, da Jen direkt dazwischenspringt.

„Das wird dir mit Sicherheit gelingen!"

Einen Moment lang schauen sich die drei Frauen an, bis Jen die Stille unangenehm wird.

„Wo bleibt denn unser Essen?"

Wie gerufen erscheint die Servicekraft mit drei Ramenschüsseln: Butatama Tonkotsu, eine Schweinebrühe mit saftigem Schweinefleisch und einem Ei; vegetarische Variante mit einem Tempura; Teriyaki Miso, eingelegtes Hühnerfleisch in einer Hühnerbrühe.

Alle drei Gerichte duften nicht nur vorzüglich, sondern sehen auch wohlschmeckend aus. Ellie wartet daher gar nicht erst oder zeigt falsche Bescheidenheit, sondern langt sofort zu. Innerhalb kürzester Zeit hat sie die Ramen eingesaugt und grinst fröhlich.

„Gutes Essen sorgt immer für gute Laune", erklärt Jen. „Das sagt mein Vater immer."

„Teures Essen ist rausgeworfenes Geld", erwidert Ellie. „Hat meine Mutter immer gesagt."

„Essen, wie eigentlich alles, sollte man wertschätzen."

Den Rest des Abends verbringen die drei Frauen damit,

über schönere Dinge zu reden. Selbst Ellie fühlt sich von den ausufernden Geschichten ihrer neuen Freundinnen angesteckt und traut sich, über eine ihrer selbst geschriebenen Storys zu erzählen – und auch wenn ihr der Gedanke Magenschmerzen bereitet, verspricht sie, Jen und Kira einen Ausschnitt zu schicken.

XXV

EIN HINTERHALT

INSIDIA

Als die drei das Restaurant verlassen, ist es stockduster. Zwar sind sie zusammen unterwegs, doch der Weg zum Bahnhof ist oftmals von zwielichtigen Gestalten gepflastert, die es nicht sein lassen können, Frauen hinterherzupfeifen oder widerliche Kommentare zu drücken. Am liebsten würde Kira präventiv nach Joker rufen, aber die Reaktion wäre übertrieben.

„Wo sind eigentlich Freya und die anderen?“, fragt Ellie – als hätte sie Kiras Gedanken gelesen.

„Freya, Joker und Wraith halten sich auf einer Astralebene auf“, erklärt Jen. „Ein Ort, der zwischen Zeit und Raum existiert. Dort sind sie ungestört und quatschen über Gott und die Welt.“

„Es gibt Gott?“ Ellics Augen werden riesig.

„Nee, ich habe nur eine Redewendung benutzt.“

„Es gibt keinen Gott?“

„Was wäre dir lieber?“

Ellie zuckt mit den Schultern und überlegt einen Augenblick.

„Ich bin Atheistin. Für mich macht es daher keinen Unterschied. Zudem bin ich auch kein großer Fan der Kirche.“

„Obwohl wir selbst mit Urgöttern in Berührung gekommen sind?“ Jen ist überrascht, woher Ellies Einstellung rührt. Kira hingegen hört lieber weiter zu.

„Aber keiner von ihnen hat uns oder diese Welt geschaffen, oder?“

„Nicht, dass ich wüsste.“

„Joker würde bestimmt was anderes behaupten“, lacht Kira.

Sie schmunzeln gemeinsam und spazieren weiter in Richtung Hauptbahnhof. Bisher hat man sie zum Glück in Ruhe gelassen. Doch wie es so oft im Leben ist, währt die Güte des Schicksals nicht allzu lange. Eine ganze Gruppe vermummter Gestalten, die komplett von ihren Hoodies bedeckt werden, stapft schnellen Schrittes auf die drei jungen Frauen zu. Jen, die leider schon des Öfteren mit übergriffigen Kerlen zu tun hatte, umklammert das Pfefferspray in ihrer Tasche. Doch zur Erleichterung aller ziehen die Figuren an ihnen vorbei.

„Auch wenn sie nichts gesagt haben, hätten sie nicht so unangenehm nah an uns vorbeigehen müssen.“ Jen lockert sich und lässt das Abwehrspray los.

„Wie schön es wäre, wenn es einfach einen Mindestabstand gäbe, den alle einhalten“, sagt Ellie.

„Ich glaube –“

KRRRIIIEEKKK

Ein lauter, zu hoher Schrei ertönt hinter den dreien. Die Gestalten kommen mit Anlauf auf sie zugeschossen und scheinen auf den ersten Blick alle Bajang-Dämonen zu sein.

„JOKER!“

„WRAITH!“

Vor Ellies Augen verwandeln sich Kira und Jen in ihre Alteregos. Kira ziert das eindrucksvolle Gewand Jokers, voller dekorativer Knöpfe, Ketten und schickem Hut. Jen hingegen wartet mit einer ebenso umwerfenden Uniform auf, die sie hell erstrahlen lässt. Für ihre Stiefel hat Ellie zudem ein beeindrucktes Pfeifen über.

„Was haben wir verpasst?", fragt Joker und springt zusammen mit Kira ins Getümmel. „Wieso habt ihr Bajangs angeschleppt?"

„Ist das die Mehrzahl von Bajang?", grübelt Wraith. „Ich dachte, es wäre Bajange. Wobei das auch komisch klingt."

Energiekugeln schleudern in Richtung der Gruppe Dämonen, die zum Großteil ausweichen. Nicht alle hatten jedoch das Glück und werden mit einem donnernden Knall zurückgeworfen. Die Ausgewichenen werden kurzerhand mit Kunai aus Kiras Seitentasche angeschnitten.

Ellie schaut erschrocken zu. Festgefroren starrt sie ihre Freundinnen an und kann nicht anders, als mit Ehrfurcht dem Kampf beizuwohnen. Sie scheinen mit jemandem zu reden, doch sie weiß nicht, mit wem. Miteinander auf jeden Fall nicht. Bestimmt mit ihren Urgöttern. Aber wie machen sie das? Wenngleich es simpel ist, sind wir in Schockmomenten manchmal so überfordert, dass uns die einfachsten Unternehmungen nicht gelingen – egal, wie oft wir sie vorher schon unternommen haben.

„Willst du deinen Freundinnen nicht helfen?"

Eine warmherzige Stimme hallt in Ellies Kopf wider. Als wären es ihre eigenen Gedanken, die zu ihr sprechen. Aber sie erkennt die Muttergöttin sofort. Nervös blickt sie sich um, kann sie dennoch nicht sehen.

„Es ist doch ganz einfach, mein Kind. Wie haben sich die anderen der Macht ihrer Partner bedient?"

Freya lächelt, was Ellie zwar nicht sehen, aber spüren kann. Das muss dieses mütterliche Lächeln sein, das Geborgenheit schenkt. Wie oft sie sich dieses Lächeln in ihrer Kindheit gewünscht hat. Zum Glück ist es nie zu spät, bemuttert zu werden.

„Sie haben die Namen gesagt.“

„Gesagt? Ich habe ihren Ruf bis auf die Astralebene wahrgenommen.“

„Aber wenn mich jemand hört?“

„Mein Kind. Alle Welt soll dich hören! Und egal, wo du bist, ich werde deinem Ruf immer folgen.“ Die Muttergöttin hüllt das Areal von der Astralebene aus ein und allesamt gleiten nahtlos über in die Schattenwelt. Ellie staunt. Ihre Göttin muss unfassbar mächtig sein.

„Freya!“ Sie merkt, wie ihre Stimme sie im Stich lässt. Sie ist es nicht gewohnt, laut und mit voller Inbrunst in die Welt hinauszuschreien, wenn sie Hilfe braucht – oder gehört werden möchte.

„Du darfst brüllen. Du darfst erhört werden. Deine Worte sind es wert, wahrgenommen zu werden!“

„FREya …“ Ellie räuspert sich. Ein unangenehmes Gefühl breitet sich aus und versucht sich, durch ihren Körper zu schlängeln. Wie ein widerlicher Wurm, der nach und nach ihre Emotionen auffrisst und sie wieder ausspuckt, weil er sie als nichtig ansieht.

„FR–“

„Du schaffst das!“

„FREY–“

„Ich bin stolz auf dich, mein Kind.“

„FREYAAAAAAAAAAAA!“

KRACHBUMM

Ein greller, gleißender Blitz schlägt ein und umhüllt Ellie in einem hellen Licht.

Selbst Kira und Jen, die mit Kämpfen beschäftigt sind, halten inne und beobachten gespannt das Schauspiel.

„Wir haben ihr gar nicht gesagt, dass sie Freyas Namen rufen muss!“ Kira schaut verdutzt drein.

„Sie hat eins und eins zusammengezählt“, erwidert Jen und seufzt aufgrund der naiven Aussage ihrer Freundin.

Die junge Frau, die Jen vor einiger Zeit im Park aufgefunden hat, die von einem Idioten belästigt wurde und sich nicht traute, ihm etwas zu entgegnen, ist verschwunden. An ihre Stelle ist eine selbstbewusste Kämpferin getreten. Sie setzt einen Schritt nach vorne und grinst mit unbändiger Fröhlichkeit. Sie trägt ein ausgeschmücktes weißes Kleid, das ihren Augen schmeichelt. Ihre langen Haare wehen leicht hinter ihr im Wind. Der sommerliche Look wird mit einem schicken Paar Sandalen abgerundet. Ellie trägt alles, was man für einen Tagesausflug an den Strand benötigt.

„Was hat sie da in der Hand?“, fragt Kira und wehrt mit Dante mühelos die Bajangs ab, die immer wieder versuchen, die beiden anzugreifen.

„Das ist der Erdbogen“, antwortet Wraith und feuert eine eklatant große Kugel in die Mitte der Gegner, die durch die Luft segeln und ungebremst mit der Dämonenvisage zuerst aufschlagen. „Eine uralte Waffe. Vor Jahrtausenden von Freyas hauseigenem Schmied entworfen. Angeblich der stärkste Bogen, der jemals geschaffen wurde. Ich bin überrascht, dass sie Ellie so ein altes Relikt anvertraut.“

„Sie muss die Kleine echt mögen“, fügt Joker an.

Ellie inspiziert ihre Waffe einen kurzen Augenblick und freut sich über das Geschenk.

„Weißt du“, Freya stellt sich neben sie, „wie man so einen Bogen benutzt?“

Die beiden Frauen stehen in perfekter Synchronität nebeneinander. Die Schultern gerade, die Brust nach vorne gestreckt mit einem fest entschlossenen Blick auf die Gegner, die sich von der Energieexplosion und den Kunai erholt haben und wieder aufgestanden sind.

„Ich habe in der Schule mit Pfeil und Bogen trainiert. War eine AG.“

„Ich weiß zwar nicht, was eine AG ist. Aber wenn du weißt, wie man einen Bogen benutzt, überlasse ich dir das Feld.“

Freya tritt einen Schritt zurück und schaut ihren Schützling mit Stolz an. Ellie zückt einen Pfeil, spannt den Bogen bis zum Anschlag und lässt los. Mit einem Affenzahn pfeift das Geschoss zu einem der Gegner und durchbohrt gnadenlos seinen Kopf. Der Körper hat nicht einmal die Zeit, zu reagieren, da sich die Überreste umgehend in schwarzen Rauch auflösen.

„Gefällt mir“, sagt Ellie und bemerkt dabei nicht, wie sie ihre Freundinnen mit offenem Mund anstarren.

„Das Schöne an meinem Erdbogen ist übrigens“, Freya zieht fünf Pfeile aus dem Köcher hervor und überreicht sie Ellie, „dass er problemlos mehrere Pfeile auf einmal abschießen kann.“

Ihr Schützling schaut einen Moment misstrauisch drein. Ob sie das schafft? Freya gibt ihr einen Ruck und nickt ihr zu.

Ellie spürt das Vertrauen der Muttergöttin – ein wohlig warmes Gefühl – und setzt an. Fünf Gegner, fünf Pfeile, ein Schuss. Nur schade, dass sie davon niemals jemandem erzählen kann. Immerhin sind Kira und Jen hier, um zuzuschauen.

Angesetzt, gespannt, tief in sich gegangen und, auch wenn es mit Sicherheit eine ordentliche Portion Klischee ist, die Augen fest geschlossen.

Ellie lässt los, Kira und Jen ducken sich vorsichtshalber weg, doch die Pfeile sind längst an ihnen vorbeigerast und dekorieren die Schädel der fünf anderen Dämonen, die sich umgehend in schwarzen Rauch auflösen.

„Wie hast du das gemacht?“, ruft Jen und läuft zu Ellie hinüber.

„Ich weiß es nicht!“

Die beiden geben sich die Hände und springen fröhlich voreinander her. Kira freut sich zwar ebenfalls, aber ein Interesse, an dem Springkreis teilzunehmen, ist nicht vorhanden.

„Weiber“, sagt Joker und klopft Kira auf die Schulter. „Hab ich recht oder hab ich recht?“

Sie seufzt und drückt Joker weg.

„Leute“, hakt Wraith ein. „Ist zwar schön, dass wir uns alle so freuen, aber ich glaube, das war es noch nicht.“

Eine Feuerfontäne schießt unmittelbar vor ihnen aus dem Boden und Lavabälle drohen die Jägerinnen zu treffen. Sie weichen schnellen Schrittes aus und bemerken erst einen Augenblick später, dass etwas aus dem Loch herausgekrochen kommt.

„Mordekai“, flüstert Freya mit uncharakteristischem Hass in der Stimme.

Die Jägerinnen staunen – besonders Ellie, die bisher kaum Dämonen gesehen hat –, als ein großes, humanoides Monster emporsteigt und laut krächzt. Der Kopf ist in schwarze Federn gehüllt und trägt pechschwarze Augen, die von einem blutroten Schnabel komplettiert werden. Das Wesen besitzt kolossale Flügel, die von der Spannweite eher zu einem Dinosaurier passen. Die Arme und Beine sind lang und dürr, sehen aber aus, als hätte sie jemand einer menschlichen Person geklaut und platt gedrückt. Der Körper wird von einer Kriegerrüstung bedeckt, die Kira unweigerlich an Asgard erinnert – den Grund für diesen Eindruck wird sie gleich herausfinden.

„Astaroth hatte also recht", sagt das Wesen mit einer hohen, krächzenden Stimmen, die sich anhört, als hätte ein Huhn sprechen gelernt. „Freya ist wirklich hier."

Der Kopf des Dämons dreht sich schnell von einer Seite zur anderen – im 90 Grad Winkel. Der Schnabel hackt immer wieder in der Luft, als würde er unsichtbare Körner aufpicken.

„Ich bin wirklich hier", ruft Freya. „Du solltest also verschwinden." Mordekai lacht gehässig los und gluckt dabei.

„Schön, dich wiederzusehen", sie springt einen weiten Satz nach vorne und landet nah vor den Jägerinnen, „Muttergöttin."

„Ihr kennt euch?", sagt Kira mit abfälligem Ton in der Stimme.

„Mordekai", Freya stellt sich vor die Kriegerinnen, „hat damals Astaroth dabei geholfen, in Asgard einzufallen."

Joker und Wraith bleiben neben ihren Schützlingen stehen, bereit, sie ebenfalls mit dem eigenen Leben zu verteidigen.

„Ich liebe es, an die alten Tage zu denken." Die Vogeldämonin schleicht näher an die Urgöttin heran und der Kopf wackelt hektisch hin und her. Die Jägerinnen sehen erst jetzt, dass die Gegnerin ein ganzes Stück größer als Freya ist. Ellie schaut sie mit bohrenden Blicken an und spannt den Erdbogen bis zum Anschlag. Die Muttergöttin hält ihre rechte Hand unauffällig nach hinten, um ihrem Schützling ein Zeichen zu geben, dass sie sich zurückhalten soll.

Ein lautes Glucken entweicht Mordekai und die Vogeldämonin hackt mit ihrem riesigen Schnabel nach der Göttin, die allen drei blitzschnellen Angriffen mit Leichtigkeit ausweicht.

Die Jägerinnen und Urgötter schauen mit Waffen im Anschlag zu und warten auf Freyas Zeichen.

„Du hast Astaroth geholfen, meine Familie umzubringen." Demonstrativ spannt Freya ihren Bogen. „Dein Tod wird den Seelen der Verstorbenen Frieden geben."

Mit einem Zischgeräusch fliegt der Pfeil los und wird zum Erstaunen aller Anwesenden von Mordekais Schnabel gefangen. Mit voller Kraft und einem lauten Knacken teilt sie das Geschoss entzwei und spuckt es provokativ aus.

„Die Pfeile des Lichts ..." Freya erschrickt.

Die Pfeile, einst vom hauseigenen Schmied angefertigt, sind mit derselben Macht ausgestattet, die ihr Sohn besaß. Es ist für einen Dämon, der allein beim Anblick des heiligen Lichts erblinden müsste, unmöglich, sie auseinanderzubrechen.

„Du warst zu lange verschwunden", gackert das Monster. „Deine Pfeile haben schon vor Ewigkeiten ihre Wirkung verloren."

Mordekai breitet ihre Flügel in voller Spannweite aus und schießt kometenhaft in die Höhe. Ein Atemzug lang verdeckt sie die Sonne und hüllt alles in kalte Schatten ein. Sie bleibt in der Luft haften, scannt ihre Gegner und mit lautem Krächzen prescht sie auf sie zu. Anders als die Furien ist dieses Monster schlau, überlegen und agil. Die Kämpferinnen weichen rechtzeitig aus und trotzdem wird Jen von einer scharfen Klaue tief gekratzt. Sie schreit auf und die anderen sehen, wie sich die Anatomie der Dämonin verändert hat. Aus den langen Fingern wachsen mindestens genauso lange spitze Krallen hervor. Der Schnabel ist mit rasiermesserscharfen Zähnchen dekoriert und über die gesamte Haut hat sich ein Schuppenpanzer gelegt.

Ellie schießt einen Pfeil ab, der es nicht einmal schafft, einen Kratzer an Mordekai auszurichten. Er prallt an der schimmernden Rüstung des Ungeheuers ab. Trotzdem hat es die Dämonin persönlich genommen und springt mit ausgestreckten Krallen auf sie zu.

Freya stellt sich im Nullkommanichts vor sie und wehrt den Angriff mit bloßen Händen ab.

„Diese Rüstung", spricht die Muttergöttin, „sie gehört nicht dir."

Mordekai lacht abermals gehässig auf: „Die habe ich einem deiner Verwandten abgenommen. Weiß leider nicht mehr, wem. Es war aber ein Fest, seine Augen auszuhacken."

Freya, die sonst reserviert und gesammelt ist, hetzt nach vorne. In der linken Hand erscheint einer ihrer Lichtpfeile, den sie mit voller Wucht im rechten Arm des Monsters versenkt.

Qualvoll kräht es auf und reißt das Geschoss mit dem Schnabel heraus. Ein lautes Ratschen, das sich ähnlich wie das Aufreißen einer Kekspackung anhört, ist zu hören. Das blöde an Pfeilen ist: Stecken sie einmal drin, sollte man sie auf der anderen Seite wieder rausholen, um sich nicht Haut, Muskel oder mehr rauszureißen.

Mordekai krächzt erneut auf und eine blutige Wunde offenbart sich den Jägerinnen. Kira setzt mit Dante an, wird aber von Joker zurückgehalten.

„Warum seid ihr eigentlich so ruhig?", fragt sie und schaut Joker und Wraith missmutig an. „Wollt ihr nicht helfen?"

„Dieser Kampf", die Dimensionswanderin seufzt laut, „ist nicht unserer. Du hast es doch selbst gehört. Mordekai hat die Rüstung entweiht."

Jen und Kira stellen sich neben ihre Partner – wenngleich unter Protest. Ellie hingegen gesellt sich zu Freya.

„Ich lasse dich nicht allein."

Die Muttergöttin nickt ihrem Schützling zu und ein verhaltenes Lächeln ist auf ihren Lippen zu erkennen.

„Ihr hattet zusammen keine Chance gegen mich", Mordekai schabt auf der Stelle, „wie soll es euch zu zweit gelingen?"

Die beiden Frauen spannen ihre Bögen bis zum Anschlag und konzentrieren sich. Sie könnten sich Zeichen geben, telepathisch verständigen oder runterzählen. Doch das brauchen sie nicht. Obwohl die Zeit, in der sie sich kennen, kürzer als ein Zusammentreffen alter Freunde ist, fühlen sie ihre tiefe Verbundenheit bis ins Mark. Freya weiß es schon, Ellie noch nicht: Sie werden auf ewig zusammenbleiben, bis eine von ihnen ihren letzten Atemzug in den Armen der anderen macht. Beide Frauen setzen zum Schuss an. Ellie täuscht an. Mordekai weicht zu früh aus und wird von Freyas Lichtpfeil in den nicht verwundeten Flügel getroffen.

Die Vogeldämonin kreischt schmerzverzerrt auf und fliegt nach hinten, den Körper dabei auf die Gegnerinnen gerichtet. Mit dem Schnabel zieht sie den Pfeil raus und krächzt.

„Ich brauche meine Arme nicht, um euch zu besiegen. Mein Schnabel ist alles, was ich benötige!"

Mordekai fliegt los und weicht einem Bombardement an Pfeilen aus. Was die Dämonin nicht weiß: Sie treffen absichtlich nicht, um den Vogel so nah wie möglich an sich heranzulassen. Der übergroße Schnabel spannt auf; die Hunderten kleinen Zähnchen blitzen auf und schnappen zu.

Ellie weicht nach links, Freya nach rechts aus und mit ihrer gesamten Kraft greifen sich die beiden jeweils die Flügel. In Windeseile wirft Freya Ellie einen Lichtpfeil zu und sie durchbohren mit den Spitzen die Flügel und rammen sie in die Erde. Das Ungeheuer lässt einen krächzenden Schmerzschrei raus, der so laut ist, dass sich die anderen Jägerinnen und Götter die Ohren zuhalten. Freya und Ellie hingegen stürzen sich auf das Biest und ringen es zu Boden.

„Ihr verdammten Schn–“

„GENUG!“ Freyas liebevolle und barmherzige Stimme ist einem kalten, durchdringenden Tonfall gewichen. „Im Namen des Allvaters Odin, den Menschen von Asgard und der Muttergöttin verurteile ich dich.“

Die anderen glotzen förmlich auf das Schauspiel. Freya steht auf Mordekais Rücken und presst mit ihrem Vorderfuß den Kopf auf den Boden. Durch die Pfeile, die in den Flügeln stecken, kann sich die Vogeldämonin nicht mehr bewegen. Sie versucht dagegen anzukämpfen und krächzt, aber Freyas unüberhörbare Stimme ist lauter.

„Die reißt dem Vieh doch den Kopf ab“, flüstert Kira.

„Das ist nicht ihr Stil“, erwidert Wraith.

Ein heller, leuchtender Blitz saust vom Himmel herab und durchzieht Freya mit entfesselter Macht. Ihre Haut fängt an zu glänzen und ihre Muskeln wachsen. Es klingt, als würde sie eine Anklageschrift vorlesen, die jeder Anwesende, egal ob Gott, Jägerin oder Dämon, hören soll.

„Für deine Verbrechen ist deine Bestrafung die ewige Gefangenschaft“, sie beugt sich hinab, um mit ihren Händen die Flügel zu greifen, „in deinem eigenen Körper.“ Mit einem ohrenzerfetzenden Schmerzschrei, der von Mordekai ausgeht, reißt Freya beide Flügel ab und wirft sie ausdrucksvoll zur Seite. Blut füllt den Boden unter der Dämonin und die Muttergöttin tritt einmal mehr auf den Kopf, sodass sich die Federn mit dem roten Lebenssaft vollsaugen.

„Weder im Himmel noch in der Hölle, auf diesem Planeten oder einem anderen wird dir jemand Zuflucht oder eine Herberge gewähren. Du bist in Astaroths Ungnade gefallen, weil du versagt hast. Solltest du jemals wagen, zu ihm zurückzukehren, wird er ein Exempel an dir statuieren."

Freya beugt sich ein letztes Mal zu Mordekai hinab und umklammert mit einer Hand die Ober- und mit der anderen die Unterseite des Schnabels.

„Damit du verstehst, dass dies nur eine einzige Warnung ist und es keine zweite Bestrafung geben wird, nehme ich dir die Fähigkeit, zu protestieren. Du hast dein Leben verwirkt und doch bin ich keine Henkerin. Solltest du dich jemals wieder hier oder auf einem anderen Planeten, der unter unserem Schutz steht, blicken lassen, werden deine Qualen endlos sein."

Die Augen der Vogeldämonin weiten sich. Pure Angst breitet sich aus. Sie möchte aufschreien, aber Freya hält den Schnabel fest zu.

Wraith schaut in Horror zu, als sie versteht, was sie vorhat. Sie will eingreifen. Doch mit einem lauten, widerwärtigen Knacken, als hätte jemand mit voller Wucht Eier auf den Boden geworfen, reißt die Muttergöttin die Ober- und Unterseite des Schnabels in die entgegengesetzten Richtungen, sodass er vollständig aufbricht. Mordekai versucht aufzuschreien, doch selbst ein Dämon hat eine Schmerzgrenze, und fällt in Ohnmacht.

„Was zum ..." Kira starrt ungläubig auf die Szcnerie, die sich vor ihr offenbart.

„Wäre der Tod nicht humaner gewesen?"

„Du weißt nicht", Wraith verdeckt ihren Mund und flüstert so leise sie kann, „was Freya im Höllenkrieg widerfahren ist. Glaub mir. Mordekai ist glimpflich davongekommen. Auch wenn es ein schreckliches Schauspiel war."

Die Muttergöttin spricht mit ihrem Schützling, die anderen wissen aber nicht, was sie zu ihr sagt. Sie umarmen einander und ihnen laufen Tränen die Wangen hinab – was, wie wir festgestellt haben, bei Ellie nichts Verwunderliches ist. Trotzdem scheinen die Tränen von einem Ort der Nächstenliebe zu kommen. Sie versteht, warum Freya so extrem gehandelt hat. Nicht nur, um sich zu rächen, sondern, um eine Botschaft an die anderen Dämonen und vor allem an Astaroth zu schicken. Die Muttergöttin ist aus ihrem Exil zurückgekehrt, um sich für den Höllenkrieg zu revanchieren.

Freya lässt den Schutz der Schattenwelt – und mit ihm Mordekai, die in dieser Welt bleibt – verschwinden.

„Leute", Kira zeigt auf einen jungen Mann, der weit entfernt ist, aber wie angewurzelt steht und auf die Jägerinnen schaut. „Wer ist das?"

Er bemerkt, dass sie zu ihm gucken, und läuft weg.

„Meint ihr, er hat das alles mitbekommen?", fragt Jen.

„Unsicher", erwidert Wraith. „Aber es sieht eher danach aus, dass ihr für ihn aus der Luft erschienen seid. Das wird noch öfter passieren. Die Menschen sind entweder zu abergläubisch oder nicht abergläubisch genug. So oder so werden sie es entweder niemandem erzählen oder keiner glaubt ihnen. Das ist zumindest meine Erfahrung der letzten hunderttausend Jahre."

Die Jägerinnen zucken mit den Schultern und wandern weiter zum Bahnhof. Kiras Blick bleibt einen Moment lang auf der Stelle haften, wo der junge Mann stand, bis sie den anderen hinterherläuft und zu ihnen aufschließt.

Freya hat sich allein auf die Astralebene zurückgezogen und schaut andächtig zum Firmament.

„Ich hoffe, du bist stolz auf mich ..."

XXVI

EIN ZEUGE

TESTIS

Jen, du bist so unverhältnismäßig ruhig", sagt Wraith. Die Jägerinnen sind wieder zurück in Kiras Wohnung und unterhalten sich über die geschehenen Ereignisse – bis auf Jen, die verloren wegschaut. „Ist dir langweilig?"

„Nein!", platzt es aus ihr heraus. „Ich glaube nur, ich kenne den Typen, der uns eben angeschaut hat und weggelaufen ist."

„Wie, du kennst den?" Kira zieht eine Augenbraue hoch und guckt Jen verschmitzt an. „Du hast mir aber noch gar nicht davon erzählt!"

Ellie horcht neugierig auf. Bisher hat ihr Jen ebenfalls nichts von einem vermeintlichen Verehrer anvertraut – oder jemandem, den sie verehrt.

„Nein, das meinte ich nicht. Der Kerl besucht auch meine Uni. Oder zumindest die Bücherei. Ich habe ihn schon mehrfach dort gesichtet."

Kira guckt stoisch an die Decke und blendet ihre Umgebung aus. Ihre Gedanken wandern zu Ben, zu Astaroth, den Urgöttern und dem jungen Mann, den sie gesehen hat. Irgendetwas kribbelt, aber sie kann nicht einordnen, was. Sie schaut in die Runde und sieht, wie ihre Freunde aufgeregt miteinander sprechen, ohne zu hören, was sie sagen. Daher bekommt sie auch nicht mit, dass Jen immer wieder ihren Namen sagt. Erst als sie ihr unsanft auf die Schulter tippt, wird sie aus ihrem Tagtraum gerissen.

„Was?" Kira schreckt auf. „Sorry, ich habe überlegt."

„Ja, wir auch. Soll ich zur Uni und nachforschen, ob ich was über Sam rausfinden kann?"

„Ich glaube", Kira ignoriert die Frage, „er ist auch ein Jäger."

„Wie kommst du darauf?" Wraith schaut sie mit hochkonzentrierten Augen an.

„Einfach ein Gefühl."

Joker lächelt, was nicht selten bei ihm vorkommt.

„Du könntest recht haben", hakt Freya ein. „Eventuell hat er deswegen auch das Schauspiel beobachtet, konnte es aber nicht einsortieren. Aufgrund der Entfernung und des Chaos hat er wahrscheinlich auch nicht erkannt, wer ihr seid."

„Aber wir haben ja gesehen, wer er ist."

„Ihr wart aber auch alle gefasst. Er ist panisch weggelaufen. Die Annahme, dass er daher zu geschockt war, sich überhaupt auf euch zu konzentrieren, liegt nahe."

„Ich glaube auch", fährt Wraith fort, „dass er niemanden erkannt hat. Wahrscheinlich hat er wirklich nur gesehen, wie ihr aus der Luft aufgetaucht seid, konnte seinen Augen nicht glauben und ist abgehauen."

„Ich begleite dich zur Uni", sagt Kira zu Jen. „Gemeinsam können wir schneller nach ihm suchen."

„Aber ihr glaubt wirklich, dass Sam auch ein Dämonenjäger ist?", wirft Jen in die Runde.

„Mittlerweile wissen wir ja, wie es funktioniert", erwidert Kira und zeigt auf Ellie.

„Sonst hätten wir sie nicht so schnell gefunden."

„Mich beschleicht die Vermutung, dass Joker und Wraith keine Aufklärungsarbeit geleistet haben, wie die Jäger ausgesucht werden", sagt Freya.

„Ich habe ihr schon erklärt, dass das mit verschiedenen Dingen zusammenhängt“, antwortet Joker und überzeugt niemanden in der Runde.

„Ich dachte, er hätte das soweit übernommen“, seufzt Wraith.

„Aber dann hätte er es doch sowieso nur einer von euch erklärt?“, bemängelt Jen.

„Ich könnte weit ausholen und von längst vergessenen Tagen erzählen oder euch die absolute Kurzfassung präsentieren?“, fragt Freya.

Die Runde nickt, alle sind einverstanden, dass ihnen die kurze Version reicht. Ganz zu Freyas Enttäuschung, die gerne von einer längst vergangenen Zeit berichtet hätte. Doch auch sie denkt sich einen Atemzug später, dass es vielleicht gar nicht so schlecht ist, nicht abermals das Gestern aufleben zu lassen und sich die alten Tage zurückzuwünschen.

„Das, was ihr Magie nennt“, mit ihren Händen zaubert sie das Sternenbild des Löwen in die Luft, „ist unsere Wissenschaft. Lange erforscht, ergründet und perfektioniert. Durch sie ist es den Urgöttern möglich, genau zu erfahren, wer ihre Schützlinge sind. Ihr seid mit uns verbunden und besitzt dieselbe Intuition. Wenn also jemand wie Ellie vor euch steht, wisst ihr instinktiv, dass sie eine von euch ist. Daher ist es auch einfacher für euch, weil Jägerinnen und Jäger untereinander eine magnetische Anziehung spüren. Sie wissen, dass sie zueinander, zu etwas Größerem, gehören. Das Schicksal – oder eine höhere Macht – hilft euch dabei, zueinanderzufinden und lenkt euch in die entsprechende Richtung. Es mag euch daher wie Zufall vorkommen, so schnell zueinanderzufinden, gehört aber zu einem Plan, der seit Äonen in Bewegung ist.“

Wraiths Lippen zaubern ein Lächeln hervor. Besser hätte sie es nicht beschreiben können. Höchstens das Wort Familie würde ihr als Zusatz einfallen, aber das behält sie für sich.

„Schicksal lenkt obendrein –"

„Das Schicksal lenkt euch ebenfalls in die richtige Richtung … Das wolltest du doch anmerken, oder Joker?"

Freya unterbricht Joker, der im ersten Moment protestieren will.

„Ist das Schicksal auch etwas Magisches?", fragt Ellie.

Die Neugierde der Anwesenden ist geweckt, aber die Muttergöttin scheint alles zum Thema gesagt zu haben.

„Nicht, dass ich wüsste. So wie ihr, haben wir lange an ein Schicksal geglaubt. Doch wir haben unser Leben selbst in die Hand genommen – und das solltet ihr auch."

„Deswegen", Kira steht auf und ballt entschlossen die Fäuste, „haben wir direkt gemerkt, dass er einer von uns ist."

„Hauptsächlich du", wirft Joker ein.

„Wir sind ein Team", erwidert sie. „Die anderen haben es genauso gemerkt, oder?" Sie schaut erwartungsvoll in die Runde und hält unangenehmen Augenkontakt mit ihrer besten Freundin, die sich ertappt fühlt.

„Er sah halt nice aus", sagt Jen und spielt unbehaglich mit ihrem Haarzopf herum.

„Aber diese Verbindung, von der Freya gesprochen hat, die habe ich nicht gespürt. Oder nicht bemerkt."

„Ich auch nicht", seufzt Ellie. „Aber ich bin auch erst seit Kurzem dabei. Vielleicht deswegen?"

„Mit der Zeit wirst auch du diese Gabe besitzen." Freya legt eine Hand sanft auf der Schulter ihres Schützlings ab. „Wir alle stehen am Anfang unserer gemeinsamen Reise. Manche von uns brauchten etwas mehr Überzeugung als andere", sie pausiert kurz und lächelt Wraith an, „andere waren sofort zur Stelle, als sie den Ruf gehört haben. Unsere Beweggründe mögen allesamt unsere eigenen sein, aber ich bin froh, dass wir zusammengefunden haben."

Kira stimmt Freya zu und überlegt, ihre Faust gen Himmel zu strecken, verkneift sich die Geste aber. So viel Selbstbewusstsein hat sie doch noch nicht.

„Wie wäre es“, Ellie denkt laut nach, „wenn wir Sam konfrontierten?“

„Im schlimmsten Fall schmettert er uns ab“, antwortet Jen. „Eine bessere Idee hätte ich auch nicht. Was sagt der Rest?“

Die anderen schauen sich nachdenklich an, haben im Gegenzug jedoch keinen effektiveren Vorschlag. Kira überlegt kurz, ob es Sinn macht, ihn erst in eine Gefahrensituation zu bringen, verwirft den Gedanken aber direkt wieder – Skrupellosigkeit steht ihr nicht.

„Ich bin mir sicher“, sagt sie, „dass Sam auch ein Jäger ist. Ich spüre das irgendwie. Und Freya hat ja schon gesagt, dass wir –“

„Du …“

„Dass ich mich da nicht irre. Wisst ihr“, sie schaut zu Joker, Wraith und der Muttergöttin, „wer sein Urgott oder seine Urgöttin sein könnte?“

„Viele gibt es zwar nicht mehr von uns“, antwortet die Dimensionswanderin, „aber noch genug, um nicht genau sagen zu können, wer es ist. Das Freya eine Urgöttin ist, die hier noch einen Schützling auf sich warten hatte, wusste ich auch nicht. Das war –“

„Schicksal …“, flüstert Freya gedankenversunken, aber laut genug, dass es alle hören.

Kira und die anderen Jägerinnen lassen den Kommentar stehen. Offensichtlich wird die nordische Mutter von Aberglauben geplagt, denn das Schicksal steuert niemandes freien Willen.

„Was wäre …“ Joker verstummt umgehend wieder.

„Jetzt lass dich nicht lange bitten“, sagt Wraith mit einer ordentlichen Portion Nachdruck.

„Was wäre, wenn wir uns Dämonen ranholen und Sam als Köder benutzten?", fragt Joker freudestrahlend in die Runde.

Kira reißt einen unscheinbaren Moment lang die Augen auf. Das wäre auch ihre Idee gewesen – wäre sie skrupelloser.

„Das könnte klappen …" Wraith stimmt ihm zu und geht in die Denkerposition.

„Ich denke nicht", hakt Freya ein, „dass wir ihn unnötig in Gefahr bringen dürfen."

„Papperlapapp", grinst Joker. „Wir sind hier schließlich von der Crème de la Crème der Jägerinnen umgeben – zumindest von denjenigen, die wir finden konnten. Und wenn es nicht besser wird und wir ihn nicht davor beschützen können, dass er von einem dieser Viecher gefressen wird, ist es eh vorbei."

„Danke für diesen Selbstbewusstseinsschub." Kira rollt mit den Augen und seufzt demonstrativ.

„Auch wenn ich kein Fan von der Idee bin", fährt sie fort, was klar gelogen ist, da sie theoretisch die Erste war, der es einfiel, „halte ich sie für gar nicht mal so schlecht."

„Und wie stellen wir das an?", fragt Jen.

„Ich weiß ja nicht", seufzt Ellie, aber zu leise, als dass man es hören könnte.

„Wir könnten die schimmlige Melone als –"

„NEIN!" Im Chor wird Jokers Idee sofort abgeschmettert, der sich hinter einem breiten Grinsen versteckt.

„Wir müssen aufpassen, dass wir nicht zu viele Dämonen auf uns aufmerksam machen. Was Gutes fällt mir aber auch nicht ein."

Mit einem lauten Knacken öffnet sich die Haustür und alle drei Jägerinnen erschrecken.

„Was schaut ihr so entgeistert?", fragt Peter, der soeben hereingekommen ist und nicht einmal daran gedacht hat, vorher lieber zu klingeln oder zumindest zu klopfen. Vielleicht hat er nicht die entsprechenden Manieren oder fühlt sich mit seinen neuen Verbündeten pudelwohl?

„Ich glaube“, sagt Mona, „wir hätten die Klingel betätigen sollen.“

„Natürlich hättet ihr das!“ Kira springt auf und nimmt ihm mit einem forschen Ruck die Jacke ab. „Hänge ich für dich auf.“

Peter setzt sich neben Ellie und schaut erwartungsvoll in die Runde.

„Was habe ich verpasst?“

„Sam ist auch ein Dämonenjäger“, erklärt Kira. „Da sind wir uns sicher.“

„Du bist dir sicher“, fügt Jen an.

Joker lacht und versucht Wraith ein High Five zu entlocken, die ihn aber nur mit einem abwertenden Blick abstraft. Millionen Jahre sind die beiden alt und auch wenn sie sich nicht groß verändert haben, ist sie mit Jokers kindischer Art nie ganz warm geworden.

„Und jetzt nutzen wir ihn als Beute?“, fährt Peter fort und reibt sich mit Vorfreude die Hände. „Oder habt ihr eine andere Idee?“

„Meinst du das ernst?“, wirft Mona ein. „Ich glaube nicht, dass hier irgendwer die Absicht hätte, einen Jäger, bei dem wir nicht zu 100 Prozent sicher sind, dass er einer ist, als Beute zu benutzen, oder?“

Joker lacht abermals laut auf und Mona seufzt.

„Wisst ihr denn, wie ihr es anstellen wollt?“

Sie guckt in fragende Gesichter. Sie könnten Lärm machen. Kira könnte Dante benutzen und in der Gegend herumfuchteln. Ist aber auch nicht wirklich clever. Im schlimmsten Fall macht sie noch die falschen Leute auf sich aufmerksam. Vielleicht wäre es ja eine Option.

„Ich kann in meinem Zauberbuch nachschauen“, hakt sie ein. „Mit Sicherheit kann ich versuchen, einen der niederen Dämonen zu beschwören. Also irgendwas, das nicht so viel Macht hat. Und eher kuschelig ist.“

„So eine Furie?“, fragt Kira.

„Du bist einer Furie begegnet?“

„War der erste … die erste Dämonin, die mich angegriffen hat. Hab ihr die Flügel gestutzt.“

„Was ist eine Furie?“, hakt Peter ein.

„So eine nackte, dickbusige Vogelfrau mit Flügeln. Und scharfen Krallen“, erklärt Kira.

„Dickbusig?“ Er horcht auf und seine Augen weiten sich.

„Und sie will dich umbringen“, fügt sie mit Nachdruck an. „Da wirst du nicht lange Spaß mit haben!“

„Furien gehören zu den stärkeren Dämonen“, unterbricht Mona die beiden. „Ich meinte eher etwas, das wir im Handumdrehen um die Ecke bringen könnten.“

„Das war einer der stärkeren Dämonen?“, denkt Kira laut und schaut Joker fragend an. Er lacht und klopft ihr auf die Schulter.

„Ich verstehe immer noch nicht, wie das funktioniert“, wirft Ellie ein. „Ihr seid doch gar nicht hier … also ihr Urgötter. Und trotzdem hören und spüren wir euch?“

„Wir sind schon hier“, antwortet Wraith. „Aber für das menschliche Auge unsichtbar.“

„Ich kann euch sehen“, erklärt Kira.

„Ich auch“, stimmt Jen ein.

Peter schaut Ellie irritiert an und seufzt.

„Und wieso wir nicht?“

„Vielleicht müsst ihr euch erst dran gewöhnen?“, fragt Freya. „Es ist schließlich kein einfaches Unterfangen, von euch zu verlangen, dass ihr euch nach ein paar Tagen sofort an euer neues Leben gewöhnt.“

Kira horcht bei Freyas Satz genau auf. Als neues Leben hat sie es bisher gar nicht gesehen, aber die Urgöttin hat recht. Wie soll sie jemals zurückkehren zu ihrem vorherigen Alltag, mit dem Wissen, das sie gesammelt hat? Dass um einiges mehr zwischen Himmel und Hölle wandert, als sie es je für möglich gehalten hat? Dass obendrein der altertümliche Glaube an den einen singulären Gott Humbug ist? Sie war zwar nie religiös, doch trotzdem wäre es ja denkbar, dass ein ganzes Buch, das sich einer göttlichen Entität widmet, nicht komplett Unrecht hat.

„Aber seid ihr nicht auf einer Astralebene?", wirft Peter ein.

„Auch", erwidert Wraith und überlegt kurz. „Die Astralebene liegt ähnlich wie die Schattenwelt genau über diesem Raum. Wir stehen an denselben Stellen und bewegen uns durch Zeit und Raum. Die Astralebene hat auch Taschen, die anders funktionieren. Aber um bei euch zu sein, sind wir eben hier."

„Die Menschen", erklärt Freya weiter, „können uns nicht sehen, weil sie keinerlei Verbundenheit mit uns haben. In euren Adern –"

„Außer meinen …", seufzt Kira.

„In euren Adern fließt das Blut der Jägerinnen und Jäger, die vor euch kamen. Auch du, Peter, und du, Ellie, werdet uns bald ganz normal sehen und spüren können."

„Moment", hakt Peter ein. „Wenn in Kiras Adern nicht das Jägerblut fließt, wieso konnte sie dann spüren, dass Sam ein Jäger ist?"

„Das ist eine ausgezeichnete Frage", grübelt Freya. „Eine Antwort kann ich leider nicht vorweisen. Außer, dass ihre Bindung zu Joker so stark ist, dass sie dieselbe Macht und Erkennungsgabe aufweist?"

„Ich bin aber auch einfach ein geiler Gott", sagt Joker und tanzt im Kreis.

Die anderen Urgötter ignorieren ihn – wie so oft – und überlegen, welchen Dämon Mona rufen könnte, um herauszufinden, ob Sam ein Jäger ist.

„Was machen wir eigentlich“, wirft Ellie ein, „wenn Sam kein Dämonenjäger ist? Dann weiß er ja von uns, dass es diese Monster wirklich gibt.“

„Sollte er keiner sein, wird er es schnell wieder vergessen“, erklärt Freya. „Die Unterhaltungsmedien, die ihr Horrorfilme oder Gruselbücher nennt, sind vage Erinnerungen an das, was ihre Autoren einst erlebt haben. Wiederkehrende Albträume, die sie plagen und aus denen sie ein kreatives Werk geschaffen haben, um ihrem Leiden einen Sinn zu geben.“

„Es heißt ja nicht umsonst, Leiden schafft Kunst“, witzelt Peter, was die anderen aber nicht zum Mitlachen animiert.

„Hier“, platzt es aus Mona heraus, die hektisch auf eine Seite ihres Zauberbuches tippt. „Mit diesem Zauberspruch – clatto verata nicto – sollte es mir möglich sein, einen niederen Dämon aus der Hölle zu uns zu rufen und gegen ihn anzutreten. Wir müssen nur einen Ort finden, an dem sonst niemand ist und an den wir Sam holen können, ohne dass er Verdacht schöpft. Aber wie machen wir das?“

Peter setzt sein Denkergesicht auf, in der Hoffnung, ihm würde ein Licht aufgehen. Doch smarte Ideen bleiben aus.

„Also ich denke“, schluckt Jen, die nicht glauben kann, dass sie das vorschlägt, „ich könnte ihn fragen, ob er Lust hätte, sich mit mir zu treffen.“

„Und wenn nicht?“, erwidert Peter.

„Entschuldigung?“ Jen scheint seinen Zweifel persönlicher zu nehmen, als er gemeint ist.

„Na ja“, fährt er mit gedämpfter Stimme fort. „Du weißt ja nicht, ob er überhaupt auf Frauen steht.“

„Woher weißt du denn, ob ich auf Männer stehe?“

„Ich dachte nur, weil –“

„Genug!" Der hörbare Nachdruck in Wraiths Stimme sorgt dafür, dass der Raum umgehend verstummt. „Jen überwindet sich und fragt ihn, ob er Lust auf ein Date hätte. Wir werden die Schattenwelt nutzen, daher ist der Ort egal."

„Und wenn das mehr Dämonen anlockt?" Mona schaut grübelnd an die Decke, einen Zeigefinger auf ihre Lippen gelegt und den Kopf etwas zur Seite geneigt.

„Wird es nicht. Wir werden uns beeilen. Wenn du eh nur einen Larifari-Dämon beschwörst, werden wir umgehend mit ihm fertig."

„Ob das auch reicht", hakt Kira ein, „dass er dadurch erwacht?"

„Das müssen wir herausfinden."

„Auch wenn mir der Gedanke nicht gefällt", sagt Freya, „wäre es eventuell angebracht, ihn erst einmal allein gegen den Dämon ankämpfen zu lassen. Einschreiten können wir immer noch."

„Wieso musste ich fast sterben, damit du mir hilfst?" Jen wirft Wraith einen vorwurfsvollen Blick zu.

„Musstest du nicht", erwidert sie. „Das war den Umständen geschuldet."

„Joker, du hast uns nur Mist erzählt!", sagt Kira und schnauft wütend.

„Moment", entgegnet Joker, „ich habe deine Frage, ob ein Vertragspartner auftaucht, wenn man kurz vorm Abnippeln ist, einfach nur mit Ja beantwortet! Das war ja wohl nicht gelogen!"

„Aber du hättest –"

„Genug!" Wraith bringt den Raum abermals zum Verstummen. „Ihr habt selbst gesagt, dass die Zeit nicht auf eurer Seite ist. Wir sollten unseren Plan lieber früher als später in die Realität umsetzen."

„Ich gehe zur Bücherei“, sagt Jen. „Da war Sam das letzte Mal auch. Hat in einem Notizbuch rumgeblättert.“

„Da hast du dann aber genau drauf geachtet“, stichelt Peter.

„Mit Glück ist er wieder da. Ansonsten frage ich rum.“

„Und wir warten hier?“, fragt Ellie. „Oder können wir uns auf die Suche nach anderen Jägerinnen und Jägern machen?“

Freya lächelt ihren Schützling an und streichelt ihm über den Rücken.

„Gute Idee, Ellie. Die Sieben sind nie weit voneinander entfernt. Ein Spaziergang durch umliegende Orte könnte also nicht schaden.“

„Und ich schau im Fernsehen, ob ich was finde!“, sagt Kira und bereitet sich ein angenehmes Plätzchen auf ihrer Couch vor. „Heute gehe ich nirgendwo mehr hin.“

„Ich melde mich“, fährt Jen fort, „wenn ich Sam gefunden habe.“

Sie alle nicken und vereinbaren, sich spätestens morgen wieder in Kiras Wohnung zu treffen, sollte sie Sam bis dahin nicht angetroffen haben. Mona murmelt leise den Zauberspruch vor sich her, um ihn auch wirklich richtig aufzusagen. Dass sie minimale Zweifel daran hat, ob sie den korrekten rausgesucht hat, behält sie vorerst für sich.

Sie verabschieden sich und Jen bricht zur Universität auf. Weit ist das Lehrgebäude glücklicherweise nicht entfernt. Kiras Wohnung ist nahe am Campus gelegen. Beim Zusammenziehen mit Ben war es wichtig, dass es die beiden nicht lange zu ihrer Lehrstätte haben. Kira begleitet ihre Freundin zur Tür.

„Sorry noch mal“, sagt sie und legt ihren Arm um Jen. „Ich wollte nicht, dass du dich vernachlässigt fühlst.“

„Ist schon gut“, Jen erwidert das Armumlegen. „Ist einfach sehr viel auf einmal. Ich wollte die Dinge über Ben auch nicht sagen. Das ging nur alles sehr schnell mit ihm.“

„Hat er dir jemals Grund zur Sorge gegeben?“

Jen weiß, in welchen Momenten es wichtig ist, ein Pokerface aufzulegen. Es ist nicht ihr Platz, sie möchte sich nicht in die Beziehungen ihrer besten Freundin einmischen. Sie kann in den entsprechenden Augenblicken für sie da sein – ihr Fels in der Brandung und die Schulter zum Anlehnen sein. Aber Kira muss ihre Entscheidungen allein treffen. Das wissen beide und schätzen aneinander. Was nicht heißt, dass Jen nicht sofort Alarm schlagen würde, wenn sich eine Red Flag offenbarte. Doch ein mulmiges Gefühl, das sie bei dem Kerl hat, der ihre beste Freundin bald heiratet, sollte nicht ausgesprochen werden. Insbesondere, da sich davon nichts bewahrheitet hat. Sie muss ihn schließlich nicht ehelichen.

XXVII

ICH BIN SAM

EGO SUM SAM

Jen schaut sich unauffällig in der Bücherei um, kann aber keinen Sam erhaschen. Um nicht aufzufallen, hat sie sich ein Buch über Metaphysik aus dem Regal gezogen und trottet damit quer durch die Bücherborde, in der Hoffnung, keine Aufmerksamkeit auf sich zu ziehen.

„Kann ich Ihnen helfen?", fragt ein höflicher Bibliothekar, der Jen auf die Schulter tippt.

„Nee, danke. Ich suche nur Bücher für die Uni zusammen."

„Studieren Sie Physik?"

„Nein, wieso das?"

„Weil Sie ein Buch über Quantentechnologie in den Händen halten."

„Ach sooo. Ich dachte, das wäre was Philosophisches, ich Dummerchen. Danke." Jen versucht, sich dem Gespräch zu entziehen, und geht schnellen Schrittes weiter. Der verwirrte Bibliothekar schaut ihr hinterher, überlegt kurz, ihr nachzulaufen, lässt es aber sein.

Sie irrt seit knapp einer Stunde durch die Bücherei und merkt, dass ein Plan B ihr gutgetan hätte. Sie hat halbwegs im Kopf, wie Sam aussieht, doch nach ihm rumzufragen, wäre creepy. Sie möchte nicht schon wieder als Stalkerin bezeichnet werden. Wobei das andere Mal nicht zählt – das redet sie sich zumindest ein.

Entmutigt und mit knurrendem Magen verlässt sie die Bibliothek und geht ins nächste Café, um sich mit einem Blaubeermuffin und einem Venti Latte – was hoffentlich ein großer Milchkaffee ist – zu stärken.

Sie betritt das gemütlich aussehende Lokal, stiefelt vorbei an einer Reihe Sessel und kleinen Tischen, die den legeren Eindruck wunderbar untermalen, und stellt sich an den bescheidenen Tresen. Die linke Seite wird von einer eindrucksvollen Armee von Kuchen dekoriert, die alle möglichen Farben und Formen besitzen. Namen wie „Kokosnuss-Schokoladen-Cremetörtchen“ sorgen für ordentlich Kohldampf.

„Was darf's für dich sein?“, fragt der Barista.

„Einen Venti Latte – wenn das ein Milchkaffee ist –“

„Einen großen Milchkaffee …“

„Und die Kokosnusstort–“

„Eine Kokosnuss-Schokoladen-Cremetorte. Sonst noch was?“

„Nope, das wär's, danke.“

„Easy, ist nur eine Person vor dir dran, geht schnell.“

Der Barista legt los und der Geruch von frisch gerösteten Kaffeebohnen nistet sich in Jens Nüstern ein.

„Ein Kaffee, schwarz, ohne Milch, ohne Zucker und ohne anderen Schnickschnack für Sam“, ruft der Kaffeemann und Jen kann erst ihren Ohren und dann ihren Augen nicht trauen.

Der Typ, den sie gesucht hat, stand die ganze Zeit neben ihr und schmökert in seinem kleinen Notizbüchlein! Das hat zwar etwas Nerdiges, aber auch Sympathisches an sich – denkt Jen. Wie spricht sie ihn am besten an? Die Zeit läuft ihr davon und sie hat keine andere Wahl.

„Schwarzer Kaffee, so lob ich mir das“, sagt sie und stirbt innerlich vor Scham.

„Ein großer Milchkaffee mit extra Milch, Zucker und Streuseln obendrauf für Jen", ruft der Barista und drückt Jen ihren Venti Latte – was vielleicht doch kein Kaffee mit aufgeschäumter Milch ist – in die Hand.

„Hey Jen", sagt Sam, „wir scheinen ja exakt dasselbe bestellt zu haben."

Er lächelt sie herzlich an und hält seinen Kaffeebecher vor sie hin, damit sie anstößt. Von der Situation überfordert, nimmt sie zu viel Schwung und verbrennt sich die Hand.

„Verdammte Scheiße", wimmert sie und stellt ihren halbvollen Becher hin.

„Ach du Kacke", sagt Sam und stellt seinen Kaffee daneben.

Er denkt gar nicht nach, sondern nimmt umgehend ihre Hand und schaut sich die Wunde an.

„Am besten sofort unter kaltes Wasser halten. Ich besorg dir noch was zum Kühlen und pass auf deinen Kaffee auf."

Jen nickt nur und ist überforderter als vorher schon. Sie rennt ins angrenzende Kunden-WC und spült die leichte Verbrennung mit eiskaltem Wasser ab.

„Was ein Mist", flucht sie leise und atmet erleichtert aus, als die befriedigende Abkühlung einsetzt.

Bevor sie die zu enge Toilette verlässt, schreibt sie den anderen schnell, dass sie Sam gefunden hat, damit sie alles vorbereiten. Mona, die den Sinn eines Handys nicht begriffen hat, antwortet nur „Zauberbuch wird benutzt für Zauberspruch – Mona".

Jen zuckt mit den Schultern, packt ihr Handy weg und verlässt das Klo. Sie scannt den Raum nach Sam und sieht ihn auf einem der Sessel sitzen, sie zu sich herüberwinkend.

„Hier", sagt er und drückt ihr ein frisches Spültuch mit eingewickeltem Kühlpaket in die Hand. „Der Barista war so lieb und hat mir dieses kleine Coldpack vorbereitet." Jen bedankt sich und setzt sich auf den gegenüberliegenden Sessel.

„Ich bin manchmal ein ziemlicher Dussel“, sagt sie und nimmt einen Schluck von ihrem Kaffee.

„Vorsicht, der ist immer noch hei–“

„Au, au, au …“, Jen spuckt den kleinen getrunkenen Zug wieder zurück und hält das Kühlpaket automatisch an ihre Lippe. „Siehfte, daf meinte iff.“

„Ist doch putzig“, erwidert Sam und schaut etwas peinlich berührt drein.

Putzig ist ein Wort, das man bei Kindern und seinen Geschwistern benutzt, denkt sich Jen. Erwachsene, unabhängige Frauen, wie sie eine ist, sind nicht putzig. Die sind höchstens manchmal „süß“, aber mehr nicht.

Sam ignoriert die Stille und studiert erneut haargenau sein Notizbuch. Jen kann nur den Einband erkennen, auf dem nichts draufsteht. Ein ledriger, alter Schinken, der mit Sicherheit schon bessere Tage gesehen hat.

„Was liest du da?“, fragt sie und versucht, einen Blick zu erhaschen.

Sam erschrickt und packt das Buch umgehend weg.

„Ach“, schmettert er ab und schaut verlegen zur Seite, „das ist ein Notizbuch von meinem Bruder. Nutze ich für Unisachen.“

Unisachen? Sam sieht zwar nicht wie ein gewiefter Geschäftsmann aus, aber auch nicht nach einem typischen Studenten. Eher wie ein Dozent, der sich auf Coolheit spezialisiert hat. Zumindest lässt seine schwarze Lederjacke zusammen mit den passenden Stiefeln und seiner braunen Jeanshose es so aussehen – der Mix mag im ersten Moment abtörnend klingen, aber er schafft es, dass der Look funktioniert. Sein liebes, bubenhaftes Gesicht gibt Jen das Gefühl, dass sie ihm komplett vertrauen kann. Er ist kein Kerl, der komische Sachen probieren oder sich kacke benehmen würde. Einzig die Sorgenfalten auf seiner Stirn verraten, dass er nicht das leichteste Leben hat.

Jens Blick haftet weiterhin auf ihm und sie bemerkt seine muskulöse Statur und fragt sich, ob er ins selbe Fitnesscenter wie sie geht, sie ihn dort nur nicht erkannt hat. Ob sie fragen sollte? Lieber nicht. Nachher ist es ihm unangenehm, dass sie ihn so eingängig studiert hat.

„Wieso schaust du mich so durchdringend an?“ Er lacht verlegen und wirft seine Hände über den Kopf.

„Sorry, du erinnerst mich nur an wen“, gibt sie zurück.

Hoffentlich fragt er nicht, an wen. Ähnlich wie Kira kann Jen nur lügen, wenn ihr Leben davon abhängt. Und auch dann fallen ihr nur irgendwelche wüsten Geschichten ein, die selten glaubhaft sind.

„Das höre ich oft“, erwidert Sam und lehnt sich entspannt zurück. „Wie geht es deiner Hand?“

„Meiner Hand?“ Jen schaut verwirrt. Anscheinend war sie so vertieft, dass sie ihren Schmerz komplett vergessen hat.

„Wegen des Kaffees? Den du eben über dich geschüttet hast?“

„Ach sooo. Viel besser. Danke dir!“

Ihr Handy vibriert und sie schielt halb drauf. Aus diesem Winkel kann Sam es überhaupt gar nicht sehen und es macht auch nicht den Anschein, als hätte er daran Interesse, herauszufinden, was sie sich da anschaut, aber sie ist lieber vorsichtig.

Alles vorbereitet. Könnt zur Bücherei kommen.

Jen antwortet und springt erschrocken auf.

„Mist, ich, äh, muss noch ein Buch ausleihen, bevor die Bibliothek zumacht.“

„Aber wir haben doch erst frühen Nachmittag? Du hast bestimmt noch –“

„Ja, aber ich will das nicht vergessen. Kannst du mich begleiten? Meine Hand … falls ich noch mal was zum Kühlen brauche …“ Jen kommt sich beim letzten Satz unfassbar dumm vor und würde es ihrem neugewonnen Kumpanen nicht übelnehmen, wenn er sie auslachen würde.

„Klar, kein Thema“, antwortet Sam und lächelt sie an. Jen schaut nur verlegen drein und stolziert voraus.

Draußen können sie das Gebäude schon sehen und sie bemerkt Peter, wie er etwas abseits vor der Bibliothek steht. Mit Sicherheit wartet er nur auf das Go von Mona, damit sie die Schattenwelt heraufbeschwört.

Kira befindet sich auf der gegenüberliegenden Seite und Ellie wird auch irgendwo rumtigern. Jen fragt sich, warum sie nicht beisammenstehen, und schüttelt leicht mit dem Kopf.

„Alles gut?“, erkundigt sich Sam, der ihr lautes Seufzen mitbekommen hat.

„Ja, nur an etwas Lustiges gedacht …“ Was für Pappnasen, denkt sie sich. Als würden sie inmitten der ganzen anderen Studenten auffallen, wenn sie beisammenstünden.

Sie spazieren gemeinsam zur Bücherei und just bevor sie reingehen, lässt sich Jen tollpatschig auf ihren Hintern fallen. Zugegebenermaßen ein infantiler Plan, der obendrein mehr wehtut, als sie zugeben möchte.

„Hast du dir wehgetan?“ Sam streckt die Hand aus und hilft ihr auf.

„Nee, bin nur manchmal sehr trottelig, danke dir …“

Das war das Zeichen. In Windeseile hat Mona die Zauberblase hervorgeholt und die Jägerinnen und Jäger mitsamt Sam sind eingeschlossen. Die anderen verstecken sich hinter einer Ecke, damit Sam sie nicht sieht und hoffentlich keinen Verdacht schöpft.

Er hat jedoch sofort mitbekommen, dass etwas nicht stimmt.

„Warst du das?“, fragt er Jen und schaut sie mit bitterernster Miene an.

„War ich was?“ Sie gaukelt Ignoranz vor und guckt sich mit verwirrtem Blick um. Schlechter hätte sie nur schauspielern können, hätte sie ihren Text abgelesen.

„Versteck dich irgendwo“, weist er sie an und zeigt auf das Bibliotheksgebäude. „Was auch immer gleich passiert, komm nicht heraus. Ich erklär dir alles später.“

Jen zuckt mit den Schultern und rümpft die Nase. Anscheinend weiß Sam genau, was hier vor sich geht? Doch woher?

„Sag mal, kann es sein –“

Sie tippt ihn an, wird aber von einem widerlichen Krächzen unterbrochen. Ein Portal öffnet sich himmelwärts und eine großgewachsene, halbnackte Frau mit sechs Flügeln, stämmigen Vogelbeinen, die einem Strauß gleichkommen, und einer dunklen Maske prescht hervor.

„Das ist aber keine Furie“, schluckt Jen und schaut sich hilfesuchend um. Worauf warten die anderen?

„Eine Furie?“, fragt Sam, der nicht genug Zeit hat, darüber nachzudenken, woher Jen das weiß. „Nein, das ist eine Walküre. Die sind eine ganze Ecke schlimmer. Habe vorher aber auch noch nie eine gesehen.“

„Mona, verdammt noch mal“, schnauft Jen. „WRAI–“

„FENRIR!“ Sam brüllt aus tiefster Seele und das bekannte Schauspiel aus Blitzen und einer eindrucksvollen Verwandlung findet statt. Seine Lederjacke weicht einem Mantel, der komplett aus Wolfsfell besteht. An seinen Händen trägt er lange, spitze Krallenhandschuhe, die an Schlagringe erinnern, an denen rasiermesserscharfe Klingen herausragen. Sein Gesicht ziert eine Wolfsmaske.

Neben ihm erscheint aus heiterem Himmel ein Wolfshund. Groß, verspielt und er hat was von einem hochgewachsenen Husky. Ein bitterböses Knurren, das die Erde vibrieren lässt, schallt in alle Richtungen. Die Augen des Hundes hingegen sind warm und liebenswürdig – ein Auge ist blau und das andere braun. Jen staunt mit offenem Mund. Dabei sollte sie ihre Partnerin zu sich rufen.

„JOKER!"

„FREYA!"

„MONA!"

„Stimmt ja!" Jen wird endlich aus ihrem Tagtraum gerissen. „WRAITH!"

Ein weiteres Blitzezucken und neben Sam stehen Fremde, von denen er noch nicht weiß, dass sie bald seine neue Familie sein werden. Was mit seiner alten passiert ist, wird er ihnen später anvertrauen.

„Wer seid ihr?", ruft er. Das Krächzen der Walküre übertönt einen großen Teil des Gesagten.

„Später!", brüllt er hinterher und winkt ab.

Mit donnerndem Landeanflug peitscht die Dämonin, die bei Peter gemischte Gefühle hervorruft, auf die Jägerinnen und Jäger zu.

Sie alle springen im korrekten Augenblick zur Seite, sodass die Walküre in den Boden hineinhämmert und den Gehweg komplett zerstört. Kira holt aus und schneidet einen der Flügel perfekt durch. Ein lautes Kreischen quittiert ihr, dass die Dämonin ordentlich Schmerzen haben muss.

Peter legt nach und mit Mona zaubert er Astralketten hervor, die das Biest am Boden festbinden. Jen schießt eine ausgiebige Ladung Energiekugeln hinterher, die an der Maske des Miststücks einige Blessuren hinterlassen.

„Seit wann kannst du zaubern?“, ruft Kira Peter zu.

„Mona und ich haben geübt. Sie hat mir gezeigt –“

WUSCH

Die Walküre nutzt die Ablenkung und greift nach ihm. Peter schafft es im letzten Moment auszuweichen.

Sam schaut sich das Schauspiel einen Moment an und springt zusammen mit Fenrir auf den Rücken der Walküre, die ihre gesamte Kraft aufbringt, um sich aus den mystischen Ketten zu befreien, um dann mit beiden in die Höhe zu preschen.

„Mona“, ruft Kira, „wir brauchen ein magisches Trampolin!“

„Ein magisches was?“ Sie kratzt sich am Hut. Peter versteht hingegen und zaubert ein Netz über den Boden.

Sam und Fenrir kommen mit Karacho herabgesaust, aber landen weich. Dankbar schauen sie Mona und Peter an und bereiten sich auf den nächsten Angriff vor.

Ellie zielt mit ihrem Erdbogen auf den gegenüberliegenden Flügel.

ZWISCH

Ein perfekter Treffer, der mit Lob von Freya einhergeht, die zusammen mit ihrem Schützling draufgehalten hat. In Flügel Nummer zwei prangt ein großes Loch, dass so schnell niemand geflickt bekommt.

Die Walküre rast wieder in Richtung der Jägerinnen und Jäger. Ihre langen, blonden Haare flattern dabei wild umher und blenden die Angreifer ohne Vorwarnung.

„Aufpassen“, ruft Sam, „schließt eure Augen. Sie kann sich die Macht der Sonne zunutze machen.“

„Hä?“ Kira versteht die Aussage nicht und wird von einem gleißenden Licht geblendet. „ICH BIN BLIND!“

Jen schüttelt enttäuscht den Kopf.

„Das legt sich gleich wieder“, erklärt Sam. „Keine Sorge!“

Jen wirft aufgeladene Energieblitze in Richtung der Dämonin, die gekonnt ausweicht. Auch Ellie schafft es nicht mehr, sie mit ihren Eisenpfeilen zu treffen.

„Sie hat sich unser Angriffsmuster gemerkt“, sagt Sam. „Wir müssen uns etwas anderes einfallen lassen. Fenrir –“

„WUFF!“ Der junge Hund hört seinem besten Freund aufmerksam zu. Alle vier Pfoten haften fest am Boden, standhaft, um jedem Angriff etwas entgegensetzen zu können.

„Angriffsplan C-A-S!“

Der Wolfshund schießt los und rennt vorm Gegner weg. Die Walküre pausiert einen Augenblick – lange genug für Sam, um in Position zu gehen –, weil sie genau wissen möchte, wo ihr Feind hinrennt. Fenrir setzt an und springt mit gefletschten Zähnen in ihre Richtung. Mit gewetzten Krallen wehrt sie ihn ab und entlockt ihm ein lautes, peinvolles Jaulen. Was sie dabei nicht mitbekommt: Sam ist ebenfalls losgesprungen und schnappt sich Flügel Nummer drei und vier. Ein Ruck und er reißt sie ihr aus dem Körper.

Ein lauter Schrei, der sich anhört, als hätte man einer Katze den Schwanz abgerissen, ertönt und dank ihrer Höllenqualen segelt die Gegnerin zu Boden.

Sam möchte abermals ausholen, doch Kira – die endlich wieder sehen kann – kommt ihm mit einem weit ausgeholten Schlag zuvor. Mit einem lauten Knackgeräusch fliegt der Kopf der Walküre ab. Der leblose Körper fällt zur Seite und Kira wischt zufrieden das Blut von Dante ab.

„Ich weiß nicht, ob ich angeekelt oder ge-“

„ANGEEKELT!“, antwortet die Gruppe Peter im Chor.

„Feiner Fenrir.“ Sam streichelt seinen vierbeinigen Verbündeten und vergräbt sein Gesicht im glatten Fell.

„Wer“, Ellie schluckt, „seid ihr?“

Sam steht auf und schaut in die Runde. „Das wollte ich euch auch fragen. Wie habt ihr mich gefunden?"

„Wir –"

„Sie hat gespürt, dass du einer von uns bist." Jen unterbricht Kira und stellt sich vor sie.

„Verstehe …" Sam schaut sich grübelnd um. Er guckt mit einem freundlichen, leicht verwirrten Blick in die Runde. „Aber was genau heißt das … einer von euch?"

„Ein Dämonenjäger", platzt es aus Ellie heraus. „Wir sind alle Dämonenjäger und auserwählt worden."

Sie scheint es nicht fassen zu können, dass ihr Leben eine 180-Grad-Wende vollzogen hat.

„Ich dachte, mein Bruder und ich wären die Einzigen, die solche Kräfte besitzen." Ein herzliches Lächeln breitet sich in seinem Gesicht aus und er stellt sich allen mit einem festen Handschlag vor.

Wraiths Ausdruck wandelt sich ins Argwöhnische um, etwas gefällt ihr nicht an Sam, aber sie versteht noch nicht, was genau.

„Dein Bruder", setzt sie an und mustert den viel zu attraktiven Mann von Kopf bis Fuß. „Wer ist er?"

Sam schaut mit einem verlorenen Blick, der mit einem reuevollen Grinsen gepaart ist, gen Himmel. Sie befinden sich nach wie vor in der Schattenwelt – wie passend, denkt er. Da kommen diese Menschen und Götter in sein Leben und stellen ihm allerhand Fragen, die er gar nicht beantworten möchte. Bis hierhin war es zwar nicht perfekt, aber immerhin ist er dem Familiengeschäft nachgegangen.

„Er war wie mein Vater", sein gebrochenes Herz unterbricht ihn, „ein Jäger."

Eine tragische Stille umarmt die Anwesenden und niemand traut sich, zu reagieren. Fenrir schmiegt seinen Kopf vorsichtig an Sam an und wimmert leise.

„Ich weiß …“ Er beugt sich hinunter zum Wolfshund und streichelt ihm sanft durch das dichte Fell. „Fenrir war der Partner meines Bruders. Eines Tages trat er einfach in unser Leben und brachte ein Papier mit. Ein Pergament. Oder so etwas. Mein Bruder hat versucht, es zu übersetzen, aber nie geschafft. Die Sprache … sie hatte einen Namen … war uns fremd. Er ging davon aus, dass es einen Vertrag darstellt. Aber da wir uns nicht sicher waren und Fenrir es uns nicht sagen konnte –“, *WUFF*, „habe ich es sicher verstaut.“

„Moment, Moment, Moment“, hakt Joker ein und schaut beide mit weit aufgerissenem Mund an. „Du willst mir sagen, dass dein zu groß gewachsener Flohzirkus seine Macht mit dir teilt, obwohl du den Vertrag auch nicht unterschrieben hast?“

„Es ist also ein Vertrag!“ Sam schnippst mit den Fingern und holt hektisch sein Notizbuch hervor. Die gewonnene Information wird umgehend reingekritzelt. „Er hatte recht …“

„Leg mal dein Tagebuch weg und beantworte mir meine Frage!“ Joker mustert Fenrir eingängig und pikt den Wolfshund an verschiedenen Stellen, was dieser mit einem Knurren quittiert.

„Das würde ich nicht machen“, erklärt Sam und verzieht den Mund. Joker hört nicht auf ihn und macht weiter.

ROAR

Ein großer Happs schießt in Richtung Urgott, doch Joker weicht aus.

„Natürlich kann die stinkende Fellparade uns auch nicht sagen, wie er das ohne Vertrag gemacht hat … Aber der ist niemals so mächtig wie Freya.“

Bei der Namensnennung horcht Fenrir aufgeregt auf und hält seine Nase in die Luft, um zu schnüffeln.

„Vielleicht kann ich Licht ins Dunkel bringen.“ Sam stellt sich in die Mitte der Anwesenden und liest einen älteren

Eintrag aus seinem Notizbuch vor. „Ich wusste schon immer, dass es mehr Dämonenjäger dort draußen gibt und sie Hilfe von himmlischen Entitäten erhalten. Einer dieser Himmelsdiener ist mir heute erschienen. Ein Wolfshund, der zweifelsohne göttlicher Herkunft ist. Er stand mir in einem aussichtslosen Kampf zur Seite und rettete mich in letzter Sekunde. Ich habe ihn Fenrir getauft, wie den Hund aus der nordischen Legende –"

„Er wusste nicht, dass er den wirklichen, echten Fenrir vor sich hat?" Freyas Augen werden groß, da sie sich den Sachverhalt nicht erklären kann. „Kann es sein …"

Sie wandert zu Fenrir hinüber und schaut dem Wolfshund tief in die heterochromatischen Augen und bemerkt, wie das braune Auge voller Liebe und Loyalität steckt und das blaue Auge seinen Kampfesgeist und die freche Natur widerspiegelt.

„Du Schlingel", sagt sie und streichelt ihm den Kopf. „Ich dachte, du wärest damals bei der Zerstörung Asgards ums Leben gekommen."

Sie umarmt ihn innig und Tränen laufen ihr über die Wange. Fenrir entgegnet ihre Worte mit ausuferndem Schwanzwedeln und einer ganzen Menge an Küsschen.

„Ich weiß, ich vermisse ihn auch", flüstert sie ihm zu und drückt ihn fest an sich, bevor sie aufsteht und zurück an ihren vorherigen Platz geht, ohne irgendwem zu erklären, was passiert ist.

„Entschuldigung?", wirft Kira ein und schaut Freya mit hochgezogenen Augenbrauen durchdringend an.

„Hast du ihn verstanden?", fragt Ellie mit hörbarer Freude in der Stimme. Mit Tieren wollte sie schon immer sprechen können.

„Fenris – Pardon – Fenrir und ich, wir teilen eine alte Verbundenheit. Abertausende Jahre haben wir uns nicht mehr gesehen und ich war unsicher, ob er es wirklich ist. Aber das ist er. Nur etwas älter. Und weiser“, antwortet Freya und schaut den Wolfshund voller Stolz an. „Doch jung sieht er immer noch aus.“

„Das beantwortet aber nicht ihre Frage“, sagt Kira und schüttelt leicht den Kopf.

„Wir können uns verstehen“, erklärt sie, „aber wie das genau funktioniert, das kann ich euch leider nicht erklären. Das würde die Zeit und euer Verständnis sprengen.“

„Ich weiß, wie sie das machen“, lacht Joker und streckt die Zunge heraus.

„Auf jeden Fall ...“ Sam räuspert sich und setzt abermals zum Vorlesen an. „... Fenrir, wie den Hund aus der nordischen Legende. Ich spüre eine Verbindung zwischen ihm und mir. Er hat ein Pergament mitgebracht, das ich sicher in diesem Buch verstaut habe. Nur ich weiß, in welchem Kapitel es versteckt ist. Er begleitet mich auf der Jagd wie ein alter Freund, mit dem ich schon seit Ewigkeiten zusammen dieser undankbaren Aufgabe nachkomme.“

Sam klappt das Notizbuch zu, steckt es weg und schaut in verwirrte Gesichter.

„Aber wo war die Erklärung?“, fragt Peter.

„Mein Bruder ist kurz danach –“, Sam schluckt und kämpft mit den Tränen. „Er ist kurz danach verstorben. Zwar habe ich seine Leiche nie gefunden, dafür aber seine Lederjacke und sein Notizbuch. Von beidem hätte er sich niemals freiwillig getrennt. Ich konnte ihn nicht mehr erreichen und er war auch an keinem unserer vereinbarten Treffpunkte oder hat mir eine Notfallnachricht geschickt. In seinem Schreibtisch habe ich einen Brief gefunden, der an mich adressiert war und den ich im Falle seines plötzlichen Verschwindens öffnen sollte. Daher bestand für mich kein

Zweifel. Fenrir war nicht an seiner Seite, als es passierte. Wir suchten Monate nach ihm. Als wir von einem zu starken Dämon überfallen wurden, gegen den ich keinerlei Chance hatte, schenkte mir Fenrir seine Macht."

Abermals herrscht eine erstickende Stille im Raum.

„Dafür hast du jetzt deinen ganz persönlichen Parasitentransporter", sagt Joker und klopft Sam auf die Schulter.

Kira schüttelt demonstrativ den Kopf und würde Joker am liebsten eine reinhauen.

„Wir sollten gehen", sagt Freya. „Wir halten uns schon zu lange in der Schattenwelt auf."

Mona nickt und der Schleier der Schattenwelt gibt die Sicht langsam wieder auf ihre eigene Welt frei.

XXVIII

NEUE RÄUMLICHKEITEN

TECTA NOVA

Die Jägergruppe zieht los, Sam im Schlepptau, der wild in seinem Notizbuch umherblättert. Er sucht Hinweise auf andere Jägerinnen und Jäger und hofft, sein Bruder hat etwas zu ihnen aufgeschrieben. Ohne die Notizen wäre er schlichtweg verloren. Bisher haben sie ihm treue Dienste geleistet und dabei geholfen, mehr Sinn in diese chaotische Welt zu bringen.

„Also“, Kira schnauft laut, „langsam werden wir echt viele. Wir können gerne wieder zu mir, aber dank Inuki und meiner kaputten Couch sowie der absurd kleinen Küche weiß ich nicht, ob sich das nicht zu eng anfühlt.“

„Ach, ich bin ein großer Fan von –“

„Ich warne dich.“ Jen zischt Peter so laut an, dass er sich nicht einmal traut, zu atmen und die Luft anhält.

Sam wird durch Kiras Satz aus seiner hochkonzentrierten Suchphase gerissen.

„Ihr könnt mit zu mir“, sagt er. „Also, wenn ihr möchtet. Ich habe eine große Werkstatt im Keller. Also, keine richtige Werkstatt. Ist eher ein Trainingsraum. Also, auch das nicht. Wobei. Schon. Da lagere ich alles, um auf Dämonenjagd zu gehen. War von meinem Vater. Und seit mein Bruder … weg ist … ist es sowieso sehr leer. Wir hätten da alle genug Platz."

Ein ganzer Raum voller Utensilien, die sich dafür eignen, Dämonen zu jagen? Das klingt wie ein Traum in Kiras Ohren – und mit Sicherheit auch in denen der anderen Anwesenden. Hätten sie Sam mal früher getroffen, dann wäre ihr Leben leichter.

„Wo wohnst du?", fragt Jen.

Sam schlägt sein Notizbuch zu und steckt es ein. Er schaut sich etwas verloren in der Gegend um und verzieht die Mundwinkel.

„Ich weiß gerade gar nicht", er verzieht sie in die andere Richtung, „wo wir hier sind. Hat jemand ein Navi dabei?"

Peter rollt mit den Augen: „Da brauchen wir doch kein Navi für. Das hier ist die Elliot Allee, heißt, ein paar Meter da lang und wir sind auf der Hauptstraße."

„Ich wohne im Erin-Weg", erwidert Sam und trabt zusammen mit den anderen los.

Kira zieht eine Augenbraue hoch. Die Straßennamen irritieren sie – aber nicht genug, um nachzufragen. Small Talk war für sie nie von großem Interesse. Erzähl deine Lebensgeschichte oder sag gar nichts war immer ihre Devise. Menschen lernt man nicht kennen, indem man mit ihnen über das Wetter oder Straßennamen sinniert, sondern einen ernst zu nehmenden Versuch wagt, sich auf einem tiefgehenden Level zu verstehen.

„Das ist ja nicht weit von der Hauptstraße entfernt", denkt Ellie laut und führt die Gruppe unfreiwillig an.

„Ich würde ja auch vorschlagen, dass wir mein Auto nehmen, aber die alte Kiste hat keinen Platz für so viele Insassen."

„Was hast du denn für eine Karre?", fragt Peter.

Jen und Kira rollen gleichzeitig mit den Augen. Sie können sich nichts Langweiligeres vorstellen, als über Autos zu quatschen. Das ist fast noch schlimmer als Small Talk. Stattdessen reden sie zusammen mit Ellie über die Ereignisse der vergangenen Tage und theoretisieren, wohin sie ihr Leben führt – insbesondere, nachdem sie Ben gerettet haben. Kira merkt, wie beim Sinnieren das erste Mal Zweifel in ihr aufkeimen, ob sie das Richtige unternimmt. Sie hat in kürzester Zeit viele neue Freunde kennengelernt, die alle bereit sind, ihr Leben für diese Mission aufs Spiel zu setzen. Christian würde das niemals. Obwohl er ihr Bruder ist. Aber vielleicht tut sie ihm unrecht. Schließlich war er immer für sie da. Gerade zu Unizeiten, wenn sie sich nicht traute, ihren Eltern Bescheid zu geben, als sie von einer Party abgeholt werden musste oder mal ein bisschen Geld brauchte, um über die Runden zu kommen. Ihr großes Bruderherz war da für sie. Doch ob er für sie durch die wahrhaftige Hölle gehen würde?

„Ich kenne deinen Bruder nicht", hakt Joker ein und reißt Kira damit aus ihrem Tagtraum. „Aber da ich deine Erinnerungen sehen kann, würde ich schon Ja sagen."

Sie merkt, dass Joker nur zu ihr spricht.

„Ich glaube", erwidert sie telepathisch, „dass ich ihm manchmal unrecht tue."

Die Jägerinnen und Jäger biegen in eine kleine Wohnsiedlung ab, die mit großen und dekadenten Häusern zugepflastert ist. Einfamilienhäuser, die luxuriöse Gärten und schicke Schlitten vor sich stehen haben. Das Gras ist hier auf den Millimeter genau geschnitten und die Rasensprenger schalten sich im Sekundentakt an und wieder aus. Wo sind sie hier gelandet?

„Sag mal", Kira schaut sich fragend um, „hier wohnst du? Seid ihr reich?"

Sam schüttelt den Kopf und antwortet mit gedämpfter Stimme, sodass alle etwas näher an ihn rankommen, um es zu verstehen.

„Wir hatten keine Zeit zu arbeiten oder Geld zu verdienen. Wir mussten auf andere Art und Weise Abhilfe schaffen."

Kira zieht die Augenbraue hoch. Sind sie etwa eingebrochen und haben die Leute, die dort vorher wohnten, umgebracht? Ist Sam ein Serienmörder? Die Gedankenspirale bricht aus und versucht, ihre Paranoia zu füttern.

„Aber ihr habt niemanden abgemurkst, um in eurem Haus zu leben?", fragt Jen, die den Blick ihrer besten Freundin direkt erkannt hat.

„Was", Sam erschrickt, „wie kommst du darauf? Wir haben lediglich gefälschte Papiere. Mein Bruder wusste, wie man sich dank moderner Mittel wie Kryptowährungen ordentlich Geld aufs Konto lädt."

„Kira hat das mit Sicherheit gedacht", fügt Jen an und zeigt lächelnd auf ihre Freundin.

„Nee, nee", Kira schüttelt den Kopf, „ich dachte schon irgendwas mit Kryptonit."

„Da wären wir", sagt Sam und zeigt voller Stolz auf ein beschauliches Häuschen, das zumindest äußerlich bessere Tage gesehen hat, insgesamt aber einen urigen Eindruck vermittelt. Eine Efeuranke, die seit Jahrzehnten wächst, schlängelt sich um das Gemäuer. Die Fenster sind allesamt durch zugezogene Gardinen verdeckt, sodass von außen niemand reinschauen kann. Der Hauseingang wird von einer Überwachungskamera genaustens beobachtet und mehrere Schlösser befinden sich an der Eingangstür.

„Die Nachbarn denken bestimmt, dass er eine Drogenküche im Keller hat", flüstert Jen zu Kira, die beide kichern.

„Nee", sagt Sam, der sie klar und deutlich gehört hat. „Die kannten meine Familie und wissen, dass ich seit dem Tod meines Bruders lieber alleingelassen werde.“

Jen schluckt und versucht, den unangenehmen Moment zu überspielen.

Sie betreten zusammen das Haus, welches sie mit einem dunklen, schlecht ausgeleuchteten Flur begrüßt.

„Sorry, müsste dringend mal die Glühbirnen tauschen.“ Sam zeigt ihnen den Weg zum Trainingsraum und verschwindet selbst in die Küche. „Ich hol uns noch Getränke und was zum Snacken.“

Kira, Jen, Ellie und Peter stiefeln in die gezeigte Richtung los und passen auf, nirgendwo gegenzulaufen, weil der nicht enden wollende Flur keinen Lichtschalter aufweist. Erst als sie am Ende ankommen und dort die Doppeltür mit Karacho aufschwingen, sodass sie beinahe zurück in ihre Gesichter fällt, können sie wieder ausreichend sehen.

Der Trainingsraum ist mit einigen Lampen ausgestattet und wunderbar ausgeleuchtet. In der Mitte des Raumes stehen Trainingspuppen, an denen schon ordentlich Wut ausgelassen wurde, sowie diverse Boxsäcke, die allesamt verschiedene Größen und Lädierungsgrade aufweisen. Der Geruch von alten Holzdielen gepaart mit jahrzehntealten Büchern liegt angenehm in der Luft.

Kira bestaunt die Wand hinter den Püppchen, die mit Wurfsternen, Schwertern, Äxten und anderen mittelalterlichen Tötungsinstrumenten bestückt ist. Direkt daneben stehen allerhand Bücherregale, die voller Werke sind, deren Titel in lateinischer Sprache gehalten sind – so viel erkennt sie zumindest. Mehr aber nicht, da sie in der Schule Französisch hatte.

„Das eine Mal, dass mir eine Fremdsprache geholfen hätte“, seufzt sie und studiert eingängig die einzelnen Bände: „Ach, sieh an.“

Sie zieht eines der Werke hervor, da sie den Titel entziffern kann: „Verbotenes Wissen über Dämonen, Engel und Götter – Teil VII".

Ob sie den Inhalt des Buchs versteht, ohne die sechs Vorgänger gelesen zu haben? Sie schlägt es wissbegierig auf und blättert von einer Seite zur anderen. In ihrem Kopf klang der Titel vielversprechend und nicht – wie sich herausstellt – nach einer faktischen Sammlung aller Eigenarten, die diese übernatürlichen Wesen innehaben. Dämonen mögen anscheinend kein direktes Sonnenlicht – wer mag das schon? Götter sind älter als die Zeit. Wie auch immer das funktionieren soll. Der König der Monster ist dafür bekannt, dass er lügt – aber die Bösen lügen sowieso.

„Wobei …", Kira wandert mit dem Buch zu ihren Freunden hinüber, „das klingt doch gar nicht so uninteressant. Der König der Dämonen – also Astaroth wahrscheinlich – lügt immer. Alles, was aus seinem Mund kommt, entspricht nicht der Wahrheit. Viel eher sollte vom Gegenteil auszugehen sein. Heißt das im Umkehrschluss, dass er gar nicht so viel Macht besitzt, wie er vorgibt zu haben?"

„Ich wäre vorsichtig", sagt Sam, der mit einem Tablett an Getränken und Chips reinkommt. „Auch wenn er lügt, würde ich ihn niemals unterschätzen. Er ist nicht umsonst König der Hölle."

„Ja, ja, das hat man uns schon erklärt." Jen stampft auf, was Ellie erschrecken lässt. Er schaut unangenehm berührt zur Seite und stellt das Tablett auf einem kleinen Tisch ab, neben dem ein gemütliches Sofa steht, das locker für alle Platz hat.

„Sorry", Jen bemerkt seinen Blick, „so meinte ich das nicht. Es macht natürlich Sinn und klingt logisch, dass er gestürzt werden könnte. Aber das muss ein anderer Dämon unternehmen, das können wir nicht, oder?"

„Unsere Mission ist es“, Wraith erscheint urplötzlich im Raum und lässt alle Anwesenden für einen Atemzug in Verteidigungshaltung gehen, „ihn umzubringen und die Tore der Hölle zu verschließen. Das machen wir nicht, indem einer von uns zum neuen König wird.“

„Oder Königin“, wirft Ellie verhalten ein.

„Oder das“, stimmt Wraith zu.

Sam schaut die Urgöttin mit fragendem Blick an: „Wie bist du auf einmal hier aufgetaucht? Ich dachte, ihr Götter könntet nur auf der Astralebene verweilen.“

„Wir –“

„Moment“, Ellie hakt ein, „du kannst sie sehen?“

„Du“, Sam schaut verwirrter als sie, „nicht?“

Freya erscheint und legt sanft ihre Hände auf den Schultern ihres Schützlings ab. Ellie spürt die liebe Geste und versucht sich nicht weiter zu ärgern.

„Alles zu seiner Zeit“, sagt Freya.

„Wie funktioniert das noch mal genau?“, fragt Kira, die merkt, dass sie Schwierigkeiten hat, die Urgötter zu sehen, wenn ihre Astralpräsenzen – wird das so genannt? – in der echten Welt erscheinen.

„Es ist wirklich schwer zu erklären“, sagt Freya. „Ich denke, am einfachsten –“

Sam hat sein Notizbuch abermals aufgeschlagen und liest einen Eintrag laut vor, mit dem er der Muttergöttin ins Wort fällt: „Die Götter können, vorausgesetzt, sie sind mächtig genug und haben ausreichend Konzentration, ihr Erscheinen als Astralprojektion in unsere Welt bringen – sofern sie mit den Menschen einen Vertrag eingegangen sind. Ohne diesen Vertrag sind sie stets sichtbar. Mit ihm müssen sie sich auf der Astralebene aufhalten, da sie ihre Macht mit den Auserwählten teilen –“

„Wir sind die Auserwählten!“, sagt Kira und nickt stolz in die Runde.

„Wissen wir“, erwidert Jen. „Aber ich blicke bei diesen Regeln nicht durch. Wer hat die gemacht? Und woher weiß dein Bruder das?“

„Darauf“, Sam blättert wild in seinem Büchlein, „finde ich spontan keine Antwort.“

„Es wäre äußerst bemerkenswert“, hakt Freya ein, „wenn du dafür eine Erklärung findest. Nicht mal die Götter können es genau darlegen. Zumindest nicht die Jüngeren unter uns.“

Die Muttergöttin nickt zu Mona, die sich in eine Ecke mit Sams lateinischen Büchern gehockt hat und diese eingängig studiert.

„Aber selbst ich“, sie hebt demonstrativ die Arme, „kann es in eurer Sprache nicht so wiedergeben, dass es Sinn ergibt.“

„Welche Sprache sprecht ihr?“, fragt Sam und blättert abermals hektisch in seinem kleinen Wälzer. „Wir können euch doch verstehen?“

„Wir sind telepathisch miteinander verbunden. Es gibt also keine Sprachbarriere, da wir zu jeder Zeit gedanklich verknüpft sind.“

„Aber wenn ich rede“, Jen schaut verblüfft, „bewege ich doch meine Lippen. Und ihr auch?“

„Doch denkst du erst, bevor du redest, oder andersherum?“ Freya lacht.

„Beides?“ Kiras Augenbrauen wandern gleichzeitig in die Luft und ergeben ein künstlerisches M. „Ich bin von der Erklärung noch nicht überzeugt.“

„Das ist das“, fährt Freya fort, „was ich euch verständlich machen möchte. Die Worte, die ich benutzen müsste, um tiefgehend zu erläutern, wie wir miteinander im Meer der Versprechen verwoben sind, würden leider euer Vokabular sprengen. Daher müsst ihr euch mit den simplifizierten Versionen zufriedengeben. Tut mir leid."

Ellie umarmt die Muttergöttin und gibt ihr zu verstehen, dass niemand sauer ist, weil die Erklärung nicht zufriedenstellend ist.

Sam, der eifrig im Notizbuch das Ebengesagte von Freya aufschreibt, denkt einen Moment nach, bevor er wieder aufschaut: „Ich glaube, ich habe verstanden, wie es funktioniert. Aber lasst mich es erst zu Papier bringen und sicherstellen, dass es zumindest logisch klingt, bevor ich es mit euch teile."

XXIX

EIN HÖLLISCHER PLAN

CONSILIUM INFERNALE

Die neue Basis der Jägerinnen und Jäger scheint allen ausgezeichnet zu gefallen. Nicht nur ist es gemütlich, es ist voller Waffen, Bücher und scheinbar einer riesigen Reserve an Getränken und Snacks, die Sam umgehend reinbringt, sobald etwas leer ist.

„Hat der Trainingsraum einen Namen?“, fragt Jen. „Also irgendwas, das du damit verbindest?“

„Wir haben nie darüber nachgedacht, einen Namen zu vergeben“, erwidert Sam.

„Aber das ist ja quasi unsere Basis.“

„Wie wäre es mit“, Kira überlegt kurz, „die Festung der Einsamkeit?“ Stille durchzieht den Raum, der Vorschlag war anscheinend nicht so cool.

„Der Kämpferpalast!“ Ellie freut sich sichtlich, dass sie den Einfall hatte. Aber auch sie bekommt kein Feedback.

„Die Butze der stehenden Luft“, wirft Joker ein.

„Ich dachte, ihr könnt nicht riechen?“, fragt Kira.

„Wieso können wir nicht riech–, Joker …“ Wraith schüttelt ihren Kopf und erklärt den Anwesenden eingängig, warum man nichts auf Jokers Worte geben sollte.

„Das Lager der Jägerinnen", sagt Freya mit einer gewissen Epik in der Stimme. „Den Namen besaß damals die persönliche Leibgarde des Palasts. Sie waren die stärksten Frauen Asgards. Ihr gesamtes Leben widmeten sie dem Schutz der Königsfamilie."

„Aber das schließt ja jetzt Männer nicht ei–"

Mona schaut ihren Schützling mit durchdringendem Blick an und seine Worte verstummen relativ schnell. Sam scheint es recht egal zu sein, wie sie ihre Basis in seinem Keller taufen – weil er seine Männlichkeit nicht über Sprache definiert. Sie stimmen zu und haben damit ihren Namen gefunden.

„Ich denke", Kira wählt ihre nächsten Worte vorsichtig, da sie Sorge hat, sie könnte falsch verstanden werden, „wir sollten noch einmal über den Plan reden. Ich glaube, das Höllenportal ist unsere beste Chance."

Mona horcht auf und schaut mit großen Augen zur Jägerin. Die Urgöttin weiß, was es implizieren würde, ein Portal in die Hölle zu öffnen.

„Ein Höllenportal?" Freya blickt mit Argwohn in die Runde. Sie hört zum ersten Mal von der Idee und genau wie Wraith mag sie diese überhaupt nicht. „So ein Portal benötigt ausreichend Macht, damit es geöffnet und offen gehalten werden kann. Außerdem lockt es jeden Dämon an, der sich in unmittelbarer Nähe davon aufhält. Ich halte es für keine gute Idee. Besser wäre, wir schleichen uns durch ein Portal, das von den angreifenden Dämonen aufgemacht wird, rein."

„Dann wüssten wir aber nicht", Mona räuspert sich und spricht gedämpft weiter, „wo wir landen würden."

Wraith schüttelt den Kopf. „Durch ein Portal wüssten wir das zwar, aber das Risiko ist immens."

„Im schlimmsten Fall“, Mona spricht mit gedämpfter Stimme weiter, „würden wir in der Unterstadt rauskommen.“

„Der Unterstadt?“ Kira schaut die göttliche Zauberin verwirrt an. „Also an einem ganz anderen Ort als der Hölle?“

„Nicht ganz“, erwidert Freya. „Das erkläre ich euch später. Wir sollten uns auf eine Angelegenheit konzentrieren und nicht durch die Gegend springen. Ein Höllenportal ist keine Leichtigkeit. Es benötigt viel dunkle Magie. Ich weiß nicht, wie klug es wäre, selbst eins zu öffnen.“

„Außerdem dauert es lange. So ein Portal ist nicht mal eben geöffnet“, fügt Wraith hinzu, was Kira stutzig werden lässt.

„Woher wisst ihr das alles?“

„Wir haben einmal versucht, so ein Portal zu öffnen. Und sind kläglich gescheitert.“ Wraith schaut Freya andächtig an. „Wir wollten uns an Astaroth rächen. Wir haben es nicht einmal geschafft, in die Hölle vorzudringen.“

„In dem Moment, in dem Wraith anfing, das Portal heraufzubeschwören, sind zig Dämonen auf uns eingeprasselt. Wir hatten keine andere Wahl als zu fliehen.“ Freya legt ihre Hand auf der Schulter der Dimensionswanderin ab. „Von daher rate ich ab, es ein weiteres Mal zu probieren.“

„Wart ihr damals nur zu zweit?“, fragt Ellie.

„Ich war auch dabei“, antwortet Joker. „Niemand sonst.“

„Wir hatten keine andere Wahl, als zu fliehen.“ Die Muttergöttin seufzt laut. „Rache war aber auch niemals der Weg, der meine Familie zurückgebracht hätte.“

„Aber versteht ihr, warum das Höllenportal keine gute Idee ist?“ Wraith schaut Kira mit imitierter hochgezogener Augenbraue an.

„Damals“, Kira schluckt, „wart ihr aber nur zu dritt. Jetzt wären wir zu zwölft.“

Joker zählt demonstrativ und guckt seinen Schützling ebenfalls mit hochgezogener Augenbraue an: „Ich zähle zehn. Fehlen da nicht zwei?“

„Eine Person fehlt noch. Aber so schnell, wie wir Peter, Ellie und Sam gefunden haben, mache ich mir gar keine Sorgen. Wahrscheinlich steht der letzte Jäger schon vor der Tür.“

DING DONG

Die Anwesenden schrecken auf und schauen sich mit halboffenen Mündern an.

„Kannst du etwa die Zukunft vorhersagen?“, fragt Mona und blättert hektisch in ihrem Zauberbuch, da sie bisher nichts von dieser Fähigkeit wusste.

„Ich –“

„Ah, die Pizza ist endlich da“, sagt Sam, der sein Notizbuch zuschlägt und hochläuft. Anscheinend hat er die Konversation zwischen seinen Kollegen nicht mitbekommen. Jen schaut ihm ungläubig hinterher. Was hat er die ganze Zeit in sein Büchlein reingekritzelt?

Die Jägerinnen und Jäger teilen sich die Pizzen und schlagen sich die Bäuche bis zum Anschlag voll. Für alle scheint es eine kleine Ewigkeit her zu sein, als sie das letzte Mal in Ruhe beisammensitzen und was Leckeres essen konnten. Kira muss unweigerlich an Ben und ihre Familie denken. Es fühlt sich an, als wäre die Verlobungsfeier zu einer anderen Zeit passiert – genaugenommen ist sie das auch. Bevor sie wusste, was dort draußen im Dunkeln lauert und wer ihr Verlobter wirklich ist. Hätte sie ihn mit anderen Augen gesehen, hätte sie es von vorneherein gewusst? Eher hätte sie es ihm nicht geglaubt und ihn als Lügner, Wichtigtuer oder bekloppt abgestempelt. Ob er wusste, dass sie in dieses Leben reingezogen wird? Auch das kann sie sich nicht vorstellen. Für ihn war es bestimmt immer vorgegeben, dass er die Dämonen bei Nacht jagt und seine Verlobte aus gefährlichen

Unternehmungen heraushält. Er war einer der Beschützer der Menschheit und keiner wusste es. Niemand hat sich bei ihm je dafür bedankt. Das muss sie unbedingt nachholen.

„Es kann sein", Sam schmökert natürlich in seinem Notizbuch herum, „dass ich schon mal etwas zu Höllenportal gelesen habe. Aber ich finde es gerade nicht."

„Du sagtest", Freya klopft ihm auf die Schulter, „es gehörte deinem Bruder? Woher wusste er das alles, wenn mein Wolf erst später in sein Leben kam? Woher wusste er von den Dämonen und den Mächten der Finsternis?"

„Die Jagd war schon immer Teil meines Lebens. Menschen retten, das Böse jagen. Das war das Familiengeschäft."

„Ich glaube", Ellie räuspert sich, „Freya möchte wissen, woher ihr überhaupt wusstet, dass es diese Monster gibt? Und wie ihr überhaupt eine Chance gegen sie hattet?" Sam guckt nachdenklich durch den Raum. Ob er etwas sucht, das ihm bei seiner Erklärung hilft? Vielleicht fehlen ihm aber nur die passenden Worte. Zugegebenermaßen kennt er die Menschen und Wesen vor ihm nicht lange. Es könnte sich um eine Falle handeln. Für ihn sind paranoide Gedanken leider nichts Neues, weswegen er sie abschüttelt und auf sein Bauchgefühl hört, ihnen zu vertrauen.

„Meine Ururgroßeltern waren bereits auf der Jagd. Die Eltern meiner Ururoma wurden von Dämonen hingerichtet. Seitdem hat sich unsere Familie dem Ausrotten dieser widerlichen Wesen verschrieben. Ich wollte aussteigen. Aber als mein Bruder ums Leben kam, habe ich seine Arbeit fortgeführt. Meine Eltern starben kurz vor ihm. Alle durch dieselbe Dämonin. Eines Tages werde ich sie finden und umbringen."

„Das war ganz schön viel auf einmal in sehr wenigen Sätzen verpackt", sagt Joker.

„Wieso wolltest du aussteigen?“, fragt Kira, die dieses Leben erst für sich entdeckt hat und bisher „gar nicht mal so kacke“ findet.

„Dass ich noch hier bin, hat mehr mit Glück als mit Verstand zu tun. Ihr seid alle eingestiegen, als ihr Hilfe von den Göttern bekommen habt. Ich habe schon lange davor mit diesen Bestien gekämpft und bin immer um Haaresbreite davongekommen. Erst seit Fenrir da ist, habe ich eine reale Chance, das alles eines Tages hinter mir zu lassen.“

„Ich will ja gar nicht unsensibel sein“, Kira wählt die nächsten Worte vorsichtig, „aber ist es nicht richtig geil, dass wir diese Kräfte haben? Warum willst du das aufgeben?“

Sam schaut sie mit Unverständnis an. Es liegt doch auf der Hand, wieso er dieses Leben hinter sich lassen will.

„Weil jeder, den ich kenne, der mit mir auf der Jagd war, jämmerlich umgekommen ist.“

Fenrir schmiegt sich an Sam und reibt sanft seine Schnauze auf und ab, um ihn zu trösten.

„Das ist ein guter Grund“, sagt Joker und pfeift leise.

„Sobald ich die Tore der Hölle mit euch geschlossen und Lilith gefunden habe, werde ich –“

„Lilith?“, unterbricht Wraith. „Die Imperatorin der Hölle?“

„Du weißt, von wem ich spreche?“

„O ja. Ich kenne Lilith.“

„Ich dachte, sie sei eine von Satans Untergegebenen?“

Mona ploppt aus dem Bücherberg hervor und schaut Sam mit großen Augen an.

„Nein, nein“, sie redet so schnell, dass sich die Wörter fast verschlucken, „sie ist keine Untergebene. Lilith nennt sich selbst Königin der Hölle. Sie war die Frau des ersten Menschen, nur um mit ihm Dämonen zu zeug–“

„Moment, und Astaroth ist der König der Hölle?“ Kira hakt mit Verwunderung, die ihr ins Gesicht geschrieben steht, ein.

„Nein, er ist der Dämooonenkönig", erklärt Mona. „Das ist ein Unterschied. Lucifer Morgenstern ist der König der Hölle. Ist alles etwas kompliziert."

„Kommen die sich dann nicht in die Quere?" Jen hat ihr Denkergesicht aufgesetzt und schaut verschmitzt zur Seite.

„Ja. Nein. Ist alles nicht so leicht." Mona zuckt mit den Schultern.

„Aber nennt sie sich nur Königin oder ist sie auch –"

„Sie ist die Imperatorin der Hölle", fährt Wraith fort. „Ich würde behaupten, dass das noch ein Grad schlimmer als die Königin ist. Ihr unterstehen alle Dämonen. Daher kann ich mir keinen Reim darauf bilden, warum sie extra emporkommt, um Sams Familie umzubringen."

Sam kritzelt wild in seinem Notizbuch herum und bekommt Wraiths Gedanken nicht mit. Es scheint eine Überraschung für ihn zu sein, dass Lilith mehr als nur eine extrastarke Dämonin ist.

„Bisher wusste ich nicht viel von ihr. Nur ihren Namen. Und wie sie aussieht."

„Du hast sie gesehen?" Wraith wartet gebannt auf seine Antwort. „Und du lebst noch?"

Sam nickt und blättert im Büchlein herum. Er schlägt eine Doppelseite auf und zeigt sie seinen Kolleginnen und Kollegen. Die Zeichnung einer großen, furchteinflößenden Dämonin ist zu sehen. Eines ihrer Augen pechschwarz, das andere engelsweiß. Sie trägt zwei riesige Totenkopfohrringe, die aussehen, als würden sie schreien. Ein exorbitantes Geweih wächst ihr aus dem Kopf und sieht schwerer als ihr gesamter Körper aus. Neben den Augen wachsen zur Seite Stacheln aus ihrem Gesicht, die den Anschein erwecken, hochgiftig zu sein. Alle mustern das Bild eingängig. Es hat etwas Künstlerisches, was es glatt gehaltvoll und ästhetisch anmuten lässt. Doch Wraith weiß, dass sie auf das pure Böse schauen. Astaroth und Dämonen sind allgemein ein Haufen, der von Hass, Neid und Gier zerfressen ist. Sie morden, erobern und begehen um einiges schlimmere Taten. Ihr Ziel ist am Ende immer dasselbe: Herrschaft und Ausbreitung. Lilith dagegen möchte nur eins: Ihre Opfer leiden sehen und sie unvorstellbaren Qualen aussetzen. Sie verfolgt keine andere Absicht außer der „absoluten Verzweiflung ihrer Beute, bis sie sie um Erlösung in Form eines schnellen Todes bittet". Wraith kennt sie genau. Sie weiß aber, wenn sie weiter über sie spricht, wird der Wolf im schlimmsten Fall gerufen. „Genug!"

Die anderen erschrecken aufgrund ihres plötzlichen Ausbruchs.

Sam schaut sie mit Argwohn an. „Ich brauche mehr Informationen, wenn ich meine Familie rächen will!"

„Pass auf." Kira stellt sich vor ihn hin und streckt ihre Hand aus. „Du hilfst mir dabei, meinen Verlobten wiederzuholen, und ich werde mit dir im Gegenzug Lilith ausfindig machen und deine Familie rächen. Deal?"

Sam schlägt ein und nickt mit einem hoffnungserfüllten Lächeln. Er kann sich zwar an die nächtlichen Abenteuer mit seinem Bruder erinnern, aber sie liegen zu lange zurück – trotzdem erinnert ihn Kiras Eifer genau daran.

„Wir brauchen einen Plan", sagt Kira und spaziert nachdenklich durch den Raum.

„Einen höllischen Plan."

„Ich möchte auf jeden Fall lebend da rauskommen", antwortet Peter mit gedämpfter Stimme. „Und in ganzen Stücken. Das wäre schon schön."

Mona springt erneut unter dem Buchberg hervor, in dem sie sich abermals vergraben hat. „Das will ich auch. Und ich glaube, ich weiß, wie wir es schaffen."

Wraith merkt, wie sich ein unschönes Gefühl in ihrer Magengrube ausbreitet. Sie denkt an den Tag zurück, an dem sie sich so sehr mit einer ihrer Schwestern stritt, dass sie jahrelang nicht mehr miteinander sprachen und sie deswegen jeden Tag mit Bauchschmerzen aufwachte. So in der Art fühlt es sich an. Sie fragt sich für einen unscheinbaren Atemzug, wie es ihren Geschwistern geht. Kaum einer der Anwesenden wird überhaupt wissen, dass sie zu den wenigen Urgöttern zählt, die ebenso starke Brüder und Schwestern haben.

„Lass dich doch nicht lange bitten", zischt Kira, deren Ungehaltenheit sich ansteckend auf die anderen auswirkt. „Sorry, ich bin nur etwas unausgeglichen."

„Das glaub ich", wirft Peter ein, der nicht bemerkt, wie Wraith schon bereit ist, ihm eine Ohrfeige zu verpassen. „Ohne deinen Verlobten hast du ja auch nichts, das dich entspannen könnte."

Er zwinkert, was von Wraith mit einem klatschenden Schlag auf den Hinterkopf quittiert wird.

„Aber warum", wimmert er. „Ich mach doch nur Spaß."

„Niemand hier mag deine unangebrachte Art", flüstert Wraith ihm zu.

„Ich find das schon manchmal lustig", erwidert Ellie und schaut unangenehm berührt auf den Boden.

„Ich immer!" Joker lacht laut auf und klopft Peter mit ordentlicher Wucht auf die Schulter.

Der bedankt sich und wird von den anderen vollständig ignoriert.

„Mona?", bittet sie Kira, die nicht auf die Kommentare eingegangen ist, weil ihr nicht mehr nach Spaßen zumute ist.

„Sam hat ja ganz viele alte Bücher", sie zeigt auf den Stapel hinter sich, den niemand übersehen kann, „und da sind einige Informationen drin. In alten Sprachen wohlgemerkt."

„Aber nicht in Enochian, oder?“ Freya schaut mit wachsendem Interesse auf den Bücherstapel.

„Nee, das nicht. Aber sehr alte lateinische Texte, die Anleihen aus allen möglichen Sprachen haben, die kein Mensch kennen dürfte.“ Mona schlägt eines der Werke auf und zeigt eine krude Skizze. Anders als die Zeichnungen in Sams Buch hat sie nichts Künstlerisches an sich und sieht obendrein krakelig aus. „Das hier ist ein Höllenportal. Und eigentlich funktionieren sie nur in eine Richtung.“

„Aber Freya und ich haben damals –“

„Deswegen ja eigentlich! Ein Portal dieser Art kann nur geöffnet werden, wenn diejenigen, die es öffnen, zusammen genug Macht und Willenskraft haben, sich genau vorzustellen, wo es hingeht.“

„Aber dann ist es ja gar nicht so schwierig?“, hakt Kira ein und ihre linke Augenbraue wandert hoch.

„Ich glaube, ich erkläre es noch nicht gut genug.“ Mona denkt kurz nach. „Stellt euch vor, ihr wolltet unbedingt in ein Haus rein, weil ihr genau wisst, in dieser Bude wartet etwas ganz Besonderes auf euch. Ihr habt aber die Schlüssel nicht. Was macht ihr?“

„Wir brechen ein?“ Jen zuckt mit den Schultern – die Frage war ja wohl kinderleicht.

„Aber was ist, wenn das Haus so sicher ist, dass ihr niemals einbrechen könntet?“

„Wir machen die Tür kaputt?“

Fenrir dreht seinen Kopf zur Seite. Das Rätsel übersteigt seine Vorstellungskraft ein wenig.

„Aber die Tür ist unkaputtbar!“ Mona grinst. Sie hofft, dass die anderen durch ihr penetrantes Nachfragen auf die Lösung kommen. Freya schaut sie an und nickt ihr zu. Sie hat verstanden. Sie selbst hat nie hinterfragt, wie Wraith und sie damals mit Leichtigkeit ein Höllenportal öffnen konnten.

„Wir lassen das Haus zu uns kommen?“ Kira zieht eine Augenbraue hoch und hofft, niemand bemerkt, wie dämlich ihre Frage war.

„Ihr habt es fast“, erwidert Mona. „Wenn ihr selbst draufkommt, wisst ihr auch, wie sich so ein Portal öffnet, ihr –“

„Wir bauen den Schlüssel nach“, wirft Wraith ein, ohne auf eine Antwort der Menschen zu warten. „Wir kennen das Haus. Wir wissen, was uns erwartet. Wir müssen rein, um etwas wiederzubeschaffen, das sowieso uns gehört. Und da wir es kennen, sollte es ein Leichtes sein, den Schlüssel nachzubauen.“

Mona nickt und klatscht freudespringend in die Hände. Ihr putziger Hexenhut hüpft mit. Freya hingegen schaut stoisch zum Kellerfenster hinaus, das die Sicht nach draußen einschränkt. Das Portal hatte sich also wahrhaftig aufgrund ihrer Rachegelüste geöffnet.

„Easy! Dann wissen wir ja, wie wir –“

„Nein“, unterbricht Kira ihre beste Freundin. „Wraith hat keinerlei Absicht, ein Höllenportal zu öffnen. Sie will den Schlüssel zum metaphorischen Haus gar nicht finden.“

Die Dimensionswanderin reagiert nicht, sondern schaut mit gesenktem Blick auf den Boden.

„Es geht nicht anders“, sagt Freya und guckt entschlossen in die Runde. „Das Portal wird uns direkt zum Eingang der Höllenringe bringen.“

„Höllenringe?“ Die Jägerinnen und Jäger – bis auf Sam – setzen einen fragenden Blick auf.

„Die Hölle“, antwortet Wraith. „Sie besteht aus sieben Ringen. Dazu erzähle ich euch während unserer Vorbereitung mehr.“

„Moment“, Joker lacht, „der eine Satz hat dich schon umgestimmt?“

„Wir haben Kira unser Versprechen gegeben“, erwidert Wraith und zwingt sich ein Lächeln auf. „Ich sehe keinen anderen Weg. Ich glaube aber auch, dass Astaroth genau das von uns möchte. Er wusste, dass wir hinterherkommen werden. Und das gefällt mir ganz und gar nicht.“

„Aber wir sind immer noch nicht vollzählig“, sagt Peter.

„Und mit dem Totenbuch bin ich auch noch nicht weit gekommen“, fügt Freya an.

„Die Zeit läuft uns davon“, seufzt Wraith. „Wir müssen schleunigst die anderen finden.“

XXX

DIE RUHE VOR DEM STURM

TRANQUILLITAS ANTE TEMPESTATEM

Alle sind in verschiedene Bücher vertieft. Mona studiert fortwährend Sams Bibliothek, Freya übersetzt weiterhin das Totenbuch und der Rest hat sich diverse Schinken geschnappt, deren Einband sie zumindest halbwegs verstehen. Ob sie das ausschließlich aus Langeweile oder aus Neugierde getan haben, sei mal dahingestellt. Sich zu belesen, ist am Ende des Tages immer etwas Positives. Egal, was man liest, seinen Horizont hat man stets erweitert – außer es handelt sich um ein Klatsch-und-Tratsch-Magazin.

„Sagt mal", Sam schaut auf, „meint ihr, eine meiner Kolleginnen kann euch helfen? Sie ist auch eine Jägerin. Arbeitet eigentlich allein, aber hat mir schon mal bei einem Fall geholfen. Sie heißt Natascha und wohnt nur knapp eine Stunde entfernt."

„Ist sie auch im Besitz einer Fellnase?", fragt Freya und gleitet zu Fenrir hinüber, um ihn zu streicheln. „Das würde es erheblich vereinfachen."

„Nicht, dass ich wüsste", erwidert er und überlegt. „Aber als ich sie das letzte Mal gesehen habe, hatte ich Fenrir auch noch nicht an meiner Seite. Vielleicht hat sie ihren Partner geheim gehalten?“

„Oder ihre Partnerin“, fügt Jen hinzu und schaut Sam verschmitzt an. Ellie, die neben Jen sitzt, lächelt sie an.

„Das war kein Witz“, flüstert Jen ihr zu.

„Das weiß ich!“ Sie schaut peinlich berührt drein. Ihre Wangen färben sich in einem leichten Rot. „Fand ich nur gut, dass du ihn korrigiert hast. Ich würde mich das gar nicht trauen.“

„Darfst du aber“, erwidert Jen und drückt Ellies Hand sanft zu. „Hat eh viel zu lange gedauert, dass mal jemand einen Fick darauf gegeben hat.“

Ellie lächelt erneut und nickt.

„Da uns die Zeit davonläuft“, Kira räuspert sich laut, um die Aufmerksamkeit aller zu bekommen, „schlage ich vor, wir statten Natascha einen Besuch ab und fragen sie direkt. Keine Spielchen mehr, sondern geradeheraus.“

„Und wenn sie keinen Partner“, Sam bemerkt Jens bohrenden Blick, „oder keine Partnerin hat? Dann weiß sie von den Urgöttern.“

„Sie weiß doch bereits, dass es Dämonen gibt“, erklärt Wraith. „Da wird sie das zusätzliche Wissen wohl kaum abschrecken.“

„Wir passen aber nicht alle ins Auto“, überlegt Sam und schaut sich um. „Ich schlage vor, dass Freya und Mona, und somit auch Ellie und Peter hierbleiben, um weiter wegen des Höllenportals zu forschen.“

„Dann bleib ich aber auch hier“, sagt Jen, die abermals Ellies Hand sanft drückt.

„Wraith muss sich schließlich darauf einstellen, ein Höllenportal zu öffnen!“

„Dann fahren nur Kira und ich.“ Sam nickt. „Wir sollten in ein paar Stunden wieder hier sein. Fühlt euch einfach wie zu Hause … das Gefühl fehlt schon lange.“

Im ersten Moment reagiert niemand auf seinen Kommentar. Freya möchte ihm ihre Hand auf die Schulter legen, um ihm zu vermitteln, dass sie genau weiß, wie schmerzlich es sich anfühlt, seine gesamte Familie zu verlieren. Doch Kira kommt ihr zuvor und umarmt den Dämonenjäger, der die Umarmung dankend annimmt.

Sam nickt ihr zu und löst die Umklammerung. Er geht voran und sie schlurft ihm hinterher, den Flur erneut begutachtend. Sie sucht nach Bildern seiner Verwandten, kann aber keine finden. Sie bemerkt dafür, dass alles eingestaubt ist. Hier scheint niemand sauber zu machen. Ein staubiger Geruch klettert ihr in die Nase und lässt sie beherzt niesen.

„Gesundheit", sagt Sam und öffnet die Haustür. Sie gehen raus, steigen ins Auto und lauschen dem Radio, ohne viele Worte miteinander zu wechseln. Erst kurz vor Ablauf der angekündigten Stunde findet sie ihre Stimme wieder und reißt sich selbst aus der Gedankenwelt.

„Ist es noch weit?", fragt Kira und streckt sich demonstrativ. Sie mag Autofahren gerne, nicht jedoch, wenn sie im Ungewissen gelassen wird, wo es hingeht. „Ich verstehe gar nicht, wie du so weit und verwinkelt ohne ein Navi fahren kannst."

„Angewohnheit. Mein Vater und mein Bruder hatten auch nie eines."

„Und du kannst dir trotzdem genau merken, wo wir hinmüssen?"

„Mein Dad hat immer gepredigt, dass mein Bruder und ich uns niemals auf Technik verlassen sollen. Im schlimmsten Fall kann sie gegen uns verwendet werden."

„Bisschen paranoid, nech?" Kira rollt mit den Augen.

„Nicht von irgendwelchen Weltmächten. Sondern von unseren Feinden. Wendigos stören beispielsweise das Signal eines Empfangsgerätes. Da brauch ich erst gar nicht aufs Handy schauen."

„Ach so …“ Kira rollt in die entgegengesetzte Richtung mit den Augen, als würde sie es zurücknehmen. Sam schaut glücklicherweise auf die Straße und bemerkt das Schauspiel nicht. Sie grübelt und versteht dank seines Kommentars, dass sie ganz am Anfang ihrer Reise steht und viel zu wenig über ihre Feinde weiß.

„Aber so weit ist es nicht mehr“, sagt Sam und zeigt auf das Ortseingangsschild, welches sie soeben passiert haben. „Sie wohnt noch daheim. Wir sollten also aufpassen, dass uns niemand belauscht.“

„Hast du vorher mal angerufen?“

„Angerufen? Wozu?“

„Um zu gucken“, Kira holt Luft, „ob wer da ist???“

„Macht man das so?“

„Natürlich macht man das so!“

Joker lacht laut auf und Fenrir, dessen Astralpräsenz auf dem Dach des Fahrzeugs Platz genommen hat, quietscht einmal auf, als ob er sagen wolle, dass Sam manchmal ein ziemlicher Dussel ist.

„Na hoffentlich ist sie daheim!“ Sam lächelt gekünstelt und sagt für die restlichen Meter nichts mehr.

Kurze Zeit später halten sie an einem kleinen, weißen Häuschen, das nicht mal halb so groß wie das von Sam ist. Es sieht eher nach einer Zwergenhütte als einem waschechten Einfamilienhaus aus. Das denkt auch Kira, die mit fragenden Augen das alte Holzhaus mustert. Bestimmt war es relativ günstig in der Anschaffung und die Nebenkosten sind nicht der Rede wert. Sie schlendert durch das hohe, ungemähte Gras. Mit jedem Schritt ist ein Ratschen zu hören.

„Was eine Bruchbude“, sagt Joker. „Da würde ich lieber unter einer Brücke wohnen als in so einem angeschimmelten Ranzpuff. Der Rasen hätte auch gerne mal wieder gemäht werden können. Die Hausnummer ist auch nicht erkennbar. Die hat aber eine tolle Wohnung, die Natascha!“

Kira zischt ihn an, damit er die Klappe hält. Aber ihn kann doch eh keiner hören – außer Sam und sie.

Er kennt das Haus und kommentiert es nicht. Zwar hat er seine Meinung, allerdings versteht er, dass sich nicht jeder sein Schicksal im Leben aussuchen kann. Entsprechend möchte er niemanden für seine Umstände verurteilen. Fenrir weiß, was sein bester Freund denkt und drückt seinen Kopf unter den Arm von Sam hindurch, um mit ihm zu kuscheln. Kira bemerkt den Blick des Jägers ebenfalls.

„Sorry“, sie schaut verlegen drein, „ich wollte gar nicht so fies sein. Ich war im ersten Moment nur sehr verwundert. Sieht ja doch sehr heruntergekommen-“

„Passt doch“, sagt Sam mit gedämpfter Stimme und watet mit durchs hohe Gras, um an der brüchigen Holztür zu klopfen, die schon ordentlich morsch ist und unter jedem Pochen krächzt.

Es dauert nicht lange und eine Frau öffnet die Tür. Nicht sonderlich älter als Kira, dafür aber jünger als Sam. Ihre Haare sind pechschwarz und laufen ihr herunter bis über das Gesäß. Die Augen besitzen ebenfalls eine traurige Schwärze. Kira überlegt, dass es ein dunkles Grün sein muss. Sie trägt eine ausgewaschene Jeans und ein dunkelviolettes Hemd. Ihr Gesicht ist von Misstrauen durchzogen. Sie mustert ihre Gäste eingängig, bevor sie spricht.

„Sam.“ Natascha nickt und blickt zur anderen Gästin hinüber. „Und du bist?“

Sie tritt einen Schritt nach vorne und streckt die Hand aus, um sich angemessen vorzustellen: „Hey, mein Name ist Kira.“

Die Gastgeberin schaut sie naserümpfend an und lässt ihren Blick zurück zu Sam wandern, ohne die Geste zu erwidern.

„Was wollt ihr hier, Sam?“

„Das wird etwas verrückt klingen –"
„Und was ist das für ein riesiger Hund neben dir?"
Kira und Sam reißen die Augen bis zum Anschlag auf. Hat sie gefragt, wer Fenrir ist? Aber das hieße ja …
„Du", Sam stockt, „du kannst ihn sehen?"
„Deinen viel zu groß geratenen Hund? Klar. Du nicht?" Joker lacht laut auf und schnellt von der Seite hervor.
„Gestatten, Joker mein Name. Ich bin hier um –"
„Bist du ein Dämon?" Nataschas Stimme ist einige Oktaven tiefer gerutscht.
„Dämonisch gutaussehend."
„Moment", Kira stellt sich vor ihren Urgott. „Du kannst beide sehen und mit ihnen reden? Hast du auch einen Partner?"
Sam räuspert sich auffällig.
„Oder eine Partnerin …?"
„Ich wüsste nicht", sie schaut argwöhnisch in die Runde, „was euch das angeht. Ihr habt mir immer noch nicht gesagt, warum ihr hier seid."
„Oh, das wird gut", sagt Joker und setzt sich demonstrativ hin.
„Wir brauchen deine Hilfe, Natascha." Sam tritt einen Schritt nach vorne und schlägt sein Notizbuch auf, um ihr etwas zu zeigen.
„Wegen Lilith? Du kennst meine Antwort."
„Nein", hakt Kira ein. „Wir brauchen deine Hilfe, weil ich meinen Verlobten aus der Hölle retten möchte!"
Sam schaut sie erschrocken an und schüttelt den Kopf. Natascha lacht im Gegenzug laut auf – aber leider ist es kein angenehmes, sondern ein gehässiges Lachen.
„Den Weg hättet ihr euch sparen können." Sie schlägt ihnen die Tür vor der Nase zu.
„Was war das?" Kira klopft abermals, was Sam versucht zu verhindern, aber nicht schafft.

„Verpisst euch", ruft Natascha heraus.

„Ich habe doch gesagt", Sams Stimme wird flüsterleise, „dass ich das Reden übernehme. Sie weiß doch noch gar nichts von der Hölle!"

„Nein", erwidert Kira, „hast du nicht. Wahrscheinlich hast du es gedacht und nicht ausgesprochen."

„Natascha ist überhaupt keine Freundin von allem, was mit Liebeleien zu tun hat. Sie hat ein ähnliches Schicksal wie du erlitten und –"

Die Tür schnellt auf und eine wütende Frau mit hochrotem Kopf schaut die Jägerin und den Jäger mit bitterbösem Blick an.

„Das ist nicht deine Geschichte", faucht sie Sam an und ballt die Fäuste. Sie atmet ein paarmal tief ein und aus und entschuldigt sich – sofern man ein „Vergesst es" als Entschuldigung bezeichnen kann.

„Verschwindet von hier. Ich kann und werde euch nicht helfen. Und natürlich weiß ich von der Hölle. Jede Jägerin weiß davon."

Die Tür fliegt abermals zu. Kira überlegt ein weiteres Mal zu klopfen, lässt es aber sein.

„Lass uns verschwinden", sagt sie geknickt. „Ich habe weder die Zeit noch die Energie, mit so einem Kind zu diskutieren. Wir schaffen es auch ohne sie, das Höllenportal zu öffnen –"

Die morsche Holztür knarzt erneut auf und fliegt aufgrund des Rucks fast aus den Angeln.

„Ihr wollt ein Höllenportal öffnen?" Natascha schaut die beiden mit Argusaugen an. Kira kann nicht einschätzen, ob sie ihr Vorhaben positiv oder negativ bewertet.

„Ja, damit wir –"

„Unter keinen Umständen dürft ihr das Portal öffnen. Ihr wisst nicht, was ihr damit anlockt."

„Sorry, aber ich hör doch nicht auf die Funz, die mir zweimal die Haustür ins Gesicht wirft und sagt, dass sie mir unter keinen Umständen hilft."

Kira winkt Sam zu sich herüber, damit die beiden sich wieder auf den Weg begeben. Wie sie selbst meinte: Weder die Nerven, noch die Zeit lassen es zu, mit ihr zu diskutieren.

„Ich rede mit euch!" Natascha stapft wütend hinterher.

„Sie scheint ein ordentliches Aggressionsproblem zu haben", scherzt Kira – wobei sie den Nagel auf den Kopf getroffen hat. „Sorry, wir verschwinden von hier."

Sie steigt ins Auto, knallt die Beifahrertür zu und schnauft aufsehenerregend. Sam steht zwischen den beiden.

„Bitte, Natascha. Ich hätte dich hier niemals überfallen, wenn ich nicht –"

„Du weißt ganz genau, dass ich keinen Bock auf Teams oder Freunde habe. Hättest du vorher angerufen, hätte ich dir direkt gesagt, dass es ein Fehler wäre, hierherzukommen."

Kira kurbelt das Fenster des alten Sportwagens herunter und ruft laut: „AHA!"

Sam dreht sich zu ihr und gibt mit der Abwürgegeste zu verstehen, dass sie besser nichts mehr sagt, damit er die Situation entschärfen kann.

„Ich lasse es nicht zu, dass ihr ein Höllenportal öffnet."

„Und wer soll uns aufhalten?" Kira wiegt sich in Sicherheit. Joker beäugt das Schauspiel weiterhin sitzend. Fenrir hat sich neben ihn gehockt und lässt den Kopf hängen. Er kann es überhaupt nicht ab, wenn sein bester Freund mit anderen Menschen streitet.

„Das wird schon, Parasitentaxi." Joker tätschelt Fenrirs Birne, was der Wolfshund mit einem leisen Knurren registriert. „Ich versuch nur zu helfen."

„Sam!" Natascha schaut ihren alten Bekannten eindringlich an. Er kennt diesen Blick. Wenn der nächste Satz nicht das ist, was sie hören möchte, wird sie ausrasten. Wahrscheinlich hätte er das Kira im Vorfeld sagen sollen. Er hat die Jägerin leider nicht als jemanden kennengelernt, der einen kühlen Kopf bewahrt. Lieber rennt sie mit der Armbrust voraus und schießt alles über den Haufen, was ihr vor die Flinte läuft.

„Natascha, es tut mir leid, aber Kiras Plan ist schon im Gange. Wir haben noch weitere Verbündete, die uns dabei helfen. Wir hatten gehofft, du würdest dich uns anschließen."

„Seid ihr bescheuert?" Nataschas Kopf läuft röter als der beste Buntstift an – Joker fragt sich, wie das möglich ist. Selbst eine Tomate hat keine so knallige Farbe. „Mit so einem Portal würdet ihr alles anlocken, was seit Äonen versucht, auf die Erde zu kommen."

„Woher weiß sie das alles …" Kira überlegt laut und sucht im Handschuhfach nach Sams Notizbuch – dem Büchlein, das mal seinem Bruder gehörte. Sie findet es relativ zügig und klappt es auf. Auf der ersten Seite steht dessen Name. Ebenso englisch wie der von Sam. Sie könnte schwören, dass er ihr bekannt vorkommt. Aber weitere Gedanken kann sie nicht daran verschwenden. Wenn doch in diesem kleinen Wälzer Unmengen Informationen notiert sind, ist eventuell auch Nataschas Geschichte festgehalten. Es klingt ja so, als habe sie eine erzählenswerte Story. Sie blättert und findet allerhand aufregende Fakten zu diversen Dämonen. Vampire scheint es ebenfalls zu geben. Oder zumindest Monster, die gerne das Blut anderer Lebewesen trinken. Dazu Beschreibungen über fantastische und grauenvolle Orte. Über Schlösser bis hin zu verlorenen Schätzen und versunkenen Städten. Mit jeder Seite, die sie weiter nach einem Anhaltspunkt sucht und die Diskussion der beiden ausblendet, wächst ihr

Schuldbewusstsein. Es ist nicht ihr Buch und somit gar nicht für ihre Augen bestimmt. Sie fasst sich ein Herz, klappt es vorsichtig zu und verstaut es wieder im Handschuhfach. Sie hat wenig gelesen und Sam wird es ihr mit Sicherheit eines Tages von sich aus zeigen, wenn er dazu bereit ist.

„Seid ihr fertig?", fragt Kira und versucht, sich nichts anmerken zu lassen. „Wir müssen los. Danke für nichts, Natascha. War unschön, dich kennenzulernen."

Sie kurbelt das alte, quietschende Fenster wieder hoch, bekommt jedoch nach wie vor alles mit, da die Dichtungen porös sind.

„Wir müssen weiter. Es ist okay, dass du uns nicht helfen willst. Aber ... steh uns nicht im Weg." Sam schaut sie mit einem angeschossenen Welpenblick an. Er kann es überhaupt nicht ab, mit seinen Freunden so ernst zu sprechen.

„Letzte Warnung, Sammyboy. Versprich mir, dass ihr dieses Portal nicht öffnet. Ansonsten werde ich euch aufhalten."

Kira seufzt demonstrativ und hupt zweimal.

„Es tut mir leid. Wir haben keine andere Wahl." Sam verabschiedet sich von Natascha und geht zurück zum Auto. Kurz bevor er einsteigt, winkt er ihr zu. „Wir werden das Portal öffnen und Kiras Verlobten aus der Hölle befreien."

Schlagartig verdunkelt sich der Himmel und grelle Blitze schießen über das Firmament.

„Dämonen“, sagt Kira. „Kommt schon …“

Sie steigt vorsichtig aus und guckt sich um. Doch sie kann keine Feinde erblicken.

„Das sind keine Dämonen“, flüstert Sam mit ordentlich Besorgnis in der Stimme.

„Was meinst du?“ Kira schaut sich abermals um und ihr Blick bleibt auf Natascha haften. Ihre Augen leuchten feuerrot und ihr Körper ist von einer dunklen Aura umgeben. Wie an einem Geisterfaden wird ihre Kleidung langsam aufgefädelt und an ihrer Stelle erscheint zeitlupenhaft eine metallene Rüstung.

„Ich weiß, was jetzt passiert“, sagt Joker und steht – mit Vorfreude im Gesicht – wieder auf. Fenrir läuft zu seinem besten Freund hinüber und stellt sich knurrend vor ihn. „Ich glaube“, Sam macht sich bereit, den Namen des Wolfshundes zu brüllen, „dass Natascha eine der Jägerinnen ist, die wir gesucht haben.“

„Nur anscheinend auf der falschen Seite“, fügt Kira an und bereitet sich ebenfalls vor.

„KALI!“, brüllt die Gegnerin und ein gleißender Blitz schlägt ein.

XXXI

ÜBERRASCHENDE FEINDE

HOSTES INOPINI

Aus dem Licht springt Natascha hervor. Großartig anders sieht sie in der ersten Sekunde nicht aus. Ihre Kleidung ist einem prunkvollen, metallenen Oberteil gewichen, das ihr bis zum Bauch geht. Anstelle ihrer Jeans trägt sie eine Art Rock, der aus demselben Material besteht. Das Outfit vermittelt den Eindruck einer kriegsbereiten Bauchtänzerin. In ihren Händen hält sie zwei große Säbel, die, ähnlich wie Dante, zu wuchtig für einen Menschen aussehen.

„Oh Shit", sagt Sam und begafft förmlich das Schauspiel vor ihm: Vier weitere Arme steigen langsam hinter Natascha empor, ebenfalls mit denselben Säbeln ausgestattet.

„Hat sie sechs Arme?", brüllt Kira, da Blitze brachial laut am Himmel zucken. „Wie sollen wir dagegen –"

Hinter der Überraschungsgegnerin taucht eine Urgöttin auf. Sie ist diejenige, die sechs Arme besitzt und sich langsam hinter Natascha aufbaut. Ihre muskulöse Statur, die weißen, durchdringenden Augen und die langen, pechschwarzen Haare, die der ihrer Partnerin verblüffend ähnlich sehen, sind absolut imposant. Kira hat Schwierigkeiten,

Worte zu finden, und ist genau wie Sam komplett in den Bann der Erscheinung gezogen.

„Kali", ruft Joker und stellt sich neben die Urgöttin. „Zauberhafte Ärmchen hast du da. Ich erinnere mich, wie viele Sachen du auf einmal machen –"

BOOM

Ihr Kopf schnappt seitwärts und durchbohrt Joker mit einem Todesblick. Kali schlägt mit voller Wucht zu und feuert ihn gegen die nachbarliche Hauswand. Das war der Weckruf, den Kira brauchte, um nicht nur nach ihrem Partner zu rufen, sondern festzustellen, dass sie sich nicht in der Schattenwelt befinden und somit jeder das Schauspiel mitbekommt.

„JOKER!"

„FENRIR!"

Drei der Sieben stehen sich gegenüber, eine Art Mexican Standoff, nur dass es zwei versus eine ist.

„Ich möchte nicht gegen dich kämpfen, Natascha", ruft Kira, die sich wundert, warum die Blitze und der kraftvolle Wind noch nicht vorbeigezogen sind. Schließlich hat sich Natascha verwandelt und ihre Partnerin gerufen.

„Schade", flüstert sie und springt mit voller Wucht in Kira rein, die auf schnellem Wege die Nachbarschaft kennenlernt, da sie an einigen Menschen vorbeifliegt. Viele von ihnen haben ihre Handys gezückt und beobachten das Schauspiel haargenau. Gar nicht mal so cool, denkt sich Kira und mit Dante in ihrer Hand schießt sie zurück und gibt Natascha einen hörbaren Schlag ins Gesicht, der sie mit voller Wucht zu Boden drückt.

„Ich habe gesagt, ich möchte nicht gegen dich kämpfen. Das heißt nicht, dass ich es nicht werde."

Kali ist erbost über den Gegenangriff und stellt sich vor ihren Schützling. Sie holt mit allen sechs Schwertern aus und nur dank Jokers rechtzeitigem Eingreifen und Kiras blitzschneller Reaktion, Dante schützend vor ihren gesamten Körper zu halten, verteidigen sie sich.

„Hört auf", ruft Sam und pfeift Fenrir zu sich, der sich hinterrücks an Kali angeschlichen hat, um ihr beherzt ins Kreuz zu springen. „Wir werden gefilmt! Und es ist absoluter Schwachsinn, dass wir uns gegenseitig an die Gurgel gehen."

„Ihr dürft", Natascha spuckt Blut aus und rappelt sich auf, „kein Höllenportal öffnen. Selbst wenn ihr Michael Jackson wiederholen wollt. Es ist viel zu gefährlich."

Kira legt einen beeindruckenden Rückwärtssalto hin und landet elfengleich auf dem Dach von Sams Auto, der leise in sich hineinjammert. So hat sie für einen Augenblick genug Abstand zu ihrer Gegnerin.

„Woher willst du das wissen?", ruft sie. „Hast du so ein Portal schon einmal geöffnet?"

„Nein, ich nicht", erwidert Natascha mit klar hörbarem Groll in der Stimme. „Aber das geht dich einen Scheiß an!"

Sie prescht los, Kali direkt hinter ihr, die Säbel nach vorne gespitzt, in voller Absicht, Kira eine brachiale Breitseite zu verpassen.

Sam fliegt dazwischen und wehrt alle Schwerter in Windeseile nacheinander mit seinen Krallen ab. Lautes Klirren ist zu hören und Kali sowie Natascha landen direkt vor seinem Auto. Sie beide beobachten ihre Widersacher haargenau und bereiten sich auf den nächsten Angriff vor.

„Bitte", Sam wirft seine Krallenhandschuhe auf den Boden, „hört auf zu kämpfen."

Er zeigt auf die schaulustige Meute, die mit sicherem Abstand ein paar Häuser weiter mit ihren Handys herumsteht.

„Wenn irgendwer das Video sieht und uns erkennt, kommen wir in Teufels Küche."

„Wo wir auch hinwollen", sagt Kira und erntet einen lauten Lacher von Joker.

„Kindereien", spottet Kali und macht einen unmenschlich riesigen Satz direkt vor die Schaulustigen und schwingt ihre Säbel mit chirurgischer Präzision, sodass sie ein Handy nach dem anderen zerstört. „So leicht geht das."

Die Menschen schreien auf und fliehen vom Schauplatz. Nicht eine Menschenseele bleibt zurück, aus Angst, das Monster könnte ihnen etwas anhaben.

„Was ist mit der Cloud?", überlegt Sam und zuckt mit den Schultern. Gerade haben sie Wichtigeres im Kopf. „Wir müssen hier weg. Irgendwer wird mit Sicherheit bereits die Polizei gerufen haben."

„Nein!" Kira wirft ihr Schwert absichtlich auf den Boden vor Natascha. „Ich gehe nicht, wenn sie nicht mitkommt."

„Ich komme definitiv nicht mit, solange ihr das Portal öffnen wollt."

Unbeeindruckt von der Geste der Dämonenjägerin hält sie ihre Säbel erneut hoch. Kali, die sich wieder neben sie gestellt hat, schaut als sei sie innerlich hin- und hergerissen. Sie ist ebenso dafür, dass das Portal nicht geöffnet wird, doch eine unbewaffnete Frau anzugreifen, ist nicht ihr Stil. Joker stellt sich zu seinem Schützling und zwinkert der Urgöttin zu, die ihre Abscheu mit einem lauten Seufzer bekundet.

„Kali", sagt Natascha und hebt ihre Säbel für einen weiteren Angriff. „Mach ihr den Garaus."

„Natascha", erwidert die Urgöttin. Die anderen sind von der Tiefe ihrer Stimme beeindruckt. Als wäre sie die Befehlshaberin einer ganzen Armee, die an jedem ihrer Worte hängt. „Sie hat aufgegeben."

„Trotzdem will sie das Portal öffnen!" Sie holt aus und verfehlt Kira nur knapp, die rechtzeitig ausweicht. „Das darf ich nicht zulassen …"

„Ich habe gesehen“, sie weicht dem nächsten Schwerthieb aus, der sich verzweifelt anfühlt, „was du draufhast. Wir brauchen dich, wenn wir in die Hölle hinabsteigen und meinen Verlobten retten wollen.“

„Ich werde“, Natascha schlägt weiter zu, „dein lächerliches Unterfangen nicht unterstützen.“

„Mit dir werden wir es schaffen. Wir können die Tore für immer schließen und Astaroth umbringen. Die Dämonen werden niemals wieder auf unsere –“

Natascha lässt vor Schreck ihre Säbel fallen, die mit einem lauten FUMP auf der Erde aufkommen.

„Ihr wollt die Höllenportale schließen?“, fragt sie und ist merklich überrascht. Der Mund steht halb offen und der Blick ist hochkonzentriert. „Wieso habt ihr das nicht gleich gesagt? Ich dachte, ihr wolltet nur so ein dummes Portal öffnen, um deinen Verlobten zurückzuholen und auf alles andere zu scheißen.“

Kira glaubt kaum, was sie hört, und schaut entsprechend verständnislos.

„Moment“, sie schüttelt hektisch mit dem Kopf, „du dachtest wirklich, wir würden einfach so ein Portal öffnen, um jemanden zu befreien, und alles andere außer Acht lassen?“

„Dann erklär es doch von vorneherein richtig!“

Die Blitze verschwinden, der Himmel klart auf und Kalis bitterböser Kämpferblick hat sich in eine unschuldige, inquisitive Miene verwandelt.

„Ich bin von der Idee immer noch nicht begeistert –“

„Weil du schon mal ein Höllenportal geöffnet hast und es komplett schiefgelaufen ist?“

„Weil es dich nichts angeht. Aber ich werde euch helfen. Meine Priorität wird es sein, die Tore ein für alle Mal zu schließen. Nichts anderes. Wenn ich die Chance habe, werde ich sie nutzen.“

„Gut zu wissen“, Kira zieht provokativ die Nase hoch, als wäre sie in einem alten Western, „wo deine Prioritäten liegen, Miss Empathie.“

„Und noch was.“

„Was jetzt?“

„Wir sind keine Freunde. Wir sind nicht einmal Partner. Wir verfolgen dasselbe Ziel. Danach trennen sich unsere Wege wieder.“

Sam schaut unangenehm berührt zur Seite. Er hat Natascha anders in Erinnerung. Aber er wusste auch nicht, dass sie eine Partnerin hat. Irgendetwas scheint mit ihr passiert zu sein, dass sie sich so benimmt.

„Wir sollten uns auf den Weg machen. Die Dunkelheit bricht an“, sagt er und setzt sich ins Auto.

„Was machen wir mit den ganzen Schaulustigen, die Kali vertrieben hat?“, fragt Kira. „Nicht, dass doch irgendeiner von ihnen etwas ins Internet hochgeladen hat.“

„Mach dir mal keine Sorgen“, beruhigt Kali. „Das wäre bei Weitem nicht das erste Mal, dass wir gefilmt worden sind. Photoshop, Fake und was sonst noch so kommentiert wird. Keiner wird es ihnen glauben.“

„Bezweifle ich auch“, sagt Natascha und drängt sich vor Kira, um auf dem Beifahrersitz Platz zu nehmen. „Shotgun.“

Sie rollt mit den Augen und zwängt sich auf die Rückbank. In ihrem Kopf war das Treffen anders abgelaufen. Sie haben trotzdem bekommen, wofür sie gekommen sind – obwohl sich Natascha eher wie ein Trostpreis anfühlt.

Niemand scheint auf der Fahrt etwas sagen zu wollen. Die Urgötter haben sich auf die Astralebene zurückgezogen und Kali ignoriert Joker.

Kira merkt, wie ihre Augenlider müde werden, und anstatt dagegen anzukämpfen, schlummert sie ein.

XXXII

DER DRITTE TRAUM

SOMNIUM TERTIUM

Kira ist zurück auf der Astralebene – oder einer der unendlichen Astralebenen. Sie würde zu gerne wissen, wie sie absichtlich hierherreisen kann. Sie schaut sich beeindruckt um und ihr Blick bleibt – wie immer – auf dem Firmament, das von Millionen Sternen erhellt wird, haften.

„Wunderschön, oder?", sagt Ben, der schon eine ganze Zeit hinter seiner Verlobten steht und sie in Frieden die Himmelskörper bewundern lässt.

„Ich habe selten etwas Schöneres gesehen", erwidert sie und schafft es nicht, ihren Blick abzuwenden.

„Ich auch nicht." Ben umarmt sie von hinten und drückt sie fest an sich.

„Du alter Charmeur", lacht sie, obwohl sie insgeheim gar keine Freundin von romantischen Schnulzaugenblicken ist. „Ich glaube, wir sind so weit."

Er löst die Umarmung und dreht sie unsanft zu sich. Sie schaut ihn argwöhnisch an, was er ignoriert.

„Öffnet ihr das Höllenportal?", fragt er mit energischer Stimme, die sich kaum verbergen lässt.

„Du bist aber ganz schön aufgeregt dafür, dass wir ein Portal zur Hölle öffnen. Wraith hält es für keine gute Idee."

„Was weiß sie schon …"

Kira tritt einen Schritt zurück, ihr Blick vermittelt Misstrauen – ein unschönes Gefühl, das man insbesondere nicht von seinem Liebespartner bekommen möchte.

„Du kennst Wraith nicht mal", sagt sie und verschränkt die Arme. Ben weiß, diese Pose gepaart mit dem Blick verheißt nichts Gutes. Seine nächsten Worte sollte er mit Bedacht wählen, ansonsten kann er seinen Hintern allein aus der Hölle retten.

„Entschuldige", murmelt er. „Du hast recht. Ich habe nur Angst, dass sie versuchen wird, es dir auszureden."

„Glaubst du", sie lockert ihre Haltung und zieht die Augenbraue hoch, „das würde sie schaffen?"

Ben lacht auf und umarmt Kira.

„Nein, natürlich nicht." Er schaut aufs Firmament. „Habt ihr schon einen Plan?"

„Wir haben noch jemanden gefunden. Eine weitere Jägerin, die zu den Sieben gehört. Natascha."

„Klingt russisch. Wer ist ihr Partner?"

„Ihre Partnerin heißt Kali. Sie –"

„O Shit, sie hat doch sechs Arme und die Säbel von Kaf'Kal, oder?" Kira schaut ihn verwirrt an. Wieso weiß er das?

„Woher –"

„Ich bin ja nicht erst seit gestern Jäger. Über viele der Urgötter bin ich schon gestolpert bei meiner Recherche. Ich habe sie studiert, geschaut, was sie können, was ihre Stärken und Schwächen sind."

„Ihre Schwächen?"

„Na klar, damit ich weiß, gegen was mein Partner gewappnet sein müsste, sobald ich einen habe."

„Verstehe …“ Dieses blöde Bauchgefühl, das immer in den ungünstigsten Momenten aufkeimt, ist ätzend. Kira versteht nicht einmal, wie es möglich ist, dass sie es im Traum spürt. Sollte sie es mit Ben teilen? Er fühlt sich schon mies genug, dass – „Aber nur deswegen hast du ihre Schwächen nachgeschaut?“

„Ich habe recherchiert, weil ich für jede Eventualität vorbereitet sein will. Nicht, dass mich mal einer von ihnen angreift. Kalis Schwachpunkt wäre beispielsweise ein gezielter Angriff mit Pfeil und Bogen.“

Kira lacht auf und ihr mulmiges Bauchgefühl verschwindet. Sie versteht oftmals selbst nicht, warum sie diese Momente des Zweifelns hat.

„Es ist alles etwas viel …“, erwidert sie. Ben streichelt ihr sanft über den Rücken und legt seinen Arm um sie. Sie lässt ihren Kopf auf seine Schulter fallen und bemerkt seinen lieblichen Geruch. Sie kann es nicht erklären – und will es gar nicht –, aber wenn sie an ihm riecht, was sie laut ausgesprochen wie eine Triebtäterin klingen lässt, beruhigt sie sich wie von selbst. Egal, ob vor Klausuren, Steuererklärungen oder im jetzigen Fall, in dem sie kurz davor ist, ein Portal in die Hölle zu öffnen, um gegen Monster zu kämpfen, die die Seele ihres Verlobten gestohlen haben, dessen verwesenden Kopf sie immer noch in ihrem Rucksack herumträgt.

„Seid ihr vollzählig?“, fragt er und unterbricht die Stille. Er hätte den Moment gerne länger genossen, aber er weiß, viel Zeit bleibt nicht mehr, bis Kira wieder aufwacht.

Sie überlegt kurz und zählt wie ein Kind mit den Händen: „Jen, Ellie, Peter, Sam, Natascha und ich. Fehlst nur du.“

Ben kratzt sich am Kinn und wackelt ein wenig mit dem Kopf hin und her. Das macht er immer, wenn er weiß, dass Kira falsch liegt, sie aber nicht offenkundig korrigieren möchte, damit sie sich nicht mies fühlt.

„Habe ich mich verzählt?“, fragt sie und zählt abermals mit den Fingern und kommt aufs selbe Ergebnis. „Ach so …“

Ihr scheint es zu dämmern. „Ich habe mich nicht verzählt. Ich habe mich vertan …“

„Sorry“, sagt er und drückt sie noch mal an sich. „Ich wollte nicht, dass du dich schlecht fühlst. Aber du bist keine der Sieben.“

„Was passiert, wenn wir dich gefunden haben und du Jokers Vertrag annimmst?“

„Was soll passieren?“

„Glaubst du nicht, dass ich –“

HUUUP

Ein lautes Hupen, gefolgt von einem Aufprallgeräusch, reißt Kira schlagartig aus dem Schlaf.

„Sorry, sorry, sorry“, wiederholt Sam gebetsmühlenartig und zeigt auf einen Unfall vor sich, der soeben passiert ist. „Die beiden sind ineinandergekracht, ich konnte gerade noch mal bremsen.“

„Anständige Reaktionszeit“, sagt Natascha und nickt respektvoll.

Sam steigt aus und läuft zur Unfallstelle hinüber, um sich zu erkundigen, wie es allen geht. Kira möchte helfen, doch die neue Jägerin hat den Sitz soweit zurückgeschoben, dass sie nicht mehr vorbeikommt.

„Steig mal aus, ich will helfen“, sagt sie und rüttelt am Platz.

„Musst dich nicht wichtig machen“, erwidert Natascha und drückt sich absichtlich tiefer in den Sitz. „Sammyboy hat das schon alles im Griff. Scheint eh niemand verletzt zu sein.“

„Du dumme Ziege!“

„Ist alles gut da“, sagt Sam, der zurück zum Auto gelaufen ist. „Ich habe angeboten, dass wir mit auf die Polizei warten, um als Zeugen aussagen zu können.“

„Wolltest du nicht gerade was sagen?“, stichelt Natascha.

„Schon gut“, raunzt Kira und verschränkt die Arme.

„Weit haben wir es auch nicht mehr. Ich bin gespannt, wie weit die anderen mit den Vorbereitungen sind.“

XXXIII

VORBEREITUNGS-PHASE

TEMPUS PRAEPARATIONIS

Natascha seufzt laut, als sie in der Einfahrt vor Sams Haus halten und aussteigen. Sie schaut sich unbeeindruckt um und schlurft zur Eingangstür.

„Hätte nicht gedacht", sie dreht sich zu den anderen beiden um, „noch mal hierherzukommen. Nach dem letzten Mal."

Kira schaut mit hochgezogener Augenbraue zu Sam hinüber, der ihren Blick nicht erwidert, sondern so tut, als würde er es nicht mitbekommen.

„Die anderen warten schon", sagt er und stellt sich vor die Tür, um sie den Frauen aufzuhalten. „Ladies first …"

„Wieso gehst du dann nicht zuerst rein?" Natascha lacht gehässig und schlägt ihm mit der Faust auf den Oberarm. Er wartet einen Moment, bis die beiden vorgegangen sind, und reibt die schmerzende Stelle. Das hat ordentlich gezwiebelt.

Sie steigen zielstrebig die Treppe hinab und betreten den Trainingsraum. Überraschenderweise werden sie nicht von den anderen Jägerinnen und Jägern begrüßt, sondern von einem schlafenden Inuki. Blöderweise kennt Natascha ihn nicht, weiß aber, wo er herkommt: „HÖLLENHUND. KALI!"

Ein lautes Krachen, die Bücherregale fallen um und der Hund springt erschrocken auf, um sich hinter seiner besten Freundin zu verstecken. Wraith, die mit den anderen auf der Astralebene war, um sich mit der frisch eingetroffenen Urgöttin zu unterhalten, hat sich schnurstracks zu ihnen teleportiert. Sie gibt Natascha mit ihrem Blick zu verstehen, dass es eine saublöde Idee wäre, den Hund anzugreifen.

Sie versteht und ihre Säbel und Kriegskleidung verpuffen wieder. Eine Entschuldigung kann sie sich nicht abringen.

„Woher hast du diesen hässlichen Hund?", fragt sie und schaut verächtlich auf Inuki.

„Vielleicht wäre es gut", Wraith tritt nah an Natascha heran und guckt ihr tief in die Augen, „wenn du dich erst einmal vorstellst."

Die neue Jägerin setzt einen großen Schritt zurück und versucht sich nicht anmerken zu lassen, dass ihr das definitiv ein bisschen zu nah war.

„Natascha, Sam und –", sie zeigt auf Kira. „Wie heißt du noch mal?"

„Kira", antwortet Jen, die hinter ihnen den Trainingsraum betritt. Peter und Ellie folgen ihr. „Den Namen solltest du dir gut einprägen. Sie ist unsere Anführerin." Natascha gibt einen missbilligenden Grunzlaut von sich, den die anderen ignorieren. Sie wissen, dass Menschen wie sie im Wesentlichen nur ein Problem haben: sich selbst. Was sie versucht als Selbstbewusstsein zu verkaufen, sehen empathische Augen als Unsicherheit.

„Sam und Kira haben mich eingesammelt. Ich bin auch eine Jägerin. Meine Partnerin heißt Kali. Hat mich vor dem sicheren Tod bewahrt. Mehr gibt es nicht zu erzählen. Ich helfe euch, weil ich Astaroth töten und das Höllenportal schließen möchte. Nicht mehr, nicht weniger. Wenn wir währenddessen noch ihren Stecher befreien, soll mir das recht sein. Ich bin aber nicht hier, um Freunde zu finden."

„Echt?", erwidert Jen und schnalzt mit der Zunge. „Also mich hättest du definitiv getäuscht mit deinem Sonnenschein-Gemüt."

Natascha zuckt mit den Schultern und nimmt auf einem Sessel Platz. Wraith hat sich mit Inuki auf die Couch gesetzt, der wieder eingeschlafen ist und fürsorglich von ihr gestreichelt wird.

„Wie weit seid ihr mit den Vorbereitungen gekommen?" Kira setzt sich ebenfalls hin und schaut gespannt in die Runde. „Gibt es ein Update zum Höllenportal oder Astaroths Totenbuch?"

„Was ist ein Totenbuch?", fragt Natascha.

„Es verrät uns, wie Astaroth sterben wird. Und zeigt uns entsprechend seine Schwächen."

„Das klingt nach einem Spaziergang."

„Geschrieben ist es in der dämonischen Sprache Enochian", erwidert Freya, die hinter Ellie aufgetaucht ist. „Jedes Totenbuch ist in der Muttersprache des Protagonisten verfasst."

„Und Sie sind?"

„Ich bin die Muttergöttin Freya und –"

„Daher solltest du ihr mit mehr Respekt begegnen!" Ellie hakt ein und schaut Natascha wütend an. Seit sie hier ist, verspürt sie den Drang, ihr zu sagen, dass sie die Klappe halten soll. „Du musst uns nicht mögen. Und niemand hier will mit dir befreundet sein. Aber trotzdem kannst du uns denselben Respekt zollen, den wir dir auch entgegenbringen."

Jen schaut sie an und nickt beeindruckt, die Lippe nach unten gezogen, wie eine Professorin, die der Rede einer ihrer Studentinnen lauscht.

„Ach ja? Und –" Kali legt zwei ihrer Hände auf der Schulter ihres Schützlings ab, um ihr zu sagen, dass sie auf Ellies

Worte hören sollte. „Und passt. Ihr behandelt mich mit Respekt und ich euch …“

„Haben wir das geklärt“, sagt Kira und steht auf. „Wie weit sind wir?“

„Wie ich schon erklärt habe, ändert sich das Buch im Sekundentakt. Ich weiß nicht, ob es mit Astaroths Laufbahn oder einem Eingreifen des Schicksals zu tun hat. Immerhin konnte ich zwei wichtige Informationen herausfiltern, die unabdingbar für unser weiteres Vorgehen sind.“

Freya gleitet in die Mitte des Raumes, um die ungeteilte Aufmerksamkeit aller zu haben. Sie ist keine Freundin von großer Theatralik, wiederholt sich aber nicht gerne. Jedem ihrer Worte misst sie eine gewisse Wichtigkeit bei, ansonsten würde sie es nicht aussprechen.

„Astaroth ist geschwächt. Irgendetwas oder irgendjemand scheint ihm Energie zu rauben. Das nutzen wir zu unseren Gunsten. Es besteht eine hohe Wahrscheinlichkeit, dass ihm diese Energie im Kampf mit deinem Verlobten, Ben, geraubt wurde.“

„Aber der Kampf hat weder lange gedauert noch konnte Ben viel Schaden anrichten“, erwidert Kira nachdenklich.

„Etwas hat er in jedem Fall geschafft. An diesem Ort, an dem Ben gestorben ist, findet sich eine hohe Konzentration an Energierückständen. Da wird es am leichtesten sein, das Höllenportal zu öffnen. Dieser Moment – der Kampf – scheint eine gewisse Wichtigkeit im Leben des Dämonenkönigs gehabt zu haben. Der Sieg über seinen Erzfeind vielleicht? Deswegen steht er detailliert in seinem Totenbuch. Aufgrund der stetigen Änderungen war es mir nicht möglich, alles zu entziffern. Sollte es uns jedoch gelingen, Ben zu befreien, wird er den entscheidenden Angriff gegen Astaroth ausführen.“

„Was ist mit den Ringen?“, fragt Sam und spitzt seine Ohren, schließlich darf er nichts an Wissen verpassen, das mit dem Übernatürlichen zu tun hat.

„Die Hölle ist ein Planet. Er ist Teil der kosmischen Regelung an Planeten, die von – ihr nennt sie Urgötter – behaust werden. Über dieses Konstrukt wacht –“

„Ich denke die Kurzfassung reicht“, hakt Wraith zu Sams Verdruss ein. „Ich übernehme mal.“

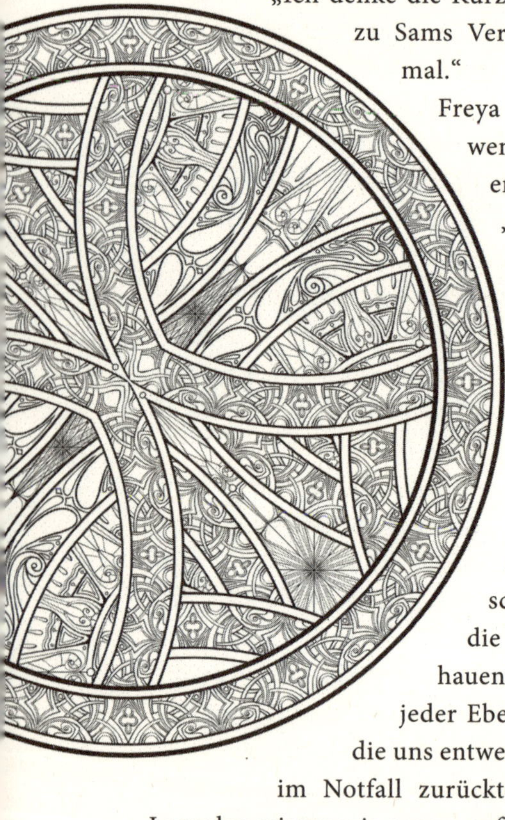

Freya nickt ihr wohlwollend zu, wenngleich sie gerne zu Ende erzählt hätte.

„Wir teleportieren uns direkt in die Hölle, in den siebten Ring, um genau zu sein. Alles darunter und wir werden Probleme mit den Dämonen vorangegangener Ringe bekommen. Unser Ziel ist es, so unbemerkt wie möglich voranzukommen. Sollte etwas schiefgehen, haben wir nicht die Möglichkeit, direkt abzuhauen. Viel eher müssen wir auf jeder Ebene die Hauptportale finden, die uns entweder nach vorne bringen oder im Notfall zurückteleportieren. Durch diesen Lageplan wissen wir genau, auf was wir achten müssen und wie wir, sollte der Worst Case eintreten, wieder zurückkommen. Mona und ich werden das Höllenportal am Unfallort öffnen. Dort wo Ben mit Astaroth gekämpft und Joker sich mit Kira verbunden hat. Haben wir das ohne Verluste gemeistert –“

„Ohne Verluste?“ Natascha schaut die anderen misstrauisch an.

„Es gibt keine Garantie, dass wir überleben werden. Dieses Unterfangen, unsere Mission, viele haben es vor uns probiert. Die Wenigsten sind zurückgekehrt und konnten davon erzählen.“

„Solange wir Astaroth in den Arsch treten, bin ich mit allem fein.“

„Wo habt ihr die überhaupt aufgegabelt?“, flüstert Jen ihrer besten Freundin zu. Kira seufzt leise und vertröstet sie. Jetzt ist keine Zeit, von ihrem Kampf mit dem Sonnenschein zu erzählen.

„Kira“, Wraith schaut Jokers Schützling mit stechendem Blick an. „Du wirst uns anführen. Dein Wort ist ab heute Gesetz. Wir dürfen uns keine Fehler erlauben. Wir haben nur diese eine Chance, und wenn wir lebend und erfolgreich rauskommen wollen, müssen wir alle auf einer Seite sein.“

Sie streckt den Arm aus und gibt Kira ein Zeichen, dass sie aufstehen und von ihrem Plan erzählen soll. Diese hat gehofft, die Urgötter würden das übernehmen.

„Wraith und Freya haben bereits alles Wichtige gesagt. Toi, toi, toi!“ Sie beginnt mit einer Verbeugung, bricht diese aber ab. Sie überlegt, nacheinander jedem die Hand zu geben, was sich auch komisch anfühlt. Jetzt steht sie schon zu lange da nach diesem halbherzigen Satz. Natascha grunzt in sich hinein und Joker schaut sie mit einem „Ist das dein Ernst?“-Blick an. Gerade Joker! Als könnte Joker es besser. Sie sollen helfen, ihren Verlobten aus der Hölle zu retten. Aufrichtigkeit und klare Worte sind das Mindeste, was sie ihnen entgegenbringen kann.

„Ich kann euch ehrlich sagen, dass ich eine Scheißangst habe. Ich möchte niemanden von euch verlieren. Insbesondere, weil ich, ganz egoistisch, Schuldgefühle bis zum Ende meines Lebens hätte. Ich bin euch allen – auch dir Natascha – unendlich dankbar, dass ihr diese Reise mit mir aufnehmen werdet. Wir alle wissen erst seit Kurzem, wer wir wirklich und zu was wir fähig sind. Ich verlange von euch praktisch, dass ihr nach bestandener Führerscheinprüfung umgehend in ein Rennauto steigt und nicht nur den ersten Platz, sondern auch den Streckenrekord holt. Die Chance, dass das gelingt, erscheint mir nahezu unmöglich. Und doch sollten wir es probieren. Wenn nicht für mich oder Ben, dann für Sam und seinen Bruder. Für all die anderen Menschen, die jemanden verloren haben, ohne jemals zu wissen, warum. Für Freya, die nicht nur ihre Familie, sondern auch ihre Heimat verloren hat. Für Wraith, Joker, Fenrir, Mona und Inuki, denen es ganz ähnlich ergangen ist. Wir wollen die Tore der Hölle schließen und zumindest für ein wenig mehr Licht auf der Welt sorgen."

Jen setzt abermals ihren stolzen Professorinnenblick auf.

„Irgendwelche Fragen?" Wraith schaut in die Gesichter junger Menschen, die sich nur zum Teil bewusst sind, was auf sie wartet.

„Kann ich noch umdrehen?", fragt Peter, der die ganze Zeit gebannt und verängstigt zugehört hat.

„Natürlich niiicht", antwortet Mona und wirft ihm ihr Zauberbuch an den Kopf.

„Sarkasmus verstehen Urgötter wohl nicht", seufzt er.

„Nur Mona nicht", witzelt Joker. „Die ist noch viel zu jung mit ihren paar Tausend Jahren."

„Es regnet", sagt Sam. „Wie passend."

„Damals", Natascha redet langsam, als wäre sie in ihren Gedanken versunken, „regnete es auch, erinnerst du dich? Als ich das letzte Mal hier war."

„Ohooo", sagt Peter, der seinen Ausbruch gleich bereuen wird.

„Als wir meinen Bruder beerdigt haben …"

„Ohhh." Peter bereut seinen Ausbruch.

„Ohne Leiche?", platzt es aus Kira heraus. „Was habt ihr dann beerdigt?"

„Es geht um die Symbolik", erwidert Natascha und schüttelt den Kopf in Unglauben.

„Keine Fragen mehr?" Wraith schaut andächtig die Jägerinnen und Jäger an. „Wir sollten uns auf den Weg machen. Bevor Astaroth weiß, was wir vorhaben."

„Aber ich dachte, er rechnet mit uns?", fragt Kira.

„Jedoch nicht damit, dass wir ein Höllenportal öffnen werden …", erwidert Freya leise. Sams Auto lassen sie zurück und rufen zwei Taxen, die sie zum ehemaligen Unfallort fahren. Jen schaut ihre beste Freundin besorgt an. In ihrem Kopf gibt es keine Zweifel. Sie wird für sie durch die Hölle gehen.

XXXIV

KETTENGEKLIMPER

SONUS CATENARUM

Und du bist dir auch wirklich sicher?"

Der Platzregen plätschert unaufhörlich weiter. Der Geruch frisch gemähten Grases liegt in der Luft, obwohl es hier kein bisschen nach Flora-Pflege aussieht. Die klatschenden Tropfen hinterlassen einen sanften Schmerz auf der Haut.

„Mit Freude gebe ich meine Macht her", Kira schaut zum Horizont, „wenn das heißt, dass Ben zurückkommt."

„War schön mit dir", wimmert Joker – unschlüssig, ob es ernst gemeint ist. „Wir sollten uns schon mal alle voneinander verabschieden. Nur um auf Nummer sicher zugehen."

Ellie sammelt ihren gesamten Mut zusammen und stellt sich vor Jen hin.

Die anderen, einschließlich der Götter der alten Zeit, gucken mit großen Augen auf das Schauspiel. Sie versucht, die haftenden Blicke der sensationsgeilen Meute zu ignorieren.

„Ich bin unendlich froh, dich kennengelernt zu haben!", sagt sie und küsst ihr Gegenüber.

Verdutzt und ordentlich peinlich berührt, reißt Jen die Augen auf, aber zieht nicht zurück. Es dauert nur einen Atemzug und sie lässt sich auf den Kuss ein.

Joker setzt zu einem blöden Spruch an, bekommt jedoch von Freya einen Pfeil an die Kehle gehalten.

Der Moment ist vorbei, und Ellie wie Jen schauen händchenhaltend in die Runde. Die anderen, bis auf Peter, der nicht aufhören kann zu starren, gucken pfeifend in verschiedene Himmelsrichtungen.

„Kommt schon", raunzt Jen, „habt ihr noch nie einen Kuss gesehen?"

„Aber –", beginnt Peter, wird aber von Kira unterbrochen.

„Aber", sagt sie ebenfalls, „ihr habt recht. Wir wissen nicht, wer von uns wiederkommt. Keiner weiß, ob wir überhaupt wiederkommen. Wir steigen gleich …"

„Teleportieren", hustet Wraith.

„Wir teleportieren uns gleich in die Hölle. Nicht einmal die Hölle, von der man in der Kirche spricht."

„Kirche", lacht Joker, „das Konzept verstehe ich immer noch nicht."

Freya drückt den Pfeil abermals schmerzhaft an seinen Hals und Kira nickt bedankend.

„Sondern an einen Ort", sie atmet tief ein, „der mit Sicherheit noch schlimmer als das ist. Die sieben Ringe haben allesamt ihre eigenen Schergen, Monster, Dämonen. Und alles wird versuchen uns zu töten. Ich möchte euch nichts vormachen. Es gibt keine Garantien. Ich weiß, ich wiederhole mich. Aber es kann sein, dass nicht alle von uns lebend wieder herauskommen."

Fenrir dreht seinen Wolfskopf fragend zur Seite. Inuki setzt sich neben ihn, um ihm zu zeigen, dass er sich auf ihn verlassen kann.

„Ihr habt jetzt noch die Gelegenheit umzukehren."

„Als würde hier irgendwer vor der Gelegenheit zurückschrecken", Kali streckt ihre Säbel in die Höhe, „den Großherzog der Hölle umzubringen!"

„Ich bin die Letzte, die zu dieser Gruppe dazugestoßen ist. Und ihr wisst, dieses Freundeding mach ich nicht“, sagt Natascha und bemerkt, dass ihre Pause Hoffnung in den anderen aufkeimen lässt. „Mach ich immer noch nicht. Ihr seid mir alle mittelmäßig egal. ABER, die Chance weniger Böses auf dieser Welt rumlaufen zu haben und dazu beizutragen, ein Leben zu retten? Das wird ordentlich Bonuspunkte einbringen.“

„Wir werden euch beschützen“, sagt Freya. „Die Hölle ist kein schöner Ort. Und sie besteht nicht nur aus Feuer, Lava und den Seelen Verstorbener. Aber ich habe keine Angst. Schließlich haben wir Fenrir und Inuki an unserer Seite.“

„Außerdem habe ich einige Zauber mitgebracht und ein paar davon sogar Peter beigebracht“, sagt Mona und zeigt auf Peter, der kurz davor ist, wegzulaufen.

„Ja“, stottert er, „das hat sie. Und ich bleibe. Bestimmt.“ Versucht er sich oder seine Kameraden zu überzeugen?

„Sehr ermutigend“, lacht Joker.

„Ihr wisst, was zu tun ist“, sagt Wraith. „Wie besprochen werde ich das Portal mit Monas Hilfe öffnen. Es wird mich einiges an Energie kosten. Im siebten Ring werde ich nicht kampfbereit sein. Mona wird es ähnlich ergehen.“

„Wenn die Dämonen auftauchen und versuchen, die Portalöffnung zu verhindern, heizen wir ihnen ordentlich ein“, sagt Ellie und hält ihre Hand in die Mitte der Gruppe.

„Auf drei!“

Verdutzt schauen sich die alten Götter an und sehen den Menschen dabei zu, wie sie auf drei „GO!“ schreien.

„Tretet einen Schritt zurück“, Energiekugeln erscheinen in ihrer Hand und langsam öffnet sich ein Dimensionsriss, „hier wird es gleich sehr windig.“

„JOKER!“

„FREYA!“

„FENRIR!“

„KALI!“

Kira, Jen, Ellie, Natascha und Inuki stellen sich schützend vor die anderen, darauf gefasst, dass die Hölle, in die sie hinabsteigen werden, gleich über sie hereinbricht.

„Wie lange dauert das?“, fragt Joker.

„Schwer zu sagen“, ruft Wraith, „dumme Fragen verzögern die Portalöffnung.“

Seite an Seite bewachen sie ihre Freunde und warten. Minuten vergehen, aber nichts passiert. Wraith sieht man den immensen Energieverbrauch an, und auch Mona, die neben ihr steht und Zaubersprüche aufsagt, ist ordentlich aus der Puste.

„Läuft doch“, sagt Peter, „sie scheinen nicht zu wissen, was wir vorhaben.“

BOOM

„Ach, Mist …“, seufzt er und schaut missmutig auf das soeben entstandene Lavaloch in der Straße. Eine Feuerfontäne schießt hervor und Furien, Scarecrows, eine Chimäre und allerlei andere dämonische Ungeheuer schießen heraus.

„Dass du auch nie die Klappe halten kannst“, ruft Sam.

Kira streckt die Hand aus und ihr Dämonenjägerschwert Dante erscheint. Ellie gestikuliert in der Luft und geht in die Bogenschützinnen-Pose, damit ihr Erdbogen wie von Zauberhand auftaucht. Sam ballt seine Fäuste und Fenrirs Krallenhandschuhe erscheinen. Natascha setzt ihre verrückte Lache auf, die selbst Joker neidisch aussehen lässt, und Kalis Säbel erstrahlen in ihren Händen.

„Ellie“, Kira zeigt gen Himmel, „schieß die Furien ab.“

„Sam. Zeit, der Chimäre zu zeigen, wer die schärferen Krallen von euch hat.“ Er nickt und sprintet auf das Fabelwesen zu.

„Natascha, du und ich, wir kümmern uns um die Scarecrows und die anderen niederen Viecher. Lass keinen von ihnen auch nur in die Nähe des Portals."

„Ich bin dir längst voraus", lacht sie und wirbelt in die Meute hinein, wo sie eine Gliedmaße nach der nächsten abtrennt.

„Ein bisschen Angst macht sie mir schon", witzelt Joker und zusammen mit seiner Vertragspartnerin springt er ebenfalls in den Kampf.

WUFF

Inuki schaut Kira an – er fragt nach einem Befehl.

„Natürlich! Beschütze Wraith und Mona, und lass niemanden an sie herankommen!" Ein Dämon nach dem anderen fällt den Waffen der Jäger zum Opfer.

Mit treffsicheren Schüssen und dem wachsamen Auge Freyas schießen Ellie und sie den Furien nacheinander haargenau ins Herz. Mit ohrenfellzerfetzendem Kreischen fallen sie wie die Fliegen vom Himmel.

Die Chimäre stellt sich als zähere Widersacherin heraus, doch den Wunden, die Sam und Fenrir ihr zufügen, ist sie nicht gewachsen.

WUSCH

Ein Schlag und der Schlangenschwanz verabschiedet sich. Völlig geräuschlos fällt der Kopf auf den Boden und löst sich innerhalb kürzester Zeit in schwarzen Rauch auf.

Kira und Natascha haben ebenfalls keine Probleme, mit ihren Schwertern die Dämonenbrut abzuhalten und hintereinander zweizuteilen.

„Das ist ja fast schon zu einfach", ruft Kira und metzelt sich fröhlich durch die Bajangs. „Also wenn es so in der Hölle zugeht, werden wir leichtes Spiel haben."

„Freu dich nicht zu früh", sagt Sam und zeigt auf das Höllenloch, aus dem ein meterhoher Feuerschwall brachial emporlodert.

Feste, bebende Schritte sind zu hören und aus der Feuerwand entsteigt ein krabbenartiges Wesen mit humanoidem Kopf und kleinen Armen. Der ganze Körper ist übersäht mit Zacken und Schuppen, an denen Fleischreste von Opfern hängen. Seine Rübe zieren mickrige, schwarze Augen, die kaum etwas erkennen können, sowie tiefe, tellergroße Nasenlöcher. Sein Bauch hingegen ist ein riesiger Mund, der dieselben Ausmaße wie Fenrir hat.

„Ich habe Hunger", verlautet der Dämon. Seine Stimme kellertief und eingezwängt, als würde er in einen Joghurtbecher sprechen.

„Wer ist das?", fragt Ellie und zielt mit ihrem Bogen auf seinen Kopf.

„Das", Joker verschränkt die Arme, „ist Ghom, meine Freunde. Die Reinkarnation der Völlerei."

„Bah", entweicht es Natascha, ihr Schwert aus der abgetrennten Körperhälfte eines Dämons ziehend.

„Kein Bodyshaming", ruft Sam.

Mit langsamen Schritten, die ein Geräusch von sich geben, das wie *SPLORTSCH* klingt, watschelt Ghom in Richtung der Portalöffner.

„Inuki, Fenrir", pfeift Kira, „bewacht weiter Wraith und Mona."

„Ellie und Sam, kümmert euch um die restliche Dämonenbrut. Natascha und ich schnappen uns Ghom."

Mit gezückten Schwertern rennen sie auf das massive Biest zu und schlagen auf es ein. Ghom schnappt nach Kiras Waffe und bekommt sie zu fassen.

„Für so einen Fettsack bewegt der sich aber verdammt schnell", meckert sie und versucht, das Schwert wiederzuerlangen.

„Keine Sorge", sagt Natascha, „das haben wir gleich."

Aber beim Zustechen stellt sie fest, dass ihre Säbel dem Völlereidämon überhaupt nichts anhaben.

„Das darf doch nicht wahr sein", grummelt sie und sticht immer wieder zu.

Abgelenkt bemerkt sie nicht, wie eine von Ghoms Händen nach ihr schlägt und sie, trotz deren geringer Größe, mit voller Wucht gegen die Steinwand katapultiert.

„Keine Nickerchen abhalten", sagt Kali und versucht, die ohnmächtige Natascha zu wecken. „Wir sind kurz außer Gefecht."

„Verdammte Scheiße", flucht Kira und nutzt die Gelegenheit, um ihr Schwert aus der fiesen Visage des Monsters zu befreien.

Sie springt in Richtung des Dimensionsrisses, der mittlerweile einen ganzen Spalt offen ist, und öffnet ihren Mantel. Messerscharfe Kunai preschen hervor und fliegen mit Lichtgeschwindigkeit in Ghom rein, den es aber nur kitzelt. Immer wieder wird er getroffen, doch bis auf kleine Kratzer hinterlassen sie kaum eine Spur.

„Fuck, was machen wir?"

ÖRKS

„Was war das?", fragt Jen mit großen Augen. „Bitte sag, dass du das warst."

BÖRKS

„Bitte nicht", winselt Peter und kauert sich zu einer Kugel zusammen.

Ghom reißt sein bauchiges Mundwerk auf und laute Rülpser entweichen. Die Gruppe weiß genau, was als Nächstes passiert.

„Ich möchte nicht angekotzt werden", seufzt Kira und hält schützend ihr Schwert vor sich.

HÖÖÖRKS

Ein Schwall grünen Schleims, gepaart mit unbeschreiblichem Gestank und deftiger Magensäure schießt in Richtung Portal.

PANG

Fenrir, der mit Sams Chimäre zugange war, springt schützend vor Wraith und die anderen und hält mit seinem Körper den kompletten Kotzfluss auf.

Wimmernd schnüffelt er an seiner Seite und würgt. Dann stellt er sich Ghom gegenüber und knurrt ihn inbrünstig an.

GRRRR

„Hund essen", lacht Ghom und streckt seine gierige Schnute in die Richtung des Wolfes. „Hund lecker!"

„Er ist ein Wolf", ruft Sam, der sich hinter den Widerling geschlichen hat. Er verkrallt sich mit seinen messerscharfen Handschuhen mit voller Wucht im Rücken des dicken Dämons, der einen spitzen Schrei von sich lässt.

Fenrir prescht vorne drauf und beißt ihm beherzt in den Kopf. Ghom windet sich vor Schmerzen und versucht, nach dem Wolf zu schnappen. Vergebens.

Kira erkennt ihre Chance und sprintet los. Sie holt aus, springt und sticht mit voller Wucht in den Mundboden des Monsters. Schmerzverzerrt schreit es erneut auf und schlägt mit seinen kleinen Armen um sich.

Fenrir verbeißt sich fester in den Kopf und lässt nicht locker – im Gegenteil, sein Maul schließt sich immer weiter.

Sam nutzt die Krallenhandschuhe zum Hochkraxeln an der Rückseite des Dämons; es ist wie Bergsteigen, nur fleischiger.

Kira zieht ihr Schwert heraus und wird von einer vorbeispringenden Natascha überrascht, die nicht nur wieder aufgewacht ist, sondern voller Tatendrang in den abartig stinkenden Mundraum des Monsters springt und mit ihren Säbeln seine zackige Zunge bearbeitet.

IIIIAAARRRRGHHH

Abermals schreit es auf und beißt mit voller Kraft zu. Kali schafft es im letzten Moment, ihre Partnerin rauszufischen.

Fenrir, der seine Gelegenheit wittert und sich bisher nur mit seiner verbissenen Schnauze festhielt, fährt die Krallen aus und steckt sie genüsslich in Ober- und Unterlippe des Dämons, damit dieser seine Klappe nicht mehr aufbekommt.

Am Kopf angekommen und seinen Wolf fix streichelnd, um ihm zu zeigen, wie gut er das gemacht hat, schießt Sam seine Krallenhandschuhe in den Nacken des Monsters, das versucht zu schreien, es aber nicht schafft.

Ein saftiger Ruck von Fenrir, eine weitere Dosenöffnungsbewegung von Sam und Ghoms Kopf trennt sich vom Rest seines Körpers.

Der leblose Dämon fällt zur Seite, der Wolfshund springt nach hinten und sein Partner lässt sich im richtigen Moment auf die danebenliegende Wiese fallen.

Ein fieses Geräusch ist zu hören, als würde Luft entweichen, und die letzten Flüssigkeiten laufen aus dem widerlichen Mundwerk.

„Geil“, bemerkt Kira und steckt ihr Schwert weg.

„Danke“, ruft Wraith. „Wir haben es fast!“

„Perfekt. Und einer der Big Bosse ist schon besiegt.“

„Leute“, wimmert Peter. „Hört ihr das nicht?“

„Was sollen wir –“

Kettengeklimper. Erst leise, dann lauter und schließlich ohrenbetäubend.

„Sie ist hier“, flüstert Freya.

Eine große Gestalt, mit Sicherheit doppelt so hoch wie die Götter, in eine Robe gekleidet und das Gesicht durch eine Kapuze bedeckt, steht unmittelbar vor ihnen. Schwere Metallketten schauen unter dem Gewand hervor. In der linken Hand, die von einem Handschuh verdeckt ist, trägt sie eine Sense, die mit allerhand Runen verziert ist. Die Sichel ist scharf genug, um Luft zu schneiden. Der Sichelkörper ist eingebettet in einem metallenen Korpus, der dick und robust ist. Die lange Stange reicht bis zum Boden.

„Ihr habt etwas, das mir gehört." Eine tiefe Frauenstimme ist zu hören und lässt den Anwesenden das Blut in den Adern gefrieren.

Während sie den Tod bestaunen, versuchen Wraith und Mona sich weiterhin auf das Portal zu konzentrieren. Wenn es sich jetzt schließt, werden sie zu kraftlos sein, es erneut zu probieren – und die Zeit rennt ihnen davon.

„Sie meint das Buch", flüstert Sam.

„Astaroths Totenbuch", sagt Billie.

Keiner traut sich, ihr zu antworten oder sich zu bewegen.

„Wieso habt ihr so Angst vor ihr?", fragt Natascha, die beim Bibliotheksbesuch schließlich nicht dabei war.

Kali reißt die Augen weit auf und schaut reflexartig zu ihrer Partnerin und versucht, ihren Blick zu erhaschen.

„Sei still", flüstert sie in ihre Richtung, doch sie hört es nicht.

„Du sollst der Tod sein?", stichelt Natascha weiter und äfft Billies Haltung nach. „Auf mich machst du eher einen sehr klischeebeladenen Eindruck. Sense, Robe und Ketten. Ich zittere!"

Die anderen schlucken nur und bleiben wie versteinert stehen. Wenn selbst Joker keinen Spruch ablässt, muss die Lage ernst sein.

„Natascha Rakowski. Vater verstorben. Mutter alkoholabhängig. Willst du wissen, wann du stirbst?" Das Kettengeklimper setzt wieder ein und Billie schwebt zu ihr herüber. „Lange wird es nicht mehr dauern."

Sie bleibt vor der Jägerin stehen und fährt ihre Sense aus. Mit einem unhörbaren, aber blitzschnellen Schwung verweilt die Klinge hinter Nataschas Nacken.

„Trau dich", flüstert Natascha, bereit gegen Billie anzutreten.

Ein eiskaltes Lachen, das klingt, als würde jemand mit einer Gartenkralle über eine Schultafel kratzen, bohrt sich in die Ohren der Gruppe.

Billie stellt sich aufrecht hin und nimmt die Kapuze ab. Eine junge Frau, vom Aussehen nicht sonderlich älter als Kira, kommt zum Vorschein. Pechschwarze, kurze Haare, schwarze Augen, schwarzer Lippenstift – alles schwarz. Ihre Haut hingegen lupenrein und voller Farbe. Keine Narben, keine Unreinheiten.

Ein weiterer Schulterruck und die Robe fällt vollständig samt Ketten herab. Sie offenbart eine Lederjacke mit eingravierten Verschnörkelungen, die dasselbe Design wie die Sense besitzen. An der Jeanshose hängt ein Holster mit einem Revolver. Ein klassisches Wilder-Westen-Schießeisen. Dazu die passenden Cowgirl-Stiefel.

„Ich mag dich, Natascha", sagt Billie und die Anspannung, die in der Luft lag, scheint zu schwinden.

Wraith, die mit dem Portal beschäftigt ist, versucht einen Blick auf den Tod zu erhaschen und traut ihren Augen nicht. Niemand hat bisher ihr wahres Antlitz gesehen.

„Na holla", pfeift Joker und erlangt umgehend ihre Aufmerksamkeit. Pfeilschnell gleitet sie zu ihm und seiner Partnerin rüber.

„Ren", sagt sie mit Verachtung in der Stimme. „Dein Buch habe ich auch gelesen." Ihre tiefschwarzen Augen schauen in die hellblauen von Kira.

„Du bist es also", flüstert sie. „Wo ist mein Buch?"

„Du heißt Ren?" Kira ignoriert den Tod, was Billie überhaupt nicht gefällt.

„Ich mag Natascha", wiederholt diese. „Der Rest von euch, kommt mir nicht so sympathisch vor."

Keine Sekunde und sie hält ihren Revolver in der linken und die ausgeholte Sichel in der rechten Hand.

Die Gruppe stellt sich auf Kiras Kommando vor das Portal.

„Beschützt Wraith und Mona!"

„Ich möchte mein Buch", sagt Billie erneut und schaut mit Verachtung in die Runde. In Kiras Hand erscheint das Dämonenjägerschwert. Der Tod hat sich selbst entzaubert und die Angst ist verflogen.

„Nicht", ruft Wraith. „Diesen Kampf würdet ihr nicht gewinnen! Niemand würde diesen Kampf gewinnen!"

„Wir brauchen das Buch im Kampf gegen Astaroth", erwidert Kira und versucht, Billies festem Blick standzuhalten.

„Es ist mir egal, wofür ihr es braucht." Billie tritt näher an sie heran, den Revolver auf sie gerichtet. „Gib es mir, oder deine Reise endet hier."

„Du verstehst nicht", Kira atmet tief aus und ihre Fassade fällt, „ich möchte Ben zurückholen." Tränen laufen ihr die Wangen hinab. „Er war meine Zukunft."

„Mädchen", Billie lässt den Revolver sinken und schlägt die Unterseite ihrer Sense mit einem lauten TOCK auf den Boden, „du hast gleich überhaupt keine Zukunft mehr."

„Gib ihr das Buch", flüstert Joker. Das Lachen aus der Miene vollständig gewichen und keinerlei Ironie im Unterton. „Sonst sind wir alle dran. Wraith hat nicht gelogen. In unserem jetzigen Zustand haben wir keine Chance gegen Billie."

„In unserem jetzigen Zustand?", flüstert Kira in sich rein.

BOOOM

Ein lauter Knall erschreckt alle Anwesenden und bis auf Billie, die sich halten kann, fallen sie zu Boden.

„Schnell", ruft Wraith, „das Portal!"

Mona und sie haben es geschafft. Das Dimensionstor in die Hölle hat sich geöffnet und die Zeit läuft rasend davon. Ohne zu zögern springen Peter und Mona hindurch. Sam und Natascha sind Wraith am nächsten und sprinten auf ihr Zurufen zusammen mit Kali und Fenrir hinein.

Kira überlegt loszulaufen.

Ellie beobachtet das Schauspiel aus sicherer Entfernung und traut sich nicht näher an Billie oder das Portal heran. Freya hat sanft die Hand auf ihre Schulter gelegt und spricht ihrem Schützling Mut zu. Wie versteinert observiert Ellie das Drama, während sie zu sich selbst murmelt, dass sie heute nicht sterben wird.

TOCK

„Ich spreche keine Warnungen aus", abermals schlägt Billie ihre Sense auf den Boden,

„Mädchen. Gib mir das Buch!"

Kira greift langsam nach ihrem Rucksack, der neben Bens Kopf Astaroths Totenbuch enthält. Sie nimmt die Tasche ab, öffnet sie und kramt den Wälzer hervor. In Billies Blick zeichnet sich Zufriedenheit ab.

„Nein", platzt es aus Kira heraus, die einen Geistesblitz hat. „Du darfst dich gar nicht einmischen. Freya hat mir erzählt, was dein Job ist. Du bist hier, um das Gleichgewicht aufrechtzuerhalten. Das würde nicht funktionieren, wenn du mich umbringst." Billies Blick ändert sich in eine düstere, verzogene Miene, der ein dunkler Himmel mit aufzuckenden Blitzen folgt.

Ohne irgendeine Warnung zückt sie erneut ihren Revolver, zielt einen Moment auf Kira, doch schießt auf Wraith, die leichenblass wird und versteht, dass auch ein alter Gott nicht vor dem heiligen Colt gewappnet ist.

PANG

„INUKI!"

WUUUUUUFFF

Im letzten Augenblick ist Inuki vor die tödliche Kugel gesprungen, die seine alte Meisterin abgefeuert hat.

„INUKI“, wiederholt Wraith schreiend und wirft sich vor den Höllenhund auf den Boden. Seinen Kopf legt sie sanft auf ihren Schoß. „Bleib bei mir, Inuki. Bitte.“

Tränen laufen der Dimensionsherrscherin die Wangen hinab und mit verschwommenem Blick schaut sie auf ihren sterbenden Freund, aus dessen Wunde eine schwarze Materie herauswächst und sich wie ein Lauffeuer auf seinem Körper verbreitet. In wenigen Sekunden wird sein Leiden vorbei sein und er seine verdiente Ruhe finden.

„Ich wünschte, wir hätten mehr Zeit miteinander gehabt“, flüstert Wraith und drückt den Kopf des Hundes eng an sich. Mit letzter Kraft gibt er seiner besten Freundin einen Kuss auf die Wange.

Seine Augen schließen sich, die Masse überzieht den Rest seines Körpers und er verschwindet in schwarzem Rauch – als hätte es ihn nie gegeben.

Wraith, nicht auf den Verlust vorbereitet, bleibt kniend auf dem Boden, ihre Tränen zieren die Erde unter ihr. Sie weiß nicht, wie sie auf den Schmerz, der ihr Herz foltert, reagieren soll. Sie schlägt mehrfach mit ihren Fäusten auf den Grund ein – bis ihre Handschuhe reißen und ihre Knöchel blutig sind.

„Nutzlose Töle“, spottet Billie, steckt den Revolver weg und streckt die Hand aus.

„Das Buch.“

„Aber –“, stottert Kira. „Du darfst dich nicht einmischen …“

„Du hast das Gleichgewicht zerstört, Mädchen. Du hast das Buch aus meiner Bücherei geklaut.“

Zitternd hält Kira das Totenbuch hoch, um es dem Tod zu überreichen, und bemerkt nicht, wie diese ihre Sense genüsslich zückt.

„Dank dir“, lacht Billie, „darf ich mich so viel einmischen, wie ich möchte.“

Sie holt mit der Sichel aus und Joker schafft es, Kira im letzten Augenblick zur Seite zu schubsen.

„Genug!“, ruft Joker. „Hier hast du dein Buch.“

„Wer soll mich aufhalten?“, knurrt Billie. „Keiner von euch ist erwacht.“

„Du wolltest dein Buch“, Joker hält es ihr hin. „Nimm es und geh!“

Jen hat sich zur am Boden liegenden Wraith geschlichen und tröstet ihre Partnerin. Sie nimmt die blutüberströmten Hände in ihre und streichelt die aufgerissenen Knöchel.

„Es tut mir so leid“, sagt sie und umarmt Wraith innig. „Inuki war ein toller Gefährte.“

„Er war mein Freund“, erwidert Wraith und schluchzt.

Billie schlendert bedrohlich auf Joker zu und nimmt das Buch entgegen.

„Danke“, sagt sie, „nächstes Mal hört ihr besser sofort auf das, was ich sage.“ Sie schaut auf Wraith.

„Erbärmlich“, spottet sie, „Inuki war nichts als mein Sklave. Kein Kuscheltier. Du hast aus ihm einen Köter gemacht. Allein dafür sollte ich dir zeigen, was passiert, wenn man etwas nimmt, das mir gehört.“

Jen springt auf und stellt sich vor Wraith.

„Nur über meine Leiche!“, brüllt sie und streckt ihre Arme schützend in beide Richtungen aus. „Du hast, was du willst, verpiss di–“

KRACK

Ein markerschütterndes Geräusch wie das Zerbrechen von Knochen vibriert über die komplette Ebene bis hinaus aus der Schattenwelt, sodass die Vögel außerhalb aus ihren Bäumen aufschrecken und wegfliegen. Auto-Alarmanlagen springen an und die Fenster der Fahrzeuge zerbersten. Lichter flackern auf und einige Straßenschilder werden aus ihrem Fundament gerissen. Der Tod hat ihren Tribut eingefordert.

Kira, Joker, Wraith, Ellie und Freya schauen entsetzt zu, wie Billies Sense durch Jens Brustkorb bricht und mit einem knochenzermalmenden Knacken ihr Leben sofort auslöscht.

„JEN!“ Ellie läuft schreiend auf Billie los und schießt mit dem Erdbogen immer wieder auf deren Kopf. Doch die Pfeile prallen wie von einer Gummiwand ab.

„GENUG!“ Eine stinksaure Billie zielt mit ihrem Revolver auf die heraneilende Jägerin. „Ihr habt euch alle genug eingemischt.“

„Noch nicht erwacht“, murmelt Kira, die aus ihrem Schock gerissen wird. „Ihr seid noch nicht erwacht!“

„Es tut mir leid“, sagt Joker und schaut entmutigt zu Boden, „ich darf dir nicht sagen, was das heißt. Das Schicksal verbietet es mir.“

„Ren“, flüstert Kira. „Das ist dein wirklicher Name.“

Joker schaut auf, seine Augen geweitet und der Mund zu einem Lächeln geformt. Er nickt energisch.

„REEEEEEEEEEEEEEEEEEEEEEEEEEEEEEEEN!“, brüllt Kira aus vollem Leib, sodass es jeder im Umkreis mitbekommt. Auch Billie, die erschrocken ihren Revolver auf sie hält und abdrückt.

PANG PANG PANG PANG PANG

Zu spät.

„Du musst nachladen.“ Vor ihr stehen eine Dämonenjägerin und ihr göttlicher Partner. Ohne Maske. Der schwarze Mantel und Zaubererhut haben sich in Weiß eingehüllt. Rens Gesicht ist freundlich, mit Narben an beiden Mundseiten und einigen Blessuren. Doch sein wahres Antlitz kommt dem einer lebensfrohen Person nahe, die andere gerne zum Lachen bringt.

„Ins Portal“, brüllt Kira ihren Kollegen zu, die Billies Ablenkung ausnutzen und dem Ruf Folge leisten. Selbst Ellie, die geschockt auf Jens Leiche schaut – die noch immer auf der Sense aufgespießt ist.

„Geh! Ich komme nach – und bringe sie mit."

„Ich bin endlich wieder erwacht", lacht Ren. „Zehntausende Jahre hat es gedauert. Kaum ein Jäger ist je dahinter gestiegen. Weil keiner diesen verdammten Vertrag lesen kann, weil wir ihn in einer toten Schrift schreiben. Weil es ein kosmisches Bullshit-Gesetz so möchte."

Kira, die bemerkt, wie die neugewonnene Energie ihren kompletten Körper durchzieht und sich um einiges intensiver anfühlt als vorher, hat keine Angst mehr vor Billie.

„Dein Revolver ist leer …"

Ihr Schwert, mit dem sie alle Schüsse abgewehrt hat und das ebenfalls ein weißes Leuchten ziert, dessen Totenkopfaugen lichterloh brennen und dessen Klinge erheblich breiter geworden ist, zeigt mit tödlicher Absicht auf die Sensenfrau.

„Ich habe erhalten, wofür ich hergekommen bin", antwortet diese und tritt sachte einen Schritt zurück. „Nächstes Mal werde ich keine Gnade walten lassen."

„Meine Freundin", Kira zeigt mit ihrem Schwert auf Jen, „gib sie mir und lass ihre Seele frei."

„Sonst noch was?", erwidert Billie und lädt mit einer beeindruckenden Handbewegung ihr Schießeisen umgehend nach. „Denkst du wirklich, du könntest mich aufhalten? Nur weil dir ein paar Funken aus dem Höschen schießen?"

KRACHBOOM

Ein heller, gelber Blitz schlägt neben Billie ein und Inari tritt aus dem gleißenden Licht hervor. In ihrer Hand eine schwere Zweihänder-Axt, an deren Seiten Flammen auflodern, die die Luft um sie herum verbrennen.

„Du hast sie gehört, Billie", sagt Inari, „lass den Körper hier und befreie ihre Seele." Kira versucht es sich nicht anmerken zu lassen, wie beeindruckt sie ist, dass sie Seite an

Seite mit der Obergöttin steht.

Widerwillig lässt Billie den Körper fallen.

„Hier, ihre Seele", lacht sie und verschwindet mit einem lauten *PAFF.*

„Ich sehe nichts", sagt Kira und schaut sich besorgt um.

„Astaroth", seufzt Inari. „Die Seele ist genau wie Bens in Astaroths Gefäß. Ihr müsst sie beide retten."

„Wieso bist du hier?", fragt Ren.

„Die Zeit drängt", erwidert sie. „Geht durchs Portal. Ich halte euch den Rücken frei." Ren sammelt Jens leblosen Körper auf und legt ihn sich über die Schulter.

„Mit Respekt", zischt Kira, die uncharakteristisch gefasst ist. „Wir sind am Ende angekommen. Es gibt kein Zurück mehr. Wir holen Ben und Jen wieder. Koste es, was es wolle."

Ren nickt beeindruckt und zusammen durchschreiten sie das Portal in die Hölle. Inari schaut den beiden andächtig hinterher und murmelt etwas in sich hinein.

„Sie ist es ..."

XXXV

DER SIEBTE RING

ANULUS SEPTIMUS

Kira und Ren fliegen körperlos durch einen schwerelosen Raum. Eine Armada verspielter Lichter tänzelt um sie herum. Sie sind im Nichts. Hier gibt es weder Anfang noch Ende.

Eine Reise, die sich wie die Ewigkeit anfühlt, ist eine Millisekunde später vorbei. Unsanft kommen beide auf dem Boden im siebten Ring der Hölle auf. Mit Mühe schafft Ren es, Jens leblosen Körper nicht fallenzulassen.

Vor ihnen stehen ihre Kameraden. Allesamt mit gezückten Waffen und bereit, gegen Billie zu kämpfen, falls sie folgt.

„Sie ist weg", sagt Kira, aufstehend und sich den Dreck abklopfend.

„Jen", schluchzt Ellie.

Sie läuft zu Ren hinüber und bittet ihn, die Tote einen Moment abzulegen.

„Wie hast du das gemacht?", fragt Natascha, ohne den Raum zu lesen. „Kann ich das auch mit Kali machen?"

„Wo ist Wraith?", entgegnet Kira und ignoriert die Frage.

Ihr Gegenüber verdreht die Augen und zeigt auf Jens ehemalige Partnerin, die am Rand eines Abgrunds steht und stoisch hineinschaut.

„Hey", flüstert Kira und legt ihren Arm um die Trauernde. „Wir werden Jen zurückholen."

Wraith stößt sie weg.

„Und Inuki?", erwidert sie mit leerer Stimme.

„Inuki hat sein Leben für dich gegeben", seufzt Kira und schaut mit in den Abgrund hinein. „Lass sein Opfer nicht umsonst gewesen sein."

„Was weißt du von Opfern?", zischt Wraith und dreht sich weg.

Verletzt schaut Kira nach unten und bemerkt, dass sie nichts sieht außer Schwarz. Sie steht auf einem Boden aus zackigen Kieselsteinen, die allesamt gleich aussehen. Um sie herum erspäht sie mehr Dunkelheit. Wie ein Nebel, der alles verschluckt und ins Nichts reißt.

„Ich dachte, die Ringe sehen unterschiedlich aus?", fragt sie und dreht sich zu ihren Kumpanen.

„Tun sie auch", erwidert Freya. „Der siebte Ring ist das Wartezimmer des Höllenreichs. Hier kommen alle durch, die es hierher verschlägt."

„Aber sagtest du nicht", Kira guckt irritiert, „dass die Toten hier nicht herkommen?"

„Seelen der Verstorbenen verirren sich manchmal ins Höllenreich", antwortet Freya und schaut andächtig nach oben. „Deswegen sind wir doch hier?"

„Seht ihr den schwarzen Nebel? Fasst ihn nicht an. Er wird eure Seele schmerzhaft schnell verschlingen. Ansonsten ist auf dieser Ebene nicht mit viel Widerstand zu rechnen", sagt Wraith, die sich unauffällig in die Mitte gestellt hat. „Wächter könnten hier herumirren, aber sie wären ein leichtes Spiel. Schwieriger wird es sein, einen der Ausgänge oder eher Eingänge zu finden."

„Sagtest du nicht", Sam schaut zu Kali, „du warst hier schon einmal?"

Sie nickt. „Lange her. Jahrtausende sogar. Im Boden finden sich immer wieder schwarze Löcher. Sie sind kleine Portale, die zum nächsten Ring führen. Welche davon aber tatsächlich voranbringen und welche tödliche Fallen sind, weiß ich nicht."

„Verschwenden wir keine Zeit", befiehlt Wraith, „suchen wir."

Die anderen folgen ihr und niemand traut sich, ein Wort zu verlieren.

Sie hat einen großen Verlust erlitten und Trauer drückt sich bekanntlich so individuell aus, wie die Lebewesen, die mit ihr kämpfen.

„Danke", flüstert Ren. „Ich weiß gar nicht mehr, wann ich das letzte Mal mein wahres Antlitz gesehen habe."

„So siehst du also wirklich aus? Ich dachte, ich kann als stinknormale Sterbliche dein echtes Äußeres gar nicht sehen?"

„Nicht ganz. Aber es kommt schon sehr nahe."

„Woher stammen deine Narben?", fragt sie und zeigt auf seine Mundwinkel.

„Akne", antwortet Ren. „Meine Kindheit war voller Mobbing."

„Du verarschst mich doch."

Er lacht und schlägt ihr spielerisch auf den Oberarm.

„Ich habe ein Schwert mit den Zähnen aufgehalten", erzählt er und seine weißen Beißerchen blitzen hervor. „Sah saucool aus, war aber eine saublöde Idee."

„Wieso dürft ihr uns eure wahren Namen nicht verraten? Und sag nicht schon wieder, wegen des kosmischen Gesetzes."

„Die Verträge untersagen es uns. Sollten wir mit der Klausel brechen, wird die Verbindung aufgehoben und der Jäger stirbt."

„Jen ist tot", erwidert Kira. Doch in ihrer Stimme ist kein Funken Trauer zu hören. Schließlich sind sie auf dem Weg, die Seele ihrer besten Freundin zu retten. „Also kannst du mir sagen, wie Wraith wirklich heißt?“

Ren guckt sich unauffällig um und flüstert Kira blitzschnell etwas ins Ohr. Mit einem lauten *BÄH* und sich das Ohr abwischend nickt sie ihm zu.

„Aber wenn du mir jetzt verraten würdest, wie Freya wirklich heißt, würde Ellie einfach tot umfallen?“

„So steht es zumindest im Vertrag.“

„Worüber redet ihr?“, grätscht Sam dazwischen.

„Nichts Wichtiges“, erwidert Kira.

„Aber du hast dir gerade so demonstrativ dein Ohr abgewischt.“

„Ich hab's angelutscht“, witzelt Ren und schlendert langsam zu Wraith.

„Er hat mir erzählt, was es mit den Blutverträgen auf sich hat.“

„Hast du den unterschrieben, ohne zu wissen, was draufsteht?“

„Ich war wohl zu sehr damit beschäftigt, nicht zu verbluten! Und du hast das doch genauso gemacht?!“

„Wer verblutet?“ Natascha hat sich zu den beiden gesellt.

„Ich wäre fast draufgegangen, daher musste ich den Seelenvertrag unterschreiben.“

„Du hast keinen Blutvertrag bekommen?“

„Bin ja keine der Sieben. Ihr schon, also habt ihr einen.“

„Ich nicht“, erwidert Sam.

„Stimmt, du hast nicht mal einen bekommen“, erklärt Kira und zieht ihre Augenbraue kritisch hoch, „denn der von Fenrir war ja gar nicht für dich bestimmt.“

„Vielleicht wegen meiner Familie?“, seufzt Sam. „Alles Dämonenjäger. Mein Vater. Sein Bruder. Deren Vater. Sind leider alle schon lange tot. Deswegen bin ich aber hier. Ich will so viele von diesen Mistviechern umbringen, wie möglich.“

WUFF WUFF

Wedelnd stimmt Fenrir zu und drückt sich spielerisch an ihn, was dafür sorgt, dass Sam fast umkippt.

Stille kehrt erneut ein und einzig die Schlurfgeräusche mancher Anwesenden, die gelangweilt in der Gegend herumstarren, sind zu hören. Das lebensgefährliche Abenteuer ist bis hierhin eher ein lebenslangweiliges.

In der Entfernung sehen die Jäger unverhofft einen kahlen, farblosen Baum – grau und kränkelnd. Unter ihm sitzt ein kleiner Junge, der eine Maske trägt.

Aufgrund der Ferne kann niemand erkennen, wer es ist. Fragend schaut Kira in die Runde und ohne ein Wort zu wechseln ist allen klar, dass es eine hinterhältige Falle sein kann.

Mit großer Vorsicht nähern sie sich dem befremdlichen Bild. Weit und breit nur Dunkelheit, Kieselsteine, die kopiert und wieder eingefügt worden sind, und sonst nichts.

Je näher sie kommen, umso mehr erkennen sie. Es handelt sich um einen gräulichen Baum, der mit Sicherheit seit Jahrhunderten nicht mehr blühte. Die kahlen Äste lässt er schlapp hängen, als würde er nur darauf warten, endlich zu sterben.

Der kleine Junge schaut die näherkommenden Dämonenjäger gebannt an. Er rückt seine herzförmige Maske zurecht, die mit lila Pinselstrichen überzogen ist, und düstere gelbe Augen glubschen durch die Gegend.

„Ich glaube, die Maske lebt", murmelt Ellie und verzieht ihr Gesicht.

Kira gibt ihren Kämpfern ein Handzeichen und allesamt bleiben sie stehen. Zusammen mit Ren schleicht sie die letzten Meter allein zum Baum.

Das Kind steht auf und reicht ihr die Hand. Verhalten streckt sie ihre ebenfalls entgegen. Sie berühren sich einen

Moment und Kira ist überrascht, wie menschlich sich ihr Gegenüber anfühlt.

„Ich bin Kira", sagt sie. „Und wer bist du?"

„Mein Name ist Zakum", erwidert der Kleine und setzt sich wieder hin. Seine Stimme klingt wie die von einem waschechten Menschenkind, was alle eher erschaudern lässt als beruhigt. Zakum klopft auf den Platz neben sich, Kira signalisierend, dass sie sich hinsetzen soll.

„Die Steine sehen recht hart aus", antwortet sie auf die Einladung.

Er klopft energischer und die Augen der Maske huschen hektisch von einer Seite zur anderen.

Sie schluckt und setzt sich ohne ein weiteres Widerwort neben ihn.

„Was machst du hier?", fragt sie.

„Ich warte auf Erlösung", erwidert er und guckt auf den Baum. „Meine Blüten sind schon lange gefallen. Doch noch stehe ich hier."

„Bist du der Baum?"

„Ich bin Zakum."

„Pssst", zischt Ren in Kiras Richtung, um ihren Blick zu erhaschen. Unauffällig zeigt er auf die Beine des Jungen, auf die seine Partnerin schnurstracks draufschaut, was alle Anwesenden mitbekommen. Die Füße des Kindes sind mit dem Boden verwachsen. Genau wie der Baum hat er Wurzeln geschlagen.

„Was ist?", fragt er und die Maskenaugen huschen abermals durcheinander.

„Nichts, nichts", versichert sie und schaut nach vorne. „Wann wirst du erlöst?"

„Wenn jemand vorbeikommt, der nicht von hier ist."

„Also ich zum Beispiel?"

„Du bist", der Junge atmet tief ein, „nicht von hier?"

„Nein“, antwortet sie frohen Mutes. „Also kann ich dir helfen?“

Das Kind legt seinen Kopf auf die Seite, sodass die Maske ebenfalls gedreht ist. Ren reißt die Augen auf und mit energischen Handbewegungen weist er Kira an, sofort vom Baum wegzukommen.

Das Kind steht in Zeitlupe auf, den Kopf dabei immer wieder in beide Richtungen wackelnd, während sich die Augen der Maske dunkelrot färben und schwarzen Schleim absondern.

„Bah“, entweicht es Natascha.

„Ihr seid hier nicht willkommen!!!“

Die Stimme des Baumjungen klingt nicht mehr wie die eines Sechsjährigen, sondern wie die eines mordlüsternen Psychopathen, der ein Quietscheentchen gegessen hat und in ein Megafon brüllt.

„Ihr sollt brennen!“

Der schwarze Nebel verdichtet sich und zwingt die Jäger näher an den Baum und an den kreischenden Kinderdämon heran. Glücklicherweise schreit er so laut, dass niemand Peters Wimmern mitbekommt.

„Dein Schwert!“, brüllt Ren.

„Ich stech doch kein Kind ab!“, ruft Kira zurück.

„Das ist ein Dämon!“

„Ich bin kein Dämon!“, kreischt der Junge und mit einem lauten Knall brennt das Holzgewächs lichterloh.

Die Nebelbank schubst alle weiter in Richtung des schrecklichen Schauspiels.

„Was machen wir?“, fragt Ellie und schaut Kira entmutigt an.

„Der Junge sagt, er ist kein Dämon!“, erwidert sie, ebenso verzweifelt.

„Aber er will uns umbringen!“

Kiras Arm schnellt in die Höhe und das Dämonenjägerschwert erscheint. Mit unbeholfenen Bewegungen sticht sie im schwarzen Nebel herum, der sich wenig um das stählerne Metall kümmert.

„Das war dein großer Plan?“, lacht Ren, der die Ernsthaftigkeit der Situation gekonnt ignoriert.

WUFF

Fenrir hat sich mit fletschenden Zähnen vor das Dämonenkind gestellt, das angeblich gar kein Dämon ist, und schnappt mit tödlicher Intention zu.

WUSCH

Mit einem seiner feurigen Äste hat der Baum den Wolfshund zurück zu Sam katapultiert, der verzweifelt versucht das brennende Fell zu löschen.

„Kira?“, ruft Sam in ihre Richtung.

Der Gedanke, dass sie einem Kind, egal, ob es dämonischer Abstammung ist oder nicht, ein Schwert zwischen die Rippen rammt, lässt sie abermals zögern.

„Mach Platz“, zischt Natascha und rennt auf den Kreischenden zu. Die Augen der Maske huschen aufgeregt.

Sie holt aus und wird von den Ästen des Baumes ebenfalls aufgehalten. Doch anstatt nach ihr zu schlagen, beschützen sie den Minidämon.

Ellie unterstützt ihre Kumpanin mit einem Hagel an Pfeilen und auch Sam und Peter wappnen sich zum Angriff.

„STOPP!“, ruft Kira und stellt sich mitsamt ausgestrecktem Schwert vor den Jungen. Ihr Rücken zu ihm gekehrt, sodass sie ihre Jäger direkt anschaut. „Er ist nur ein Kind! Er hat Angst!“

„Das ist ein Baum, der uns umbringen will! Komm schon!“, erwidert Natascha.

Doch Kira antwortet mit erhobener Hand, den anderen ein Zeichen gebend, sich zurückzuhalten. Selbst die schwarze Nebelwand hält einen Moment lang an.

Die Jägerin schaut auf den Jungen, der Gott sei Dank aufgehört hat zu schreien und dessen Maske bedrohlich starrt.

„Hab keine Angst", sagt sie. „Wir werden dir nichts tun."

„Ihr seid hier nicht willkommen", antwortet er und ein Ast schlägt nach Kira, dem sie im letzten Moment ausweicht.

„Ich werde dich erlösen", fährt sie fort und setzt mit dem Schwert an.

Die Augen der Maske gehen in eine Schockstarre über und die flammenden Äste des Baums schießen allesamt in Kiras Richtung.

Mit einem lauten *FUMP* schlägt sie unsanft auf den Steinen auf, mitsamt kleiner, blutender Platzwunde auf der Stirn. Der Nebel kriecht weiter und die Zeit läuft davon.

„Scheiß drauf", seufzt Kira, setzt das Schwert hinter ihr auf dem Boden ab, sodass es über die Kiesel schleift und rennt mit einem Kampfschrei auf den Dämonenjungen zu.

Panisch schießen Äste in ihre Richtung, denen sie tänzerisch ausweicht – wie bei einem grimmigen Luftballett, bei dem sie alle Schritte akribisch einstudiert hat, um ja keinen Fehler zu begehen.

Die angsterfüllten Maskenaugen versuchen, den Besitzer zu wechseln, und staunen nicht schlecht, als eine ausholende Kira mit einem zielgerichteten Sprung über sie hinwegspringt, exakt vor dem Baum landet, ausholt und ihn mit einem Schlag abholzt.

Mit einem knarzenden Krachen bricht der Stamm zur Seite, schlägt auf dem Boden auf und mit unbändiger Wucht ist nicht nur das Feuer gelöscht, sondern auch der Nebel zieht ab.

Kira schaut mit Herzklopfen auf den masketragenden Jungen, der vor ihr auf dem Boden zusammensackt.

Die Maske fällt vor ihn und wird instinktiv von Sam aufgehoben.

„Danke …“, entweicht es dem Kleinen mit letzter Kraft und zusammen mit dem Baum löst er sich in schwarzen Staub auf.

Ungläubig und mit Steinen im Bauch schaut Kira auf das entstandene Loch im Boden.

WUFF

Fenrir knurrt die Maske an, die Sam in der Hand und gefährlich nahe an sein Gesicht hält.

„SAM! NICHT!“, brüllt Freya und greift nach der Fratze.

„Sie spricht zu mir“, erwidert er und hält sie noch näher an seine Visage.

Ohne Vorwarnung preschen kleine Tentakel aus ihr hervor und versuchen, nach seinem Hinterkopf zu greifen, um sich festzuklammern. Fenrir reagiert und reißt Sam das dämonische Teil aus der Hand. Er schüttelt sie durch und lässt sie weit entfernt von ihnen fallen.

„Sam“, ermahnt ihn Freya. „Du kannst doch nicht irgendwas auf dein Gesicht setzen.“

Ren setzt zum ungünstigen Witz an, bekommt von Kali jedoch einen abstrafenden Blick, den er bis ins Rückenmark spürt.

„Das ist die Termina-Maske“, erklärt die Göttermutter.

„Moment“, sagt Mona, die bis hierhin kaum ein Wort gesagt hat. „Ich dachte, die Termina-Maske verweilt sicher in den Tresoren von Omresch?“

„Eins nach dem anderen", schaltet sich Peter ein, der bisher vor Angst ebenso wenig Wörter wie seine Partnerin rausbekam. „Maske von Termina? Tresore von Omresch?"

„Geschichten für einen anderen Tag", sagt Wraith und guckt in das pechschwarze Loch. „Wir müssen weiter. Umso länger wir verweilen, desto höher die Chance, dass uns etwas umbringt."

Freya gleitet sachte zur Termina-Maske und beäugt sie widerwillig.

„Okay", sagt sie, „aber wir nehmen sie mit. Sie darf nicht in die falschen Hände fallen. Jeder, der sie anhat, fällt einem schrecklichen Fluch anheim."

Ohne nachzufragen, verstaut sie die Dämonenmaske in Kiras Rucksack und quetscht sie neben den abgetrennten Kopf ihres Verlobten.

„Alle bereit?", fragt Kali und schaut in die Runde.

Die Jäger und ihre Partner nicken – außer Wraith, aber ihr Blick sagt, dass sie nie bereiter für irgendetwas in ihrem Leben war.

„Ihr, die ihr hier eintretet", witzelt Ren, doch ein Lächeln ist nicht zu erkennen, „lasst alle Hoffnungen fahren."

Kira gibt ihren Weggefährten ein Zeichen und wie auf Knopfdruck springen sie gleichzeitig hinein.

XXXVI

DER SECHSTE RING

ANULUS SEXTUS

Mit saftigem Aufprall auf harter Erde, gefolgt von kurzen Aufschreien, da alle übereinanderstolpern und einen Schweinehaufen bilden, sind sie im sechsten Ring angekommen.

„Ich krieg keine …“ Kira ringt nach Luft.

Nacheinander stehen sie auf und drücken sich fluchend voneinander ab.

Die alten Götter sind allesamt anständig aufgekommen – wie Katzen, die immer auf den Füßen landen.

Glücklicherweise, denn Ren trägt Jens Leiche weiterhin behutsam über seiner Schulter.

„Wo sind wir hier?“, fragt Peter und guckt sich verzückt um.

Kira, die sich den Dreck von ihrer Hose klopft, schaut auf und staunt. Kein trostloses höllisches Wartezimmer mehr, sondern ein kristallklarer Himmel, saftig grünes Gras und Blumen, die in allen Formen vorhanden sind und in sämtlichen Farben leuchten.

Dazu riecht es nach einer glorreichen Mischung aus Lavendel, Minze und Ingwer.

„Sind wir irgendwo falsch abgebogen?“, Sam wirft die Hände über den Kopf und guckt seine Kollegen ungläubig an.

„Nein“, antwortet Wraith. „Die Ringe gehen ineinander über. Auf Trostlosigkeit folgt Hoffnung. Auf Hoffnung folgt Enttäuschung. Auf Enttäuschung folgt Ablehnung. Darauf folgen Wut, Verderben und schließlich Tod.“

„Moment, wieso ist denn Hoffnung Teil dieses Cocktails der Verdammnis?“, fragt Ellie.

„Falsche Hoffnung“, erwidert Freya und zeigt auf eine steinerne Figur, die relativ weit entfernt steht. „Steinzombies. Langsam, dumm und sehen deswegen harmlos aus. Nähert euch nicht.“

„Dann besiegen wir sie einfach?“

„Und wie?“

„Kopf ab? Das sollte einen Zombie doch ausschalten?“

„Das hier ist kein Romero-Film“, grätscht Sam dazwischen. „In dem Notizbuch von meinem Bruder schreibt er von diesen Wesen. Ab und an entfliehen sie aus der Hölle. Er hat nichts gefunden, um sie zu töten. Einzig das Zurückschicken an den Ort, von dem sie stammen, hat geholfen. Aber das können wir schlecht.“

„Seht ihr das?“ Kira zeigt nach oben. „Da ist was am Himmel. Braun, lang, dick.“

„Das sind die Wurzeln des Höllenbaums“, antwortet Ren. „Und aus Respekt vor den Toten werde ich aus den Adjektiven keinen unangebrachten Witz machen.“

Kira kneift ihre Augen zusammen, damit das blendende Weiß des Himmels sie nicht ablenkt. Weit entfernt erkennt sie das Portal, aus dem sie gefallen sind, und die Wurzeln des Baumes, die sich über das komplette Firmament erstrecken und es zusammenhalten.

„Moment“, wirft Wraith ein und ihr Blick wird finster. „Wieso sind die Wurzeln noch hier?“

„Bei Odin“, entweicht es Freya, die sich umgehend für die Flucherei entschuldigt.

„Dank des Portals ist die Zerstörung des Baumes in dieser Welt noch nicht angekommen. Aber es wird nicht lange dauern. Wir müssen schleunigst weiter. Sind die Wurzeln einmal weg, ist nicht auszumalen, was passiert."

„Ja, und?", fragt Natascha. „Mich beschleicht das Gefühl, dass ihr mehr Vorbereitungszeit gebraucht hättet."

„Das nächste Portal suchen", erwidert Wraith. „Es gibt erst mal kein Zurück mehr."

„Wie lange haben wir?"

„Schwer einzuschätzen."

„Mit viel Glück einen halben Tag", erklärt Freya. „Zeit funktioniert hier anders. Geht also davon aus, dass es nicht ansatzweise so lange ist."

„Wir sollten uns aufteilen", schlägt Wraith vor. „Jeder geht mit seinem … Partner. Wer keinen hat, zieht allein los. Keine Widerworte. Wir teilen uns in die verschiedenen Himmelsrichtungen auf."

„Wieso gibt es hier überhaupt einen Himmel?", wirft Peter ein.

„Nur ein Abbild", entgegnet Freya.

„Ren und Kira, ihr nehmt euch Norden vor. Peter und Mona gehen nach Süden. Sam und Fenrir nach Osten. Natascha und Kali Westen. Ellie und Freya decken alles dazwischen ab. Ich bleibe hier, als Ankerpunkt."

Ohne ihr zu widersprechen, ziehen sie in die vorgegebenen Richtungen ab. Vorsichtig legt Ren den Körper von Jen neben Wraith, um sie nicht unnötig durch die Gegend zu schleppen.

„Eins noch", ruft sie hinterher. „Die Steinzombies sind sacklangsam. Aber wenn sie euch einmal haben, lassen sie nicht mehr los."

Kira und Ren wandern verhalten Richtung Norden. Bisher sehen sie nur einen Zombie in der Entfernung. Weit genug weg, dass keine Gefahr von ihm ausgeht. Beide sind still und beobachten aufmerksam die Gegend. Kira lässt es sich nicht nehmen und streift vorsichtig mit ihrer linken Hand durch ein Blumenbeet.

„Was machst du da?“, fragt Ren.

„Ich mag, wie sich die Blumen anfühlen. Und riech mal. Was ein herrlicher Duft.“

„Die sind aber nicht echt.“

„Das weiß ich auch. Trotzdem fühlt es sich echt an.“

Mit rollenden Augen nimmt Ren eine beherzte Nase des Blumendufts, sieht, wie Kira ihn erwartungsvoll anschaut, und zuckt mit den Schultern. Schnaubend dreht sie sich um und er riecht heimlich ein weiteres Mal und genießt den taufrischen Duft von Lavendel.

„Ey!“

„Mist –“

BOOM

„Ich dachte, wir hätten einen halben Tag?!“

Ein ohrenbetäubender Knall schallt vom Himmel herab und versetzt die gesamte Oberfläche in ein gefährliches Beben. Panisch laufen die Jäger zurück zu Wraith, die sich mithilfe ihrer Energiebälle im Gleichgewicht hält. Kurze Zeit später beruhigt sich der Ring.

„Freya“, sagt Kira etwas aus der Puste, „wo ist der halbe Tag?“

„Das war die erste Wurzel. Sobald die zweite ebenso in die Luft geht, kann ich euch genau sagen, wie lange wir haben“, erwidert die Göttin. „Wir sollten uns beeilen. Passt auf die Zombies und Explosionen auf.“

Alle werfen sich kurze, angespannte Blicke zu und laufen erneut in ihre zugewiesenen Richtungen los.

Hektisch wandern ihre Augen über das gemalte Gras und bleiben an diversen Blumenkreationen haften, die ihnen bekannt vorkommen, sie aber trotzdem in ihrer Welt noch nie sahen.

Das Geruchsgemisch aus Lavendel, Minze und Düften, die ihnen unbekannt sind, bohrt sich immer tiefer in ihre Nüstern. Erst angenehm und verlockend, wirkt es mit jeder Sekunde penetranter und droht, in eine Geruchsbelästigung umzuschlagen.

„Bilde ich mir das ein", Kira nimmt eine Nase, „oder verändert sich der Geruch?" Die Beobachtung ihrer Kollegen fällt ähnlich aus.

„Alter", hustet Sam, „hast du einen fahren gelassen?", und schaut den verdatterten Wolfshund an, der kläglich daran scheitert, durch den Mund zu atmen.

„Was ist das für ein Geruch?", Natascha rümpft die Nase.

„Shit", murmelt Wraith und hält sich den Riecher zu. „Die Teufelsblumen locken mit ihrem Duft, um uns zu vergiften. Ich muss die anderen warnen."

Ohne Nachdenken rennt sie los und springt in eines ihrer Dimensionsportale, durch das sie im Raum zwischen den Welten umherläuft und in dem sie keine der gefährlichen Sporen einatmet.

„Ob diese Blume genauso riecht wie bei uns?", sagt Ellie und atmet tief ein.

„Moment", entgleitet es Freya und sie langt nach ihrem Schützling. Erschrocken hüpft Ellie zurück.

„Was ist lo–"

FUMP

Sie fällt benommen nach hinten und kommt unsanft auf dem harten Erdboden auf. Die Göttermutter nimmt sie instinktiv hoch und trägt sie sanft über ihrer Schulter.

Mit einem lauten ZING öffnet sich neben den beiden ein Portal und Wraith springt heraus.

„Nicht einatmen, Freya", mahnt sie und hält sich die Nase zu. „Die Sporen sorgen dafür, dass … Verdammt."

Erst im nächsten Augenblick entdeckt sie die ohnmächtige Ellie.

„Wir müssen hier schleunigst entfliehen“, sagt Freya.

Wraith nickt ihr zu und öffnet erneut ein Portal, um beide mitzunehmen und vor den Sporen zu schützen. Sie rennen los und versuchen, die anderen zu finden.

„Nicht einatmen“, flüstert Ren und legt seine Hand sanft auf Kiras Schulter. „Wir sind in eine Falle getappt. Eine riesengroße Falle. Und sie ist zugeschnappt.“

„Was?“, fragt die Jägerin und hält sich feste beide Nasenlöcher zu. „Und jetft?“

„Die Steinzombies“, entgegnet er. „Sie sind nicht mehr da. Wir müssen die anderen finden und irgendwohin, wo die Blumen nicht so dicht beieinander sind.“

Sie rennen los und brüllen die Namen ihrer Kollegen. Der trügerische Duft ist mittlerweile völlig verschwunden, als würden die Blumen wissen, dass ihre tödliche Absicht nun bekannt ist.

„Fuck“, ruft Kira und zeigt auf die zusammengesackten Gestalten von Sam und Fenrir. „Kannst du sie tragen?“

Ren nickt und wirft sie unsanft über seine Schulter. Der Wolfshund ist so groß, dass er den Urgott verdeckt.

„Wir sollten zurück zu Wraith“, sagt Ren und schaut sich aufmerksam um. „Hier ist sonst nichts. Die Zombies sind auch weg. Die anderen werden hoffentlich bemerkt haben, dass wir hier nicht sicher sind.“

„Aber wo“, sie atmet tief ein, „zur Hölle sollen wir hin?“

ZING

„Schnell, ins Portal“, ruft Wraith aus ihrem Dimensionsloch und streckt eine Hand aus. „Natascha und Kali fehlen noch. Habt ihr sie gesehen?“

Sie schütteln den Kopf und laufen zusammen los, die Ohnmächtigen auf den Schultern der Götter verteilt. Sie rennen zurück zum Ausgangsort, an dem Wraith Wache steht.

BOOM

Eine weitere Explosion, die aus Himmelsrichtung kommt und sie mit brutaler Wucht aus der Dimension zwischen den Welten reißt.

„WILL UNS HIER ALLES UMBRINGEN?", brüllt Kira und steht mit wackligen Beinen auf.

Als hätte sie es heraufbeschworen, bebt die Erde unter ihnen, unabhängig von der stattgefundenen Explosion, und die Steinzombies preschen aus dem Boden hervor und landen direkt vor den Jägern und ihren Partnern.

„Das darf doch alles nicht wahr sein …", seufzt sie und streckt ihre Hand aus.

„Dante!", ruft sie, obwohl das gar nicht nötig ist.

Das Dämonenjägerschwert erscheint mit wunderschönem Blitzeffekt und sie holt zum vernichtenden Schlag aus. Mit lautem Getöse durchbricht sie die Steine der namensgebenden Zombies und zerbrochenes Mauerwerk prallt lautstark am Boden auf. Doch die Gegner haben nicht einmal ein müdes Lächeln übrig und strecken die Arme unbekümmert nach ihren Widersachern aus.

„Das kratzt sie nicht", mahnt Wraith und weicht den Angreifern tänzerisch aus.

„Irgendwer eine Idee?"

„Wenn Sam wach wäre, könnte er uns erzählen, was im Tagebuch seines Bruders steht", brüllt Kira und entrinnt den gierigen Steinhänden nur knapp.

„Wooops", flüstert Ren und seine Augen wandern unauffällig zu den Ohnmächtigen sowie zu Jens Körper, die von Steinzombies umzingelt sind. Ohne Vorwarnung springt er in die Menge und wie ein Fußballspieler, der genau weiß, wie er den Ball in die richtige Ecke bekommt, nutzt er seine

Füße, um einen nach dem anderen in die Luft zu lupfen und auf seine Schulter zu bugsieren.

Die Kämpfer schauen dem Schauspiel fasziniert zu, bei dem ihre Freunde und Partner nach und nach aufeinandergestapelt auf Rens Schulter landen. Als Erstes Fenrir, der ein weiches Polster für den Rest abgibt, und zuletzt Jens Körper.

Alle aufgelegt springt er aus dem Zombiekreis heraus, nur knapp den Granitzähnen ausweichend, und bringt sie auf sicheren Abstand.

Der Rest nimmt den Kampf gegen die zombifizierten Windmühlen wieder auf und versucht, sie möglichst von sich fernzuhalten. Doch ein erfolgreiches Resultat bleibt aus.

BOOM

Die Erde bebt und für einen Moment zerfallen die Steinzombies zu einem Haufen Gesteinsbrocken und geben dabei schwarze Steine preis, die sie im Inneren tragen.

„Die könnten wichtig sein“, ruft Freya, der Lautstärke der Explosion angepasst.

Ohne sich bitten zu lassen, zieht Kira einen der Felsbrocken aus dem Mauerwerkshaufen heraus und zu ihrer Überraschung, löst sich der Rest des Zombies in Wohlgefallen auf.

„Aus diesem Stein ziehen sie ihre Energie“, erklärt Wraith, die die Situation umgehend kapiert hat. „Schnell, bevor sie sich wieder zusammensetzen.“

Sie preschen sofort zu den Energiequellen der Steinzombies los und nehmen ihnen einen Stein nach dem anderen ab. Einige Zombies liegen weiter entfernt, sodass sie sich ohne Probleme wieder aufbauen.

„Ich glaube“, Wraith schaut die gesammelten Brocken an, „wir benötigen sie, um das nächste Portal anzutreiben. In ihnen schlummert eine Macht.“

„Wir haben nicht mehr viel Zeit“, entgegnet Freya. „Viele Wurzeln bleiben nicht und mit jeder Explosion werden mehr und mehr Brocken mitgerissen. Aber ohne die Explosionen fallen die Zombies nicht auseinander."

„Wie lange noch?", fragt Kira und beäugt dabei die näherkommenden Steinzombies.

„Nicht mehr lange", sagt Wraith mit ernster Miene und schaut hoch.

BOOM

Die Explosion hallt durch den gesamten Ring und lässt den Boden erzittern. Doch die Jäger bleiben standhaft.

„JETZT!", brüllt Wraith und alle stürmen gleichzeitig los, während eine der letzten Wurzeln sich langsam auflöst und die Überreste auf das grüne Gras und die garstigen Blumen fallen. Durch die Explosionen werden die Sporen immer wieder aufgewirbelt und haben keine Chance auf die Übriggebliebenen herabzuregnen.

Nach und nach sammeln sie die schweren Energiebrocken ein und legen sie neben ihre ohnmächtigen und gefallenen Kollegen.

„Was nun?", fragt Kira.

„Vielleicht sind die Steine ein Portal? Können wir aus ihnen etwas bas–"

BOOM

„Das war die letzte Wurzel", ruft Freya und zeigt in die Luft. Der Himmel verschwindet und an seine Stelle tritt etwas Bösartiges.

„Der schwarze Nebel", brüllt Natascha mit aufgerissenen Augen und guckt auf eine pechschwarze Dunkelheit, die langsam näher kriecht, „er ist durch das Portal reingekommen!"

„Der Baum hatte ihn abgehalten", erklärt Wraith. „Wir müssen uns beeilen, sonst verschluckt er uns."

Mit Panik im Gesicht, Müdigkeit in den Knochen und Todesangst im Nacken starren alle auf den Steinhaufen vor sich. Niemand, nicht einmal die Götter, weiß, wie sie daraus ein Portal zur nächsten Ebene bauen sollen. Doch die Zeit drängt. Die Schattenwesen kommen näher und würden sie ohne fairen Kampf verschlucken.

Kira legt planlos los und stapelt die Steine aufeinander. Immer höher, bis der Turm umfällt. Verzweifelt startet sie von vorne. Tränen laufen ihr die Wange hinab und die Götter schauen der jungen Dame zu, ohne etwas zu sagen. In ihren Augen zeichnet sich Mitleid ab.

Andächtig legt Ren die Hand auf Kiras Schulter.

„Ist schon in Ordnung“, sagt er. „Wir sind weiter gekommen als viele Jäger vor uns.“ Keine blöden Witze oder Kommentare.

Abermals fällt der Turm um und Kira baut ihn erneut auf.

„Lass gut sein“, flüstert Ren.

Sie geht auf die Knie und verteufelt mit bunten, nicht jugendfreien Worten alles und jeden, der ihr einfällt. Hoffnungslos schaut sie auf den Körper ihrer besten Freundin und denkt an ihren Verlobten. Einen Stein nach dem anderen nimmt sie in die Hand und wirft ihn weg. Direkt in Richtung der immer näher kommenden Dunkelheit. Freya verfolgt das Schauspiel inquisitiv und inspiziert die fliegenden Brocken.

„Verpiss dich“, brüllt Kira. Ihr Gesicht ist tränenverschmiert und die Nase läuft.

„Die Runen“, murmelt Freya und landet mit einem galanten Sprung vor ihr. Kira wirft den nächsten Gesteinsbrocken weg, aber die Muttergöttin fängt ihn aus der Luft ab.

„Auf den Steinen befinden sich Runen.“

Irritiert steht Kira auf, wischt sich ihr mit Schnodder verschmiertes Gesicht ab und nimmt einen Felsbrocken in die Hand.

„Stimmt“, sagt sie und rennt ungezügelt zu den Weggeworfenen, um sie wieder einzusammeln.

„Kannst du die Runen entziffern?“, fragt Wraith.

„Etwas“, erwidert Freya. „Ihr habt mich ja schließlich für meine Übersetzungskünste angeheuert.“

Kira legt die gesammelten Steine nebeneinander, die kleinen, fast unleserlichen Runen nach oben aufgedeckt.

„Wir müssen uns beeilen“, sagt die Göttermutter. „Keine Zeit für Erklärungen. Der Stein da links, der muss in die Mitte. Der gehört dahin. Und der da hierhin.“

Wild zeigt sie in der Gegend rum und dirigiert die anderen, schleunigst die Gesteinsstücke in eine bestimmte Reihenfolge zu legen.

„Perfekt.“

Sie schließt einen Moment die Augen, und öffnet diese umgehend wieder. Nur das Weiße ist zu sehen. Es schimmert hell und eine Aura strömt aus ihr. Sie atmet tief ein und spricht in einer Sprache, die niemand der Anwesenden versteht.

Doch die Dunkelheit scheint genau zu verstehen, was passiert, und aus einer kriechenden Bedrohung wird eine schneller werdende Lawine, die sich ihre Beute nicht entgehen lassen will.

Die Steine schweben langsam in die Luft und formen sich zu einem riesigen Torbogen. Nach und nach leuchten die Runen in einem kristallklaren Blau auf und blenden all jene, die sofort reinschauen.

Mit klackenden Geräuschen stapeln sich die Steine übereinander und kommen zum absoluten Stillstand.

Freya hält ebenso inne, um den letzten Satz, der sich ein wenig anhört wie das Verfluchen eines Kuchenrezepts, aus Leib und Seele herauszubrüllen.

Ein lauter Knall, der wie eine Eruption klingt, gefolgt von einer wuchtigen Welle, die nicht nur die Dunkelheit zurücktreibt, sondern auch die Jäger droht wegzuwehen.

Das Portal zum nächsten Ring hat sich geöffnet. Ein lilafarbener, wabernder Schimmer scheint heraus und sieht, dank glitzernder Sternchen, die spielerisch umhertanzen, einladend aus.

„Was machen wir mit den Ohnmächtigen?", fragt Kira.

„Wir nehmen sie wieder auf den Ar–"

Mit Anlauf zischt Ren an den anderen vorbei und wirft Sam und Fenrir durch das Portal hindurch.

Mit einem hörbaren WUSCH fliegen sie hinein und werden von der lila Masse verschluckt.

„Ren, verdammter Mist", brüllt Wraith und gibt ihm einen saftigen Schlag auf den Hinterkopf.

„So geht's schneller!", erklärt er und reibt sich die schmerzende Rübe.

„Der Rest wird auf den Arm genommen!", befiehlt sie. „Alle bereit?"

Sie nicken zustimmend und, ohne zurückzuschauen, durchschreiten sie das Portal zum nächsten Ring.

XXXVII

TABULA RASA

TABULA RASA

Eine prunkvolle Buchhandlung, die uralte Schriften beherbergt, viele davon zauberhafter Natur, ist zu einem Schlafplatz für Menschen und Götter gleichermaßen erwacht.

Grüne, gelbe und rote – und alles dazwischen – Bücher zieren die holzvertäfelten Regale. Der Geruch von altem Papier liegt in der Luft, das mit Freude Tausende Male gelesen wurde.

Zwischen Romanen tummeln sich Hexenbücher, Hexenrituale und verbotene Zauberkünste.

Hinter Glasvitrinen geschützt liegen allerhand mächtige Utensilien. Von Affenpfoten über Talismane, die Seelen Verstorbener beherbergen, bis hin zu geweihten Pflöcken, die Erzengel gesegnet haben.

Ein Tresen ist ebenso zu finden, auf dem eine alte, analoge Kasse steht. Doch auf ihr stehen keine bekannten Zahlen – wenn es überhaupt Zahlen sind.

Der Teppich, der für die Anwesenden als Matratze dient, ist ordentlich in die Jahre gekommen. Ein typischer Muff geht von ihm aus, doch trotzdem ist er gern gesehen, dank seiner Wärmespende und den weichen Fransen, die perfekt sind, um sich reinzulegen.

Ein lautes Gähnen hallt durch den hochgebauten Laden. Eine Treppe führt nach oben und hält weitere geschriebene Schätze parat.

„Wo sind wir?", fragt Ren und schaut sich kopfkratzend um.

„Keine Ahnung", antwortet Wraith, die aufsteht und sich streckt.

„Der fünfte Ring", sagt Mona, die bis hierhin charakteristisch still war. „Hier war ich schon mal. Also im Ring. Nicht in der Buchhandlung. Für jeden hält sie eine andere Enttäuschung parat und klammert sich an denjenigen, der als Erstes durch das Portal wandert."

„Also hasst Sam lesen?" Freya zieht die linke Augenbraue hoch und schaut sich äußerst kritisch um. „Aber hier ist nichts. Außer Büchern."

„Relikte, die für Dämonenjäger interessant sind", fährt Mona fort. „Seine Familie ist durch die Jagd umgekommen. Wahrscheinlich wollte er aus diesem Leben längst ausgetreten sein, was er immer noch nicht geschafft hat. Daher ist es seine größte Enttäuschung."

„Fragen wir ihn doch einfach?", wirft Wraith ein. Fenrir wufft bejahend.

„Sam?", Ren stupst ihn vorsichtig an. „Aufwachen!"

Der Wolfshund legt mit seiner Schlabberzunge nach und gibt ihm nasstriefende Küsschen.

Erschrocken wacht Sam auf und schaut sich irritiert um.

„Was zum …"

„Du hast Angst vor Buchhandlungen", grinst Ren.

„Wo bin ich?", fragt Sam.

„In einer Buchhandlung? Hast du mich nicht gehört? Du hast An–"

„Hier stimmt was nicht", grätscht Wraith dazwischen.

„Wer sind diese Leute?" Der Jäger steht vorsichtig auf und schaut sich erschrocken um.

„Lebt ihr noch?“

Peter erwacht und springt mit einem Angstschrei in die Luft.

„Wer-wer-wer bist du?“ Mit schlotternden Knien weicht er achtsam vor Sam zurück.

„Hast du die alle umgebracht?“

„Was?“ Erschrocken reißt Sam die Augen auf und schüttelt ungläubig den Kopf. „Ich habe niemanden umgebracht. Ich weiß nicht mal, wer sie sind. Oder wer du bist.“

„Bei Odin“, flüstert Freya.

Die anderen Götter hören sie und drehen sich ratsuchend zu ihr.

„Sie leiden unter Amnesie. Wahrscheinlich ein Zauber. Das ist die größte Enttäuschung. Nicht dieser Buchladen. Sondern vergessen zu werden. Sam hat Angst, dass er seine Familie vergessen wird.“

„Und deswegen können sie uns nicht sehen“, überlegt Wraith und winkt Sam zu, der nicht reagiert. „Kannst du den Zauber aufheben, Freya?“

„Da ich nicht weiß“, Freya seufzt laut bevor sie weiterspricht, „welche dunkle Magie hier am Werk ist, kann ich leider nicht helfen.“

„Mona?“, fragt Ren und dreht sich zu ihr.

„Was Freya sagt, stimmt. Wild drauflosraten bringt nichts. Nachher verschlimmern wir die Situation noch. Ich schlage vor, wir schauen uns in Ruhe um und gucken, ob uns etwas einen Hinweis darauf liefert. Der Laden scheint relativ groß zu sein. Verirrt euch nicht. Wir treffen uns später hier wieder.“

Die restlichen Jäger erwachen nach kurzer Zeit und reagieren ebenfalls mit extremer Verwirrtheit. Sam klärt sie abermals auf und allesamt weichen einige Schritte voneinander zurück. Misstrauen beherrscht den Raum.

„Da liegt doch noch jemand?“, sagt Natascha und zeigt auf Jens Körper.

„Ich weck sie", erwidert Kira und wandert zu ihrer besten Freundin hinüber.

„Hey", sie beugt sich runter, „aufwachen!"

„Die scheint ja richtig tief zu ratzen", witzelt Sam und stellt sich ebenfalls neben sie.

„Komm", Kira gibt der Leiche eine spielerische Ohrfeige und bemerkt die Kälte.

„FUCK", erschrocken springt sie auf.

„Was denn?", fragt Sam und dank einer gesunden Portion Naivität versucht er dem leblosen Körper hochzuhelfen. Mit lautem Geräusch fällt Jen um wie ein Kartoffelsack.

„Die ist ja tot!", brüllt er und weicht einige Meter zurück.

„Hast du sie doch umgebracht!", ruft Peter und versteckt sich hinter einem der Regale.

„Ich habe niemanden umgebracht!"

„RUHE!" Kira schreitet ein und bedeckt die Tote mit der anderen Seite des fransigen Teppichs. „Ich weiß nicht, wer das hier ist. Aber niemand von uns hat sie getötet … Hoffentlich."

„Wer seid ihr überhaupt?", grübelt Natascha.

„Ich bin –"

„Ähm –"

„Ich glaube –"

„Mein Name –"

Keiner weiß die Antwort.

„Ich glaube", Kira setzt sich hin, „mein Name ist Sarah. Ich fühle mich wie eine Sarah."

„Dann bin ich James", antwortet Sam mit erhobenem Zeigefinger. „Das steht zumindest in diesem Notizbuch, das ich in meiner Jackentasche gefunden habe. James W."

„Aha! Dann wird das auch dein Name sein. Hast du Sarah irgendwo gelesen?", fragt Natascha.

„Nee, ich mag den Namen."

„Ich mag den Namen Michelle. Ich bin Michelle!", erklärt sie, der Stolz in ihrer Stimme ist kaum zu überhören.

„UUUUAH"

Ein lautes Gähnen ist von einem kleinen Absatz zu vernehmen, den man nur über eine noch kleinere Treppe erreicht.

„Wer ist da?", ruft Sarah.

„Ähm", stockt Ellie und schaut von oben herab. „Wer seid ihr?"

„Ich bin Sarah, das ist Michelle und das James. Und du?"

„Mein Name ist –"

„Ey", grätscht Peter zwischen, „du hast meinen Namen vergessen!"

„Und wer bist du?"

„Ich bin Nikolas!"

„Echt?"

„Bestimmt!"

Ellie schaut verdutzt. Sie merkt jedoch, dass sie den Leuten vertraut.

„Ich glaube", sie steigt die kleine Treppe hinab, „ich glaube, ich heiße Allison."

„Das ist aber ein schöner Name", bemerkt Sarah.

„Sarah, Michelle, James, Nikolas und Allison", zählt sie auf. „Dann sind wir ja vollzählig. Also bis auf die Verstorbene."

„Verstorbene?", fragt Allison und schluckt. „Wer ist –"

„Leute", sagt James und fordert mit winkender Hand die Aufmerksamkeit des Raumes. „In meinem Buch steht ganz viel über Dämonen drin. Und Vampire. Ich glaube, wir sind sowas wie Geisterjäger."

„Echt?", Sarahs Augen leuchten auf. „Das wäre ja megacool!"

„Dann ist die in der Mitte bestimmt ein Vampir gewesen! Oder ein Dämon!"

„Dann haben wir sie doch umgebracht?", fragt Nikolas mit zitternder Stimme.

„Aber dann hatte sie es ja verdient“, erwidert Allison.

„Ich will das nicht entscheiden“, erklärt er. „Mir ist das zu viel.“

„Setz dich erst mal irgendwohin und ich hol dir ein Glas Wasser“, sagt Sarah und zeigt auf eine uralte Bank, die direkt neben dem Eingang des Ladens steht und brüchig ausschaut.

Nikolas nickt und schleicht zur antiken Sitzgelegenheit.

„Weiß einer, wo wir hier sind?“ Michelle wirft die Frage in den Raum und schaut sich gelassen um. Irgendwie kommt ihr alles bekannt vor.

„Ich nicht“, erwidert James. „Aber vielleicht finden wir etwas, das uns weiterhilft? Am besten teilen wir uns auf. Passt nur auf, dass euch nicht noch mehr Vampire angreifen.“

„Noch mehr?“, fragt Sarah mit verdutztem Gesichtsausdruck.

„Wie der Vampir –“

„Die Vampirin, bitte.“

„Wie die Vampirin in der Mitte.“

Schulterzuckend und nickend stimmen alle zu und durchforsten den Laden akribischen genau. Sarah inspiziert haargenau die mystischen Gegenstände, die in den Vitrinen stecken, sieht aber keine Möglichkeit ranzukommen. Ein Schlüssel scheint nicht in Reichweite und danach zu suchen, könnte eine Ewigkeit dauern. Das macht sie erst, wenn sich keine andere Lösung offenbart.

Allison studiert haargenau die Bücher. Einige von ihnen sind nicht in den Regalen verräumt, sondern stehen auf Podesten im Laden herum. Ebenfalls hinter einer dicken Glaswand verborgen und mit einem stämmigen Schloss gefangen. Nur ein paarmal ist es ihr möglich, die Sprache zu entziffern. Bis auf einen Wälzer, der eine familiäre Aura hat und den sie irgendwann – als wäre es vor vielen Leben gewesen – schon einmal gesehen hat.

„Kennt ihr das Buch?", fragt sie in die Runde und klopft auf das daumendicke Glas.

„Vampyr."

Von einem Geistesblitz getroffen springt Sarah auf, verstummt aber umgehend wieder, da ihr der Gedanke entfallen ist.

„Also nicht?"

Sie schüttelt den Kopf. Ein komisches Gefühl. Für einen Moment hätte sie geschworen, sich an etwas zu erinnern.

„Schade."

Sie suchen weiter, doch außer mehr Büchern, Schrumpfköpfen und der antiquierten Kasse, die nicht einmal Geld enthält – Michelle hat nachgeschaut – ist nichts aufzufinden, das hilft.

„Dann müssen wir hier raus", sagt Sarah und schnippst mit den Fingern, als wäre es eine nobelpreisverdächtige Idee.

„Weiß denn einer, was draußen ist?", fragt Nikolas und steht von der Bank auf. „Ich habe nämlich rausgeschaut."

„Was anderes als ein Buchladen?", erwidert Allison.

„Monster", sagt er und atmet tief ein. „Lauter Monster."

Sarah verzieht ihr Gesicht zu einer fragenden Miene. Sie beschleicht das Gefühl, dass Nikolas zur Theatralik neigt, und überzeugt sich selbst von der Situation.

Sie lugt zwischen den heruntergezogenen Rollläden, die nicht hochgezogen werden möchten, hindurch und fokussiert ihren Blick mit zusammengekniffenen Augenlidern auf die Straße. Mit platt gedrückter Nase und einer zu kalten Scheibe im Gesicht kann sie keinerlei Kreaturen entdecken. Die nächtliche Dunkelheit, gepaart mit Straßenlaternen, die wenig Licht spenden, ist keine Hilfe. Sie sieht nur vorbeischlurfende Menschen und nichts anderes.

„Wo siehst du denn Monster?", fragt sie und schaut ihn mit hochgezogener Augenbraue an. „Da gehen ab und an Leute lang. Sonst nichts."

„Schau doch genau hin!“, entgegnet er mit genervter Stimme.

Abermals drückt sie ihren Zinken am Glas platt und schaut noch mal hin.

Von links nähert sich einer der Vorbeigehenden langsam dem Laden. Ein dezenter Schauer läuft ihr über den Rücken, den sie sich nicht anmerken lässt. Sie entdeckt nichts Auffälliges, aber kann auch das Gesicht des Heranschleichenden nicht erkennen.

Nikolas klopft ihr auf die Schulter, was sie aufschrecken lässt.

„Verdammt noch mal!“

„Schau auf die Augen“, erklärt er und zeigt raus.

Sarah konzentriert sich auf die Gestalt, die fast an der Ladentür angekommen ist. Das flimmernde Licht erhellt die Gesichtspartien. Schleichend wird erst der Hals, das Kinn, der Mund und schließlich die Nase beleuchtet. Dann sind die Augen dran.

Erschrocken weicht Sarah von der Scheibe zurück und hält sich instinktiv ihre Schnute zu, um keinen Schrei herauszulassen.

Leichenblass dreht sie sich zu Nikolas hin, der ihren Blick zu gut versteht.

Mit besorgter Miene schleicht sie vorsichtig zurück zu den anderen. Er hingegen setzt sich erneut auf die Bank.

„Komm schon Sarah“, James wippt hektisch mit seinem Oberkörper, „was hast du gesehen?“

„Nichts“, flüstert sie.

„Und was hat dich so erschreckt?“

„Sag ich ja. Da war nichts. Er hatte keine Augen. Stattdessen war dort nur Schwärze. Und trotzdem …“ Sie hält inne und lässt sich in einen Stuhl fallen.

„Trotzdem was?“, fragt Allison und ihrem Blick nach zu urteilen, ist sie kurz davor, die Beine in die Hand zu nehmen.

„Trotzdem hat er mir direkt in meine Seele geblickt.“

„Wir müssen hier weg", verlautet Michelle. „Hier können wir nicht bleiben. Besonders, wenn wir eh nichts finden."

„Warte mal", unterbricht sie James und blättert im Notizbuch, in dem er seinen Namen gefunden hat. „Hier sind Anleitungen, wie man die Wesen umbringt." Normalerweise wird an so einer Stelle Einspruch erhoben und jemand für verrückt erklärt, aber dieser Buchhandel, zusammen mit dem Monster, das vor der Ladentür steht, lässt seine Geschichte plausibel erscheinen.

„Herumwandernde Gestalten, die verlorenen Seelen gleichkommen. Aufgerissene Augen und Münder – wobei die Augen meistens nicht mehr da sind. Ausgetrocknet und rausgefallen. Diese Wesen sind Jäger vergangener Generationen, die es nicht weitergeschafft haben und jetzt hier gefangen sind."

„Wo gefangen?", wirft Sarah ein. „Wo sind wir hier?"

„Das Purgatorium …", liest James leise vor und schließt das Buch andächtig. Er schaut sich besorgt um. „Wir sind tot."

Nikolas springt panisch auf: „Ich wusste es! Ich wusste es. Das darf nicht wahr sein …"

Tränen schießen ihm ins Gesicht und er rennt nervös durch den Laden.

„Beruhig dich", zischt Michelle. „Keiner von uns ist tot. Wir haben noch unsere Augen."

„Verstehst du es nicht?" Er bleibt vor ihr stehen. „Wir sind im Purgatorium! Wenn wir noch nicht tot sind, werden wir es bald sein!"

„Weil das jemand", Michelle zeigt auf James, „den du seit ein paar Minuten kennst, in sein Büchlein geschrieben hat? Weil er behauptet, Dämonenjäger zu sein?"

James, der hektisch im Notizbuch blättert, hebt den Kopf und lässt die Augen zwischen beiden flink hin- und herwandern.

„Was erwartet ihr von mir?", fragt er. „Ich habe nur zusammengepuzzelt, was ich mir aus diesem Büchlein erschlossen habe. Es liest sich weder wie Fiktion noch wie eine Idee für ein Buch. Ich bin nicht mal sicher", er schaut bedröppelt auf den Boden, „ob ich einen Roman schreiben könnte."

„Das tut doch jetzt nichts zur Sache", brüllt Nikolas und stapft zur Ladentür.

„Das Monster", er schaut zurück, „es ist weg!"

„Ohne einen Schlachtplan sollten wir hier nicht weg", sagt Sarah.

„Wollt ihr hierbleiben? Vielleicht will das Purgatorium genau das!"

„Beruhig dich doch erst mal, Niko!"

„Ich heiße Nikolas!", er atmet tief ein. „Glaube ich zumindest!"

„Ich will zwar auch nicht hierbleiben", Michelle schaut in die Runde, „aber ich stimme Sarah zu. Ohne einen Plan sollten wir nicht rausgehen."

„Dann bleibt hier. Und versauert von mir aus. Ich werde einen Weg finden!"

Mit ganzer Kraft rüttelt Nikolas an der Ladentür und zieht sie mit einem lauten Knarzgeräusch auf. Ein letztes Mal dreht er sich um, ob jemand mitkommt, aber die anderen schauen unangenehm berührt an ihm vorbei.

Er nickt entschlossen und verlässt den Laden. Mit einem lauten Rummsen fällt die Tür ins Schloss.

„Sollten wir hinterher?", fragt James und scharrt mit einem Fuß auf dem Boden.

„Zu gefährlich", erwidert Allison trocken.

„Aber gerade deswegen?"

„Er hat sich dafür entschieden. Sollten wir wirklich im Purgatorium sein – was ich nicht glaube –, sollten wir hier nicht ohne Plan weitermachen."

„Vielleicht noch mal die Bücher anschauen?“, wirft Sarah ein, wohlwissend, dass es sie nicht weiterbringt.

„Hätte Niko mich ausreden lassen“, hakt James ein, „hätte ich mehr erzählen können.“

Sarah schaut ihn misstrauisch an. Wieso hat er das nicht eben schon eingeworfen, um Nikolas aufzuhalten?

„Laut meinem … Tagebuch geht von diesen Wesen keine Gefahr aus. Im Gegenteil. Eventuell können wir sie sogar retten. Wie, weiß ich aber nicht. Wir müssen nur aufpassen, nicht ebenfalls als solche Gestalten zu enden. Das Purgatorium wird auch anders beschrieben. Da sind wir also anscheinend nicht. Eher in so einer Art Vorstufe davon. Wir sind also alle definitiv NICHT tot.“

„Wieso hast du Nikolas das nicht eben schon gesagt?“, raunzt Sarah ihn an.

„Weil ich noch nicht zu Ende gelesen hatte.“

„Du hättest ihn aber aufhalten können.“

„Es war seine Entscheidung zu gehen. Wieso werde ich dafür verantwortlich gemacht?“

„Ich –“

Allison grätscht zwischen die beiden: „James trifft keine Schuld. Nikolas hätte hierbleiben sollen. Du hast gesehen, wie hysterisch er war. Wenn keine Gefahr von diesen Wesen ausgeht, können wir ihm hinterher und schauen, wie wir hier wegkommen.“

Sarah nickt und merkt, dass sie keine Lust auf eine Diskussion hat, die zu nichts führt.

„Heißt das wirklich“, denkt Michelle laut, „dass wir alle Jäger sind?“

James setzt eine nachdenkliche Miene auf und kommt zum schnellen Entschluss, dass es das mit Sicherheit heißt.

„Vielleicht haben wir besondere Fähigkeiten?“, fragt Allison. „Bestimmt sind wir superstark.“

Angetrieben von der Theorie versucht Sarah eines der Podeste samt Buch aufzuheben. Doch das Kupfergestell ist eindeutig zu schwer für sie.

„Nope“, seufzt sie.

„Vielleicht können wir Gedanken lesen?“

„Was würde uns das als Dämonenjäger bringen?“

„Dann wissen wir, was die Vampire denk–“

„Ich glaube nicht, dass es so funktioniert“, unterbricht sie James. „Viel eher sind wir die erste Linie der Verteidigung. Wir wissen, was dort draußen wartet und wie wir andere davor bewahren können. Menschen retten, diese Dinge jagen. Das ist unser tägliches Brot.“

„Ist mir zu pathetisch“, wirft Michelle ein. „Was machen wir jetzt?“

„Folgen wir Nikolas“, sagt Sarah. „Holen ihn ein und suchen mit ihm zusammen den Ausgang.“

Kollektiv wird erst mit den Schultern gezuckt und dann genickt. Eine bessere Idee hat hier niemand und wenn von den Augenlosen keine Gefahr ausgeht, müssen sie nur aufpassen, sich nicht zu verirren.

James hält die Tür auf und mit großer Vorsicht treten sie hinaus.

„Also dieser Komplex ist ja riesig“, schallt es aus einem der Hinterräume nach vorne. Ren findet sich im Hauptraum der Bücherei wieder, dicht gefolgt von den anderen Urgöttern.

„Bei Odin“, ruft Freya. „Wo sind sie alle hin?“

„Sind die echt gegangen?“, seufzt Ren. „Und die Leiche haben sie einfach in den Teppich gestopft.“

XXXVIII

KIRCHENGANG

AD ECCLESIAM

Wie gehen wir weiter vor?", fragt Ren und schaut Wraith an. „Hast du irgendeine Idee?"

„Nimm Jen", sie zeigt auf den Boden, „ich werde mich rausteleportieren und schauen, wo sie si–"

BOOM

Ein lauter Knall ist zu hören und so schnell Wraith verschwand, ist sie wieder da. Verdutzt liegt sie am Boden.

„Was zum …", murmelt Kali und hilft ihr auf. „Das ging flott?"

„Ich", sie sammelt sich, „kam erst gar nicht hier raus."

„Moment", wirft Mona ein. „Wir sind hier gefangen? Aber die Jäger nicht?"

„Den Anschein hat es", nickt Freya. „Irgendeine Macht hält uns hier fest."

„Die geschimmelte Melone von ihrem toten Freund hat sie auch hiergelassen", murmelt Ren, der Kiras zurückgelassenen Rucksack gefunden hat.

Die von Amnesie geplagten Auserwählten laufen – genauso irritiert wie ihre Partner – durch die Gegend. Vorsichtig an den zombiehaften Gestalten vorbei. Obwohl sie ihnen nicht schaden, trauen sie sich nicht näher an sie heran.

Die Straße ist spärlich ausgeleuchtet und die Geschäfte abgedunkelt. Trichterförmig verläuft sie nach vorne, als wolle sie Reisende an ein vorbestimmtes Ziel führen. Eine gruselige Geräuschkulisse begleitet die Jäger. Von Wolfsheulen über knackende Äste und Uhurufe ist alles dabei, was einen anständigen Horrorfilm ausmacht. Und doch ist keiner von ihnen verängstigt. Die schlurfenden Gestalten bereiten ihnen zwar ein mulmiges Gefühl, aber sie bemerken die allgemeine Vertrautheit untereinander, die ihnen Sicherheit gibt, da sie sich aufeinander verlassen.

„NIKOLAS", rufen sie in unregelmäßigen Abständen und versuchen, ihren abgehauenen Kollegen zu finden.

„Wo kann er so schnell hin sein?", fragt Allison.

„Er wird wohl kaum in eine der unbeleuchteten Seitengassen gegangen sein", erwidert Michelle. „Lasst uns der Straße folgen."

Niemand nickt, aber es gibt auch keinen Einwand.

Sie wandern an weiteren Geschäften, kleinen Wohnhäusern und einer nicht abnehmenden Zahl zombifizierter Gestalten vorbei.

„Können wir ihnen nicht irgendwie helfen?", fragt Sarah.

„Nicht, dass ich wüsste", antwortet James und kramt in seinem Notizbuch herum. „Zumindest habe ich dazu nichts in mein schlaues Büchlein geschrieben. Anscheinend bin ich selbst nie dahintergestiegen, wie man sie befreit."

„Aber wir sind uns sicher", Michelle schaut sich angewidert um, „dass Niko nicht von einem dieser Viecher gefressen wurde?"

„Ziemlich."

Erneut verfallen sie in eine unbeholfene Stille. Doch nur ein paar Schritte später platzt aus Sarah eine Frage heraus, die sie seit dem Aufwachen im Buchladen auf dem Herzen hat: „Fragt ihr euch nicht, wer wir sind? Was wir machen?

Warum wir hier sind?“

„Doch klar“, erwidert Allison. „Aber das hatten wir doch schon?“

„Ja, aber wir haben es ja direkt ad acta gelegt. Da, dieses Wort: ad acta. Woher kenne ich das?“

„Weil du schlauer als der Rest bist?“, antwortet Michelle.

„Pffff“, entweicht es James. „Ich blätter doch schon die ganze Zeit. Bisher konnte ich nur nichts zum Thema Amnesie finden. Aber ich bin mir sicher, dass wir verzaubert worden sind.“

„Und wenn nicht?“

„Dann finden wir unseren Kollegen und verschwinden von hier?“

„Aber was ist“, wirft Allison ein, „wenn wir doch im Purgatorium gefangen sind und es keinen Ausweg mehr gibt? Wenn wir in der Hölle und dazu verdammt sind, so wie diese Wesen hier rumzuschlurfen?“

James schüttelt den Kopf. „Das glaub ich nicht.“

„Vielleicht sind wir im Traum eines Kindes gefangen?“, grübelt Allison. „Wobei es dann keinen Sinn ergibt, dass wir uns nicht mehr erinnern können.“

„Wir sind Gefangene“, hakt Sarah ein. „Und wer auch immer nicht will, dass wir uns erinnern, versucht uns hier festzuhalten.“

„Das könnte sein“, murmelt James und schlägt abermals das Büchlein auf. „Ich habe von Prüfungen gelesen, die man bestehen muss, um sein Gedächtnis zurückzuerlangen.“

„Und das erzählst du uns erst jetzt?“

„Ich dachte nicht, dass es relevant ist. Diese Prüfungen werden von dämonischen Priestern abgehalten, die ihre eigene Agenda verfolgen. Wenn sie nicht bestanden werden, bekommen die Dämonen die Seelen der Teilnehmer. Gewinnen diese, erhalten sie ihr Gedächtnis zurück.“

„Und wieso sollte das nicht von Relevanz sein? Das schreit doch gerade so nach –“

„Weil hier nirgendwo eine Kirche ist, die –“

„Leute“, unterbricht sie Allison und zeigt ungläubig auf das „Gotteshaus“ vor ihnen.

„Ist das keine Kirche?“

Das spärliche Licht gibt die Sicht auf einen großen, steinernen Klotz frei, der wie von Geisterhand erschienen ist. Als hätten sie ihn mit einem Codewort gerufen.

„Lustiger Zufall“, erwidert James und ignoriert Sarahs zornigen Blick. „Aber sollten wir da wirklich rein?“

Mit jedem Schritt, den sie sich nähern, erkennen sie das große Gebäude, das vor ihnen aufragt und in der Mitte des Dörfchens steht, besser. Anstatt ein Hort der Zuflucht zu sein, sieht es wie eine Herberge des Bösen aus. Die Uhr auf dem emporstehenden Glockenturm ist kurz vor Mitternacht stehen geblieben, die Fenster zieren grauenhafte Bilder von Folter, Mord und Verderben. Das Kreuz an der Front ist zum Boden gedreht.

Die Seitenpfeiler der Kirche fressen sich in die Erde und sehen wie Wurzeln aus, die sich wie aggressiver Krebs verbreiten und alles in ihrer nahen Umgebung verschlucken.

„Ich gehe da nicht freiwillig rein“, sagt Allison.

„Und wenn da drin der Prüfungspriester wartet?“, wirft Michelle ein.

Grübelnd schauen sie sich um. Irgendetwas stimmt mit dieser Kirche nicht. Woher kommt das Ungetüm auf einmal?

„Seht ihr das?“, fragt James und zeigt auf einen der sich ausbreitenden Pfeiler. „Bewegen sich diese Metalldinger da?“

Vorsichtig treten sie näher heran.

„Diese Teile bewegen sich doch.“

Wie eine Schlange, die sich lautlos an ihre nichtsahnende Beute heranschleicht, bohren sich die Pfeiler vor ihren Augen langsam, aber zielgerichtet weiter in den Boden. Kleine Risse brechen den Asphalt auf.

„Macht es das schon immer?“ Sarah zieht eine Augenbraue hoch und dreht den Kopf fragend zur Seite. „Oder bewegt sie sich etwa?“

„Moment!“ Abermals holt James sein Notizbuch hervor. „Hier. Dachte ich es mir doch.“ Er tippt mit dem Zeigefinger wiederholt auf eine Stelle im Buch. „Sobald sich neue Opfer im Umkreis der Teufelskirche befinden – treffender Name –, fängt sie an, ihre Ranken auszubreiten, um sie aufzuspüren.“

„Heißt das etwa, sie spießen uns auf?“, bibbert Allison.

James blättert herum, verneint aber, da er keine weiterführenden Informationen dazu findet.

„Also gibt es mehr von diesen“, Sarah zieht eine Augenbraue hoch, „Teufelskirchen?“

„Anscheinend? Sonst hätte ich das ja nicht hier reingeschrieben. Mit Sicherheit waren wir schon mal in einer.“

„Dann haben wir auch schon einmal unser Gedächtnis verloren?“, wirft Michelle ein.

„Auch das erscheint mir möglich.“

PANG

Die vier erschrecken. Das alte, hölzerne Tor der Kirche ist mit einem lauten Knall aufgeschossen. Wabernder Nebel fließt heraus in Richtung der Jäger, als wolle er sie einladen.

„Ich sehe keine andere Möglichkeit“, murmelt James und schaut andächtig in die Runde, bevor er die Teufelskirche betritt.

Allison guckt ihm mit aufgerissenen Augen hinterher und blickt ihre Freundinnen an, um ihnen verstehen zu geben, dass sie hierbleiben sollen. Vergeblich.

Sarah und Michelle folgen ihm hinein.

„Ich wollte in einer Kirche beerdigt werden“, Allison stampft wütend auf dem Boden auf, „und nicht in einer sterben.“

Beim Eintreten in das bedrohliche Gebäude lässt James seine Hand sanft über das uralte Holz fahren. Er spürt ein raues, aber auch familiäres Gefühl an den Fingerkuppen. Als wäre er hier schon einmal eingetreten. Eingravierte Runen zieren den Torbogen, allesamt sagen sie ihm nichts. Ist die Amnesie schuld oder liegt es an ihrer dämonischen Herkunft?

„Komm schon." Sarah gibt ihm einen freundlichen Schubser. „Geh rein. Ich will mein Gedächtnis wiederhaben."

Er nickt, lässt seinen Blick einen Moment länger am Holztor haften und betritt mit den anderen das düstere Gemäuer.

Auf dem Boden liegt ein roter Teppich, der geradewegs zum Altar führt, den sie aufgrund der Dunkelheit kaum ausmachen können.

Die Holzbänke um sie herum sind heruntergekommen, morsch, teilweise brüchig und zum größten Teil beschädigt. Viele sind durchgebrochen, wenige stehen noch. Auf allen liegen paradoxerweise unbeschädigte schwarze Bücher, die ein Kreuz aufgezeichnet haben und brandneu aussehen.

„Da hat jemand die Schinken falsch herum hingelegt", bemerkt Allison.

„Nein", James nimmt eines in die Hand. „Die Kreuze zeigen absichtlich zum Boden."

„Oh“, schluckt sie und stellt sich eingeschüchtert hinter die anderen.

Mit bedachten Schritten ziehen sie weiter, um nicht über einen Knick im Teppich oder einen der heruntergebröckelten Steine zu stolpern, die von der Fassade abgefallen sind.

„Die besten Tage hat diese Kirche echt hinter sich“, witzelt James in der Hoffnung, die Situation etwas aufzulockern.

„Pssst“, zischt Sarah und ihr Blick wandert nach vorne zum Altar.

Im Schatten ist eine Figur erkennbar. War sie vorher schon da? Gesehen haben sie sie nicht.

„Das wird der Dämonenpriester sein“, flüstert James.

Sarah schüttelt leicht mit dem Kopf und schaut ihn mit fragenden Augen an, als wolle sie sagen: „Ach echt?“

„Tretet ein“, eine hohe, krächzende Stimme, die wie ein zu oft benutztes Reibeisen klingt und in der kompletten Kirche hörbar ist, schallt hervor.

„Wer“, sie spricht in langsamen, „seid“, sehr, sehr langsamen, „ihr?“, Sätzen.

Mit aufgeplusterter Brust stellt sich James vor seine Kolleginnen und tritt nach vorne.

„Ich bin James. Das sind meine Freundinnen Sarah, Michelle und Alisson.“

Die drei sind etwas verwundert über seine machohafte Vorstellung, aber sagen nichts.

Lautes Lachen ertönt und lässt ihnen das Blut in den Adern gefrieren.

„Das seid ihr nicht“, sagt der Dämonenpriester.

„Sondern?“ Sarah stellt sich vor James und übernimmt das Ruder. Er überlegt kurz, Einspruch zu erheben, aber so fühlt es sich natürlicher an.

„Ihr seid“, langsam tritt die Figur aus dem Schatten, „meine Gefangenen.“

Das gedimmte Licht gibt das Aussehen des Priesters preis. Lange, scharfkantige Zähne ragen aus einem zu kleinen Mund heraus. Seine Haut ist fahlgrün. Sollte er Augen oder eine Nase besitzen, wird beides von einem comichaft großen Birett verdeckt. Seine lange, schwarze Robe ist überzogen mit blutroten, eingetrockneten Flecken.

„Wir haben euch schon erwartet“, zischt der Dämon.

„Wir?“ Sarah schaut sich verwirrt um. „Wer ist wir?“

Auf einmal saust unter der Robe ein Zepter hervor, mit dem er zweimal auf den Altar vor sich schlägt, was ein lautes *KLANG* zur Folge hat.

Schallendes, ohrenbetäubendes Gegacker erklingt. Sie drehen sich reflexartig um und halten sich die Ohren zu.

Die eben noch zerstörten und vor allem leeren Bänke sind gefüllt mit den herumtreibenden Wesen, deren Augen und Münder riesig aufgerissen sind und die grunzendes Gelächter von sich geben.

„Drei Prüfungen!“, ruft der Priester und das Lachen verstummt. „Drei Prüfungen gilt es zu bestehen! Wenn ihr alle schafft, kommt ihr eine Ebene weiter!“

„Eine Ebene?“, fragt James. „Wie so ein Level in Mario-Spielen?“

„Als wüsste dieser Dämonenfungus, was Mar–“

„Nicht wie in Super Mario“, erwidert der Dämonenfungus.

„Schon gut“, seufzt Michelle.

„Was für eine Ebene?“, fragt Sarah.

„Ihr …“ Mit langsamen, bedrohlichen Schritten, die jedes Mal ein lautes *KLANG* von sich geben, weil er das Zepter gegen den Altar schlägt, bewegt er sich auf die Vier zu, „…wisst gar nicht, wer ihr seid.“

„Wir sind Dämonenjäger.“ James hält stolz sein Buch in die Höhe.

„Ah, das Notizbuch deines Bruders." Der Dämonenpriester lacht abermals. „An ihn erinnere ich mich gut."

„Von meinem", James schaut es erschrocken an, „Bruder?"

Eine verwaschene Erinnerung kommt in ihm hoch. Er sieht die Silhouette eines jungen Mannes vor sich. Dunkelblondes Haar und coole Lederjacke. Der Mann fasst sich an seinen Hals, genauer an die Kette, die James mittlerweile trägt, aber mal seinem Bruder gehörte.

Sarah erkennt an seinem Blick, dass James Herz soeben ein zweites Mal zerbrochen ist.

„Mein Bruder", flüstert er, „ist tot."

„Lange her", bemerkt der Priester. „Euer Vater hat euch in dieses Leben reingezogen. Dabei ist Ignoranz doch so viel schöner."

„Die drei Prüfungen", zischt James zähneknirschend. Er versucht, seine Tränen zurückzuhalten, die gegen ihn kämpfen und langsam seine Wange hinabwandern.

„Was müssen wir tun?"

„Simpel", krächzt der Priester. „Die erste Prüfung stellt euren Intellekt auf die Probe. Ihr seid gestorben –"

„Ich wusste es!", schreit Nikolas, der soeben durch das Kirchentor eingetreten ist. „Und jetzt müssen wir auf ewig in dieser Hölle verbringen!"

„Nein", erwidert Sarah. „Es ist ein Rätsel."

Sie winkt ihn zu sich rüber und hält einen Zeigefinger an ihren Mund, damit er die Klappe nicht aufmacht.

Der Priester lächelt Nikolas grausig an und fängt erneut an: „Ihr seid gestorben. Vor euch seht ihr zwei Türen. Beide sehen gleich aus und sind nicht voneinander zu unterscheiden. Eine Tür führt in die Hölle, die andere in den Himmel. Um die erste Prüfung zu bestehen, müsst ihr die Tür finden, die in den Himmel führt. Vor jeder Tür steht ein Wächter. Beide Wächter sind ebenso gleich und nicht voneinander zu unterscheiden. Einer der Wächter erzählt immer die Wahrheit. Der andere immer eine Lüge. Ihr dürft eine einzige Frage stellen. Welche Frage stellt ihr und wie hilft euch die Antwort dabei, die Himmelspforte zu finden?“

„Keine Ahnung“, ruft Michelle rein. „Rätsel waren noch nie meine Stärke. Glaube ich.“

„Ist das eure finale Antwort?“, lacht der Priester.

Sarah schüttelt hektisch den Kopf und hält ihr mit der ganzen Hand den Mund zu, was ihr so gar nicht gefällt.

„Nein, ist es nicht, einen Moment.“

„Nehmt euch alle Zeit der Welt.“ Der Dämon lacht gehässig und seine zombifizierten Untertanen grölen mit.

„Ist doch easy, oder?“, wirft Allison ein. „Wir fragen, welche Tür die richtige ist und der, der die Wahrheit sagt, zeigt auf die echte, der andere nicht.“

„Und durch welche Tür gehst du dann, wenn beide identisch sind und du nicht weißt, welcher Wächter derjenige ist, der stets die Wahrheit spricht?“

„Ach so …“ Allisons Mundwinkel verziehen sich.

„Welche Farbe hat der Himmel … vielleicht so was? Dann wissen wir, wer die Wahrheit sagt“, wirft Sarah ein.

„Wir haben nur eine Frage“, überlegt Michelle.

James tritt unbemerkt einen Schritt nach vorne und schaut den Dämonenpriester entschlossen an. Dieser bemerkt den Blick und seine abscheuerregende Fratze verzieht sich abermals zu einem gehässigen Grinsen.

„Auf welche Tür würde der jeweils andere Wächter verweisen, um auf die Himmelspforte zu zeigen?“

Der Priester zischt und sein Lächeln verschwindet. Wütend knurrt er James an.

„Aber was“, er raunzt lauter, „wäre die Antwort?“

Mit aufgerissenen Augen schauen ihn seine Jägerkollegen an.

„Der Wächter, der die Wahrheit spricht, weiß, dass der Lügenwächter auf die Höllenpforte zeigt. Also zeigt der Wahrheitswächter auch auf diese Tür. Er soll ja schließlich auf diejenige zeigen, auf die der andere Wächter zeigt, um die Himmelspforte zu zeigen. Also geht man durch die Tür, auf die die beiden nicht zeigen."

„Mein Kopf tut weh", wimmert Nikolas.

Der Priester fletscht die Zähne, was wie das Aneinanderreiben von zwei Sägen klingt.

„Zweite Prüfung!", verlautet er.

„Können wir gerne machen", wirft James ein, „aber ich habe die Lösung in meinem Notizbuch. Mein Bruder hat sie alle aufgeschrieben. Ihr hättet euch mal was Neues ausdenken sollen."

Erleichtert atmen die anderen aus und schauen den Dämon überlegen an.

„Schummeln", grunzt dieser, „wird mit dem Tod bestraft."

Das Zepter schlägt mit einem markerschütternden *KLANG* auf dem Boden auf, das Lachen der Zombies verstummt und wandelt sich in ein widerliches Kreischen.

Nikolas hält seine Lauscher mit den Händen feste zu und rennt panisch an den Untoten vorbei nach draußen.

Sarahs Augen weiten sich und sie schaut ihm verzweifelt hinterher.

„Schnell! Lauft weg! ren–"

BOOM

Ein greller, heller, weißer Blitz schlägt inmitten der Kirche ein.

Die Zombies verstummen, der Priester schaut ehrfürchtig und der Rauch vom Blitzeinschlag verdeckt allen die Sicht.

James, Michelle und Allison wedeln den Staub mit den Händen weg, um etwas zu erkennen.

Kira, im vertrauten Outfit, tritt mit ihrem Dämonenschwert Dante aus dem Nebel hervor. Gefolgt von Ren, der breit grinsend auf die Zombies schaut und sich auf das nahende Gemetzel freut.

„Was zum –", stottert Michelle, „geht hier vor?"

„Kali", erwidert Kira trocken.

„Kali?"

BOOM

„Freya."

Allison versteht und lacht: „FREYA!"

BOOM

„Fen–"

„Ich weiß", seufzt Sam lächelnd und steckt das Buch ein. „Die Erinnerung an meinen Bruder hat alles wiedergebracht. Ich hatte nur gehofft, einen Moment länger James bleiben zu können."

Kira schaut ihn angesäuert an, bemerkt aber schnell, dass das Lächeln seinen Schmerz maskiert. Sie nickt und stürzt sich auf die Zombies.

„FENRIR!"

BOOOM

Der Wolfshund schlägt neben seinem besten Freund wie ein Meteor ein, den niemand aufhalten kann. Sie schauen den Dämonenpriester hasserfüllt an und schreiten auf ihn zu. Sam knackst demonstrativ mit dem Nacken und Fenrir fletscht die Zähne.

Mehrfach haut der Dämon sein Zepter auf den Boden, doch nichts passiert. Die angreifenden Untertanen werden von den anderen Jägern mit Leichtigkeit auseinandergerissen.

„Ihr könnt nicht –", stottert der Priester, wird aber von Sam unterbrochen, der nun unmittelbar vor ihm steht.

„O doch."

Festentschlossen, mit angehobenem Kinn und fixierendem Blick schaut er den Priester an, holt aus und durchstößt mit aller Kraft dessen Brustkorb.

Der Dämon schreit schmerzerfüllt auf und sieht mit an, wie sein pechschwarzes Herz aus seinem Körper gerissen und mit einem lauten Quetschgeräusch, als würde man auf eine Mandarine treten, zerdrückt wird.

„Ihr werdet niemals zu Astaroth …", sind die letzten Worte, die über seine Lippen wandern. Er fällt mit einem Geräusch, das so ähnlich wie *SCHLORP* klingt, zur Seite und löst sich in schwarzen Rauch auf.

Kira hat sich unbemerkt neben Sam gestellt und ihren Arm auf seine Schulter gelegt.

„Ich wünschte", flüstert sie andächtig, „ich hätte deinen Bruder kennengelernt."

„Hier", sagt er, schlägt das Notizbuch seines Bruders auf und zeigt ihr die Seite über den Höllenpriester. „Lies den letzten Abschnitt."

Verwundert nimmt sie das Buch entgegen und bemerkt eine handschriftliche Notiz, die um einiges jünger als das restliche Geschriebene aussieht. Sie liest leise: „Sollte der Priester seine Prüfungen ändern, ist das relativ egal, weil du smart bist und dieses Buch immer dabeihaben wirst, oder Sammy? Auch wenn das heißt, dass ich nicht mehr da bin. Denk dran, kleiner Bruder, ich werde trotzdem immer bei dir sein – in deinem Herzen."

Kira schlägt das Buch zu und nimmt Sam fest in den Arm. Tränen laufen seine Wangen hinab und einen Augenblick lang wäre er gerne woanders.

Ein Dimensionsportal erscheint in der Mitte der Kirche und Mona sowie Wraith treten hindurch.

„Durch den Tod des Dämonenkaspers habt ihr die Barrikade gebrochen", bemerkt Wraith.

„Hat jemand Peter gesehen?", fragt Mona und schaut sich besorgt um.

XXXIX

AM SCHEIDEWEG

TRIVIO

Die Straßen sind leergefegt und die Kirche ruht. Der bedrohliche Rotglanz ist verschwunden und zurück bleibt ein ruiniertes Gemäuer, das in Vergessenheit geraten wird.

Es sind keine zombifizierten Jäger mehr zu finden und außer den spärlich ausgeleuchteten Wegen ist alles in Dunkelheit gehüllt.

„Peter", rufen sie immer wieder und suchen ihren Gefährten, der scheinbar die Beine in die Hand genommen hat und weggelaufen ist.

„Uns läuft die Zeit davon …", bemerkt Wraith und wirft Kira einen ernsten Blick zu.

„Wir werden Peter nicht zurücklassen", erwidert die.

„Er ist abgehauen", merkt die Dimensionswanderin an. „Ich bin nicht seine Babysitterin und habe kein Interesse daran, seinen egoistischen Arsch zu suchen."

„Hey", zischt Mona und baut sich vor ihr auf. „Es wird niemand zurückgelassen."

„Sieh es ein", Wraith geht nah an ihr Gesicht heran, „er war von vornherein ein Klotz am Bein und ich habe keine Lust mehr, auf ihn aufzupassen."

Monas Blick trifft den ihren und die beiden halten einen Starrkontest ab.

„Wer zuerst blinzelt, muss Jens Leiche tragen“, witzelt Ren, unwissend, was er in Wraith auslöst.

Ihr Blick verdunkelt sich, blitzende Energiekugeln erscheinen in ihren Händen und sie lässt einen wütenden Schrei los, der den anderen das Blut in den Adern gefrieren lässt. Ihr Aufschrei steckt voller Wut, Verzweiflung und Trauer. Er klingt wie ein Hilferuf.

Mona schreckt zurück, öffnet aber ihr Zauberbuch und hält dagegen.

„HEY!“, brüllt Kira und stellt sich unmittelbar zwischen die beiden. „Wir sind ein Team! Wir haben eine Mission!“

„Wir können nicht ohne Peter weitergehen“, erklärt Mona mit todernster Miene.

„Wir werden ihn auch nicht zurücklassen.“

„Macht“, Wraith lockert sich, „was ihr wollt. Ich suche die nächste Ebene und werde sie durchschreiten. Egal ob mit oder ohne euch. Ich bin einen Blutvertrag mit Jen eingegangen und habe alle Absichten, ihn einzuhalten.“

„Allein wirst du es nicht schaffen“, erklärt Ren und schaukelt Jens Leiche symbolisch von links nach rechts.

„Gib sie mir.“ Wraith stellt sich vor Ren hin. Obwohl Ren fast doppelt so groß ist, fühlt er sich in diesem Moment absurd klein.

„GIB SIE MIR!“

Ren schluckt und legt Jens leblosen Körper vorsichtig auf den Boden.

„Wraith“, Ren hält inne und benimmt sich uncharakteristisch empathisch. Er tritt einen Schritt nach vorne und umarmt sie. Die anderen schauen die beiden verdutzt an. Die Geste hätten sie von Freya erwartet.

„Ich weiß, was du fühlst.“

„Woher willst du wissen, was ich fühle?“

„Wir alle wissen, wie du dich fühlst.“

Sie schubst Ren zurück und schaut ihn erbost an. Ihre weißen Augen sind glasig, doch Tränen sind keine zu finden.

„Ich bin wütend, Ren! Stinksauer! Erst tötet Billie meinen besten Freund und dann meine Partnerin. Ich bin nicht traurig. Ich bin zornig. Ich bin hasserfüllt. Ich bin wütender, als ich jemals zuvor war!“

„Wir wollen dir helfen. Aber wir müssen als Team arbeiten und Peter wiederfinden – auch wenn ich ihn genauso nervig finde wie du.“

„Hey …“ Mona seufzt und wird von Ellie getröstet.

„Ohne ihn“, fährt Ren fort, „haben wir noch weniger Chancen als sowieso schon. Um Jens Seele aus Astaroths Gefäß zu retten, müssen wir zusammenhalten.“

„Die Zeit läuft uns davon. Und Peter hält uns zurück.“

Kopfschüttelnd und sichtlich erschöpft hebt Wraith die Leiche ihrer Partnerin auf und trägt sie behutsam mit beiden Armen.

„Ich öffne euch ein Dimensionsportal, wenn ich den Eingang zur nächsten Ebene gefunden habe.“

Sie stapft angestrengt los und hat Schwierigkeiten, die Leiche zu tragen. Es ist jedoch nicht das physische Gewicht, das sie ins Wanken bringt.

„Renée …“

Die Jäger reißen die Augen auf und gucken zu Freya, die Wraiths echten Namen ausgesprochen hat. Die anderen alten Götter – bis auf Ren und Kira, die schmunzeln – schauen sie geschockt an. Fenrir wimmert leise, er fürchtet sich vor den Konsequenzen, die das Brechen des kosmischen Gesetzes mit sich zieht.

Sie hält inne und schaut zum pechschwarzen Firmament.

„Ich glaube, es regnet“, sagt sie.

„Ja … es ist eine Nacht für Regen“, erwidert Freya, die zu ihr rübergeht und sanft ihren Arm um sie legt.

Die anderen bleiben wie angewurzelt stehen, obwohl es Kira auf der Seele brennt, nachzufragen, warum sie Wraiths echten Namen geäußert hat. Ist das kosmische Gesetz in der Hölle egal? Eine erstickende Stille breitet sich aus und erfüllt die Straße. Selbst die flackernden Lichter haben sich beruhigt und trauen sich nicht, den Moment zu ruinieren.

„Renée“, wiederholt Freya. „Du warst diejenige, die mich zurückgebracht hat. Die mir auf ihre warmherzige Weise erklärt hat, warum ich gebraucht werde. Ich habe Äonen im Schatten gelebt, weil ich mich nicht mehr getraut habe, ins Licht zu kommen. Wenn du uns jetzt den Rücken zukehrst, werden dich diese Schatten verschlingen.“

„Es ist nicht fair“, flüstert Renée, reibt die Zähne aufeinander und schaut weiter in den Himmel. „Einfach nicht fair.“

„Das war es nie“, tröstet sie Freya. „Aber deswegen dürfen wir nicht aufgeben. Deswegen müssen wir weitermachen.“

„Ich kann nicht mehr“, entgegnet die Dimensionsreisende und legt die Leiche ihrer toten Partnerin vorsichtig ab.

Freya nimmt sie in den Arm. Ren nutzt die Gelegenheit, schleicht zu den beiden rüber und wirft sich die verstorbene Jägerin erneut über die Schulter.

„Sei vorsichtiger“, zischt Ellie, selbst überrascht von ihren Worten.

„Ist euch was aufgefallen?“, fragt Sam, der seine Nase bis eben im Notizbuch seines Bruders hatte.

„Waren gerade alle bisschen beschäftigt“, erwidert Kira.

Sam macht ein paar Schritte nach vorne, schlägt sein Buch abermals auf, schließt es mit einem lauten „AHA“ und guckt in die Runde.

„Wir sind bereits auf der nächsten Ebene. Die Kirche –“

„– war ein Portal“, unterbricht ihn Kali. „Dachte ich mir. War aber auch nicht schwer herauszufinden.“

Er ignoriert den Kommentar und öffnet ausdrucksvoll erneut das Notizbüchlein, um den Anwesenden die Zeichnung einer Teufelskirche zu zeigen.

„Das haben wir schon gesehen“, erwidert Natascha und rollt mit den Augen.

„Aber was steht da?“, fragt Sam und grinst.

„Keine Ahnung“, seufzt Kali. „Niemand kann diese Schrift entziffern.“

Sam schüttelt den Kopf und schließt das Buch zum wiederholten Male, was in seinen Kollegen Frustration auslöst.

„Das bleibt jetzt auch zu“, witzelt Ellie, um die Situation aufzulockern, wird aber von den anderen ignoriert.

„Die Teufelskirche“, Sam schaut mit aufgesetztem Nachdenkerblick zum Horizont, „ist ein Portal. Wenn die Prüfungen abgeschlossen sind – oder der Dämonenpriester besiegt ist –, betritt man automatisch die nächste Ebene. In unserem Fall den nächsten Ring. Leuchtet doch ein!“

„Er hat recht“, stimmt Wraith zu. „Wir befinden uns nicht auf derselben Straße wie vorher. Ich kann aber nicht sagen, in welchem Ring wir uns befinden.“

„Im Vierten“, antwortet Kira trocken.

„Ich weiß nicht, was er darstellt.“

Die Jäger und die Urgötter schauen sich abermals um. Vielleicht können sie etwas ausmachen, das ihnen vorher nicht aufgefallen ist? Doch außer Dunkelheit, Straße und flackernden Beleuchtungen sehen sie nichts.

„Das ist es“, sagt Ren und schnippst, als sei ihm ein Licht aufgegangen.

„Was ist es?“, fragt Freya, bereit, von der Antwort enttäuscht zu werden, weil es wieder irgendein dummer Witz ist.

„Nichts!“, erwidert Ren.

Freya seufzt und ärgert sich, dass sie auf ihn reingefallen ist. „Hilfreich wie immer."

„Nein", Ren wandert ein paar Schritte umher. „Wir sind im Nichts. Das ist der vierte Ring. Deswegen sind wir alle beisammen. Es gibt kein oben, kein unten, kein vorne oder hinten. Wir können so lange durch die Gegend spazieren, wie wir wollen, es wird zu nichts führen. Und im Nichts bleiben."

„Das ist doch Bullshit", spottet Natascha und rennt los. „Siehst du!", sagt sie nach ein paar Metern und dreht sich zurück, nur um erschrocken festzustellen, dass sie auf der Stelle gelaufen ist.

Kali traut Rens Worten ebenso wenig, nimmt Anlauf und macht einen eindrucksvollen Salto nach hinten. Sie landet jedoch auf derselben Stelle.

„Wir können uns bewegen, wie wir wollen", fährt Freya fort, „wir werden nicht von der Stelle kommen."

Mona schaut sich besorgt um und schlägt ihr Zauberbuch auf. Sam tut es ihr gleich, weiß jedoch, dass er nichts finden wird, da er noch nie von dem Nichts gehört hat.

„Wie kommen wir hier wieder raus?", fragt Ellie mit zitternder Stimme.

„Gar nicht", erwidert Freya, die einen Satz nachschieben möchte, aber von einem leisen Wimmern unterbrochen wird.

„Ich will hier nicht ewig bleiben", schluchzt Ellie.

„Das Nichts hat keinen Anfang und kein Ende", fährt Freya fort, darf jedoch abermals nicht aussprechen.

„Aber wir sind hier doch irgendwie reingekommen!", schreit Ellie und fängt an zu hyperventilieren. Freya wandert zu ihr hinüber und legt den Arm um sie.

„Lass mich kurz ausreden, mein Kind." Ihre Partnerin nickt ihr zu und beruhigt sich.

„Natürlich sind wir hier reingekommen – ohne dass wir es bemerkt haben. Das ist der Trick an der Sache. Solange wir nicht darauf achten und das Nichts links liegenlassen, kommen wir hier auch wieder raus."

„Das ist doch Bull–"

„–shit, ja, wir haben dich beim ersten Mal gehört, Natascha. Lasst sie endlich ausreden", zischt Kira und hört zu. Wraith schaut sie mit stolzem Blick an.

„Im Nichts passiert nichts. Sorgt euch nicht darum."

„Das mache ich sowieso schon die ganze Zeit", witzelt Ren und setzt sich hin.

„Es ist der perfekte Zeitpunkt", Freya gähnt, „um ein Nickerchen zu halten."

XI

TAUFRISCH

ROSCIDUS

Kira reibt sich im Halbschlaf die Augen und steht benebelt auf. So gut hat sie schon lange nicht mehr geschlafen. Die Ruhe war überfällig. Ihr entweicht ein leiser Gähner, gefolgt von feuchten Schmatzgeräuschen.

Die grelle Sonne blendet sie, sodass sie nicht direkt sehen kann, wo sie sind.

„Das sieht nicht nach nichts aus", flüstert sie, reibt sich abermals die Augen und erspäht ihre Jägerkameraden tief und fest zwischen exotischen Pflanzen und Bäumen schlafen.

„Verrückt, was?", sagt Ren, hoch oben in einer Baumkrone sitzend und die Umgebung genau studierend. „Freya weiß, wo wir sind."

„Wieso weiß Freya, wo wir sind?", fragt Natascha, die ebenfalls aufgewacht ist, und rollt mit den Augen.

„Ganz schön frech", seufzt Ren.

Kira zieht los und mustert aufmerksam die Umgebung. Die Bäume sind mit glücklichen grünen Blättern dekoriert und erfreuen sich einer grellen Sonne, die angenehme Wärme ausstrahlt.

Rote Blumen wechseln sich mit gelben und blauen ab und tanzen gemeinsamen in der leichten Sommerbrise, die von Westen her weht. Der Geruch von süßlichem Honig liegt in der Luft, als hätten Bienen ihn frisch hergestellt und ihre Hintern genüsslich an den Bäumen langgerieben.

Die Jägerin ist erstaunt, dass nichts versucht sie umzubringen oder giftige Gase ausstößt.

Der Boden unter ihren Füßen gibt mit jedem Schritt sanft nach. Auf der lockeren Erde wachsen kleine, zierliche Grashalme, die Kira nicht kaputt treten möchte. Sie überlegt einen Augenblick und zieht ihre Schuhe aus.

Ren hüpft demonstrativ von der Baumkrone herab und landet mit einem lauten *WUMMS* neben ihr.

„Wieso packst du deine Käsetreter aus?“ Argwöhnisch schaut er auf ihre Füße, auf denen sich tiefgehende Abdrücke ihrer engen Stiefel abzeichnen.

Sie ignoriert den Kommentar und schlendert unbesorgt durch das märchenhafte Waldstück. Zumindest für einen unscheinbaren, zu kurzen Moment möchte sie nicht an ihre tote beste Freundin, ihren toten Verlobten oder daran, wo sie sind, denken.

„Das falsche Paradies“, sagt Freya, als wäre sie die Stimme eines Navigationsgeräts, das den Zielort verkündet. „Lasst euch nicht in die Irre führen. All die Schönheit ist nur eine Falle. Belial ist der Herrscher dieser Lande. Er war einst ein Urgott, bis er in Ungnade gefallen ist.“

„Sind wir nicht in einem der Ringe?“

„Unsicher, wo uns das Nichts hingebracht hat“, erwidert Renée, die von einer Erkundungstour der Umgebung wiedergekommen ist. „Das falsche Paradies war eigentlich kein Teil der Höllenringe. Zumindest nicht, dass ich wüsste. Wir müssen Belial finden und ihn ausquetschen.“

„Bist du deppert?“, wirft Ren ein und schüttelt comichaft den Kopf. „Wir sollten einen Weg hier raus finden.“

„Hast du etwa Angst vor dem großen, bösen Geist?", erwidert sie und klopft Ren mit nachäffender Lache auf die Schulter. „Du bist doch wieder erwacht. Was soll dir ein in Ungnade gefallener Urgott anhaben?"

„Weiß irgendwer", Ellie schaut sich eingeschüchtert um, „wo wir lang müssen?"

„Ich habe wenig Anhaltspunkte beim Erkunden gefunden", erwidert Renée. „Unsere beste Chance wird sein, in die Himmelsrichtung zu gehen, aus der der Sonnenkörper strahlt."

„Was", Mona schluchzt, „ist mit Peter? Wir können ihn doch nicht einfach zurücklassen …"

„Er wird noch auf der Ebene gefangen sein, auf der wir gegen den Höllenpriester gekämpft haben", antwortet Kira. „Ich glaube, er ist keiner Gefahr mehr ausgesetzt. Und sein Gedächtnis hat er immer noch verloren. Gerade weiß ich nicht, wie wir zurückkommen. Wir können nur nach vorne gehen. Aber ich verspreche dir, wir werden ihn retten. Es wird niemand zurückgelassen. Gerade bleibt uns jedoch keine andere Wahl, als weiterzumachen."

Mona nickt. Das war nicht die Antwort, die sie hören wollte. Aber sie versteht, dass sie keine Alternative haben. Mit schwerem Herzen und einem Kloß im Hals kramt sie ihr Zauberbuch hervor, schlägt zielgerichtet eine Seite auf und murmelt ein paar fremdklingende Worte.

Die anderen bemerken erst einige Schritte später, dass Mona immer wieder denselben Satz sprechgesangsartig aufsagt. Ihre Augen sind nach hinten gerollt und nur das Weiße ist schimmernd sichtbar. Kira zieht beide Augenbrauen hoch und schaut mit einer gesunden Portion Misstrauen auf das Schauspiel.

„Versucht sie zu Peter zu kommen?", fragt Ellie und verschränkt die Arme krampfhaft. „Nicht, dass sie irgendetwas beschwört."

„Mona", sagt Renée mit langsamer und gedämpfter Stimme. „Mona", sagt sie ein weiteres Mal, lauter und eindringlicher.

„MONA!" Ein kleines Portal öffnet sich und Renée versucht dazwischenzuspringen, um was auch immer durchkommt aufzuhalten. Doch sie ist zu spät. Ihr heldenhafter Hechtsprung hat das Wesen, das soeben durchgeflogen ist, nicht abhalten können.

„Darf ich vorstellen", quiekt Mona vergnügt und zeigt auf das lila schimmernde Etwas, das augenscheinlich einer Libelle die Flügel gestohlen hat und wild zwischen allen Anwesenden durch die Gegend flattert, „das ist Na'Ri."

„Was ist das?", fragt Kira und versucht, das fliegende Objekt anzufassen. Es ist jedoch zu geschwind, als dass man es greifen könnte.

„Na'Ri ist eine Fee", erklärt Mona leichtlebig und macht mit beiden Händchen das Peace-Zeichen, als ob sie aus einem fernöstlichen Cartoon entsprungen ist. „Sie kann uns zeigen, wo wir lang müssen. Das ist nämlich ihre Spezialfähigkeit!"

Na'Ri fliegt hektisch rauf und runter, um ein menschliches Nicken zu symbolisieren. Sprechen kann sie nicht. Aber das muss sie nicht, wenn sie die feegewordene Navigation spielt.

„Und Na'Ri kennt sich hier aus?" Renée schaut die Fee bedenklich an. Sie wundert sich, dass sie in all ihrer Zeit nie von Feen gehört hat. „Oder ist das nur von dir geraten?"

„Nein", schnauft Mona. „Sie kennt sich nicht nur hier aus, sondern überall. Feen haben die ganz besondere Fähigkeit, genau zu wissen, wo etwas ist. Sofern ihr haargenau beschreiben könnt, wo ihr hinwollt."

„In den nächsten Ring!", platzt es aus Kira heraus, die mit hoffnungsvollem Blick auf Na'Ri schaut.

Die Fee guckt sich um, fliegt in Windeseile um alle herum und landet auf Kiras Hand, genauer auf dem Verlobungsring, den ihr Ben geschenkt hat.

„Das ist doch ein schlechter Scherz“, sagt die Anführerin und seufzt.

„Haargenau beschreiben!“ Mona stampft mit ihren Füßen auf und entschuldigt sich bei Na’Ri, die nicht den Anschein macht, als würde sie verstehen, warum Kira enttäuscht ist.

„Der nächste Ring ergibt auch wenig Sinn“, grübelt Renée, ihr Kinn kratzend. „Na’Ri –“ Die Fee fliegt nur Millimeter entfernt vor ihrem Gesicht und berührt dabei fast ihre spitze Nase.

„Bisschen nah“, sagt Renée und macht einen kleinen Schritt zurück, den ihr die Fee aber direkt folgt. „Cool, cool, cool … Na’Ri, wir suchen einen Urgott. So groß wie der da“, sie zeigt auf Ren, „doch komplett in schwarz gekleidet. Lange, dunkelrote Haare. Vollbart im Gesicht. Trägt einen glitzernden Geh-Stock mit sich herum, der einen Degen verbirgt. Seine Zunge ist zweigeteilt wie bei einer Schlange. Außerdem, und das ist ganz wichtig, ist er –“

Na’Ri zischt weit nach oben in die Luft und hört Renée nicht mehr zu. Von unten hat es den Anschein, als würde sich die Fee umschauen. Plötzlich bleibt sie dort oben stehen – förmlich angeklebt – und gibt einen Laut von sich, der klingt, als würde jemand die kleinste Glocke der Welt immer wieder läuten. Mit einem Affenzahn zischt sie los – Richtung Südwesten –, was die anderen erst irritiert, aber sie dann umgehend loslaufen lässt, damit sie die Fee nicht aus den Augen verlieren.

„Hat sie Belial schon gefunden?“, fragt Kira, die nach ein paar Laufmetern aus der Puste ist und sich ärgert, nicht mehr Kondition zu besitzen.

„Nein“, antwortet Mona. „Sie hat seine Fährte aufgenommen!“

Kira betet, dass er nicht allzu weit weg ist. Die Geschwindigkeit, die Na’Ri vorlegt, wird sie nicht lange halten können.

Weder die Urgötter noch Sam, Natascha und Ellie scheinen ein Problem damit zu haben, längere Zeit am Stück zu sprinten. Kira fällt immer weiter von der Gruppe ab und hechelt laut. Sam gibt den anderen zu verstehen, dass sie weiterlaufen sollen, er kümmert sich fix um sie.

„Alles gut?", fragt er und kann sich ein schelmisches Lächeln nicht verkneifen.

„Sollen wir dir Bescheid geben, wenn wir Belial gefunden haben?"

„Wie", Kira ist außer Atem, „macht", und es wird nicht besser, „ihr das?"

„Ich bin seit vielen Jahren Jäger. Eine gute Kondition ist Teil des Jobs. Natascha ebenso. Bei Ellie weiß ich es nicht."

„Schaff", Röcheln, „ich", Husten, „nicht."

Sam schaut den Kollegen hinterher und hat einen spontanen Einfall. Er lächelt Kira ein weiteres Mal an und bittet sie, sich kurz hinzusetzen. Dann schießt er los und es dauert nicht lange, bis er mitsamt den anderen am Horizont verschwunden ist.

„Das war also sein Plan?", denkt sie laut. „Mich zurückzulassen? Das ist ja meg–" Aus heiterem Himmel sieht sie etwas mit ungezähmter Geschwindigkeit auf sich zuschießen. Durch die grelle Sonne hat sie Schwierigkeiten zu erkennen, was es ist. Was sie aber erkennt, ist, dass es ungebremst genau auf sie zu fliegt. Just bevor sie ihren Partner rufen möchte, sieht sie, wer es ist. Ein hechelnder Wolfshund kommt neben ihr zum Stehen und schlabbert ihr genüsslich einmal mit der Zunge quer über das Gesicht.

„Fenrir", grinst sie und klopft ihm frohen Mutes auf die Brust. „Danke, dass du zurückgekommen bist."

Ein lautes Bellen und das Hochwerfen der Schnauze verraten ihr, dass der Wolf sie bittet, aufzusteigen.

„Sicher?" Sie schaut ihn fragend an. Ob sie nicht zu schwer für ihn ist? Auf der anderen Seite ist er so groß wie sie – und watschelt dabei auf allen vieren.

Er bellt ein weiteres Mal und stupst sie mit seiner Schnute an, damit sie endlich Platz nimmt. Schließlich will er nicht, dass sie ihre Freunde verlieren.

„Deine Nase wird schon dafür sorgen, dass wir hinterherkommen", lacht sie und steigt vorsichtig auf den felligen Rücken auf. „Und wie halte ich mich fest?"

Fenrir springt mit den Hinterbeinen in die Luft, sodass Kira nicht anders kann, als mit ihrem Oberkörper nach vorne zu fallen und sich instinktiv an seinem haarigen Nacken festzuhalten. Hier ist so viel Fell, jede Löwenmähne wäre eifersüchtig auf diese dichte, dicke Wolfshundkrone. Er quietscht fröhlich und schießt mit einem Affenzahn los. Seine Nase hält er gegen den Wind und hat dadurch in kürzester Zeit die Fährte wieder aufgenommen. Nur wenige Sekunden später schließen sie zu den anderen auf, die nebeneinander laufen und ihren Blick nicht von Na'Ri ablassen, die schnurstracks auf ihr Ziel zufliegt.

„Siehst ein bisschen blass um die Nase aus", sagt Sam und zeigt auf sein Gesicht, um Kira zu signalisieren, was er meint. „Und deine Haare könnten auch einen Kamm vertragen."

„Das war ein bisschen schnell", murmelt sie, gefolgt von einem *ÖRKS.*

„Er wurde gestern schon einmal angekotzt. Besser kein zweites Mal", fügt er hinzu und klopft seinem besten Freund auf die Schulter.

Sie rennen weiter, den Wald längst hinter sich gelassen, über eine grasgrüne Weide, die mit lila Lilien gepflastert ist. Gerade als Ellie um eine Pause bitten möchte, bleibt Na'Ri in der Luft stehen und saust zu den anderen herab.

Sie verharrt vor ihnen und erneut ist das Klingen der kleinsten Glocke zu hören.

„Wir können dich leider nicht verstehen“, sagt Kira, die spannenderweise weiterhin aus der Puste ist.

„Du solltest echt dringend an deiner Ausdauer arbeiten“, erwidert Ren. „Du bist ja schneller aus der Puste als ein Kettenraucher.“

„Pssst“, zischelt Mona. „Ich kann sie sehr wohl verstehen.“

Die anderen warten erwartungsvoll darauf, was sie zu berichten hat. Irgendetwas scheint sie ja gefunden zu haben.

„Okay … Okay … Verstehe …“ Mona nickt Na'Ri ein paarmal zu und schaut dann in die Runde.

„Das hier ist alles eine Projektion.“

„Das Gras?“ Ellie schaut sich kopfkratzend um.

„Alles. Der Wald, die Sonne. Na'Ri hat gesehen, wie es hier wirklich aussieht. Wir befinden uns im dritten Ring.“

„Perfekt“, antwortet Kira, als seien das gute Nachrichten. „Und wie sieht es hier wirklich aus?“

„Das werdet ihr gleich selbst sehen. Sie hat Belial gefunden. Aber sie warnt uns. Wir dürfen –“

„Lasst uns nicht lange quatschen, sondern –“

„Hey!“ Renée stellt sich vor Kira. „Ich weiß es zu schätzen, dass die Anführerin in dir erwacht ist. Aber dazu gehört auch, nirgendwo kopflos reinzurennen und sein Team ausreden zu lassen. Verstanden?“

Kira nickt, den Kopf dabei angehoben, da sie nicht unbedingt mit der Dimensionswanderin übereinstimmt, aber ihre Worte annehmen möchte.

Mona räuspert sich und beginnt erneut: „Sie warnt uns. Belial weiß, dass wir hier sind. Wir dürfen nicht ohne einen Plan reingehen. Sie geht davon aus, dass er böse Absichten hat. Dass er hier die verirrten Seelen fängt und sie foltert. Wir können es noch nicht sehen, aber Na'Ri hat eine Art

Festung ausfindig gemacht. Eine Burg. Runtergekommen und alt. Eine Ruine, die nur aus Gestein und Brocken besteht. Dort wird er sich wahrscheinlich aufhalten."

„Dann ist es Zeit", Kira springt galant von Fenrirs Rücken hinab und stellt sich in die Mitte, „einen Angriffsplan zu formulieren."

Bei den Worten klingelt abermals das kleinste Glöckchen der Welt und Na'Ri fliegt ohne große Verabschiedung davon.

XLI

DER GEFALLENE URGOTT

DEUS PRINCEPS QUIS CECIDIT

Ungläubig blicken sie auf das Gemäuer vor sich. Hier soll sich ein mächtiger Urgott aufhalten, der aus irgendeinem Grund in Ungnade gefallen ist?

„Ich hatte ja gedacht", Ellie spricht instinktiv leiser, „dass Na'Ri uns bis zum Ende begleiten wird. Sie war sehr hilfreich."

„Ja, aber so funktioniert es leider nicht", antwortet Mona. „Sie hat mir einen Gefallen geschuldet. Den habe ich eingelöst. Alle weiteren Male müsste ich bezahlen."

„Und was kostet sowas?", fragt Kira, davon ausgehend, dass sie so eine Fee in Geld oder Gold bezahlen könnte.

„Ein Stück meiner Seele", erwidert Mona, als wäre es ein stinknormaler Satz. Kira blinzelt ein paarmal, schüttelt den Kopf und schaut wieder aufs Gemäuer.

„Da wollt ihr wirklich so reinspazieren?", fragt Sam.

„Wenn er uns sowieso erwartet", sie drückt ihre Fäuste aneinander, „warum nicht?" Die anderen stimmen ihr schulterzuckend zu, bis auf Natascha, die nicht glauben kann, dass Kira zur Anführerin gewählt wurde. Sie weiß aber auch, dass eine Diskussion nichts bringen würde. Trotzdem ist sie überzeugt davon, dass sie um einiges besser dafür geeignet wäre.

Die Burg sieht weder märchenhaft noch einladend aus. Es liegt aber nicht daran, dass sie etwa bedrohlich aussieht, sondern heruntergekommen und alt. Dass hier jemand wohnt, geschweige denn ein Urgott sein Zeltlager aufgeschlagen hat, glaubt niemand.

„Ist das eine Falle?“, fragt Ellie und schaut Freya an. Die nickt ihr zu.

„Natürlich“, erwidert die Muttergöttin. „Deswegen sind wir schließlich hier. Deinen Feind in der Sicherheit zu wiegen, dass sein Plan aufgeht, ist mehr wert als jeder Überraschungsangriff. Ich kannte Belial. Er war schon immer viel zu selbstsicher und überheblich. Das wird sich nicht geändert haben, seit er Astaroth dient.“

„Ach so!“ Kira scheint einen Geistesblitz zu haben. „Deswegen ist er in Ungnade gefallen – weil er euch hintergangen und mit Astaroth gemeinsame Sache gemacht hat?“

„Nicht ganz“, erwidert Renée. „Wir entscheiden nicht darüber, wer gerichtet wird und wer nicht. Wir sind nur die Exekutive.“

„Inari? Ist sie diejenige, die über euch richtet?“

„Inari ist ein besonderer Fall. Sie wacht als Obergöttin über uns alle.“

Freyas Kopf wackelt von einer Seite zur anderen. Sie möchte nicht offenkundig widersprechen, weil es ihr nicht wichtig genug ist, aber sie hat einen kleinen Einspruch.

„Sie wacht über uns alle außer Freya“, korrigiert sich Renée und seufzt leise in sich hinein. „Belial wurde vom Hohen Rat gerichtet. Der allein entscheidet, wer seinen Titel behalten darf.“

„Urgott ist nur ein Titel?", fragt Ellie und klingt dabei überrascht. Sie ärgert sich, dass sie ihren ersten Gedanken direkt verbalisiert hat.

„Nein." Renée lächelt, was alle erstaunt. „Ich bin die Dimensionsherscherrin. Freya die Muttergöttin. Ren der Klassenclown."

„Ach", sagt Ren, „das war mein Titel. Ich dachte, es wäre irgendwas mit Wanderzeug."

„Nee, das mit Klassenclown ist schon richtig", stimmt Kira zu und klopft Ren auf die Schulter.

„Belial", fährt Renée fort, „war ein Wunscherfüller. Er hat seinen Partnern dabei geholfen, sich zu finden und ihren Herzenswunsch zu erreichen."

„Wenn sie Millionäre werden wollten?", fragt Natascha, die nur mit halbem Ohr zuhört.

„Du denkst sehr eindimensional", entgegnet Renée.

„Du musst es ja wissen", erwidert Natascha.

„Ich wünschte", Ellie seufzt, „du könntest es aus unserer Perspektive sehen."

Kira schaut Natascha mit halb enttäuschtem Blick an und geht voraus. Der Rest folgt ihr. Die Miesepeterin bleibt einen Augenblick zurück und flucht in sich hinein. Ihre vermeintlichen Teamkameraden verstehen sie nicht. Woher sollen sie auch, wenn sie nichts von sich preisgibt und niemanden an sich ranlässt. Sie denkt sich, dass die Meute dankbarer sein könnte, dass sie sie unterstützt.

„Natascha?", ruft Kira und schaut die emporgestiegene Treppe hinab. „Sie war doch eben noch hinter mir?"

„Sie hat irgendwas in sich hineingebrabbelt und kühlt hoffentlich kurz ab", erwidert Renée und schaut sich das uralte Gemäuer genauestens an. Morsche Holzbalken stützen die steinerne Decke. Dekor lässt sich hier schmerzlich vermissen. Ein windiger Luftzug bläst allen um die Ohren und zumindest Ellie merkt, dass sie anfängt zu frieren. „Das ist aber eine ziemlich heruntergekommene Burg."

***

Natascha hat sich abreagiert und steigt die Treppe langsam empor. Am liebsten würde sie allen einen Spruch drücken, doch damit würde sie sich noch weniger Freunde machen – auch wenn sie ja gar keine will.

„Leute", ruft sie und schaut sich irritiert um. Sie kann niemanden sehen. Sind sie etwa so weit vorgegangen? Dabei stand sie doch nur ein paar Sekunden draußen.

„Das ist nicht komisch! Ihr seid nicht komisch! Verdammte –"

Ein lautes Poltern ist hinter ihr zu hören. Sie dreht sich um und sucht vergebens den Auslöser des Lärms.

„Hallo?" Sie schaut die Treppe hinab, erkennt aber nichts. „Kali, siehst du was?" Keine Antwort.

Natascha merkt, wie ein Gefühl der Panik in ihr aufsteigt. Das kann sie überhaupt nicht ab. Sie achtet auf ihre Atmung und versucht, sich nicht aus der Ruhe bringen zu lassen. Die Leute – und ihre Partnerin – können schließlich nicht weg sein.

„KALI!" Sie brüllt sich die Seele aus dem Leib, aber nichts passiert. Niemand reagiert, keiner antwortet ihr. „Wenn das eure Art ist, mir zu sagen, dass ihr genervt seid, ist das maximal beschissen."

Natascha überlegt, ob sie wieder aus der Burg raus und eigenhändig das nächste Portal suchen soll. Wenn sie einen alle alleinlassen, muss sie ja wohl kaum diejenige sein, die eine Hand ausstreckt.

„Natascha?“ Eine dunkle, ihr vertraute Stimme ist am Ende des Ganges zu hören, in dem sie sich befindet. „Bist du hier, Mausebär?“

Sie traut sich nicht zu antworten. Sie erkennt sofort, wer es zu ihr sagt. Die Tonlage, die Wärme, das Gefühl von Sicherheit. Aber es ist unmöglich. Ihr Vater starb vor vielen Jahren bei einem Autounfall, was ihre Mutter in den Alkoholismus getrieben hat. Natascha hat sich immer mehr abgekapselt und auf ihrer Suche nach Zerstörung und Verzweiflung ist sie auf Sam getroffen, der ihr das Leben einer Jägerin nähergebracht hat.

„Natascha, deine Mutter und ich wollten mit dir reden.“

Sie traut sich nicht, weiterzugehen. Vor ihr spricht jemand mit der Stimme ihres Vaters. Sie wünscht sich so sehr, dass er es wirklich wäre.

***

„Sollen wir nach Natascha suchen?“, fragt Ellie. Langsam bereitet es ihr Sorgen, dass die Jägerkollegin nicht zu ihnen aufgeschlossen hat. „Nicht, dass ihr etwas passiert ist?!“

„Wer soll ihr etwas antun?“, witzelt Joker. „Den würde sie doch sofort zur Sau machen und ihm eine Ansprache halten, dass sie dieses Freundeding nicht macht. Nee, nee, der geht’s gut, ist nur eine Dramaqueen. Schließlich ist auch Kali –“

„Ich bin hier.“

Die Anwesenden, inklusive der Urgötter, erschrecken. Wenn Kali hier ist, wo ist Natascha?

„Ich dachte, sie wollte etwas Ruhe haben. Aber ich kann sie nicht finden.“ Ihr ruhiges Gemüt verunsichert die anderen. Dem Anschein nach macht sie sich keine Sorgen um ihren Schützling.

„Aber was ist“, Ellies Stimme wird mal wieder gedämpfter, „wenn ihr etwas zugestoßen ist?“

Kali lacht. Eine tiefe, kühle Lache, die Ren unglaublich gefällt, die Jägerinnen und Jäger aber mit Gänsehaut zurücklässt.

„Natascha ist taff. Der passiert so schnell nichts.“

„Wir sollten trotzdem nach ihr suchen“, sagt Kira und nickt den anderen entschlossen zu. „Peter haben wir schon verloren – auch wenn das nicht unsere Schuld war –, aber wir lassen niemanden zurück. Renée, Ren und ich schauen uns hier auf dieser Etage um, der Rest geht den Weg zum Anfang zurück. Wir treffen uns danach genau hier wieder. Wenn wir sie nicht finden, müssen wir ausschwärmen.“

***

Was sie nicht wissen, ist, dass sich Natascha auf derselben Etage wie sie befindet – aber auf einer anderen dimensionalen Ebene. Irgendetwas oder irgendwer hält sie hier fest.

„Natascha“, ruft ihr Vater, „kommst du so langsam? Der Abiball fängt sonst auch ohne dich an.“

Sie fällt in eine Schockstarre. Sie weiß genau, welchen Tag sich ihre Erinnerung ausgesucht hat, um sie wie jede Nacht vorm Einschlafen zu quälen.

„Du siehst mit Sicherheit klasse aus“, ruft er erneut, dieses Mal mit Ungeduld im Unterton. „Lass uns nicht zu spät kommen. Denk an unseren Vater-Tochter-Tanz, den ich mir gerade ausgedacht habe!“

Sie taut auf und schleicht entschieden auf den Raum zu, aus dem die Stimme kommt. Natascha bleibt ein Stückchen vorher stehen und schaut in das finstere Zimmer. Die Burg hat kaum Fenster und das Licht, das durchschimmert, bahnt sich den Weg durch das zerbröckelte Gemäuer. Erkennen kann sie nichts. Die Stimme ist verstummt. War es am Ende nur eine Halluzination? Ist es das, was dieser Ort mit einem macht? Sie überlegt und kombiniert: Den anderen geht es mit Sicherheit ebenfalls so. In dem Augenblick, in dem sie die Pforte überschritten haben, wurden sie alle in ihre eigene schlimmste Erinnerung gesogen.

***

„Ihr habt sie auch nicht gefunden?“, fragt Kira. Sie ringt nach Luft, die nicht vorhandene Kondition rächt sich erneut. „Wir müssen ausschwärmen.“

„Ich kann sie spüren“, sagt Kali und streckt alle sechs Hände in verschiedene Richtungen aus. „Irgendwo hier. Ich glaube, sie ist noch in der Burg.“

„Ich glaube“, Sam drückt die Seite in seinem Notizbüchlein förmlich ein, „ich weiß, womit wir es zu tun haben.“

„Das“, Ren imitiert Kira und zieht seine Augenbrauen hoch und lässt sie tanzen, „haben wir dir doch schon gesagt. Belial. Urgott. Mittlerweile ein ziemlicher Lappen. Hat uns alle verraten, weil er mehr Macht wollte. Arbeitet jetzt mit Astaroth. Du musst das nicht noch mal vorlesen, wenn du dir das schon notiert hast.“

„Er ist ein Djinn. Meinem Bruder ist mal einer über den Weg gelaufen. Sie locken einen in die Falle, indem sie dir deine sehnlichsten Wünsche zeigen. Du musst es nur aussprechen und –“

„Aber Natascha hat sich nichts gewünscht“, entgegnet Kira.

„Belial ist aber gar kein Djinn …“, denkt Renée leise, sodass es nur Ren hört, der mit der Schulter zuckt.

Ellie schluckt und schaut verstohlen auf den Boden. Die Sorge, dass sie Mitschuld an Nataschas Verschwinden trägt, keimt in ihr auf.

„Vielleicht hat sie den Wunsch geäußert", Sam setzt seinen Denkerblick auf, „als wir sie zurückgelassen haben?"

„Was könnte ihr Wunsch gewesen sein?" Kira schreitet nachdenklich auf und ab.

„Hast du eine Idee, Kali?"

Die sechsarmige Göttin schüttelt den Kopf.

***

„Natascha!", brüllt ihr Vater und sorgt dafür, dass sie komplett zusammenzuckt. Der Raum, den sie untersucht hat, der stockduster war und nichts beinhaltete, hat sich hinter ihrem Rücken in ihr altes Wohnzimmer verwandelt. „Ich rede mit dir."

In der Mitte des Raumes steht ihr Vater. Adrett gekleidet, hochgewachsen, mit Brille und Halbglatze. Ihre Augen und Nase hat sie eindeutig von ihm. Sie kann es nicht fassen. Ihr brennt so viel auf der Seele, das sie ihm sagen möchte.

„Bist du bereit?", fragt er und hält ihr die Hand hin. „Ich fühle mich geehrt, dass du mich mit auf deinen Abiball nimmst."

Natascha bekommt kein Wort heraus. Ist das alles ein fieser Trick oder die Realität? Aber wer hat die Macht, ihr diese zweite Chance zu schenken?

„Natürlich fühlst du das", hört sie eine andere Stimme direkt hinter sich. „Mich würde sie auch niemals irgendwohin mitnehmen. Ich bin dir ja peinlich."

Natascha schaut den Gang entlang, kann aber niemanden sehen. Sie dreht sich wieder zu ihrem Vater hin und da steht sie. Die Frau, die ihre eigene Tochter später nur noch als Last sah.

„Na komm", sagt ihr Papa. „Sei mal nicht so. Nächstes Mal bist du dran."

„Ich mach doch nur Spaß. Gut seht ihr aus. Komm her, Natascha. Stell dich neben deinen Vater. Ich will ein Bild von euch schießen."

Sie bringt kein Wort heraus, aber schleicht langsam zu ihren Eltern hinüber. Erst jetzt bemerkt sie, dass sie ihr Kleid vom Abiball anhat. Dabei hat sie das Stück Stoff nach diesem Abend direkt entsorgt und nie wieder gesehen. Ein glattes, schwarzes Kleidchen mit Rüschen und ein paar Glitzerperlen drauf – eher kitschig, aber für damals genau angemessen.

„Macht euch mal auf den Weg", sagt ihre Mutter. „Ihr sollt ja nicht zu spät kommen!" Natascha schluckt und schaut mit glasigen Augen Papa und Mama an.

„Können wir nicht hierbleiben", schluchzt sie. „Mir ist nicht so nach Abiball."

„Bekomm mal keine kalten Füße, mein Mausebär." Ihr Vater packt ihre Hand und zieht an ihr.

Überrascht schreckt sie zurück. So etwas hätte ihr Dad doch niemals getan.

„Ich möchte hierbleiben."

Die beiden schauen sich ratlos an und Natascha, die kurz verschnauft, schaut sich um. Die Burg scheint komplett verschwunden zu sein. Sie steht in ihrem alten Elternhaus und es sieht genauso aus wie vor einigen Jahren.

„Wir haben nicht wenig Geld an deine Stufe gespendet, damit dieser Abiball überhaupt erst stattfindet."

Natascha seufzt. Sie will ihren Vater nicht enttäuschen. Sie nickt und beide verlassen das Haus. Sie weiß genau, was als Nächstes passiert – also wird sie dafür sorgen, dass es niemals Wirklichkeit wird.

„Hast du nichts vergessen?", fragt sie in der Hoffnung, dass es schon ausreicht, ihn wieder reinzuschicken.

„Nee", erwidert er und überprüft seine Taschen. „Scheint alles hier zu sein." Sie steigen ins Auto und – wie immer – schaltet ihr Vater das Radio an.

„ROCK FM, dein Sender für klassische Rock-Hits aus den Achzigern und Neunzigern. Viel Spaß mit *Don't Fear the Reaper* von Blue Öyster Cult. Kleiner Funfact zu der Band, die –"

„Können wir nicht was anderes hören?", seufzt sie und möchte eine andere Station anschalten, traut sich dann aber doch nicht, als sie mit einem spielerisch bösen Blick abgestraft wird.

Ihr Vater singt laut mit und sie hat nicht einmal die Gelegenheit, mit ihm über das zu reden, was gleich passieren wird. Trotzdem kann sie es aufhalten. Sie ist sich sicher. Sie nähern sich der Kreuzung, deren Ampeln ausgefallen sind, was ihr Papa zu spät bemerkt und deswegen in einem ungünstigen Moment bremst. In der Entfernung sieht sie den Lkw angeschossen kommen, der ihr Auto volle Breitseite mitgenommen hat. Hätte ihr Vater damals nicht angemessen reagiert, wären sie beide draufgegangen. Doch sein schnelles Agieren und das Umarmen seiner Tochter haben dafür gesorgt, dass sie fast unbeschadet überlebte – was ihn das Leben kostete.

„All our time has come …“ Ihr Dad singt im lautesten und falschesten Englisch mit, das seine Stimme hergibt.

Sie fahren auf die Kreuzung zu.

„Seasons don’t fear the reaper …“

Der Lkw nutzt die Lichthupe, was ihr Vater ebenfalls nicht mitbekommt.

„We can be like them, come on …“

Natascha wartet einen Atemzug länger, sie will dem Schicksal ein Schnippchen schlagen und es soll sich in Sicherheit wähnen.

„We’ll be able to flyyyYYYAAAHHHHH!“

Mit einem beherzten Ruck reißt sie das Lenkrad nach rechts und sorgt dafür, dass der Wagen mit ordentlich Geschepper von der Straße abkommt. Der Lkw fährt rasant hupend vorbei und der Fahrer flucht sich etwas in seinen Rauschebart.

Die Karre kommt auf einem grünen Plätzchen zu stehen und Natascha schaut in die wütenden Augen und das leichenblasse Gesicht ihres Vaters.

„Bist du denn vollkommen bescheu–“

Seine Worte bleiben ihm im Halse stecken, als ihm seine Tochter um den Hals fällt und ihn mit einer Umarmung fast erstickt.

Er erwidert ihre Zuneigung und umarmt sie ebenfalls. Seine Wut ist wie verpufft und er schaut sie besorgt an: „Wenn du nicht auf den Abiball möchtest, dann drehen wir um. Ich wollte dich zu nichts zwingen, mein –“

„Nein“, winkt sie ab. „Ich bin unabsichtlich ans Lenkrad gekommen.“

Die Geschichte glaubt ihr niemand. Selbst ein Blinder hätte gesehen, dass sie mit voller Absicht eingelenkt hat. Trotzdem nickt ihr Vater verständnisvoll und die beiden fahren weiter in Richtung Abschlussfeier – auf die sie sich ebenso freut, da sie damals kein Teil davon war.

„Aber bitte nicht noch mal *unabsichtlich* reinfassen …"

***

„Wir müssen Belial finden", erklärt Renée mit Nachdruck in der Stimme. „Ich hätte niemals gedacht, dass er zu so etwas fähig ist."

Kira schüttelt ungläubig den Kopf. „Sorry, Sam. Aber kannst du das noch mal für mich wiederholen. Habe ich das gerade wirklich richtig verstanden?"

„Ja", er nickt, „die Macht eines Djinns klaut er sich aus den Wünschen seiner Opfer. Er lässt sie davon träumen, wie es wäre, wenn ihr sehnlichster Wunsch in Erfüllung ginge. Umso mehr vom Wunsch wahr wird, desto mehr Macht erhält er."

„Und saugt die Lebensenergie des Wünschlings aus?"

„Ich weiß nicht, ob Wünschling ein Wort ist."

Ellie schaut stoisch auf ihre Füße. Hätte sie sich nicht gewünscht, dass Natascha alles durch ihre Augen sehen soll, wäre das gar nicht erst passiert.

„Ich glaube", sie schluckt, „das ist meine Schuld. Ich sagte doch, sie soll das aus unserer Perspektive sehen. Das hatte ich mir gewünscht."

Sam kratzt sich am Kinn. „Ich glaube nicht, dass es so funktioniert. Der Wunsch muss von der Person selbst geäußert werden."

„Wir dürfen keine Zeit verlieren", drängt Freya. „Wenn er ihre Lebensenergie absaugt, irren wir sowieso schon zu lange umher."

XLII

WUNSCHLOS GLÜCKLICH

BEATUS SINE DESIRATIONE

„Darf ich um diesen Tanz bitten?"

Ihr Vater war kitschig und hatte den typischen Dad-Humor drauf. Und trotzdem – oder deswegen? – durfte er sie zum Tanz bitten.

Sie hatte nie die Chance, auf ihrem Abiball mit ihrem alten Herrn das Tanzbein zu schwingen, da ein fataler Unfall ihnen die Zeit stahl.

Doch nun steht er vor ihr. Quicklebendig und in der Blüte seines Lebens. Sie weiß, dass es nur eine Erscheinung ist, aber alles daran fühlt sich echt an – zu realistisch. Bis auf das letzte Detail perfekt rekonstruiert. Selbst die kleine Schnittwunde, die sich ihr Vater am Morgen beim Rasieren zuzog, glänzt auf seiner Wange. Vielleicht war es gar keine Illusion. Schließlich sind sie in einem Zauberland unterwegs. Ihr Wunsch muss so mächtig gewesen sein, dass er in Erfüllung gegangen ist. Selbst wenn dem nicht so ist, kann sie hier doch bleiben. Am Ende des Tages macht das keinen Unterschied. Ob sie ihr Leben in der einen oder anderen Welt lebt. Die wichtigste Differenz ist, dass ihr Vater in dieser lebendig ist. Dass sie mit ihrer Mutter niemals einen beziehungsendenden Streit hatte und sich zurückzog. Und wenn wir zu uns selbst ehrlich sind: Würden wir nicht alle lieber eine wundervolle Illusion einer schmerzhaften Realität vorziehen?

***

„Ich nicht", sagt Kira und führt die Gruppe mit hektischen Schritten an. „Ich würde sofort erkennen, dass es sich nicht um die Wirklichkeit, sondern einen Traum handelt."

„Weil du so ein Genie bist?", stichelt Ren.

„Wenn mir doch etwas gezeigt wird, das so ganz definitiv nicht eingetreten ist, liegt das doch auf der Hand."

„Sei vorsichtig", mahnt Freya und ihre Stimme hebt sich, damit jeder im Raum die nächsten Worte mitbekommt. „Stelle niemals Vermutungen über das Innere anderer aufgrund deiner eigenen Wahrnehmung an."

„Aber ich –"

„Das gilt für jeden Einzelnen hier. Es ist gefährlich, sich auf dem auszuruhen, was wir selbst erlebt haben und wie wir damit umgehen. Alle Wesen sind andere Wesen. Das gilt für Menschen, Götter und auch Tiere."

Fenrir wedelt mit dem Schwanz und lässt sich von Freya über den Kopf streicheln.

„Ich glaube", Kali unterbricht das Gespräch, ohne zugehört zu haben, „wir sind falsch gegangen."

„Was meinst du?", fragt Renée.

„Umso weiter wir die Treppe emporsteigen, desto weniger fühle ich Nataschas Präsenz."

„Ich dachte mir –"

„Wenn du jetzt sagst, du wusstest es die ganze Zeit, weil irgendetwas in deinem schlauen Büchlein drinsteht, was du mit dem Rest der Klasse nicht geteilt hast, drehe ich dir den Hals um", erwidert Ren, der uncharakteristisch ungehalten ist.

„Also", Sam schluckt und wird beim Sprechen immer leiser, „Djinns halten ihre Opfer wahrscheinlich im Keller fest, damit sie so ungestört wie möglich sind."

„Hier, halt mal", Ren versucht Renée die Leiche ihrer Partnerin über die Schulter zu werfen, die aber abwehrt.

„Lass das", erwidert sie und schnauft ihn an. „Nur weil Sams Bruder schon mal einem Djinn über den Weg gelaufen ist, heißt das nicht, das Belial genauso agiert."

„Danke", sagt Sam und will sich spielerisch verbeugen.

„Aber –"

„Oh …"

„Aber du solltest mit diesen Informationen früher rausrücken. Sie sind wichtige strategische Assets, die du nicht einfach für dich behalten solltest."

„Ich war mir unsicher", erwidert er flüsterleise und Fenrir watschelt zu ihm herüber, um ihn mit dem Kopf anzustupsen.

„Ab in den Keller", sagt Kira, aber anstatt kehrtzumachen, überlegt sie einen Moment. „Ich glaube, ich habe eben eine Wendeltreppe gesehen, die nach oben und unten führt. Sollen wir es da probieren?"

Renée stimmt ihr zu und zusammen laufen sie los. Die Zeit rennt und sie wissen nicht, wie lange Natascha noch aushält oder welchen Qualen sie ausgesetzt ist.

***

„Darf ich dich was fragen, Papa?" Sie tanzt nach wie vor mit ihrem Vater. Sie hat ihren Kopf auf seine Schulter gelegt und ihn fest an sich gedrückt. Ihre Mitschüler gucken sie belustigt an. Sie besitzen entweder nicht die emotionale Reife, um zu verstehen, wie wertvoll es ist, zu zeigen, dass man jemanden liebt, oder dachten bei Natascha nicht, dass sie ein Vatertöchterchen ist.

„Na klar doch, Mausebär."

„Wenn du einen Wunsch frei hättest und der würde dir erfüllt werden", sie hält kurz inne und überlegt, wie sie den nächsten Satz so formuliert, dass er nicht zu komisch klingt, „würdest du das dann dankend annehmen oder hinterfragen, warum er dir erfüllt wird?"

„Brauchst du Geld?" Er führt sie zurück zum Platz und holt sein Brillenputztuch heraus, um seine Brillengläser zu reinigen. Das hat er immer getan, wenn er hochkonzentriert war. „Deine Mutter und ich haben sowieso etwas Geld für dich beiseitegelegt. Als Überraschung für das bestandene Abi –"

„Nein", sie lacht. Bevor sie weitersprechen kann, kämpft sie mit den Tränen. Sie kann sich nicht daran erinnern, wann sie das letzte Mal herzlich und ehrlich gelacht hat.

„Ich brauche kein Geld. Wirklich nicht. Ich brauche nur dich." Ihr Papa rückt sich die Brille zurecht und schaut sie fragend an.

„Das klang mir ein bisschen zu romantisch", witzelt er. Er weiß aber genau, wie es seine Tochter meinte.

„Oh … Lass mich anders fragen: Würdest du dir wünschen, dass eine Person, die du verloren hast, wieder zurückkommen könnte? Und wenn dir jemand diesen Wunsch erfüllt, egal, was es kostet, würdest du –"

„Natascha", er unterbricht sie und nimmt ihre Hand in seine. „Ich weiß nicht, worauf du hinauswillst. Es gibt leider keine magische Lösung für unsere Probleme. Das Einzige, das wir tun können, ist mit ihnen zu leben und es jeden Tag besser zu machen. Nichts bestimmt unser Leben außer wir selbst. Wenn wir es zulassen, uns von allen schlechten Nachrichten unterkriegen zu lassen oder gar vor ihnen wegzulaufen, vergessen wir am Ende das Wichtigste: zu leben."

Sie versteht. Bis vor ein paar Sekunden hatte sie Bedenken, ob wahrhaftig ihr Papa vor ihr sitzt. Doch er ist es wirklich. Diese Worte, diese Zuversicht, dieser Mut und diese Hoffnung. All das war ihr Vater. Es gab keinen Menschen auf der Welt, der ihr mehr bedeutete. Und jetzt ist sie gezwungen sich ein weiteres Mal von ihm zu verabschieden.

„Das Leben ist manchmal echt unfair", erwidert sie und Tränen laufen ihr die Wangen hinab. Ein Gefühl, das sie tief in sich vergrub und verdrängte, ist zurück ans Tageslicht gekommen und hat gar kein Problem damit, sie am imaginären Nasenring durch die Manege zu führen. Die Trauer ist wieder da und sie weiß, es dauert nur einen Atemzug, bis sie in sich zusammenbricht.

„Das stimmt." Sie blickt überrascht auf und der Zusammenbruch bleibt aus. Ihr Vater hat seinen Zeigefinger achtsam unter ihr Kinn gelegt, damit sie aufschaut und sich ihre Blicke treffen. „Das Leben ist manchmal echt unfair, Mausebär. Aber sollten wir deswegen wirklich aufhören, Spaß daran zu haben? Es zu genießen? Das wäre ja noch viel unfairer. Weißt du, wie dankbar ich bin, dass ich dich habe? All die Unfairness im Leben nehme ich dafür gerne in Kauf!"

Sie kann nicht anders und springt ihrem alten Herrn erneut um den Hals. Dieses Mal ist er vorbereitet und die beiden weinen zusammen. Zwar versteht ihr Vater nicht, was seine Tochter so emotional hat werden lassen, aber das ist nicht schlimm. Er ist unendlich dankbar für diesen Moment, den sie teilen. Wer weiß, wie oft er dazu noch die Gelegenheit haben wird?

„Papa", fragt sie, „sollen wir noch mal tanzen?"

„Jetzt überraschst du mich aber, Mausebär."

***

„Da ist sie!“ Kira zeigt auf eine bewusstlose Natascha, die an einer Wand festgekettet hängt. „Natürlich muss diese Burg ein verdammtes Verlies haben.“

Der Keller – oder eher Kerker – sieht wie ein mittelalterliches Gefängnis aus. Folterinstrumente stehen herum, sehen aber nicht so aus, als hätte man sie je benutzt. Sie scheinen mehr Dekor statt wirklicher Nutzgegenstände zu sein. Wie in der restlichen Burg sind die Wände brüchig. Aus dem Mauerwerk wachsen Pflanzen heraus, es riecht modrig und Wasser tropft aus verschiedenen Rissen. Überall im Raum sind kleine Zellen, die Gitterstäbe zieren. Die Gefängnistüren sind auf. Wenn hier mal jemand eingesperrt war, ist es lange her. Sam beschleicht das Gefühl, dass es sich um keinen echten Kerker handelt – den Gedanken behält er aber vorerst für sich, bis er handfeste Beweise hat.

Sie laufen zu Natascha hinüber und versuchen, sie zu befreien.

„Es könnte sein“, Mona war bisher beunruhigend still, weil sie unauffällig nach einem Zauberspruch gesucht hat, der dabei helfen könnte, Peter zu finden, „dass ich in meinem Buch eine Formel habe, um sie aus den Klauen des Djinns zu retten.“

Kira lässt sich nicht lange bitten und reißt mit voller Kraft an den Ketten. Doch trotz Rens Macht schafft sie es nicht mal im Ansatz, sie zu bewegen.

„Ich glaube, dadurch, dass es Zauberei ist, kommen wir hier nicht mit bloßer Stärke weiter.“ Sams Nase ist tief im Notizbuch vergraben. „Das Einzige, was ich finden kann, ist, dass die Person, die den Wunsch ausgesprochen hat, sich selbst davon lösen muss.“

„Wie soll das bitte funktionieren?“ Kira rüttelt genervt weiter an den Ketten, wenngleich sie sich keinen Zentimeter bewegen. „Wir wissen nicht mal, was sie sich gewünscht hat.“

„Das würde uns auch nichts bringen", erwidert Sam gedankenverloren. „Auch wenn ich es mir denken kann."

„Wie war das eben", sagt Renée, „mit dem Rest der Klasse teilen und so?"

„Weder hilft uns die Geschichte noch wäre es an mir, sie zu erzählen!" Sam schaut sie selbstbewusst an.

„So bekommen wir die Ketten nicht auf." Kira lässt von ihnen ab und mustert die Wand dahinter. Ob sie die Steine mit Dante bearbeiten kann?

„Mit Gewalt wird es nicht funktionieren", sagt Mona. „Lasst es mich versuchen."

Ihre Augen verschwinden in ihrem Hinterkopf und nur das Weiße ist sichtbar. Sie wiederholt immer wieder einen Satz, den keiner der Anwesenden – nicht einmal die Urgötter – verstehen.

„Ich glaube, wir –"

„Lass es sie erst versuchen", flüstert Kira, nicht ahnend, dass Sam seinen Gedanken mit den anderen teilen wollte.

Die Ketten um Nataschas Gelenke strahlen bläulich auf, Runen erscheinen auf ihnen und alle schauen gebannt drauf. Mit jeder Wiederholung spricht Mona schneller. Das Leuchten wird heller und es scheint, als würden die Ketten nachgeben.

„Stopp!" Sam stellt sich vor ihr auf und brüllt sie an. Kira, die das für einen Überraschungsangriff hält, zückt erschrocken ihr Schwert. Mona wird aus ihrem Zauberspruch gerissen und schaut ihn durchdringend an. „Du hast sie nicht befreit. Du hast nur den Djinn –"

„Belial", unterbricht ihn Ren.

„Du hast Belial mit Energie versorgt. Die Ketten sind die Übeltäter. Sie saugen Natascha ihren Saft ab."

„Ich würde es nicht unbedingt Saft nennen", sagt Ren mit

verschmitztem Lächeln und bekommt von Renée die volle Stärke ihrer flachen Hand zu spüren.

„Er weiß, dass wir hier sind."

„Diese Information ist uns bereits bekannt", sagt die Muttergöttin mit fragender Stimme, denn sie ist sich bewusst, dass Sam es nicht gesagt hat, weil er es nur wiederholen wollte. „Aber das meintest du nicht."

„Er ist sich bewusst", Sam weicht einen schnellen Schritt von Natascha zurück und streckt seine Hände aus, um seine Freunde ebenfalls einige Meter nach hinten schreiten zu lassen, „dass wir hier sind. Weil er diesen Raum als Illusion geschaffen hat, um uns mit ihm einzusperren."

„Mit ihm einzusperr–"

„Hahaha ..."

Eine tiefe, böse Lache ist zu hören. Sie klingt wie von einem Antagonisten aus alten Agentenfilmen, der seinen Widersacher in eine Falle gelockt und schon auf ihn gewartet hat.

„Gut gemacht ..." Der Satz ist unnötig langgezogen. „Ein cleverer Bursche bist du, Samuel."

Vor ihnen erscheint aus der Luft der in Ungnade gefallene Urgott Belial. Er sieht überraschend menschlich aus. Hochgewachsen, in etwa so groß wie die Muttergöttin, dazu lange, knochige Finger, die einen Wanderstab fest umschließen, zusammen mit einer schwarzen Kultrobe, die tief in sein Gesicht gezogen ist. Alles, was man von seinem Antlitz erkennen kann, sind ein ungepflegter, jahrtausendelang gewachsener Zauselbart und tiefrote Augen. Er zischt wie eine Schlange, was an seiner Zunge liegt, die genauso wie die eines Kriechreptils aussieht. Er breitet seine Arme aus, als ob er sie allesamt willkommen heißen möchte.

„Belial", flüstert Renée und zwei Energiekugeln blitzen in ihren Händen auf.

XLIII

AUSGETRÄUMT

FINIS SOMNIORUM

Danke für diesen schönen letzten Tanz, Papa." Natascha lächelt ihren Vater an und speichert das Bild von ihm mental ab. Sie hat ihren Wunsch erfüllt bekommen und konnte zumindest einen klitzekleinen Teil der Zeit, die ihr gestohlen wurde, nachholen.

„Irgendwas fühlt sich komisch an", erwidert ihr alter Herr. „Ich dachte, ich hätte viel zu lange geschlafen. Aber es war einfach nur ein Traum."

„Das war es", sagt sie und wischt sich Tränen aus dem Gesicht. „Das war es wirklich."

Sie verabschiedet sich von ihm und verlässt entschlossen den Abiball.

***

„Lass sie gehen", sagt Kira und hält ihm das Schwert vors Gesicht. Der Urgott ist von ihrem Einschüchterungsversuch unbeeindruckt.

„Kindchen", er nimmt eine der Ketten, die Natascha binden, in die Hand, „sie ist hier aus freien Stücken. Ich kann niemanden befreien, den ich nicht gefangen habe."

„Was ein Bullshit“, sagt Kali und schreitet mit stampfenden Schritten auf ihn zu.

„Letzte Warnung, Belial.“

Der Djinn lacht gehässig auf. Die sechsarmige Kriegerin lässt sich nicht lange bitten und schlägt mit fatalen Absichten zu. Sie durchtrennt mit einem Schlag die Robe des feindlichen Urgottes, doch er selbst hat sich in Luft aufgelöst. Das Verlies ahmt es ihm nach. Der Raum verschwindet vor ihren Augen und sie stehen inmitten eines riesigen Zimmers, das von einem roten Teppich dekoriert wird. An der Wand hängen Gemälde von Belial. Etwas weiter hinten sehen sie einen Thron. Komplett aus Gold und zusammengesetzt aus Tausenden von Schlangen, alle erstarrt. Neben dem Thronsessel liegt Natascha bewusstlos auf dem Boden.

Kali springt mit einem eindrucksvollen Satz zu ihr und nimmt sie auf ihre Arme.

„Natascha“, sie tätschelt ihr vorsichtig das Gesicht, „wach auf.“

„Ist sie“, Ellie verschluckt ihre Worte, „noch am Leben?“

„Ja“, erwidert die Urgöttin. „Sie atmet. Aber sie reagiert nicht.“

„Natürlich nicht …“ Vor einem seiner Gemälde ist Belial wieder aufgetaucht. Seine Robe ist verschwunden – von Kali zweigeteilt – und sie sehen nichts als einen alten Mann. Keine Haare mehr auf dem Kopf, die Augen müde und die Haltung schmerzlich gebückt. So gefährlich kann er nicht sein.

„Sie träumt ihren Herzenswunsch …“

„Du hast deine Magie verloren“, sagt Renée und schaut Belial fast schon bemitleidend an. „Deswegen bist du ein Djinn. Ich konnte es bisher nicht zusammenpuzzeln. Aber jetzt macht alles Sinn. Inari hat dir nicht nur deine Kräfte genommen, du bist einen Pakt mit Astaroth eingegangen, der dich zu einem Djinn gemacht hat.“

Voller Abscheu schaut der Urgott seine ehemalige Weggefährtin an. Er humpelt mit seinem Wanderstab in ihre Richtung.

„Astaroth hat mich genauso verraten wie ihr alle." Seine Worte klingen gedrungen und schwerfällig. „Er hat mir unendliche Macht versprochen und mich in dieser Festung eingesperrt. Aber das Mädchen", er zeigt auf Natascha, „mit ihrer Lebensenergie, werde ich meine eigene wiederbekommen und meinen Weg zurückfinden!"

Renée schüttelt den Kopf. „Du wolltest immer mehr Macht haben und sieh, was aus dir geworden ist. Du hast nichts gelernt."

Belial prustet erneut auf. „Es gibt nichts anderes als Macht."

Freya lacht ebenfalls, was den Urgott komplett verstummen lässt. Eine Antwort kommt von ihr nicht. Sie schaut ihn mitleidig an und setzt sich gelassen auf eine der vielen Bänke, die an den Wänden angelehnt sind.

Kali guckt sie irritiert an, begreift aber zügig, woher ihre Ruhe stammt.

„Ihr werdet schon sehen", sagt Belial, dessen einziger Trick das Erschaffen von Illusionen ist, die keiner Fliege etwas zuleide tun. „Ihr müsst euch nur etwas wünschen."

„Denkt an nichts", sagt Ren. „Wird dir bestimmt nicht schwerfallen, Mona." Mit saurer Miene stampft die junge Zauberin auf.

„Lass dich nicht ärgern", tröstet sie Kira. „Was machen wir mit ihm?"

„Ihr", sie schauen in Richtung des Throns, „macht gar nichts."

Kali lässt ihren Schützling, der soeben aufgewacht ist, vorsichtig ab. Natascha streckt sich und schaut sich um.

„Eigentlich sollte ich dir dankbar sein", sagt sie und die zwei Säbel erscheinen langsam in ihren Händen. „Aber das bin ich nicht. Du hast meinen sehnlichsten Wunsch ausgenutzt, um mich meiner Energie zu berauben. Dafür werde ich dir den Arsch aufreißen."

„Du und welche Armee?" Belial hält seinen Wanderstab in die Luft, offensichtlich ist es dieser Stab, der ihm seine Kraft gibt.

„Hast du das gerade wirklich gesagt?", lacht Ren und zusammen stellen sie sich vor dem Djinn auf.

„Aber wo", der lässt den Stab über sich kreisen und Illusionen seiner selbst tauchen überall im Raum auf, „bin ich wirklich?"

Die Jägerinnen und Jäger studieren die Gestalten sorgfältig.

„Wir sollten –"

Kira wird von einem Schmerzensschrei unterbrochen. Nataschas zwei Säbel haben Belial von hinten in den Rücken gestochen und sind vorne aus seiner Brust herausgeplatzt. Ein lautes Knacken, gefolgt von blutigen Spritzern, besiegelt sein Ende. Mit aller Kraft hebt Natascha ihn mit ihren Klingen hoch und stemmt ihn in die Luft.

„Das ist für meinen Vater", flüstert sie und wirft ihn mit voller Wucht auf den Boden. Der Djinn schlägt auf und es klingt ein wenig, als hätte man eine ganze Reihe an Zahnstochern zerbrochen.

„Wie hast du …", sind seine letzten Worte, auf die er niemals eine Antwort finden wird.

„Woher wusstest du, welcher der Richtige ist?", fragt Kali und schaut ihre Partnerin voller Stolz an.

„Sie sahen zwar alle exakt gleich aus", Natascha wischt sich sein Blut aus dem Gesicht, „aber das Original ist nie von der Stelle gewichen."

„Wie bist du aufgewacht?"

„Ich habe erkannt, dass es nicht echt war."

„Aha!“, platzt es aus Kira heraus, die sofort wieder verstummt.

„Was hattest du dir gewünscht?“, fragt Ellie und erkennt den Schmerz in Nataschas Augen. Diese Pein erkennen nur diejenigen, die sie selbst durchgemacht haben.

„Dass ich wieder zu Hause wäre.“

Sam klopft ihr auf die Schulter und nickt ihr zu. Er weiß, was ihr im Traum widerfahren ist, doch behält es für sich.

„Wir haben zwar Natascha wieder“, Kira guckt sich im Raum um, „und den komischen alten Mann besiegt. Aber wie kommen wir zur nächsten Ebene? Da das hier nur eine Illusion war, sind wir ja im dritten Ring. Und wenn mich nicht alles täuscht, sind wir fast am Ende angelangt.“

„Die Unterstadt“, flüstert Freya und tritt in die Mitte, damit sie jeder hören kann. „Der zweite Ring ist das Organ der Hölle. Dort gibt es keine Illusionen, andere Ebenen oder Teufelskirchen mehr. Es ist ein echter Ort voller Dämonen, verlorenen Seelen –“

„Wie Peter?“ Mona schaut sie hoffnungsvoll an.

„Hoffentlich nicht. Diese Seelen sind Verstorbene, die von den Dämonen in die Hölle gezogen wurden, um Odin weiß was mit ihnen zu machen. Unser Ziel sollte es sein, schnellstmöglich den Weg in die Unterstadt zu finden. Sie wartet direkt darunter im ersten Ring.“

„Das Organ der Hölle?“, fragt Kira und bemerkt den Kloß im Hals.

„Ihr werdet sehen, was ich meine.“

„Erst einmal müssen wir herausfinden, wie es weitergeht. War Belial der Beschützer des Portals? Obwohl er so schwach war?“

„Astaroth ging in seinem Hochmut niemals davon aus, dass es irgendwer in diesen Ring schaffen würde“, erklärt Renée. „Von daher war es verhältnismäßig leicht –“

„Leute“, Mona unterbricht die Erklärung, „wieso leuchtet der Stab so?“

„Vielleicht ist noch ein bisschen Zaubersaft drin“, sagt Ren.

„Kann es wirklich so einfach sein?“ Mona hebt den Wanderstab auf, studiert ihn von allen Seiten und zeigt mit seiner Spitze auf Belials Thron. Mit ordentlichem Donnern öffnet sich vor den Anwesenden das nächste Portal. „Es ist wirklich so einfach.“

Mona staunt und schnallt sich den Stab auf den Rücken.

„Sicher“, Kali beäugt die Aktion, „dass das eine gute Idee ist? Wer weiß, wozu dieses Stäbchen fähig ist.“

„Ich will ihn weiter studieren!“

Kira schreitet voran, hält einen Moment inne, um mit ihrer Hand vorzufühlen, und durchschreitet das Portal. Die anderen folgen ihr. Natascha bleibt kurz zurück und dreht sich um. Sie schaut auf die Leiche des Djinns, den sie mit Genuss in die unendlichen Weiten befördert hat. Ein leises Danke wandert über ihre Lippen und sie betritt ebenfalls das Dimensionstor.

XLIV

DER ZWEITE RING

ANULUS SECUNDUS

Natascha rummst ungebremst in Ellie rein, die mit runtergeklappter Kinnlade in die Luft guckt. Kira und die Urgötter sehen ähnlich geschockt aus. Selbst Ren fällt kein Witz oder cooler Spruch ein, um die Situation aufzulockern. Sie ist kurz davor, die Jägerin anzupflaumen, dass sie nicht aus dem Weg geht, aber ihr Mund klappt im nächsten Augenblick ebenso auf. Selbst Freya, die wusste, was sie alle erwartet, muss den Eindruck erst einmal verdauen.

Sollte nur irgendwer Zweifel gehabt haben, spätestens jetzt sind sie im Keim erstickt. Kira wusste, die Hölle ist kein schöner Ort. Doch nachdem die Urgötter erklärt hatten, die Hölle hätte nichts mit der biblischen Beschreibung oder den Vorstellungen der Menschen zu tun, hatte sie all das erwartet, was sie bisher zu Gesicht bekam, aber nicht das.

Sie stehen in einer riesigen Sphäre; eine Kugel, die sie hier mit allem, was umherkriecht und fliegt, umschließt. Das meinte Freya damit, dass sie sich direkt über der Unterstadt befinden. Wenn Kira wetten müsste, würde sie darauf schwören, dass sie unmittelbar vor ihrem eigentlichen Ziel sind.

Die Decke der Sphäre wird von monströsen Augen ausgekleidet, die nervös und hektisch in alle Richtungen glotzen. Mit jedem Blickrichtungswechsel ist ein saftiges Glibschgeräusch zu hören.

„Die Augen des Verräters", flüstert Freya. „Nehmt euch vor ihnen in Acht. Sie sehen mit ihren rot unterlaufenen Iriden nicht nur scheußlich aus, sondern erfüllen einen ganz bestimmten Zweck. Sie passen darauf auf, dass niemand diesen Ort hier verlässt."

In der Luft fliegen unzählige Sukkubi, allesamt mit Dreizacken ausgerüstet und absichtlich höchst attraktiv sowie knapp bekleidet, um gefangene Menschen abzulenken.

„Lasst euch von den Sukkubi nicht beeindrucken." Freya spricht mit gedämpfter Stimme weiter, damit sie hoffentlich nur von den Jägerinnen und Urgöttern gehört wird. „Sie mögen in euren Augen attraktiv sein –"

Natascha würgt provokativ.

„– aber sie sind nur dazu da, um Ausbrechern das Leben zu stehlen."

„Sind wir nicht Einbrecher?", fragt Kira, halbwegs ernst gemeint, da es bisher nur darum ging, davon abgehalten zu werden, auszubrechen.

„Das sind wir", erklärt Renée. „Ich bezweifle, dass die Dämonen und alles, was hier rumfliegt und abhängt, einen Unterschied machen."

Ein lauter Schrei ist in weiter Entfernung zu hören. Die Augen an der Decke schauen blitzschnell und mit Glibbergeräuschen zum Herkunftsort. Die Jägerinnen und Jäger können zwar nicht erkennen, wer oder was dort ist, aber dass die Augen, die direkt über dem Aufschrei hängen, eine sonderbare Flüssigkeit absondern.

„Was zur Hö–"

Eine Armada an Furien saust kreischend herab und der Schrei verstummt so schnell, wie er gekommen war.

„Die Tränenflüssigkeit dieser Augen ist klebrig und hält die Ausbrecher fest." Freya faltet die Hände andächtig zusammen.

Die Sphäre besteht aus keinem ebenen Boden. Nur aus roten Platten, die weit verstreut auf einem Blutfluss umherschwimmen.

„Ich hoffe", Ellie seufzt, „das ist kein Blut." Natürlich ist es Blut. „Es wird Cranberry-Saft sein", erwidert Ren und hält grinsend einen Daumen nach oben.

„Nein", flüstert Freya. „Das ist das Blut, welches dem Herz der Hölle Leben einhaucht."

„Das Herz der Hölle?", grinst Kira. „Wirklich? Etwas dramatisch."

„Wir stehen auf den Adern der Kardia, die die nötige Versorgung zuteilen. Im Kern dieser Sphäre befindet sich das Herz. Um die Tore zu schließen, ist es unabdingbar, die Blutpumpe abzutrennen."

„Ich glaube, das wird nicht möglich sein", merkt Mona an. „Uns fehlen wichtige Mitglieder. Peter ist verschwunden. Jen ist tot. Weder Wrai-oops-Renée noch ich sind auf dem Hoch unserer Kräfte ..."

Die Dimensionswanderin flucht in sich hinein und verdammt das Unterfangen. Das darf alles nicht wahr sein.

„Was ist", wirft Kira ein, „wenn wir Astaroth umgebracht haben? Werden wir dann nicht die Möglichkeit haben, uns danach noch das Herz zu schnappen?"

„Sieh dich um", Renée spricht mit gedrungener Stimme. „Sobald wir den Kopf der Schlange abgetrennt haben, wird alles, was du hier siehst, auf uns herabregnen." Kira schluckt schwer. Bisher haben sie sich nicht von der Stelle gerührt. Einerseits für die Lagebesprechung, andrerseits weil jeder einzelne Schritt dafür sorgen könnte, dass eines der Augen sie entdeckt und die Furien warnt.

„Können wir nicht von Plattform zu Plattform hüpfen, bis wir zum nächsten Portal kommen? Ihr macht daraus gerade dieses große Ding. Bisschen abturnend, bin ich ehrlich." Natascha zuckt mit den Schultern und scheint Anlauf nehmen zu wollen. Kali hält ihren Schützling behutsam zurück und schüttelt mit dem Kopf.

„Hast du nicht zugehört?", raunzt Renée. „Das hier ist zwar der zweite Ring, aber es gibt kein Portal mehr. Wir müssen –"

„Ausbrechen", fährt Kira fort. „Jetzt habe ich es verstanden. Und der Schrei, war das jemand, der auch in die Unterstadt wollte? Der so weit gekommen ist wie wir?"

„Glaube ich nicht", erwidert Mona und schaut nachdenklich in die Luft. „In dieser Sphäre werden die Verurteilten zu Antriebssaft verarbeitet, damit das Herz weiterarbeitet."

„Antriebssaft?" Sam kritzelt ungläubig mit. Schließlich ist er einer der allerersten Jäger, die im – oder genauer auf dem – Höllenherz stehen. Dieses Wissen muss er für die Nachwelt erhalten.

„Ich daaachte", Mona schaut nachdenklicher als sonst schon, „das sagt ihr so."

„Die Verurteilten werden in eine Art organischen Häcksler geworfen", erklärt Renée.

„Sie werden in das Blut gepumpt, das ihr unter euch seht. Sie sind der Antrieb, der dem Herz seine Kraft gibt."

Natascha würgt abermals, dieses Mal aber nicht gespielt.

Ren lacht und klopft ihr auf die Schulter: „Das ist der Kreislauf des Lebens!"

„Ist der Gedanke zu offensichtlich oder bin ich wirklich die Erste von uns, die daraufkommt?", fragt Kira und schaut mit hochgezogener Augenbraue in die Runde. „Wir müssen das Herz nicht erstechen, rituell opfern und verbrennen."

„Aber das hätten wir auch nie –“ Mona versteht nach wie vor keine Ironie.

„Es reicht, wenn wir den Blutfluss aufhalten, der das Herz mit dem … Antriebssaft versorgt.“

„War also doch das richtige Wort!“, murmelt Sam in sich hinein.

„Können wir die Öffnung nicht verstopfen? Dort, wo die Verurteilten reingedübelt werden?“

Renée setzt ihre angestrengteste Denkerpose auf und stammelt etwas in sich hinein. Es klingt fast so, als würde sie mit den anderen reden, aber niemand kann sie verstehen. Freya lächelt Kira an, die begreift, warum sie diese Truppe anführt.

„Soweit ich weiß, ist diese Öffnung nicht gerade klein.“ Renée scheint etwas mehr über das Herz zu wissen. „Was wäre, wenn wir es stattdessen vergifteten?“

„Woher weißt du das?“

„Ich werde nicht umsonst Dimensionswanderin genannt.“

„Dafür sollten wir aber weiter“, sagt Natascha. „Wir stehen hier schon viel zu lange herum.“

Die anderen stimmen widerwillig zu. Die falsche Sicherheit, die sie durch das Nichtstun spüren, ist zu verlockend. Sie gucken sich abermals um und studieren die Umgebung.

Einige der Inseln besitzen kleine, unscheinbare Ruinen, von denen die meisten bis zur Unkenntlichkeit zerstört sind. Wenige bieten Unterschlupf, aber für was, wissen die Jägerinnen und Jäger nicht, bis es ihnen wie Schuppen von den Augen fällt.

„Wir bewegen uns in Gruppen“, sagt Kira. „Ellie, Ren, Freya und ich gehen voraus. Ihr achtet auf die Furien in der Luft und gebt uns Bescheid, wenn es sicher ist, weiterzuspringen. Sucht euch ausschließlich Plattformen, die Schutz bieten. Dort können wir uns mühelos verstecken.“

Sie stimmen zu. Natascha und Sam beobachten akribisch die Lüfte und geben den anderen beiden ein Zeichen, dass es sicher ist, zur nächsten Plattform zu springen und sich in einer der zerstörten Hütten zu verstecken. Dann sind sie dran. Kira und Ellie schauen hoch und warten darauf, dass die schnell huschenden Augen im richtigen Moment weggucken.

„Jetzt!", gibt Kira zu verstehen und sie laufen los. Ein Sprung und geschafft, sie befinden sich zusammen mit den anderen in der Baracke.

„Und das machen wir so lange, bis wir diese Öffnung finden?" Natascha schaut unglücklich in die Runde. „Wir wissen doch nicht einmal, wo sie ist!"

„Pssst", zischt Renée. „Die Sukkubi hören zwar schlecht, aber sie können definitiv hören. Wir müssen in Richtung Norden."

„Woher soll ich wissen, wo hier Norden ist!" Kira merkt ebenfalls, dass ihr Plan mit heißer Nadel gestrickt ist.

„Folgt mir einfach."

Renée lugt vorsichtig aus der kaputten Bude heraus und wartet, dass die Luft rein ist. Sie schleicht raus und winkt die anderen zu sich. Sie zeigt in die Richtung, von der sie vermutet, dass dort Norden ist.

Sie verlassen sich auf die Dimensionswanderin, ohne Fragen zu stellen.

Einer der Sukkubi kreischt und alle zucken zusammen. Glücklicherweise hat er die Kämpfer nicht bemerkt, sondern schreit so herum. Mit hoher Wahrscheinlichkeit ist es ein Impuls, um die Langeweile zu bekämpfen. Den ganzen Tag in einer roten Kugel durch die Gegend zu fliegen, die ein wenig wie das Bild bei einer Darmspiegelung aussieht, ist nicht der spannendste Job.

„Weiter", flüstert Renée und zeigt auf die nächste Plattform vor sich. Wie vorher springen Kira, Ellie, Freya und Ren zuerst. Die anderen beobachten die Sukkubi und Augen, ohne auch nur einmal zu blinzeln. Sie schaffen es hinüber und winken die anderen zu sich.

„Das könnte ein wenig dauern", sagt Renée.

„So groß ist diese Sphäre doch gar nicht." Kira guckt vorsichtig aus der Ruine heraus. „Oder habe ich was verpasst?"

„Du siehst nur ihren Bogen nicht", erklärt Freya. „Wie auch eure Welt ist diese Sphäre rund mit dem Gravitationssog in der Mitte. Es ist für das menschliche Auge schwer zu erkennen, wo sie weitergeht."

„Die Erde ist keine Scheibe?", fragt Ellie, absichtlich scherzend, um die Situation aufzulockern, was aber nicht alle verstehen.

„Oh, mein Kind, glaubst du wirklich, dass es kein Globus ist?" Freyas Stimme trieft vor Mitleid. Ellie kann nur den Kopf schütteln und laut seufzen. An ihrer Comedy sollte sie in jedem Fall noch arbeiten.

Sie laufen weiter und springen von Plattform zu Plattform, unentdeckt, bis sie schließlich und endlich an einem großen Tor ankommen.

„Bitte, bitte, bitte", fleht Kira, „sagt mir nicht, dass dieses Tor aus Blut besteht."

„Natürlich nicht", erwidert Ren. „Es besteht aus den Gebeinen derer, die sie nicht zerhäckselt haben."

Ren grinst Natascha an, der ein Teil des letzten Frühstücks etwas hochgekommen ist und dessen Inhalt sie mit der Hand zurückhält. Sie schluckt beherzt runter und schaut den Urgott bitterböse an.

„Ich habe das Tor da doch nicht hingesetzt!"

„Genug." Renée guckt die anderen mit Entschlossenheit an. „Ich habe keine Ahnung, was uns genau hinter diesem Tor erwartet, außer einer lebendigen Maschine, deren einzige Aufgabe darin besteht, die Verurteilten –"

„Wer", Ellies Kopf wird hochrot, weil sie Renée unterbrochen hat, „sind die Verurteilten?"

Freya tritt einen Schritt an ihren Schützling heran und

legt ihr eine Hand auf die Schulter. „Die Verurteilten sind Menschen, Dämonen, Wesen von anderen Planeten, die ihr noch nie gesehen habt. Sie wurden gefangen genommen und als wertvolles Opfer für das Höllenherz gesehen. Sie zeichnen sich durch ihre Stärke oder, im äußersten Fall, durch ihren Wunsch geopfert zu werden aus."

„Und wieso werden sie abgeschossen, wenn sie versuchen zu fliehen?", fragt Natascha.

„Ist doch ganz leicht", antwortet Kali. „Sie sind Futter und da ist es egal, ob sie tot oder lebendig sind. Lebendig werden sie nur einfacher zu verfüttern sein."

„Also paaasst auf, dass ihr nicht diejenigen seid, die gefressen werden!" Mona lächelt breit und formt abermals Peace-Zeichen mit den Händen. Sie glaubt, dass ihre Worte ermutigender klingen, als sie es tatsächlich sind.

„Die Frage, wie wir durch das Tor kommen, ist damit aber immer noch nicht geklärt", erwidert Kira.

Aus heiterem Himmel ist ein lautes Grunzen zu hören, gefolgt von einem unbeholfenen Stapfen. Vor dem Tor versammeln sich sechs schweineartige Wesen. Sie stehen aufrecht auf ihren Hufen und haben einen humanoiden Kopf, aus dem eine Schweinsnase ragt. Ein Ringelschwänzchen schaut aus Stoffhosen heraus und an beiden Händen haben sie vier Finger. Sie halten die Arme in die Luft.

„Beten die irgendwas an?"

Ein lautes, metallenes Schussgeräusch erschreckt die Jägerinnen und Jäger, das von sechs schweren Ketten, die oberhalb des Tors befestigt sind, herkommt. Mit rasender Geschwindigkeit sausen sie in Richtung der Grunzwesen.

„Wie heißen diese Wesen?", fragt Sam, der ein Bild von ihnen in sein Notizbuch kritzelt.

„Gib ihnen doch einfach einen Namen", erwidert Ren und ahmt das Grunzgeräusch nach.

„Mannschwein!"

„Großartige Idee", sagt Kali und rollt zusammen mit Natascha die Augen über den nicht vorhandenen Einfallsreichtum.

Die Mannschweine haben die Ketten aufgefangen und ziehen mit voller Kraft daran. Lautes, schmerzerfülltes Grunzen ist zu hören und augenscheinlich leiden sie unter dem Gewicht. Das Tor ist halb offen und eine Figur erscheint. Sie schlurft über den blutbefleckten Boden und heizt die Mannschweine an. In jedem ihrer vier Arme trägt sie eine Peitsche, die allesamt im Sekundentakt losschnallen und die ziehenden Monster mit lautem Knallen treffen. In Windeseile sind die Rücken der Mannschweine blutverschmiert und zwei von ihnen brechen zusammen.

Das muskulöse Wesen lässt ab und zieht die beiden Hingefallenen am Nacken durch das Tor. Die anderen Schweine bleiben zurück und halten die Ketten fest, damit die Pforte sich nicht wieder schließt.

„Das ist unsere Chance", sagt Renée und prescht umgehend los. Sie schauen ihr einen kurzen Moment mit großen Augen hinterher, bevor sie ihr folgen.

„Sollen wir einfach an den Mannschweinen vorbeispazieren?", fragt Ren und versucht ihr auf die Schulter zu tippen.

„Wir räumen sie vorher aus dem Weg."

Freya schüttelt den Kopf. Renée hat sie nie als jemanden wahrgenommen, der unüberlegt vorgeht. Aufgrund ihrer Trauer und der langen Reise besitzt sie keinerlei Ruhe mehr.

Sie laufen zusammen auf die Mannschweine zu, die das Tor aufhalten, und Natascha ist die Erste, die einen Säbel in ihre Richtung wirft und eines der Viecher in den Kopf trifft. Kali und sie schlagen ab und die Urgöttin springt mit einem eindrucksvollen Salto zur Kette hin, damit das Tor nicht zufällt.

Kira nimmt Dante und läuft hinter das andere Schwein, das auf derselben Seite die nächste Kette hält und noch gar nicht weiß, was passiert. Mit einem gezielten Hieb halbiert sie es glatt in der Mitte und Ren schnappt sich das monströse Metall.

Ellie und Sam arbeiten im Tandem und während die anderen beiden Mannschweine ihre Kette vor Schreck loslassen und das Wesen mit den Peitschen warnen wollen, sprintet Sam zum vorderen, rammt ihm seine Krallen in den Rücken und wirft es zu Boden. Ellie holt tief Luft und schießt dem letzten drei Pfeile direkt in die Brust. Beide Gegner kippen zur selben Zeit mit einem lauten Rumsen um.

Freya und Fenrir sprinten gleichzeitig zu den anderen beiden Ketten und halten sie fest – der Wolfshund packt sie mit seinen Zähnen.

„Los, rein", ruft Renée und stellt sich in die Mitte des Tores.

Die Jägerinnen und Jäger laufen hinein, dicht gefolgt von den Urgöttern. Mit einem lauten und unüberhörbaren Knall fällt das Tor zu. Instinktiv schauen sie nach oben, doch das Glück scheint auf ihrer Seite zu sein. Die Fabrik, die den Häcksler beherbergt, ist überdacht.

„Das war knapp", hechelt Kira und ringt nach Luft. Kämpfen geht wunderbar, aber Laufen ist der Todfeind ihrer nicht vorhandenen Kondition.

Sie stehen in einer Art Wartezimmer. Eine große, schwarze Metalltür prangt bedrohlich vor ihnen, die direkt in den Hauptraum führt. Kira macht einen Schritt nach vorne und erstarrt unmittelbar danach. Ein lautes, wütendes Gebrüll ist hinter dem Einlass zu hören, gefolgt von bebenerzeugendem Stampfen.

„Was hat es gesagt?", flüstert Kira und schleicht vorsichtig zurück.

„Wir werden uns an euch laben", erwidert Freya und zückt ihren Erdbogen.

XLV

EIN GEBROCHENES HERZ

COR FRACTUS

Die schweren Schritte kommen kurz vor der schwarzen Metalltüre zum Stehen. Die Jäger und Urgötter sind bereit zuzuschlagen. Doch die Tür öffnet sich nicht.

„Riecht ihr das?“, fragt Kira und rümpft ihre Nase. „Ist das Eisen? Oder Blut?“

„Wahrscheinlich beides“, erwidert Renée. „Aber stimmt. Der Geruch ist hier viel intensiver als draußen und ich kann nichts ausmachen, das ihn auslösen könnte.“

Ein lautes, rasselndes Atmen ist zu hören. Die Jägerinnen und Jäger gucken sich vorsichtig um.

„Andere Seite“, sagt Freya leise. „Es steht an der Tür und belauscht uns.“

„Was ein Bullshit“, flucht Natascha und stapft auf die Metalltür zu. Kali versucht sie aufzuhalten, doch ehe sie sich versieht, knallt das schwere Tor mit einem lauten Klang auf und schubst die übereifrige Jägerin nach hinten. Der Dämon mit den Peitschen steht vor ihnen, sein Blick ist von Abscheu geprägt.

„Wieso sind denn seine vier Arme so muskulös?“, fragt Ellie.

„Vielleicht hat er auch vier –"

„Ich warne dich", brüllt Renée und grätscht Ren in seinen Satz.

„Hanteln, ich wollte Hanteln sagen!"

Der Koloss, dessen graue Haut von tigerähnlichem Fell überzogen ist, knurrt sie an. Er ist erheblich größer als die Jäger. Er trägt einen Zopf und besitzt die Zähne einer Hyäne. Und erst jetzt, da er direkt vor ihnen steht, erkennen sie, dass die Peitschen aus metallenen Dornen bestehen.

„Wieso sieht der so menschlich aus?", denkt Kira laut. „Das gefällt mir nicht."

„War vielleicht mal ein Mensch."

Der Dämon brüllt sie an und lässt seine Peitschen auf sie herabregnen. Sie weichen mit schnellen Schritten aus, was nur mit Glück gelingt. Das Wesen ist flott und scheint sich nicht einmal für die Erklärung, warum sie hier sind, zu interessieren.

Kira springt ein gutes Stück nach hinten, sodass die neunschwänzigen Katzen nicht an sie rankommen, und prescht mit Dante los. Doch bevor sie das Wesen überhaupt treffen kann, flitzt Sam vor sie und verbeugt sich vor dem rasenden Ungetüm. Es hält inne und beäugt das Schauspiel.

„Kommt schon", flüstert Sam und gibt den anderen ein Zeichen, es ihm nachzuahmen. Fenrir winselt, bevor er sich neben seinen Partner widerwillig auf den Boden legt.

Kali und Natascha gucken genau wie das Peitschenmonster zu und unternehmen keinerlei Anstalten, sich mitzuverbeugen.

„So schnell gebt ihr auf?", sagt Natascha und spuckt auf den Boden. „Dann mach ich ihn eben allein fertig."

Sie springt auf den Dämon zu, die Säbel nach vorne gehalten, um ihn direkt durch das dichte Fell zu stechen. Es stellt sich genau in ihre Flugbahn und ragt die Brust raus. Die Schwerter prallen mit einem lauten Klirren ab.

„Das ist Buer", sagt Sam und gibt Natascha abermals ein Handzeichen, dass sie sich hinknien soll. „Vertrau mir!"

Buer, der keinen Gegenangriff unternimmt, schaut verächtlich auf die Jägerin hinab und wartet auf ihren nächsten Zug. Sie schluckt ihren Stolz hinunter und zusammen mit ihrer Partnerin kniet sie sich hin. Der Dämon schnippst und aus der großen Halle kommen Mannschweine angelaufen und legen ihnen Ketten an. Sie sollen aufstehen und werden an den Fesseln reingezogen.

„Toller Plan, Sam", zischt Natascha und versucht ihm einen Ellenbogen in die Seite zu rammen.

„Wir sind Opfer", erwidert er.

„Moment", Kira schluckt, „wir sind was? Ich dachte, wir planen einen Überraschungsangriff."

„Pssst", zischt Renée. Sie hat genau verstanden, was Sam vorhat. „Lasst Buer sich in Sicherheit wiegen. Er weiß nicht, wer wir sind. Für ihn sind wir Ausbrecher, die es sich anders überlegt und gestellt haben, um ein Teil der Maschinerie zu werden."

„Und wie werden wir die Ketten wieder los, ihr Genies?", fragt Natascha. „Woher weißt du überhaupt schon wieder, wer er ist?"

„Mein Notizbuch."

„Mein Notizbuch." Die anderen plappern ihm nach, weil die Antwort auf der Hand lag. Sam schaut etwas bedröppelt.

„Sorry", sagt Kira. „Langer Tag. Das ist super."

„In meinem Buch habe ich eine Liste aller Dämonen, die schon mal irgendwelchen Jägern über den Weg gelaufen sind. Buer wird zwar anders beschrieben, aber mein Bruder war überzeugt, dass er einer der Kommandanten ist, der sich um ein wichtiges Element in der Hölle kümmert – quasi das Herzstück bildet."

Natascha nickt. „Und jetzt?"

„Jetzt warten wir darauf, dass er uns zum Häcksler führt."

Sie stimmen widerwillig zu und trotten langsam und in Ketten hinter Buer und den Mannschweinen her. Sie wandern einen langen, dunklen Korridor entlang und können aus der Ferne immer wieder Schreie und Geräusche, die man sonst nur beim Zahnarzt hört, wahrnehmen.

„Ich dachte, das hier wäre der Haupttraum", flüstert Ellie.

„Wir müssen nicht flüstern", erwidert Freya. „Sie alle haben kein Verständnis unserer Sprache. Sie sprechen Enochian."

„Deswegen wusstest du auch", überlegt Kira, „was er gesagt hat!" Der Dämon brüllt etwas in ihre Richtung.

„Wir sollen nicht aufbegehren", übersetzt die Muttergöttin. „Was ist der weitere Plan, Sam?"

„Nur er kennt den Weg zum Häcksler. Wir folgen ihm, wiegen ihn in Sicherheit und strecken ihn nieder."

„Jetzt sprichst du meine Sprache." Natascha knackt mit den Knöcheln.

„Ganz ehrlich", sagt Ren, „langsam wird die Leiche schwer."

Fenrir gibt ein leises Wuffen von sich, das Ren erklärt, dass er Jen über seinen Rücken legen darf.

Buer bleibt aus heiterem Himmel stehen und seine Peitschen schießen in Richtung Ren. Sie treffen den überraschten Urgott am Arm. Glücklicherweise wird nur seine Jacke in Mitleidenschaft gezogen.

„Das ist echtes Leder!", ruft Ren ihm hinterher, doch der Dämon hat sich wieder umgedreht und stapft weiter.

„Das war seine letzte Warnung", flüstert Freya und bittet die anderen, ihre Köpfe zu senken und nichts mehr zu sagen, damit ihr Plan nicht gefährdet wird.

Der Korridor scheint kein Ende zu nehmen, oder sie wandern nur langsam, da es sich angekettet nicht so gut spazieren lässt.

Buer biegt nach links ab, ohne dass die anderen im ersten Moment sehen, wohin genau. Doch es dauert nicht lange und er öffnet eine Tür, durch die ein blutroter Lichtschimmer fällt und den Korridor erhellt. Die Jägerinnen und Jäger werden von der Helligkeit geblendet und kneifen instinktiv die Augen zu. Mit verschwommener Sicht durchschreiten sie die Tür und gelangen in den Häcksler-Raum. Ein besserer Name fällt ihnen später noch ein.

Sam ergründet das Zimmer umgehend bis ins letzte Detail. Glücklicherweise hat er eine schnelle Auffassungsgabe – andere würden es fotografisches Gedächtnis nennen: Es ist eher eine Kammer, überall sind Blutflecken auf dem Boden und an den Wänden sowie an der Decke. Kleine Käfige hängen herab. Ketten baumeln ebenfalls herunter. Eine Steintafel, die genau in der Mitte des Raumes liegt, wird mit Sicherheit auch einen Zweck erfüllen.

Buer brüllt die Mannschweine an, die sich jeweils zwei der Jäger und Götter schnappen und sie in verschiedene Ecken der Kammer führen. Der Dämon schreit ein weiteres Mal und Freya gibt ein unscheinbares „Huch“ von sich.

Sam, der neben ihr steht, schaut sie fragend an.

„Buer hat soeben verlauten lassen, dass derjenige, der sonst für die Sicherstellung der Zufuhr an Lebenssaft zuständig ist, seit geraumer Zeit nicht mehr da war. Daher suchen wohl einige der Mannschweine nach Ghom."

Sam kann nicht anders, als aufzulachen, was Buer so gar nicht gefällt. Der Dämon stapft mit großen, bebenden Schritten auf ihn zu.

„FENRIR", brüllt Sam und gibt damit seinen Kollegen das Zeichen, dass sie sich endlich losreißen dürfen.

„REN!"

„KALI!"

„FREYA!"

Glücklicherweise hat Buer vorher nicht verstanden, dass vor ihm Jägerinnen und Jäger sowie ihre Partner stehen, ansonsten hätte er anders gehandelt. Er lässt seine Peitschen in alle vier Ecken herabregnen. Die Mannschweine springen ohne Vorwarnung auf die Kämpferinnen und Kämpfer zu und verbeißen sich in ihnen.

„Ahh!" Kira brüllt vor Schmerz und spießt ihren Angreifer mit Dante auf. „Verdammte Scheiße. Das Schwein hat mich gebissen."

Mit der Grazie einer Ballerina springt Ellie in die Lüfte, schießt ein ganzes Sperrfeuer an Pfeilen ab und trifft damit ein Mannschwein nach dem anderen in den Kopf. Kira ahmt es ihr nach und öffnet ihren Mantel, um unzählige Shuriken in Richtung der kleinen beißwütigen Dämonen zu schicken. Fenrir reißt sie nacheinander zu Boden und lässt überhaupt keine Gnade walten. Er war schon einmal in Ketten gefangen und wird nur ungerne daran erinnert.

Sam nutzt die Ablenkung aus und studiert haargenau den Raum. Einen Häcksler oder etwas, das die Verurteilten zu Lebenssaft weiterverarbeitet, kann er bisher nicht ausmachen. Hoffentlich hat Buer sie überhaupt dahin geführt.

Der Dämon brüllt auf und wirft seine Peitschen weg. Einen Moment länger sieht er dabei zu, wie seine Armee an Mannschweinen umgelegt wird, dann zieht er vier Dolche aus seiner Stoffhose hervor. Er schaut sich um, pickt sich Ellie heraus, die damit beschäftigt ist, Kopfschüsse zu verteilen, und prescht mit einem lauten Knall auf sie zu. Freya grinst und springt verteidigend vor ihren Schützling. Mit den Lichtpfeilen wehrt sie alle Dolche ab und zwingt Buer zurück auf den Boden. Er kommt mit voller Wucht auf und hinterlässt einen kleinen Krater.

Er brüllt etwas in Freyas Richtung, das sie aufhorchen lässt. Zeit zu übersetzen ist keine. Ren eilt ihr zu Hilfe und zusammen schlagen sie auf den Dämonen ein, der kein Problem hat, mit seinen vier Fäusten ihre Angriffe abzuwehren.

Freya springt erneut in die Luft und setzt zu einem fatalen Schuss mit ihrem Erdbogen an.

PANG

Doch Buer hat den Pfeil mit Leichtigkeit abgewehrt. Er wirft einen seiner Dolche in Richtung der Muttergöttin, der aber von Fenrir im letzten Augenblick abgefangen wird. Er fängt ihn mit den Zähnen und spuckt ihn provokativ aus. Seine sonst so liebe Miene hat sich in ein bösartiges Knurren gewandelt. Niemand versucht, seine Freunde umzubringen.

Der Wolfshund fegt los und verbeißt sich mit der ganzen Kraft seines Kiefers in einem der Arme des Monsters. Es schlägt auf den Vierbeiner ein und reißt sich los. Es hebt Fenrir auf, hält ihn über seinen Kopf und wirft ihn mit Gewalt auf den Boden. Sams bester Freund heult auf, was den Dämonenjäger nicht mehr den Raum studieren lässt, sondern dafür sorgt, dass dieser mitsamt Krallenhandschuhen auf Buer springt und ihm durchs Gesicht kratzt. Der Koloss wehrt den nachfolgenden Kratzer ab und hält Sam an einem

Arm hoch. Mit blutverschmiertem Antlitz schaut er ihn an und wirft Sam mit ordentlicher Härte gegen die Wand.

Ellie, Kira und Renée nicken sich einander zu und sprinten zu Buer. Kira holt mit Dante aus, Ellie zielt auf den Kopf des Gegners und Renée feuert eine ganze Reihe an Energiekugeln ab, wodurch eine saftige Rauchwolke entsteht, die den Feind komplett einhüllt. Mehrere Schwerthiebe, Pfeile und Geschosse treffen den Dämon, der vor Schmerz laut aufbrüllt.

Als sich die Wolke legt, stellen sie zu ihrem Erschrecken fest, dass sich kaum etwas getan hat.

„Ich bin wieder dran", ruft Natascha und zusammen mit Kali springt sie auf Buer drauf. Er hat Mühe, die Säbel der sechsarmigen Urgöttin und ihrer Partnerin abzuwehren. Aber selbst wenn er von ihnen getroffen wird, scheint er kaum mehr als einen Kratzer davonzutragen.

Kira und Ellie benötigen eine kurze Verschnaufpause und schauen dem Kampf gebannt zu. Sam steht mithilfe von Fenrir auf und Freya versucht eine offene Stelle zu finden, um keine ihrer Partnerinnen zu treffen. Ren studiert den Gegner genau, etwas gefällt ihm ganz und gar nicht.

Buer stampft mit ohrenbetäubendem Donnerschlag auf und bringt Natascha aus dem Gleichgewicht. Mit allen vier geballten Fäusten schlägt er auf Kali ein und wirft sie zu Boden. Die Göttin kann sich gerade noch auffangen und zückt ihre Säbel zum erneuten Angriff.

Der Dämon brüllt seine Feinde an und wischt sich das Blut aus dem Gesicht.

Kira schaut zu Freya hinüber – deren Gesichtsausdruck blanke Wut zeigt, um eine Übersetzung zu bekommen.

„All das", schnauft sie, „für ein bisschen Blut." Ihr Gegner scheint sie nicht ernst zu nehmen. Sie sammeln sich und zücken ihre Waffen.

„Stopp“, ruft Ren und stellt sich mit dem Rücken vor sie, damit sie zuhören. „Er wird geschützt. Dieser Lebenssaft, der das Herz füttert. Es versorgt auch ihn mit Energie. Deswegen ist er der Wächter.“

„Das heißt“, Kira hat es direkt zusammengepuzzelt, „ohne den Lebenssaft würde er seine Macht verlieren?“

„Genau, wir müssen nur –“

„Ich weiß es“, sagt Sam, was absolut niemanden mehr überrascht. „Und nein, das habe ich nicht aus meinem Notizbuch.“

Buer versteht zwar ihre Sprache nicht, aber er kapiert, wann sich Gegner zu lange besprechen, und rennt mit gezückten Dolchen auf sie zu.

„In der Mitte. Ich mach das.“ Sam läuft los, die anderen halten ihm den Rücken frei. Der Dämon schaut ihm aufmerksam hinterher.

Sam bleibt in der Mitte des Raumes stehen und guckt auf eine kleine, blutgetränkte Tafel unter ihm. Wie in der restlichen Kammer ist das Blut längst getrocknet. Doch ein wichtiger Unterschied besteht: Das Muster des Lebenssaftes um das Schild herum stimmt nicht überein. Was heißt, dass sie bewegt werden kann. Sam atmet tief ein und mit einer seiner Krallen schneidet er sich in die Handfläche, damit frisches Blut heraustropft. Er lässt es auf die Steintafel tropfen, was Buer zum ersten Mal in Panik versetzt.

Der Dämon ignoriert seine Widersacher und düst auf Sam los. Ein markerschütterndes Geräusch bescheinigt ihm, dass er zu spät ist. Der Boden öffnet sich, Sam hopst zur Seite und ein monstergroßer Kelch fährt empor. Ein goldenes Artefakt, bis zum Anschlag mit Blut gefüllt. Es ist mit grotesk großen Klunkern bestückt.

„Das ist aber nicht der heilige Grahl?“, murmelt Kira und guckt die anderen ungläubig an.

„Der Heilige was?“, fragt Renée und schüttelt den Kopf.

„Das ist das, was ihr den Häcksler nennt“, erklärt Freya. „Der dämonische Gott Ishu.“

„Du wusstest also die ganze Zeit –“

„Nein, ich war mir nicht bewusst, dass er in der Hölle für das Herz zuständig ist. Er hat viele verschiedene Formen.“

Ein Schrei ist zu hören. Laut, unangenehm und so klingend, als würde man mit einer Gabel über Asphalt kratzen.

„Er benötigt eine lebende Opfergabe“, erklärt Freya und guckt entschlossen nach vorne. „Ansonsten wird er alle in diesem Raum umbringen.“

Buer brüllt und versucht, Sam zu packen.

Ein Knacken ist zu hören und die Tür, durch die sie gekommen sind, hat sich in eine Steinwand verwandelt. Langsam, aber gleichmäßig fängt der Raum an zu schrumpfen. Frisches Blut fließt durch unsichtbare Röhrchen, die in der Luft hängen, zum Kelch hin. Die Leichen der Mannschweine werden schwerfällig eingesaugt. Die Jäger und Götter spüren den Sog und achten darauf, nicht ebenfalls reingezogen zu werden.

„Buer“, ruft Kira. „Wir müssen ihn reinschubsen.“

„Wir müssen Ishu zerstören“, erwidert Renée und schießt Energiebälle auf den Kelch. Was der überhaupt nicht mag und abermals brüllt – es klingt wie ein metallischer Hilferuf. Der Sog wird stärker und die Wand kommt zügiger näher.

„Hör auf, Renée“, ruft Freya. „Du machst ihn nur wütend. In dieser Form können wir ihm nichts anhaben.“

Buer verfolgt Sam und brüllt verärgert auf, weil er ihn nicht zu fassen bekommt. Fenrir springt dazwischen und trifft den Dämon mit seinem ganzen Körpergewicht. Dieser gerät einen Moment ins Wanken, fängt sich aber direkt wieder.

„Zusammen“, brüllt Kira und setzt zum Sprung an. Ihre Verbündeten eifern es ihr nach und auf ihr Kommando nutzen sie ihre gesamte Masse und stoßen Buer in Richtung des hungrigen Kelchs, der mittlerweile die Mannschweine verkostet und püriert hat.

Sie treffen den Dämon mit voller Geschwindigkeit, der sein Gleichgewicht verliert und nach hinten fällt. Er fängt sich am Kelch ab.

„NOCH MAL!" Kira rennt voraus und tackelt ihn mit der Schulter. Erneut wankt er und die anderen fliegen zusammen in ihn rein. Der Dämon kippt um, rein in den Kelch.

Er greift nach Ellie, die im ersten Augenblick nicht weiß, wie ihr geschieht, und nur die Augen aufreißen kann. Ren erkennt die Zwickmühle sofort und bekommt ihren Arm zu fassen. Mit voller Stärke zieht Ren Ellie zu sich. Freya, Kali und Renée helfen den beiden. Die anderen Jägerinnen und Jäger sind nicht groß genug und schlagen stattdessen auf den Kelch ein.

„Lass sie gehen", brüllt Kira.

„ELLIE!" Sam versucht an sie heranzukommen, schafft es aber nicht.

Die Götter lassen sie nicht los und nutzen ihre gesamte Kraft, um sie nicht ihrem Tod zu überlassen.

Sie kann nicht anders, als loszuschreien. Freya versucht, ihren Blick zu erhaschen, um sie zu beruhigen, was ihr aber nicht gelingt.

„LASS SIE GEHEN!", brüllt Kira abermals.

„NICHT DER KELCH", schreit Ellie, „BUER!"

Freyas Augen leuchten siegessicher auf. Innerhalb eines Atemzuges lässt sie ihren Schützling los, springt über sie und schießt unzählige Lichtpfeile in das Gefäß hinein, um Buer zu treffen, damit er sie loslässt.

Unmengen an Luftblasen verpuffen an der Oberfläche und der Griff scheint sich zu lösen.

Einen viel zu langen Augenblick ist nicht erkennbar, wo der

Dämon und die Jägerin in der Blutbrühe umherschwimmen.

Plötzlich schnellt die Hand einer jungen Frau hervor, die verzweifelt nach etwas zum Greifen sucht. Freya reagiert blitzschnell und zieht mit voller Kraft an ihrem Schützling.

Ellie ist frei.

Die Stimme des Kelchs ist zu vernehmen und der Raum weitet sich wieder. Die Tür erscheint und der Kelch verschwindet so langsam im Boden, wie er gekommen ist.

„Er hat das Opfer akzeptiert", sagt Freya.

„Verdammte Scheiße", flucht Renée und schlägt auf die Steintafel. „Wir haben ihn entkommen lassen."

„Und dafür Ellie gerettet." Freya stellt sich vor sie hin und hält sie an der Schulter fest. „Beruhige dich. Bei Odin, es ist ein Wunder, dass wir so weit gekommen sind. Wenn wir Astaroth töten –"

„Falls wir Astaroth töten."

„Wenn wir ihn umgebracht haben, werden wir einen neuen Plan schmieden, um das Höllenherz unschädlich zu machen und die Tore zu schließen."

Renée stampft auf und flucht in sich hinein. Sie weiß, dass die Muttergöttin recht hat, ärgert sich aber trotzdem. Sie haben zu viel verloren und sind zu weit gekommen, als dass sie diesen Rückschlag hinnehmen möchte.

„Wie kommen wir von hier zur Unterstadt?" Kira versucht erst gar nicht, mit Renée zu reden. Sie weiß, wie wichtig es ihr ist, die Mission abzuschließen, aber für sie zählt nur eins: Astaroth umbringen und Ben retten. Und sie sind kurz davor, ihr Ziel zu erreichen.

„Ich glaube", Sam krakelt hektisch in seinem Notizbuch herum, „wir sind schon da. Von dieser Fabrik aus, der Heimat von Ishu, sollte es einen direkten Weg dorthin geben." Sie öffnen vorsichtig die Tür und treten hindurch. Ren schaut sich Jens Leiche in einem unbeobachteten Moment an und säubert sie von Kampfspuren. Er schnallt sie sich wieder auf den Rücken und folgt den anderen.

Die Fabrik scheint wie leer gefegt. Ob die Mannschweine mitbekommen haben, dass ihr Herrscher gestorben ist?

„Wir sollten uns beeilen", mahnt Freya. „Die Untertanen und Verurteilten sind geflohen. Es wird nicht lange dauern, bis eine Höllengarde nach dem Rechten sehen wird. Sie werden wissen, dass Buer vom Kelch verschluckt wurde."

Sie laufen durch den Korridor, in der Hoffnung, am Ende einen Ausgang – oder eher einen Eingang – zu finden.

Sie kommen vor einer weiteren schwarzen Metalltür zum Stehen. Kira fackelt nicht lange und drückt sie auf. Ein lautes Quietschen ist zu hören und sie betreten einen verhältnismäßig kleinen Raum, der nichts als ein Portal beinhaltet.

„Diese Fabrik hat also wirklich nur zwei Zimmer?" Natascha schaut irritiert zurück.

„Das bezweifle ich." Sam kritzelt weiter. „Viel eher sind wir durch den Hauptpfad direkt zu den wichtigsten Räumlichkeiten gelangt."

„Will noch mal wer umdrehen und schauen, ob irgendwo nützliche Items oder Keycards rumfliegen?", scherzt Ellie, die an eines ihrer Lieblingsvideospiele denken muss. Leider wird sie von den anderen ignoriert und schaut unangenehm berührt zur Seite.

„Los, wir sind fast da", drängt Kira und schreitet fest entschlossen zum Portal. „Wir sind am Ende angekommen."

„Bist du sicher", fragt Natascha, „dass du hier richtig bist? Nicht, dass es dich direkt in die Mitte des Herzens teleportiert."

„Nein", antwortet Kali, „wir sind hier richtig. Wir können es spüren."

Die anderen Urgötter schauen ihre Schützlinge andächtig an und nicken. Sie sind am Ende angekommen.

XLVI

DIE KRONE DER UNTERSTADT

CORONA URBIS INFERIORIS

Schwarze Rauchwolken versperren die Sicht auf das, was weit unterhalb der hochgewachsenen Unterstadt liegt.

Mit einer gesunden Portion kindlicher Neugierde schaut Ellie auf die Wolken und versucht doch einen Blick zu erhaschen. Freya stellt sich neben ihren Schützling und beobachtet mit ihr das Firmament, das unter ihnen liegt. Die Krone der Unterstadt wird vom Boden durch einen dichten, dicken Nebelschleier getrennt, der bunte Pünktchen in sich umherschwirren hat – beim bisherigen Glück mit Sicherheit Punkte, die sie umbringen wollen.

„Das hier ist wirklich eine Stadt? Wie bei uns daheim?", fragt Ellie die Muttergöttin.

„Die Unterstadt ist eine Kopie. Das war sie schon immer."

Kira glaubt kaum, dass diese hochgewachsenen Bauten in ihrer Welt stehen sollen. Dass die Unterstadt eine wahrhaftige Kopie ist, die als Behausung für Dämonen, Monster und womöglich Schlimmeres dient.

„Schon komisch“, flüstert sie, damit maximal ihre Verbündeten sie hören, „dass es hier genauso aussehen soll wie bei uns daheim.“

„Gar nicht so komisch, wie du denkst“, erwidert Renée. „Die Unterstadt ist eine Abbildung deiner Erde – deiner Dimension. Sie beherbergt aber auch die Abbildungen anderer Planeten und Heimaten.“

„Die Dämonen kennen nichts außer Krieg und Verderben. Wenn sie auf fremden Planeten einfallen, kennen sie das Layout dort bereits.“

„Weil ihr Ursprungsplanet haargenau so aussieht …“, unterbricht Kira Freya und schlurft nachdenklich im Kreis. „Aber ist das nicht eine absurde Größe?“

„Schon“, antwortet Kali. „Aber sie bilden natürlich nicht alle Planeten ab. Nicht mal einen Bruchteil. Nur Welten, denen ihre Vorfahren –“

„Dämonen haben Vorfahren?“, platzt es aus Natascha heraus.

„Natürlich. Nur weil sie böse, verabscheuungswürdig und kriegswütig sind, heißt das nicht, dass sie keine Familie haben.“

„Daher würdet ihr Unterschiede bemerken“, fährt Renée fort. „Doch im Kern ähnelt die Unterstadt eurer Welt.“

„Wie kommen wir da runter?“, fragt Ellie. „Also durch diesen Nebel hindurch?“

„Gar nicht“, antwortet Sam wie aus der Pistole geschossen. „Mein Bruder hat ein paar hektisch hingekritzelte Notizen zur Unterstadt hinterlassen. Sie ist voll von Monstern. Wir könnten uns keinen Meter bewegen, sonst wären wir sofort tot.“

Kali nickt zustimmend.

„Selbst Urgötter“, seufzt Freya, „haben kaum eine Chance. Jäger werden sofort zerfleischt.“

„Das heißt, wir bleiben auf den Dächern?“, fragt Natascha. „Geil …“

„Keine Sorge“, erwidert Renée. „Astaroth wird nicht widerstehen können, uns aufzusuchen. Wir sind die Ersten, die es bis hierher geschafft haben.“

Kira schaut nach oben auf die Sphäre, die das Höllenherz enthält. Sie kann es nicht fassen, was sie bis hierhin alles erlebt haben. Ein lebendiger Baum, der mit einem Dämonenkind verwachsen war. Sie haben ihr Gedächtnis verloren und ein Rätsel in einer Höllenkirche gelöst. Peter ist verschwunden, worum sie sich auch noch kümmern sollten. Und sie sind einem Kelch begegnet, der Verurteilte püriert und anscheinend ein Gott ist. Und trotzdem sind sie entkommen, durch ein Portal geschritten und stehen nun hier. Auf dem Dach eines Hochhauses – was doch eher unspannend klingt. Aber den Gedanken behält sie für sich. Zeit, den Dämonenkönig umzubringen, Seelen zu retten, Peter zu finden und nach Hause zu gehen.

„Worauf warten wir dann noch?“, ruft Kira, die keinen Bedarf mehr im Flüstern sieht.

„Wir sind am Ziel angekommen. Zeit, Bens und Jens Seelen wiederzuholen, in ihre Körper zu transferieren, Peter zu finden und heimzugehen.“

Ren nimmt Kiras Rucksack vom Rücken und schaut vorsichtig hinein. Ein lauter Huster gefolgt von einem Würgegeräusch lässt vermuten, wie Bens Kopf mittlerweile aussieht.

„Schaut da nicht rein. Die Melone ist weggeschimmelt. Wenn wir die Seele wiederhaben, wird sein Körper auch regenerieren. Also auf sie!“, sagt Ren und schreitet voran. In Kira steigen Zweifel auf, ob alles so funktionieren wird, wie sie es sich vorstellen – doch sie sind zu weit gekommen, um umzudrehen. Teilen möchte sie ihre Unsicherheit nicht, denn ihr wird schlagartig bewusst, dass ihre Verbündeten nur wegen ihr hier sind. Jen hat ihr Leben für sie gelassen, damit sie ihren Verlobten vom Tod erlösen kann. Peter ist mitgekommen, obwohl er große Angst davor hatte, nicht mehr nach Hause zu kommen, und ist verloren gegangen. Über Ellie weiß sie kaum etwas und trotzdem hilft sie ihr. Sam wollte seine Familie rächen und nimmt dafür diesen Weg auf sich. Und Natascha ist … Natascha.

Tränen schießen Kira unfreiwillig hoch und sie schaut auf den Boden, damit bloß niemand sieht, wie emotional sie ist. Sie ballt die Fäuste zusammen und beißt sich auf die Zunge, um den Tränenfluss zu stoppen.

„Meinst du nicht", Ren ist zu ihr rübergeschlichen und tippt ihr auf die Schulter, „dass es als Anführerin angebracht wäre, eine kleine Rede zu halten."

„Dass du nie ernst sein kannst", schluchzt sie und wischt sich mit dem rechten Arm ihre Tränen weg.

„Ist mein voller Ernst", erwidert er. „Schließlich habe ich die Leiche deiner besten Freundin und die Schimmelrübe deines Verlobten bis hierher getragen. Meine Sonntage sehen sonst auch anders aus."

„Aber ich bin keine Anführerin."

„Doch", antwortet er leise. „Ob du willst oder nicht. Jen war die Erste, die es erkannt hat. Die anderen wären dir sonst nie so weit gefolgt. Sie hören auf deine Worte und wollen von dir wissen, was als Nächstes passiert."

Renée schaut die beiden gebannt an und ein Gefühl der Ruhe bricht über sie herein.

„Wäre ich auch für", nickt sie Kira zu.

„Ohne euch", sagt diese laut genug, dass es jeder vernehmen kann, „wären wir jetzt nicht hier."

„Na komm", Ren gibt ihr einen leichten Schubser, „das geht mit mehr Bums."

Kira schaut auf, ohne sich darum zu scheren, dass ihr Tränen die Wange hinablaufen. Ihr Blick ist zielgerichtet und ihre Augen voller Selbstsicherheit. Die Zweifel sind so schnell verschwunden, wie sie aufkamen.

„Ohne euch wären wir nicht hier! Wir alle haben Opfer gebracht, um heute hier zu sein. Doch ihr habt das größte Opfer von allen erbracht. Ihr habt für mich alles zurückgelassen und euer Leben aufs Spiel gesetzt, um mich bis hierhin zu begleiten."

„Dafür sind wir die ersten Menschen – zumindest in den letzten Jahrtausenden –, die die sieben Höllenringe zu Gesicht bekommen haben und später davon erzählen werden", ruft Ren dazwischen.

„Ich werde niemals die Möglichkeit haben, euch alles zurückzuzahlen, was ihr mir gegeben habt. Aber ich werde es versuchen. Wir kennen uns noch nicht lange, aber ihr habt mein Leben auf ewig verändert. Ohne euch kann ich es mir nicht mehr vorstellen!"

Kira wischt sich die Tränen ab und stellt sich festentschlossen in die Mitte. Die anderen lauschen gebannt ihren Worten.

„Wir werden nicht nur heimkommen, damit jeder Einzelne von uns diese Geschichte erzählen kann, wir werden den Dämonenkönig umbringen und seinen Kopf an die Wand nageln! Nichts wird uns aufhalten können! Keine Dämonen und auch nicht Astaroth. Außer uns wird niemals jemand wissen, was wir hier an diesem Tag vollbringen werden, aber das ist auch nicht nötig. Denn wir wissen, dass wir nicht nur uns und unsere Liebsten, sondern die gesamte Menschheit gerettet haben!"

Die Jägerinnen und Jäger lachen ihre Anführerin an und Ren kann nicht anders, als sie mit stolzer Miene anzuschauen. Freya schaut andächtig nach oben ins weiße Nichts. Ein warmherziges Grinsen gleitet ihr über die Lippen: „Solche Reden hast du auch immer gerne gehalten, mein Sohn …"

„Sobald wir Astaroth umgebracht und unsere Freunde wiederbelebt haben, werden wir Peter suchen, finden und nach Hause gehen!“

„Schön und gut“, sagt Natascha. „Aber wo müssen wir hin?“

„Theoretisch“, erwidert Sam und schnalzt mit der Zunge, „können wir hierbleiben. Astaroth müsste längst mitbekommen haben, dass wir hier sind. Und ich bin, um ehrlich zu sein, ein wenig froh, nicht noch mehr Tests und Kämpfe absolvieren zu müssen. Ich weiß nicht einmal, wie ich immer noch stehe …“

WUFF

Fenrir reibt seinen riesigen Wolfskopf an der Brust seines Freundes und gibt ihm ein geschlabbertes Küsschen.

„Ich denke“, überlegt Renée, „wir müssen trotzdem auf uns aufmerksam machen. Oder zumindest den richtigen Weg finden.“

„Und was ist, wenn wir die Hardcore-Dämonen anlocken?“, wirft Natascha ein. Renée geht in sich und schließt ihre Augen.

„Hallo? Was mach–“, sagt Natascha, wird aber von Kali, die den Kopf schüttelt, zurückgehalten.

„Ich kenne alle Wege. Sie alle führen an einen Ort“, flüstert Renée.

„Das wäre bei meiner letzten Heißhunger-Attacke von Nutzen gewesen, als ich kein McD–“

„Pssst!“ Die anderen Jäger zischen Natascha kollektiv an, die enttäuscht mit dem Kopf schüttelt.

Ren schleicht sich unbemerkt zu ihr herüber und flüstert ihr zu: „Renée ist eine Dimensionswanderin. Sie kennt alle Entscheidungen und weiß, was sie ändern.“

„Sie kann also in die Zukunft sehen?“

„So würde ich es nicht beschreiben.“

Renée öffnet wieder die Augen und nickt den anderen zu.

„Astaroth weiß“, sie atmet tief ein, „dass wir hier sind. Er wird versuchen, uns in die Unterstadt zu locken. Das darf unter keinen Umständen passieren.“

„Hat er mit dir gesprochen?“, fragt Kira.

Renée wandert weiter und denkt nach, wie sie den anderen ihre Macht erklären kann. „Unser Universum ist …“ Sie stockt. „Es gibt mehrere Universen.“

„Wie in Star–“

„Pssst.“

Sam zuckt zusammen.

„Unser Universum“, fährt Renée fort, „ist nur eines von vielen. In jedem dieser Universen existieren wir. Keine exakte Kopie, aber ähnlich.“

„Das Multiversum“, grübelt Sam. „Mein Bruder hat mir damals davon erzählt. Er hat es selbst nie geglaubt, aber etwas dazu aufgeschrieben.“

„Klingt wie aus einem Comic“, sagt Ellie und zuckt mit den Schultern.

„Ich kann in diese Universen reinschauen und mit mir selbst reden. Mit meinen anderen Varianten … meinen Schwestern.“ Renée hält inne, um vom Hochhaus, auf dem sie stehen, herabzuschauen. Sie nimmt Anlauf und springt hinüber auf das nächste Gebäude. „Sie haben mir gesagt, wo Astaroth ist. Einige von ihnen haben dieselbe Reise aufgenommen wie wir. Er wartet in dieser Richtung“, sie zeigt auf den Horizont, „auf uns.“

„Woher wissen die anderen … Renées, wo er ist?“, fragt Kira.

„Eine von ihnen hat es uns gesagt“, erwidert sie und schluckt, „kurz bevor er sie zweigeteilt hat.“

„Wir können nicht mehr umdrehen“, sagt Sam mit belegter Stimme. „Er würde uns sowieso nicht gehen lassen.“

„Bin ich die Einzige, die gerne wissen würde, wie dieses Dimensionsding genau funktioniert?“, wirft Natascha ein und ignoriert die ernste Stimmung.

„Ein andermal“, erwidert Renée. „Folgt mir. Macht euch bereit. Es gibt kein Zurück mehr.“

Kira und Renée führen vorne an und ziehen mit zielgerichtetem Blick los. Astaroth wartet auf sie und die einzige Chance, lebend wieder rauszukommen und Operation „Melonen-Entschimmelung“ erfolgreich abzuschließen, ist, in die Höhle des Löwen zu spazieren und den Löwen umzubringen.

Sie teilen dieselben langsamen Schritte und nervösen Blicke. Niemand von ihnen würde es je zugeben, aber nicht alle sind überzeugt, lebend wieder herauszukommen. Im Gegenteil. Selbst die Urgötter sind sich bewusst, dass sie eine Fahrkarte ohne Rückfahrt gebucht haben. Doch wenn jemand Astaroth umbringen und das Höllentor schließen kann, dann diese Truppe.

Ren schaut zu Renée hinüber und ihre Blicke kreuzen sich. Ein sanftes Lächeln gleitet über ihre Lippen, als würden sie sich ein Versprechen geben, das erfüllt wird, wenn sie ihre Mission erfolgreich abgeschlossen haben. Sie spüren eine familiäre Verbundenheit, die sie schon lange nicht mehr gefühlt haben.

Die Dächer der Unterstadt sind grau und trostlos. Sie sehen allesamt gleich aus und besitzen keinerlei architektonische Unterschiede – wie schlechte Abziehbilder, bei denen der Erschaffer lediglich eine vage Idee hatte, wie es wahrlich aussieht.

„Da“, Renée bleibt stehen und hält ihren linken Arm schützend vor Kira. „Da hinten steht er. Er hat uns den Rücken zugekehrt, da wir keine Bedrohung für ihn sind –“

„Das glaubt er zumindest“, unterbricht Kira und setzt einen riesigen Schritt nach vorne, sodass Renée ihren Arm herunternehmen muss.

„REN!“, brüllt die Anführerin und in ihrer Hand erscheint Dämonenkiller Dante. Sie grinst bei dem Gedanken, dass sie das Schwert zum letzten Mal nutzt, bevor sie Ben wiedersieht und er es wiederbekommt.

„FREYA!“

„FENRIR!“

„KALI!“

Der dichte Nebel wird von dunklen Blitzen durchzuckt, die das Ankommen der Jägerinnen und Jäger feiern und dafür sorgen, dass die gesamte Unterstadt auf sie aufmerksam wird. Das interessiert sie wenig. Ihr Ziel steht vor ihnen. Wenn sie den König ausschalten, werden seine Untertanen sich nicht trauen, ihm zu Hilfe zu eilen.

„Astaroth!“, ruft Kira und stapft mit gezücktem Schwert in der Hand auf ihn zu. Der Dämon reagiert nicht.

„Astaroth!“, brüllt sie und läuft auf ihn los, dicht gefolgt von ihren Kollegen. Er dreht sich um.

Die abscheuliche Gestalt des Monstrums wird der Jägerin zum ersten Mal bewusst und für einen Moment muss sie aufpassen, nicht ins Stocken zu geraten. Ein eiskalter Schauer läuft ihr den Rücken hinab und ihre Beine versuchen sie zu betrügen. Sie bleibt standhaft und schließt kurz die Augen, um in sich drinnen den Mut wiederzufinden, der sie erst so weit gebracht hat. Um an diejenigen zu denken, die sie verloren hat und für die sie diese Suizidmission abschließen wird.

„Ben … Jen …“, flüstert sie und öffnet wieder ihre Augen.

„Astaroth!“, brüllt sie abermals und springt mit einem gewaltigen Satz nach vorne, das Schwert ausholend und den Gegner unmittelbar vor ihr, bereit zuzustechen.

XLVII

DAS URBÖSE

MALUM PRINCEPS

Astaroth weicht mit inbrünstigem Lachen aus und teleportiert sich weit hinter die Jägerinnen und Jäger, um sie zu begutachten.

„Die Hure hat also Freunde gefunden", sagt er und grinst gehässig. „Und sie alle hast du in den Tod geführt."

Zum ersten Mal können sie sich ein wahrhaftiges Bild des Urbösen machen. Sie verstehen schnell, dass die bisherigen Dämonen und Feinde nur Übung waren. Selbst Mordekai, Ghom oder Buer sind nur blasse Schatten gegenüber Astaroth.

Vor ihnen türmt sich ein Ungeheuer mit rasiermesserscharfen Zähnen und Klauen auf. Auf dem Kopf prangen tödliche Hörner, die breiter als die Jäger hoch sind und auf die jeder Widder neidisch wäre.

Sechs lange, tentakelartige Arme zieren den Herzog, die dünn genug sind, dass man sie leicht abbrechen könnte, die aber ekelhaft genug sind, dass man sie erst gar nicht anfassen will. Auf seinem Rücken prangen gleich viele Schwerter, die den Anschein erwecken, von einem geplagten Schmied entworfen worden zu sein.

Astaroths Gesicht ist die Reinform des Hasses. Jeder Blick, jede Bewegung, selbst sein Lächeln triefen vor Bosheit. Sogar ein Blick in diese dämonische Fratze sorgt für ein

Gefühl, dringend wegschauen zu müssen, damit die eigene Seele nicht brutal aus dem Körper gerissen wird.

„Ihr seid also die Sechs", lacht der Dämonenkönig, und zeigt mit seinen knochigen Fingern einzeln auf die Jägerinnen und Jäger. „Und eure Urgötter habt ihr auch direkt mitgebracht. Ich kann ihre Macht förmlich spüren."

Kiras initialer Schock ist verschwunden. Gefasst grinst sie den Herzog an: „Gib uns, wofür wir hergekommen sind", sie schaut selbstbewusst ihre Freunde an, „sonst machen wir dich dem Erdboden gleich."

„Hure", Astaroth fletscht die Zähne, „du bist in meinem Reich. Niemand von euch wird hier je wieder rauskommen."

Er teleportiert sich abermals und landet umgehend hinter Renée. Mit einer blitzschnellen Bewegung, die für das menschliche Auge kaum wahrnehmbar ist, hält er ihr eines seiner Schwerter an die Kehle. Verschont er sie oder spielt er mit ihr?

„Da musst du schon früher aufstehen." Renée fängt die Klinge mit ihrer rechten Hand. Geschützt durch die Energie, die in ihrem Körper fließt. Glücklicherweise haben ihre Dimensionsschwestern sie vorgewarnt, was passiert, wenn sie nicht aufpasst.

„Dein Geruch", Astaroth riecht an ihr, „kommt mir sehr bekannt vor. Deine Partnerin. Ihre Seele gehört mir."

„Nicht mehr lange", erwidert Renée, springt nach hinten und direkt wieder nach vorne, um den König aus dem Gleichgewicht zu bringen. Er wankt einen Schritt, teleportiert sich umgehend weg und kommt vor Freya raus. Seine Schwerter sind allesamt gezückt und auf sie gerichtet. Die anderen Jägerinnen und Jäger bleiben gebannt stehen, um nicht in eine Falle zu laufen. Der Herr der Lügen hat einige Tricks in petto, die nur darauf ausgelegt sind, unvorsichtige Feinde aus der Reserve zu locken.

„Freeeya …“ Wie frisch gefeilte Fingernägel auf einer uralten Kreidetafel.

„Astaroth …“, erwidert die Muttergöttin, die Abscheu glasklar wahrnehmbar.

„Wie geht es deinen Söhnen?“

Seine Schwerter wandern näher in Richtung Freya, doch weder sie noch ihre Jägerpartnerin lassen sich davon aus der Ruhe bringen. Sie wissen genau, dass er sie nur testet. Wie ein Starrkontest zwischen zwei Hunden, die sich gegenseitig anbellen, solange sie an der Leine sind.

„Wo sind deine vier Lakaien?“

„In der Unterstadt“, antwortet Astaroth knurrend. „Willst du ihnen einen Besuch abstatten?“

„Ich bin nur verwundert“, sie gleitet einen Schritt auf ihn und somit auch auf seine gezückten Schwerter zu, „dass du dich traust, ohne sie anzugreifen.“

„Dasselbe könnte man dich fragen“, prompt steckt er seine Waffen ein, „Königin Mutter. Mit welch traurigen Gestalten du dich mittlerweile abgibst. Nutzlose menschliche Würmer, die morgen schon wieder von der Geschichte vergessen werden. Sie spielen nicht einmal eine Rolle im großen Ganzen und trotzdem wirst du von einer dieser Maden angeführt. Da müsste ich dir glatt den Gefallen tun und dich erlösen.“

„Wir sind –“ Sam möchte dem Herzog widersprechen, verstummt aber erschrocken, als dieser vor ihm mit einem PAFF auftaucht.

„Samuel.“ Den Namen spricht er gleichermaßen unbeeindruckt wie angeekelt aus. „Ein Dämonenjäger, bevor du überhaupt wusstest, was wahre Dämonenjäger sind. Ist das bemitleidenswert oder eindrucksvoll?“

„Meine Familie –“

„Ja, das Familiengeschäft. Deinen Bruder … ich besuche ihn des Öfteren. Ich habe ihm erzählt, dass du bald seinen

Platz einnehmen wirst. Das hat ihm gar nicht gefallen. Lilith vergnügt sich noch immer mit seiner Seele."

Inbrünstiges Gelächter ist zu hören und die anderen sehen, wie Sam die Worte des Dämons übel mitspielen. Er ist sich nicht sicher, ob es nur eine Lüge ist oder ob die Seele seines Bruders hier unten gefangen ist.

Fenrir knurrt den Herzog an und mit zähnefletschender Visage wandert er langsam auf ihn zu.

„Was ist das für ein kümmerliches Abziehbild von einem Wolf?"

„Ein Urgott", sagt Renée, die sich hinter Astaroth gestellt hat. „Genau wie wir alle. Ihr seid umzingelt, eure Hoheit."

Sie blufft nur. Der Dämonenkönig weiß es. Aber die Jägerinnen und Jäger sind überzeugt, ihn eingekesselt zu haben.

„Ein letztes Mal", Kira grinst, „gib uns das Seelengefäß oder wir holen es uns!" Astaroth schnauft amüsiert. Er wandert mit großen Schritten auf die Jägerin zu und aus dem Nichts erscheint in einer seiner Hände das Gefäß. Eine Art Vase, die überraschend schlicht aussieht. Die Herberge für eingefangene Seelen haben sie sich anders vorgestellt.

Kira lässt sich nicht lange bitten, sondern springt mit aller Macht zum Gefäß und greift zu.

„Argh-" Ein schmerzerfüllter Würger entgleitet ihr, als Astaroth ihren Hals fest packt, sie nah an sein Gesicht hält und zudrückt.

„Glaubst du wirklich, es wäre so einfach?" Er lacht und sein Griff wird kraftvoller. „Wäre ich dann nicht schon längst verreckt und in Vergessenheit geraten? Glaubt ihr, ihr wärt die Ersten, die versuchten, den Dämonenkönig zu Fall zu bringen? Ihr seid nicht einmal unter den ersten Tausend! Und werdet auch nicht die Letzten sein!" Astaroth schreit mit einem peinvollen Schrei auf und lässt Kira schreckhaft los. Eines von Kalis Schwertern hat sich in seinen Rücken gebohrt.

„Heute“, sie zieht den Säbel mit einem Flatschgeräusch wieder raus, „wirst du sterben, Herzog.“

Sie lässt einen Kampfschrei ab und schickt eine Salve an Schwertstichen in Richtung des Dämons, der seine sechs Säbel verteidigend vor sich hält. Das Seelengefäß hat er umgehend zurück auf seinen Rücken geschnallt.

„Das verdammte Totenbuch …“, denkt Kira und sammelt sich. Sie reibt ihre gerötete Kehle. „Hätte es Billie uns nicht abgenommen, wüssten wir genau, wie wir diesen Hurensohn besiegen können.“

Die anderen eilen Kali zu Hilfe und kämpfen gegen den Dämonenkönig, der überhaupt gar kein Problem hat, ihnen standzuhalten. Er teleportiert sich chaotisch durch die Gegend, sodass nur Renée hinterherkommt, da ihre Schwestern ihr wiederholt sagen, wo er auftauchen wird. Doch trotz dieser Information ist sie dem Herzog nicht gewachsen. Mit unvergleichlicher, fast schon unfairer Leichtigkeit wehrt der ihre Angriffe ab und springt jedes Mal an einen komplett anderen Ort. Kira versucht, ein Muster zu erkennen, und studiert das widerliche Wesen eingängig. An seine fiese Visage hat sie sich bisher nicht gewöhnt und sie bezweifelt, dass sie das jemals tut. Warum sollte sie auch? Schließlich ist sie hier, um ihn umzubringen.

BOOM

Ein lauter Knall ist zu hören. Astaroth ist mit voller Wucht und Wut aufgesprungen und hat ein kleines Erdbeben losgelöst. Die Fassade der Unterstadt bröckelt und der Boden verzeichnet Risse. Die Jägerinnen, Jäger und Urgötter sind umgefallen. Nur Freya ist standhaft geblieben.

„Genug!“ Ein boshaftes Raunen, das den Anwesenden das Gefühl gibt, sie müssten ihre Ohren gründlich auswaschen, wabert über die gesamte Ebene. Wenn bis jetzt keine anderen Dämonen auf sie aufmerksam geworden sind, werden gleich welche einfallen. „Ich habe euch lange genug unterhalten. Zeit, eure nervigen Lichter auszuknipsen.“

Über Astaroths Kopf erscheint eine leuchtende, lavaartige Kugel, die stetig wächst. Er hält sie mit zwei Händen fest und die anderen vier umklammern seine Schwerter, um die Gegner davon abzuhalten, ihn anzugreifen.

Der feuerrote Ball wächst und droht alles zu verschlucken, was ihn berührt.

Mit einem verzweifelten Sprint hechtet Kira hin und holt weit mit Dante aus. Doch der Dämonenkönig wehrt sie spielerisch leicht ab und wirft sie ein ganzes Stück nach hinten. Abermals sprintet sie los, gefolgt von Fenrir und Sam, die sie unterstützen. Der Rest des Teams versucht, mit Fernangriffen auszuhelfen, doch Astaroth lässt sich davon nicht beeindrucken. Bis hierhin scheint er nur mit ihnen gespielt zu haben. Selbst Mona, die hektisch Zauber aus ihrem Büchlein aufsagt, kann nichts gegen diese Höllenbestie ausrichten.

„Das darf nicht wahr sein.“, Kira schüttelt ungläubig den Kopf und verflucht allen voran sich selbst. „Dieses verkackte Buch.“

„Bringt nichts“, erwidert Ren, der endlich neben seiner Jägerpartnerin steht.

„Das Buch hätte uns nicht geholfen. Schau dir den Koloss mal an. Der bräuchte einfach mal einen richtigen Tritt in die Weichteile. Aber frag mich nicht, wo die bei dem Affen sind. Groß können sie auf jeden Fall nicht sein. Vielleicht ist er deswegen ja so wütend?“

Kira kann sich ihr Schmunzeln nicht verkneifen. Selbst im Angesicht des Todes hat Ren einen lockeren Spruch auf den Lippen. Aber sollte es so nicht sein? Das Leben ist schon ernst genug.

Kira weiß noch nicht, welche herzzerreißende Momente Ren durchlebt hat. Vielleicht wird sie das auch nie. Aber

Ren versteht, wie es ist, niedergeschlagen, zerstört und hoffnungslos zu sein. Ren weiß, was Trauer mit einem macht und wie wichtig es ist, dass sich andere niemals so fühlen. Die Lösung ist verrückt: Achtet aufeinander und seid nett. Niemand hat Einblick, welche Narben eine andere Seele versteckt. Aber wer Liebe in die Welt trägt, behält sie sich auch im Herzen. Und die trägt man am besten mit Humor.

„Was sollen wir tun?", fragt sie und schaut Ren mit einem Blick an, der ihm direkt verrät, dass sie keine ernstzunehmende Antwort erwartet. Der Lavaball über Astaroth wächst unaufhörlich weiter und keiner schafft es, an ihn heranzukommen.

„Wäre Inari hier –", sagt Ren, wird aber von einem hellen, gleißenden Blitz unterbrochen, der quer durch Astaroths Feuerball schießt und diesen direkt über seinem dämonischen Kopf zusammenbrechen und zerlaufen lässt.

„NEIN!" Abermals brüllt er ohrenfellzerfetzend laut auf und wundert sich, dass keiner seiner Legionäre ihm zu Hilfe eilt.

„Als hätte ich es vorhergesagt", sagt Ren und kann nicht anders, als die frisch angekommene Kämpferin zu bestaunen. „Was ist mit Schicksal?"

„Schicksal kann mich mal", grinst Inari und nickt ihren Soldaten zu. „Astaroth, deine Schreckensherrschaft findet hiermit ihr viel zu spätes Ende."

Die Augen des Fürsten weiten sich erst und verengen sich dann. Mit ihr hat er nicht gerechnet. Sie dürfte nicht hier sein. Was hat sich geändert?

„Die Jägerinnen und Jäger", sie stellt sich fest entschlossen vor den Dämonenkönig, die Beine angewurzelt und ihre Axt vor ihn gehalten, „haben mir gezeigt, dass wir es selbst sind, die unser Schicksal in die Hand nehmen. Davon kann uns niemand abhalten." Astaroth Wutfalten sprengen sein Gesicht und er knurrt die Göttin hasserfüllt an.

„Was ist los?“, ein überlegenes Grinsen durchstreift ihr Antlitz. „Angst, dich mit mir anzulegen?“

Der Dämonenkönig springt nach vorne und holt hektisch mit seinen Schwertern aus – fast so, als wüsste er nicht, wo sich seine Gegnerin befindet. Inari hingegen macht schnelle, kurze Schritte zurück, wenn einer der Säbel zu nahe an sie herankommt.

Astaroth hält inne und knurrt sie abermals an.

„Gut“, sagt Inari. „Ich bin dran!“

Sie springt einen gewaltigen Satz auf Astaroth zu, greift nach dem ledrigen Gürtel, den er aus irgendeinem armen Tier gefertigt hat, und durchtrennt ihn mit ihrer Axt. Alles in einer Geschwindigkeit, die nicht einmal die Urgötter verfolgen können.

„You go girl“, flüstert Ren zu Kira und schubst sie nach vorne. Sie versteht wiederum nur Bahnhof, was man anhand ihrer hochgezogenen Augenbraue ausgezeichnet sehen kann. „Das Gefäß! Inari hat den Gürtel, an dem es hing, durchtrennt!“

Kira hechtet los, ungeachtet der verwirrten Blicke ihrer Mitstreiter, und schnappt sich die Vase, bevor es der Herzog mitbekommt.

„Du hättest niemals kommen dürfen, A–“

„Willst du das Schicksal wirklich herausfordern?“ Inari holt mit ihrer Axt weit und genüsslich aus.

XLVIII

DIE ASTRALEBENE

PLANUM ASTRORUM

Kira schaut sich aufgeregt um. Ihr Herz schlägt mit dem Rhythmus eines Orchesters und die Pulsader am Hals zeigt eindrucksvoll, wie dick sie sein kann.

Viel hat es nicht gebraucht. Kira hat sich das Gefäß geschnappt, es geöffnet, reingeschaut und ist, ohne einen einzigen Takt zu verlieren, auf der Astralebene gelandet.

Zeit, sich umzuschauen und zu staunen, ist leider nicht – glücklicherweise kennt sie den Ort schon aus ihren Träumen.

„Ben!" Sie ruft den Namen ihres Verlobten und schaut sich mit Argusaugen um. Weit kann er nicht sein, so weitläufig ist diese Stätte nicht.

„Kira?" Unmittelbar vor ihr ertönt die Stimme des Anführers der Sieben. Sie merkt, wie ihr Herz einen großen Sprung macht und eine Welle der Erleichterung über sie hereinbricht.

„Ben!", ruft sie abermals, aber dieses Mal mit Vorfreude in der Stimme.

Sie bleibt wie angewurzelt stehen, als sie vor sich entgegenkommende Schritte hört. Schnelle Füße laufen auf dem steinigen Boden, der voller Geröll ist, in ihre Richtung. Mit jedem Schritt hört sie, wie das leichte Knirschen lauter wird.

Und plötzlich steht er vor ihr, der Mann, mit dem sie den Rest ihres Lebens verbringen wird.

„Kira“, flüstert er, die ankommenden Tränen zurückhaltend. Ihr verschlägt es glatt die Sprache. Ungläubig bedeckt sie mit den Händen ihr Gesicht. Nur die Augen sind sichtbar und begreifen nicht, wen sie da vor sich sehen. Der Besitzer der Schimmelmelone ist hier und bereit, sie entgegenzunehmen.

„Ich weiß gar nicht –“, stottert er, wird aber von seiner Verlobten unterbrochen. Ihre Beine bestehen nicht mehr aus Pudding, sondern sind fest um Bens Oberkörper gewickelt, nachdem sie ihm direkt in die Arme gesprungen ist.

Sie küsst ihn innig und verspürt den ungesunden Drang, ihn nie mehr loszulassen. Ein Gefühl, das nur von kurzer Dauer anhält. Er lässt sie ab und Kira schaut ihrem Verlobten nach all der Zeit das erste Mal wieder tief in die Augen. Aber anstatt der Wärme, die ihr Geborgenheit und Zuflucht bietet, erblickt sie nur Leere.

„Ich kann gar nicht fassen, dass du hier bist“, sagt Ben und umarmt sie ein weiteres Mal. „Ich habe mich ohne dich so einsam gefühlt. Ich war die ganze Zeit unsicher, ob ich das alles träume.“ Die Worte sprudeln vor Erleichterung aus ihm hervor. „Aber nun, wo ich dich sehe, weiß ich, dass ich auf jeden Fall träumen muss. Du bist immer noch so wunderschön wie am Tag, an dem wir getrennt wurden.“

„Ben“, flüstert sie und sieht in der Leere eine kleine Flamme auflodern.

Er streicht ihr sanft über die rechte Gesichtsseite und legt einen zerzausten Haarstrang hinter ihrem Ohr ab. Sie reagiert mit einem zarten Lächeln, gefolgt von einem Räuspern, um sich wieder auf die Mission zu konzentrieren.

„Wie kommen wir hier raus?“, fragt sie und guckt sich suchend um. „Rein bin ich durch die Vasenöffnung gekommen, aber ich sehe hier keinen Ausgang. Nur diesen … Sternenhorizont.“

„Wenn ich das wüsste, hätte ich es schon längst versucht.“

„Ich glaube, ohne deinen Körper – oder einem Teil davon – klappt das nicht. Also für Tote. Ich hoffe, für Lebende wie mich gelten andere Regeln.“

Die beiden lachen verhalten. Ren hätte aus der Situation mit Sicherheit mehr Humor rausgeholt.

„Benjamin“, ruft eine tiefe, dumpfe Stimme, die Kira nur allzu bekannt vorkommt.

„Astaroth“, erschrickt sie. „Ist er mir gefolgt?“

„Ein Phantom“, seufzt Ben, vollständig gefasst. „Seit ich hier bin, sucht und quält es mich. Da ich nicht sterben kann, setzt es mich allen möglichen Foltereien aus. Stattdessen regeneriert meine Seele dieses … Aussehen. Ohne Dante –“, ein Geistesblitz durchzuckt ihn wie ein Klavier, das ohne Vorwarnung von oben herunterfällt. „Hast du Dante dabei?“

„Na klar“, erwidert Kira und lässt das Dämonenjägerschwert erscheinen.

Selbst beim zigsten Male ist es ein Bild für die Urgötter. Eine junge Frau, die eher klein gewachsen ist, hält ein übermächtiges Schwert in der Hand, das größer und um einiges schwerer als sie ist. „Ich beschütze dich.“

Ben lacht. Hoffentlich nicht gehässig, denn Kiras Stiefel sind in Nussnähe.

„Kannst du mir Dante wiedergeben?“

„Jetzt?“

„Wieso nicht?“

Die lodernde Flamme, die die Leere erhellt hat, ist verschwunden.

„Weil ich sterben könnte?“

Ist er eifersüchtig auf die Person, die ihn von den Toten wiederbringt? Vielleicht erinnert er sich nicht daran, dass Kira sterben könnte, wenn der Bund mit Ren bricht. Aber sie hat nicht das Verlangen, ihren Verlobten zu korrigieren.

„Ben-Ja-Min.“ Astaroths Phantom ruft abermals nach ihm. Wo es genau ist, kann keiner von den beiden sagen. „Ich rieche etwas ... Hast du Besuch da?“

„Jen!“ Der Name ihrer besten Freundin platzt förmlich aus Kira heraus. Ben war zwar das eigentliche Ziel, aber nicht nur seine Seele ist hier gefangen. „Hast du Jen gesehen?“

„Jen?“ Ben kratzt sich am Kinn. „Wieso sollte ich sie gesehen haben?“

„Billie –“

„Billie?“

„Lange Geschichte ... Jen ist tot. Hat sich für uns geopfert. Wieso ist sie nicht hier? Billie meinte, sie wäre ebenso in Astaroths Seelengefäß gefangen.“

„Ist Billie eine der Urgöttinnen?"

„Nein. Wie können wir Jen finden?"

„Wenn das Phantom kommt", Ben schluckt und zeigt hinter Kira, „können wir nur die Beine in die Hand nehmen und laufen. Außer du willst auf ewig hierbleiben."

Kira dreht sich um. Astaroths Phantom ist aufgetaucht. Es ist kleiner als das königliche Vorbild. Auch sieht es nicht so lädiert aus. Und der unangenehme Geruch, den das Original wie ein Stinktier, das in Pumaschweiß gebadet hat, verbreitet, ist nicht vorhanden.

„Wo ist Jen?", fragt sie das Abziehbild und hält Dante in bedrohlicher Pose vor sich fest. „Sag mir, wo sie ist, und ich verschone dich."

„Ich bin nicht echt", lacht das Phantom. „Du kannst mir nichts anhaben. Wenn ich sterbe, erscheine ich erneut. Immer und immer wieder."

„Fuck", grummelt Kira.

„Aber du", das Lachen wird lauter, „kannst hier nur einmal sterben."

Mit großen donnernden Schritten rennt das abgepauste Bild auf die beiden zu. Kira schubst Ben weit von sich weg, der verwirrt den Kopf schüttelt, da er ihr eben erst erklärt hat, dass er nicht noch mal draufgehen kann.

Sie weicht dem heranstürmenden Dämon aus und holt mit Dante aus. Mit befriedigendem Schlorp-Geräusch trennt sie einen der sechs Arme ab.

„Besser Arm ab als arm dran", lacht das Phantom. „Wobei, ich gefall mir schon besser, wenn ich vollständig bin."

Ein lautes Knacken gefolgt von diversen Verrenkungen, auf die jede Yoga-Lehrerin neidisch wäre, ist wahrzunehmen und der Arm ist wieder da.

„Egal, was du tust. Alles wächst nach." Abermals stürzt

Phantom-Astaroth auf Kira zu, die verzweifelt versucht, ihn nicht an sich rankommen zu lassen. „Bleib stehen."

Statt weiter gegen ihn zu kämpfen, schaut sie sich hektisch um. Wo ist Ben abgeblieben? Und wie kann sie Jen finden, während „Kopieren und einfügen" hinter ihr herläuft?

Freya oder Renée wüssten mit Sicherheit, was zu tun ist und wo sie Jen antreffen könnte. Aber dafür müsste sie erst einmal wieder hier raus und die beiden um Hilfe bitten. Draußen wartet jedoch der echte Astaroth.

„Bleib endlich stehen!", brüllt Phantom-Astaroth Kira hinterher, die mehr damit beschäftigt ist, davonzudüsen und nach ihrem Verlobten Ausschau zu halten.

Diese Astralebene scheint sich ins Unendliche zu erstrecken. Sie besitzt keinen Anfang und kein Ende. Lediglich Geröll und ein wunderschönes Universum, in dem man sich problemlos verlieren könnte.

„Ben?", ruft sie, aber kann ihn nicht ausmachen. Ist er etwa geflohen? Obwohl er nicht sterben kann? Heute scheint der Tag der zwanzig Fragen zu sein. Da fällt ihr glatt eine weitere ein: Wieso kann sich das Phantom nicht teleportieren? Hat es nicht dieselben Mächte wie der echte Astaroth? Sie bleibt plötzlich stehen, dreht sich um und holt mit Dante aus. Der kopierte Dämon erschrickt und wird haargenau in der Hälfte geteilt.

Kira springt auf den abgetrennten Torso und hält das Dämonenjägerschwert an die Kehle des Abziehbildes.

„Wer bist du wirklich?", fragt sie. „Du bist gar kein Phantom. Und jetzt, wo ich dich genau anschaue, hast du bis auf die sechs Arme gar keine richtige Ähnlichkeit mit Astaroth."

„Ich –", das Phantom krächzt los, wird aber von Ben unterbrochen, der hinter den beiden unangekündigt auftaucht.

„Er ist ein Phantom. Jedoch aus längst vergessenen Tagen. Als Astaroth noch nicht der Dämonenkönig war, sondern nur ein Teil der Höllenarmeen. Lange Geschichte.“ Der Dämon ächzt laut und versucht, nach den beiden zu greifen. Vergebens, da Kira ihm die Arme wegschneidet. Dante leistet ganze Arbeit. Schmerzerfüllt schreit Phantom-Astaroth auf und windet sich.

„Schneid ihm den Kopf ab, das verschafft dir ein paar Minuten.“

Sie hört auf den Befehl und lässt das Abziehbild erst gar nicht mehr zu Wort kommen. Mit beherztem Schwung wird der Kopf vom Rest getrennt und Ben kickt ihn mannhaft in die entgegengesetzte Richtung.

„Wo warst du?“, fragt sie und schaut ihn mit gerunzelter Stirn an.

„Habe nach einem Ausgang gesucht.“

„Was ist mit Jen?“ In Kiras Tonfall ist keinerlei Wiedersehensfreude mehr wahrzunehmen.

„Wir müssen hier raus, Kira“, erwidert er mit ausreichend Nachdruck, dass sie das Gefühl hat, ihm sei egal, was mit ihrer besten Freundin passiert. „Ich weiß nicht, wo ihre Seele ist. Ich habe sie nicht gesehen. Denkst du nicht, sie wäre ansonsten bei mir?“

„Ich kann ohne sie nicht hier raus.“

„Dann bist du auf dich allein gestellt. Ich kann nicht eine Sekunde länger in diesem Gefängnis bleiben. Du weißt nicht, was ich gesehen habe und was mir widerfahren ist.“ Sie hört seine Worte, kann aber doch nicht glauben, was er sagt. Er weiß, wie wichtig ihr Jen ist. Fast so wichtig wie er selbst. Und sie weiß, dass ihre beste Freundin ihn niemals zurücklassen würde.

„Ben, ich kann –“

„Hör mir zu! Wir kommen hier raus. Du gibst mir das Schwert“, Kira schluckt bei dem Gedanken, „und wir gehen zurück und suchen Jen. Versprochen! Aber wir müssen hier raus. Den anderen gegen Astaroth helfen."

Wäre sie Astaroth nicht schutzlos ausgeliefert, wenn sie Ben Dante wiedergibt? Sie will die Verbindung zu Ren nicht verlieren. Aber Ben ist der Anführer der Sieben. Eine Zwickmühle, die sie vor ein paar Wochen nicht gehabt hätte. Manchmal wäre es doch schön, wenn wir unser Gedächtnis und unliebsame Erinnerungen löschen könnten. Oder sind wir erst durch sie die Summe des Ganzen, das uns zum Menschen werden lässt?

„Kira", ruft Ben und winkt seine Verlobte zu sich hinüber. Sie hat nicht mitbekommen, dass er sich schon wieder woanders hinbegeben hat. Er zeigt auf einen Abgrund vor ihnen. „Ich glaube, wir müssen springen."

Sie nickt ihm zu, auch wenn sich die Leere langsam in ihr Herz einschleicht. Ohne zu zögern, da beide keine andere Option haben und Phantom-Astaroth sich wieder zusammenpuzzelt, springen sie hinein.

XLIX

DER VERTRAG

CONTRACTUS

Kira steht benommen neben sich und versteht erst nicht, was sich vor ihren Augen abspielt. Inari kämpft gegen den Herzog und hält ihn gekonnt in Schach. Die anderen geben ihr Rückendeckung. Bis auf Ren. Ren hält die mitgenommene Melone von Ben in der Hand, die sich langsam wieder zusammensetzt. Wie das Aufbauen eines Bausteinhauses – nur in umgekehrter Reihenfolge. Die Extremitäten wachsen und ehe sie sich versieht, erblickt Kira ihren lebendigen Verlobten putzmunter vor sich.

Der Rest der Jägerinnen und Jäger sind leider nicht Zeugen dieses Schauspiels, da sie damit beschäftigt sind, fatalen Angriffen auszuweichen.

„Das Schwert“, sind seine ersten Worte in manifestierter Form, „ich brauche Dante!“ Kira schaut tief in die Augen ihres Verlobten und sieht abermals die Flamme. Sie wächst und nährt sich an seiner Leidenschaft. Doch das Gefühl der Leere, das sie seit ihrer Wiedervereinigung im Herzen trägt, lässt nicht locker. Am liebsten würde sie Ren fragen, was sie tun soll. Ren hat sich jedoch erneut ins Getümmel gestürzt.

Kira nickt und Dante erscheint in ihrer rechten Hand. Ist es Zeit, Abschied von ihrem lieb gewordenen metallenen Monstrum zu nehmen? Sie schaut sich um, hoffend, die Aufmerksamkeit einer der Urgötter auf sich zu ziehen. Und tatsächlich. Inari streckt ihren Arm nach vorne und scheint Kira das Zeichen für „Stopp" zu symbolisieren. Ein Blick der Hilflosigkeit breitet sich auf dem Gesicht der Urgöttin aus, was ihr überhaupt gar nicht steht.

Die Jägerin ist in einer Zwickmühle gefangen. Sie schaut zu Ren und den anderen hinüber, die mit Mühe und Not Astaroth von ihr abhalten und ihr die Entscheidung nicht abnehmen können.

„Kira." Ben nimmt die Hand seiner Verlobten. Seine Stimme ist beruhigt und er lächelt Kira herzlich an. „Ich bin dir unendlich dankbar. Aber jetzt müssen wir den Dämonenkönig hinrichten und Jens Seele befreien."

Kiras Augen wandern hektisch hin und her. Ein ungutes Gefühl breitet sich in ihrer Magengrube aus. Sie begreift nicht genau, warum – abgesehen davon, dass sie gegen den Dämonenkönig kämpfen.

„Aber", sie schluckt, „wenn ich dir das Schwert gebe. Verschwinden meine Kräfte dann nicht?"

„War das nicht der Plan?", antwortet Ben voller Empathie. „Keine Sorge, ich lasse nicht zu, dass dir etwas zustößt. Ren ist schließlich auch noch da."

„Ohne Ren", sie schluckt abermals, „kann ich nicht überleben. Ren hat mir seine Kraft nur geliehen."

„Ist das so?", fragt er und schaut den Urgott an, wie er mit letzter Reserve versucht, das höllische Biest nicht zu Kira vorpreschen zu lassen. „Ich brauche seine Macht nicht. Ich brauche nur das Schwert."

„Was ist mit dem Blutvertrag?"

„Sie sind nicht die einzigen Urgötter", beschwichtigt er. „Vertrau mir."

Kira kann keinen klaren Gedanken fassen. Inari stürzt sich mit aller Macht auf Astaroth und wirft ihn zu Boden. Ein ohrenbetäubender Schrei ist zu hören, tiefer als die Hölle, in der sie gefangen sind.

„Jetzt oder nie", sagt Ben und tänzelt ungeduldig auf der Stelle. „Gib mir das Schwert, Kira. Ich bitte dich! Wir können ihn endlich umbringen!"

Das ist Ben, von dem wir hier reden. Liebe macht blind, erst recht, wenn wir sie einer Person schenken, die bis vor kurzem ein riesiges Geheimnis behütete.

„Nein!", brüllt Inari und lässt vom Höllenherzog ab.

„Inari!" Renée ruft ihr hinterher, springt zu ihr hin und hält sie fest. „Du darfst das Schicksal nicht weiter herausfordern. Sie ist –"

„– der Schlüssel. Sie muss das Schwert –"

KRACKBOOM

Ein lauter Knall, alle – sogar Astaroth – halten einen unscheinbaren Moment inne. Ein tiefschwarzer Blitz trifft Inari und verwandelt sie in eine marmorne Statue. Die mächtige Obergöttin ist zu einer regungslosen Säule erstarrt.

„Wir haben das Schicksal zu oft herausgefordert, ich kann ihn nicht mehr aufhalten …", flüstert Renée in sich hinein und schaut zu Boden.

„Siehst du!", brüllt Ben und zeigt auf die Versteinerte. „Gib mir das Schwert. Damit die anderen nicht auch sterben müssen!"

Bens vertraulicher Ton ist einer ernsten Miene gewichen. Kira, die den weiten Weg auf sich genommen hat, um ihn zurück von den Toten zu holen, kommt sich unsagbar dämlich vor. Wegen ihr ist eine der Beschützerinnen nun eine Litfaßsäule, nur weil sie ein mulmiges Bauchgefühl hat.

Sie tritt an ihren Verlobten heran, drückt ihm einen Kuss auf und nickt.

„Entschuldige", sagt sie mit glasigen Augen, „ich vertraue dir."

Sie streckt die Hand aus. Ein letztes Mal mustert sie das kolossale Schwert und gibt es seinem rechtmäßigen Besitzer zurück.

Erst jetzt bemerkt sie, dass der Kampf zum Stillstand gekommen ist. Zeit, verwirrt zu sein, hat sie trotzdem keine. Ihr Verlobter setzt zum Gnadenstoß an.

„Na endlich", ruft er und lacht.

Wie ein Actionheld der Achtziger hält er Dante mit zwei Händen fest und streckt das Schwert gen Himmel. Das Firmament blitzt hell auf und die Unterstadt sieht zum ersten Mal einen Funken Licht. Kira bestaunt das Schauspiel und selbst ihre Angst schafft es nicht, sie aus der Fassung zu bringen. Ben ist wieder da!

„Dachtest du wirklich", er springt nach vorne und grinst breit, „du könntest mich hintergehen?"

Der Dämonenkönig lächelt ebenso unangenehm und seine knochigen Arme sind für eine Umarmung ausgebreitet – als würde er Ben herzlich willkommen heißen.

Die Jägerinnen und Jäger schauen mit großen Augen auf Kiras Verlobten, eine gewisse Erleichterung ist ihnen anzusehen, jetzt, wo ihr Anführer endlich da ist, um Astaroth zu töten und sie hier herauszuholen.

Ben kommt hinter Ren und vor dem Herzog zum Stehen, schaut ihn überlegen an, das Grinsen breiter als je zuvor – fast schon zu einer schadenfrohen Miene verzogen –, und holt mit Dante aus.

Astaroth schaut dramatisch nach oben und schließt die Augen. Seine dämonische Fratze ziert ein zufriedenes Lächeln, was die anderen zu keinerlei Zuversicht inspiriert.

Ren wirft Kira einen wehmütigen Blick zu – als würde er sie ein letztes Mal anschauen. Sie versteht seine Miene nicht zu deuten, realisiert aber schlagartig, dass Ben ihn eben Ren und nicht Joker genannt hat. Woher kennt er den echten Namen?

„Auf Nimmerwiedersehen", flüstert Ben.

Riesige Augen sind Zeugen des verwirrenden Schauspiels, bei dem sich ein König trotz drohender Enthauptung nicht wehrt.

Der Anführer der Jäger schlägt zu.

Kommt kurz vor Astaroths Hals zum Stehen.

Dreht das Schwert mit einer geschmeidigen Bewegung nach hinten. Und sticht mit voller Kraft zu.

Ein hörbarer, aufhorchender Schock schießt durch alle Reihen – nur Ren und Renée scheinen nicht überrascht zu sein.

„Ich hätte so gerne gewusst", Ren hustet Blut, „wie es ausgeht."

Aus Rens Brust ist Dante hervorgebrochen. Das Schwert ist wie Butter durch die Rüstung geschnellt und hat kurzen Prozess walten lassen.

„Ich glaube an dich", Ren ringt nach Luft, „Kira."

Ren fällt leblos zu Boden. Niemand bringt ein Wort hervor. Kira sammelt sich – es dauert ein paar Sekunden, bis sie begreift, was passiert ist – und schreit voller Qualen auf – jemand hat ihr bei lebendigem Leibe das Herz rausgerissen und es vor ihren Augen zerquetscht.

Sie spürt, wie die Kraft, die Ren ihr geschenkt hat, ihren Körper verlässt. Sie sackt auf die Knie. Tränen laufen ihr sanft die Wange hinab. Mit einem tiefen Loch in der Brust, das so schnell nicht mehr aufgefüllt wird, schaut sie auf ihren Verlobten.

„Sorry, Schatz." Ben lacht und reißt Dante ruckartig wieder an sich. Ein fleischiges Geräusch ist über die gesamte Ebene zu hören. „Manchmal müssen wir Opfer bringen."

„Sehr, sehr gut", lacht Astaroth und legt zwei seiner Hände auf Bens Schulter ab. „Ich wusste, du würdest das Richtige tun, mein Junge."

Kira hat sich das grausame Drama mit letzter Kraft angeschaut und fällt genau wie Ren in sich zusammen. In der Ferne hört sie das Klingen der Ketten, dem sie in der vergangenen Zeit zu oft gelauscht hat. Es klingt wie Erlösung.

„Sie hat dir vertraut!", brüllt Sam und will Fenrir auf Ben ansetzen. Doch der Wolfshund versteckt sich, den Kopf gesenkt, hinter seinem Partner. „Dann kümmere ich mich halt drum!"

Sam prescht nach vorne, die Krallen gewetzt, in voller Absicht, Ben das Licht auszuknipsen. Doch dieser weicht – ohne jegliche Anstrengung – aus und nutzt mühelos die Macht von Astaroth, um den Jäger mit einer Handbewegung in einen tiefen Schlaf zu schicken. Sam fällt mit einem lauten Klatscher auf den Boden und bleibt ohnmächtig liegen. Fenrir rennt zu seinem Partner und leckt ihm vorsichtig übers Gesicht.

„Wirklich?", lacht Ben.

„Nicht allein", ruft Renée, „zusammen!"

Mit Anlauf und tödlichen Absichten rasen sie zum Verräter und schicken alles in seine Richtung, was sie haben. Der Dämonenkönig hat auf einem Thron aus Gestein Platz genommen und bewundert das Theater. Die Zwietracht ist gesät, die Gräueltat vollbracht. Für ihn gibt es hier nichts mehr zu tun.

Freya wandert vorsichtig zu Kira hinüber, ohne dem Kampf weitere Beachtung zu schenken. Sie hockt sich vor die sterbende Jägerin und legt Kiras Kopf sanft auf ihrem Schoß ab. Wie eine sorgsame Mutter, die ihr trauriges Kind behutsam tröstet.

„Kira, du musst hier weg", Freya streichelt ihr über die Stirn, „sonst wirst du sterben."

„Das", jeder Satz könnte der Letzte sein, „bin ich schon …"

Hinter den beiden Frauen tobt ein unerbittlicher Kampf, bei dem alle Beteiligten keine andere Absicht als die absolute Auslöschung des Gegenübers haben. Waffen prallen aneinander, Blutspritzer tränken die graue Ebene in einem schimmernden Rot, und die Schreie der Teilnehmer werden mit jedem Schlagabtausch lauter – alles unterlegt vom dämonischen Gelächter Astaroths.

„Ich kann dir leider nicht mehr helfen", flüstert Freya in Kiras Ohr.

Die Jägerin zwingt sich ein Lächeln auf und nickt verständnisvoll. Sie hat viel auf dieser Reise gelernt. Es gibt Menschen, die einem bedingungslos helfen und das Gute in die Welt hinaustragen möchten. Aber auch, dass nicht jeder ist, wer er vorgibt zu sein. Ungeachtet dessen, ob die Person so tut, als sei sie gutherziger, als sie wirklich ist, oder eine kühle Fassade besitzt, weil ihr Herz einmal zu oft gebrochen wurde. Dass nicht alle Menschen wert sind, gerettet zu werden, aber man es trotzdem versuchen sollte. Dass sie sich auf ihre Freunde verlassen kann, ohne mit der Wimper zu zucken. Dass für jeden von uns eines Tages der Zeitpunkt kommt, an dem der Tod an die Tür klopft und wir ihn einlassen sollten.

„Du erinnerst mich an meinen Sohn", flüstert Freya und versucht, ihre Tränen zurückzuhalten. Liebevoll streichelt sie Kira weiter über die Stirn. „Er war ein stolzer Krieger und voller Tatendrang. Wenn einer seiner Freunde in Not war, musste er nicht gebeten werden, sondern hat umgehend etwas unternommen. Das teilt ihr beiden. Leider wurde auch er hintergangen. Sein Bruder teilte diesen Eifer nicht, sondern war neidisch auf seinen Erfolg. Die Missgunst zerfraß ihn und eines schicksalhaften Tages stach er ihm einen Dolch in den Rücken. Es war eine schreckliche Zeit und ich habe lange um meine Söhne getrauert. Aber trotzdem bin ich mir sicher, dass sein Bruder ihn geliebt hat. Zumindest auf seine verschrobene Weise. Verzeihen konnte ich ihm bis heute nicht. Aber ich bin mir sicher ... mein Sohn hat ihm im selben Moment verziehen, in dem er seinen letzten Atemzug tat. Er war selbst ein Urgott, aber es gab niemanden, der einen Blutvertrag mit ihm eingegangen ist. Er wollte niemandem die Bürde aufzwingen, sein Leben der Verteidigung eines ganzen Planeten aufzuerlegen. Für ihn war diese Mission immer ein Fluch. Nie ein Abenteuer ... Wenn du ihn in Walhalla siehst – und glaub mir, du wirst ihn erkennen –, sag ihm bitte, dass seine Mutter ihn über alles liebt."

Ein letztes Mal nickt Kira und schließt die Augen. Ein Tränenfluss schmust sanft ihre Wangen, die ihre Farbe verlieren. Sie erinnert sich an erinnerungswürdige Augenblicke aus ihrem Leben, an das erste Mal, als sie Jen kennenlernte und wie die beiden im Kindesalter beschlossen, beste Freunde zu werden. Der Gedanke, dass sie Jen gleich wiedersehen würde, erfüllt sie mit innerem Frieden. Ihre Erinnerungen wandern weiter und bleiben auf der neu gefundenen Familie und kürzlichen Abenteuern haften. Sie hat in so kurzer Zeit mehr erlebt, als sie jemals zu träumen wagte. Der unaufhörliche Tränenbach der Trauer, der ihr das Gesicht hinabrinnt, nimmt beim Gedanken, dass es schon vorbei ist, an Fahrt auf.

„Das muss es nicht", flüstert Freya.

„Ein Vertrag benötigt immer mindestens zwei, die übereinkommen."

Renée, die zusammen mit den anderen gegen Ben kämpft, hält einen Moment inne und bemerkt das tragische Schauspiel im Augenwinkel.

„Sie darf nicht mehr sagen", hört Kira eine Stimme in ihrem Kopf, die genau wie ihre eigene klingt. „Schicksal wird es sonst mitbekommen."

„Sag ihr Bescheid", ertönt eine weitere Stimme, die sich ebenfalls exakt gleich anhört.

„Das weiß sie“, antwortet Renée.

Kira öffnet ihre Augen. Ein Kraftakt, der weit anstrengender als das frühmorgendliche Aufstehen vor der Schule ist. Sie hat Freyas Worte verstanden und guckt zu Ren, der leblos auf der Erde liegt.

Die Jägerin schaut die Urgöttin an. Diese versteht. Mühelos hebt sie die Sterbende vom Boden auf und trägt sie in beiden Armen hinüber zu Ren. Mit unvergleichlicher Grazie schwebt Freya förmlich über das Schlachtfeld, alles, was direkt neben ihr passiert, vollends ignorierend. Die fürsorgliche Mutter in ihr verteidigt die fast Dahingeschiedene mit ihrem Leben.

Sie legt sie sanft neben Ren ab.

Kira robbt sich ein Stück nach vorne und mit letzter Kraft flüstert sie in Rens Ohr: „Ich hoffe … du hörst mich …“

Keine Reaktion.

„Wir sind ganz am Anfang unserer Reise“, fährt sie fort, wird aber vom Bluthusten unterbrochen. „Ich habe es endlich verstanden. Schicksal. Was du bist. Wer ich bin. Warum wir zusammengehören. Du hast mich auf deine eigene, schrullige Weise gelehrt, nicht aufzugeben. Und deswegen –“

Kira hustet ein weiteres Mal bitterlich. Blutiger Schleim bleibt ihr im Halse stecken. Freya streichelt ihr fürsorglich über den Rücken.

„Deswegen biete ich dir einen Seelenvertrag an.“

L

HOCHMUT KOMMT VOR DEM FALL

SUPERBIA ANTE LABEM

Kira erkennt ein sanftes, fast nicht ausmachbares Lächeln auf Rens Lippen. Aus dem Nichts erscheint das göttliche Pergament, dieses Mal nicht in einer uralten, unleserlichen Schrift, sondern in Kiras Muttersprache. Sie hält es Ren hin.

„Zeit …“, verdammter Huster, „draufzupatschen …“

Ihre letzte Reserve ist aufgebraucht, die Augen fallen zu und die Seele versucht, dem Körpergefängnis zu entfliehen. Jetzt kommt es auf Ren an, ob er noch genug Energie in sich trägt.

BOOM

Der unerbittliche Kampf findet ein jähes Ende. Die Jägerinnen und Jäger bleiben wie angewurzelt stehen, ihr Blick fest auf die hell leuchtende Gestalt gerichtet, die die Krone der Unterstadt vollends preisgibt. Was ihnen dabei entgeht, ist Astaroths erschreckter Ausdruck. Der Dämonenkönig springt auf und die sechs Schwerter erscheinen abermals in seinen Händen. Mit großem Zorn schaut er zu, wie sich vor ihm eine uralte Prophezeiung erfüllt.

Ben – der bis hierhin dachte, er wäre der Auserwählte – ist sprachlos. Hat Astaroth, der Herr der Lügen, ihn etwa angelogen?

Das Licht, das von der Figur ausgeht, blendet alle Anwesenden ohne Gnade. Niemand weiß, wie die Gestalt aussieht – oder wer sie ist.

„Die wahre Unsterbliche“, denkt Renée und hört Freudenschreie im Kopf. Einige ihrer Dimensionsschwestern erleben dasselbe Schauspiel. Kira ist der Schlüssel, über alle Universen hinweg, der den Untergang der Hölle einläutet.

„Was“, Ben schreit auf und verschluckt sich an der eigenen Spucke, die ihm zornig aus dem schäumenden Mund spritzt, „bist du?“

„Wir“, das Licht blendet ab, „sind … eins.“

Die Figur tritt einen Schritt nach vorne und schaut Ben mitleidig an. Die anderen reißen vor Staunen ihre Münder auf. Ist das Kira? Oder Ren? Sie sieht keinem der beiden ähnlich.

Ein heller Schein schmeichelt der Silhouette der neugeborenen Gestalt – fast so, als hätte man sie aus einem religiösen Buch entnommen und als rachevollen Erzengel in die Hölle geschickt. Ihr Aussehen unterstreicht den Eindruck. Sie trägt Rens Kleidung, vollständig in Weiß gehüllt. Totenköpfe oder andere deprimierende Symbole sind keine mehr auf ihr zu finden. Die Maske ist ebenso verschwunden. Das Gesicht ähnelt am ehesten dem von Kira, aber auch nur, wenn man genauer hinsieht. Es strahlt etwas Familiäres, Liebevolles aus. Die anderen wissen, der wahre Anführer – oder die wahre Anführerin – steht vor ihnen. Ein Gefühl von Geborgenheit und Schutz geht von ihr aus.

„Wir sind Kira. Wir sind Ren.“ Wenn sie spricht, hört man die Stimmen der beiden vermischt. Als würden sie gleichzeitig sprechen und genau dasselbe denken. Jeder Gedanke scheint wohlüberlegt, da sie langsam und besonnen redet.

„Nennt uns“, sie überlegt einen Augenblick, „Kiren.“

„Was ein bescheuerter Name.“ Natascha findet zuerst ihre Stimme wieder und flüstert leise in Kalis Ohr. Die Urgöttin nickt nur und die beiden schlagen unauffällig die Fäuste aneinander.

„Wir sind mehr als eine. Ren sagt, die Kräfte jener, die vor uns kamen, fließen durch unsere Adern. Wir teilen ihre Zuversicht, ihre Hoffnung, aber auch ihre Wut und ihren Schmerz. Wir alle sind eins. Aber einfachheitshalber dürft ihr uns", sie überlegt kurz, „wie eine ansprechen."

„Genug", brüllt Astaroth und schubst Ben zu Kiren hin. „Junge, lass dich davon nicht beirren. Du hast den Clown einmal umgebracht, du kannst ihn auch ein zweites Mal umbringen."

„Du sagtest", Ben richtet seine Wut auf den Herzog, „ich wäre der Auserwählte. Der Unsterbliche!"

„Dann beweise es!", entgegnet der Dämonenkönig und zeigt auf Kiren. „Mach kurzen Prozess mit den Hochstaplern und zusammen werden wir nicht nur über die Hölle, sondern alle Planeten in dieser Dimension regieren!"

„Ben …" Kiren schaut Kiras Ex-Verlobten mit reuevollen Augen an. „Kira weiß nicht, warum du sie so hintergangen hast. Aber sie verzeiht dir."

Bens Blick wandelt sich von Wut in Abscheu. Was für eine bemittleidenswerte Kreatur, die erst betrogen wurde und ihren Täter direkt losspricht.

„Astaroth hat recht", erwidert er. „Ich wusste, dass du schwach bist. Aber so ein Schwächling? Unglaublich!"

Mit dem letzten Satz prescht Ben nach vorne und greift Kiren an. Die anderen möchten Ben vehement widersprechen und Kiren helfen, doch Freya hält sie zurück: „Das muss sie allein bewerkstelligen. Glaubt mir. Er hat keine Chance. Kiren wurde aus Hoffnung geboren. Etwas, das er niemals verstehen wird."

Kiren springt im selben Moment zur Seite, in dem Ben mit Dante zusticht. Er verfehlt seine Gegnerin um Haaresbreite. Sein hasserfüllter Antrieb wächst und er sticht und schlägt mit einer unvergleichlichen Geschwindigkeit zu.

„Leute, mir wird ein bisschen übel", sagt Mona, die Schwierigkeiten hat, dem Geschehen zu folgen. Die Augen der Zuschauerinnen und Zuschauer schnellen hin und her, wie bei einem Tischtennis-Turnier.

Ben schlägt zu, Kiren weicht aus. Ben schlägt zu, Kiren weicht aus. Ben schlägt zu … Das Bild sollte sich eingeprägt haben.

„Warum?" Der Jäger, der einst von einer großartigen Frau geliebt wurde, verzweifelt. „Wie machst du das?!"

„Es ist vorbei", erwidert Kiren mit besänftigender Stimme. „Ben … du hast verloren." Er lacht laut los und wirft sein Schwert verächtlich weg.

„Ich glaube das nicht", sagt er und spuckt vor sich auf den Boden. „Du hast nicht mal gerafft, dass ich von vornherein Astaroths Macht in mir trug … Ich wollte es anders machen. Nicht wie meine dummen Vorfahren, die jahrtausendelang gekämpft haben, ohne dass es etwas gebracht hat. Diese Dämonen. Sie sind wie Unkraut. Zieht man einen raus, wachsen drei weitere nach. Und er hier", Ben zeigt auf den Dämonenkönig, „ist der Anführer dieser Bagage. Ich habe einen Deal mit ihm gemacht. Mit seiner Hilfe hätte ich ewigen Frieden eingeführt. Wir hätten über die Erde geherrscht. Dafür musste ich nur dafür sorgen, dass die Sieben zu ihm kommen."

„Schweig, wenn du keine ewigen Höllenqualen erleiden willst." Astaroth ist wie aus dem Nichts hinter Ben erschienen und legt seine Hände abermals auf die Schultern des Jägers – fest genug, dass sie sich in dessen Fleisch bohren.

„Die sieben Seelen hätten ihm Zugang verschafft –" Ben zuckt vor Schmerz, aber ignoriert den Dämonenkönig und spricht trotz blutender Schulter weiter. „Dann hätte er –"

„Genug!"

Astaroths Brustkorb öffnet sich mit einem bedrohlichen Knacken und innerhalb eines unscheinbaren Moments hat er Ben in sich aufgesogen – der hatte nicht einmal Zeit, um sein Leben zu kämpfen, geschweige denn zu brüllen. Der Kopf des Verräters zeichnet sich auf der Brust des Dämons ab und windet sich leidend hin und her. Er versucht zu schreien, doch ein Ton ist nicht zu hören, nur das Bewegen des Mundes, das sich auf dem Oberkörper des Königs abzeichnet.

Kiren bleibt von der Aktion unberührt. Sie schaut Astaroth durchdringend an.

„Der Junge", grunzt dieser, „hat zu viel geredet."

Er wabert zu Dante und will das Schwert aufheben. In Windeseile steht Kiren neben ihm und schnappt die Waffe vor der runzeligen Dämonennase weg.

„Dieses Schwert", seine gierigen Hände greifen nach Dante, „es gehört mir!"

„Dieses Schwert", Kiren mustert es aufmerksam, „gehört niemandem."

Astaroth ignoriert die aufgeladene Antwort und versucht, es sich zu schnappen. Die neugeborene Kreatur, für die keiner einen Namen hat, bei der sich aber später herausstellen wird, dass es ein Nephalem ist, eine längst vergessen geglaubte Form heiliger Krieger, weicht einen Schritt zurück und hakt relativ unbekümmert die greifende Hand des Dämons ab.

„Wie gesagt“, Kiren seufzt, „es hat keinen Besitzer. Es gehört weder dir noch gehört es mir. Es sucht sich selbst aus, von wem es geführt werden will.“

Astaroth schreit auf. Mit blutunterlaufenen Augen und sich windendem Tumorkopf auf der Brust scheint er seine Lektion nicht gelernt zu haben und greift ein weiteres Mal nach dem Schwert.

ZACK

Vier Arme und Hände bleiben. Ob er diese auch verlieren möchte?

Ein ohrenzerfetzender, zu hoher Schrei entrinnt dem Dämonenkönig, der einsehen muss, keine Chance gegen Kiren zu haben.

„Ein Nephalem“, knurrt er.

So viel später hat es sich dann doch nicht herausgestellt.

„O ja“, antwortet Renée, die sich neben Kiren gestellt hat. „An deiner Stelle würde ich das Weite suchen. Ansonsten –“

Ein erneuter Schrei überschwemmt alles Gesagte. Astaroth schubst die Dimensionswanderin zur Seite und schießt an Kiren vorbei. Er greift nach seiner Seelenvase und teleportiert sich hinter Jens Leiche. Sam reißt die Augen auf und zusammen mit Fenrir versucht er ihn davon abzuhalten, den leblosen Körper ihrer Freundin zu entführen.

„Zu spät“, lacht der Dämon und mit einem lauten Paffgeräusch verschwindet er. Aufmerksame Augen suchen und finden ihn umgehend an der Kante des Gebäudes, auf dem sie stehen. „Die Schlacht gehört euch. Aber der Krieg um eure Welt hat gerade erst angefangen. Wir sehen uns … Auserwählte.“

Breit grinsend springt er in die Unterstadt.

„Nein!“, brüllt Renée und, ohne überhaupt zu überlegen, setzt sie ihre letzten Energiereserven frei und wird von ihren Dimensionskräften durchströmt. Sie rennt los, wird aber umgehend von Kiren aufgehalten. Der Nephalem hält sie sanft mit einer Hand fest, die beständig auf ihrer Schulter ruht.

„Wir müssen hinterher!“, ruft Renée, ihr Gesicht tränenverschmiert. Für einen Tag hat sie genug Verlust erlebt. „Ich kann sie nicht verlieren.“

„Trauer“, erwidert Kiren langsam und mit Bedacht, „ist die Liebe, die wir nicht demonstrieren konnten, weil die Zeit zu knapp war. Sie wird in uns bleiben, wachsen und wir geben sie an dem Tag weiter, an dem wir heimkehren.“

Renée atmet tief ein und aus. Sie nickt. Niemand traut sich, die Stille zu ersticken. Die Dimensionswanderin findet ihre Stimme zum Glück schnell wieder, wenngleich ihr Blick gesenkt und das Gesagte leise ist: „Er hat Jens Seele und jetzt auch ihren Körper. Wir dürfen sie ihm nicht überlassen.“

„Ich weiß“, erwidert Kiren trocken. „Ich komme mit dir.“

Sie schnallt sich Dante auf den Rücken und guckt in die besorgte Runde.

„Und was sollen wir machen?“, fragt Kali.

„Das ist keine gute Idee“, fügt Sam an.

Fenrir hat sich neben ihn gesetzt und winselt leise.

„Kira und Ren sind sich einig, dass sie nicht umdrehen können“, antwortet Kiren und schaut in verwirrte Gesichter. „Wir sind selbst noch nicht sicher, was wir sind. Die –“

„Nephalem“, hakt Renée ein, „sind eine uralte Rasse heiliger Krieger. Sie waren einst Teil unseres Planeten und haben uns beschützt. Wo sie herkamen oder wie sie geboren wurden, wusste niemand. Wir sind die ersten Zeugen, die einer Geburt beigewohnt haben.“

„Und nun können wir alle zu Nephalem werden, wenn wir den Vertrag unseren Kollegen anbieten?“, fragt Natascha.

„Ich glaube nicht", hakt Ellie vorsichtig ein, „dass es so leicht ist."

„Ist es nicht", erwidert Renée. „Ein Nephalem wird aus Hoffnung geboren."

„Wir haben für Erklärungen keine Zeit", wirft Kiren ein.

„Was ist mit Peter?", fragt Mona und stampft auf.

„Renée und wir werden Astaroth folgen, das Seelengefäß an uns nehmen und Jen und Ben befreien."

„Moment", Natascha ballt ihre Fäuste, „ihr wollt uns hier allein lassen, um diesen Verräter zu retten?"

„Er wurde von Astaroth verführt", erklärt Freya. „Der Herr der Lügen wird ihn eine lange Zeit manipuliert haben. Ohne dass Ben es wusste. Er ist nicht unschuldig, aber er ist einer von uns. Er wandert auf einem verlorenen Pfad und es gilt, ihn wieder auf den richtigen zu lenken."

„Ich halte es für keine gute Idee", Sam studiert sein Notizbuch und nuschelt vor sich hin, „uns hierzulassen. Selbst mit Kir…en sind unsere Überlebenschancen nicht gerade rosig. In die Unterstadt zu gehen, halte ich für ein noch größeres Suizidkommando. Außerdem ist Inari immer noch zu einer Salzsäule erstarrt."

Kiren schaut auf den Boden, überlegend – oder eine Konversation mit sich selbst abhaltend?

„Wir verplempern nur Zeit", murrt Renée.

„Wir haben es bereits diskutiert und eine Entscheidung getroffen", sagt Kiren.

„Wir müssen einen Ausweg aus der Hölle finden."

„Ach wirklich, Sherlock?" Nataschas Miene verdunkelt sich.

„Sam, Mona, Fenrir." Kiren zeigt auf die drei. „Ihr sucht Peter und versucht herauszufinden, wie wir Inari aus ihrem Statuengefängnis befreien können."

„Natascha, Kali, Ellie, Freya." Sie schaut auf die anderen vier. „Ihr sucht nach einem Ausgang."

„Renée und ich … wir bringen es zu Ende und holen unsere Verbündeten wieder."

„Bullshit", ruft Natascha und kehrt allen den Rücken zu.

„Ich glaube nicht", seufzt Sam, „dass wir lange überleben werden."

„Wir werden uns wiedersehen", erwidert Kiren. „Das verspreche ich."

Zusammen mit Renée marschiert sie zur Kante, von der Astaroth heruntergesprungen ist, und schaut hinab. Sie dreht sich ein letztes Mal um und springt.

„Ich habe ein ganz schlechtes Gefühl bei der Sache." Sam seufzt ein weiteres Mal, klappt sein Notizbuch demonstrativ zu und trottet los.

DANKSAGUNG

Ich glaube, es ist unfassbar wichtig im Leben, dass wir schöne Momente wertschätzen und genießen können. Für mich war einer dieser Augenblicke, als ich dieses Buch physisch in den Händen hielt. Es war ein surreales Gefühl, dass eine meiner Fantasy-Geschichten es geschafft hat, veröffentlicht zu werden. Dafür bin ich unendlich dankbar. Seit Kindesalter schreibe ich Geschichten auf und habe sie anderen zum Lesen gegeben. Und auch wenn das Feedback bei Weitem nicht immer positiv war, habe ich mich nie beirren lassen. Ich habe weitergeschrieben, mir neue Geschichten ausgedacht und eine davon haltet ihr jetzt in den Händen.

Dafür möchte ich mich zuallererst aus tiefstem Herzen bei euch bedanken! Ohne eure Leselust und das Interesse an dieser Geschichte hätte es das Buch nie gegeben. Dankeschön!

Ein weiteres Danke gebührt meiner Frau, die nicht nur meine Testleserin #1 ist, sondern mir auch wertvolles Feedback gibt – insbesondere, wenn die Geschichte zu viel vom eigentlichen Plot abkommt.

Daher auch ein dickes Danke an meine anderen drei Testleserinnen und Testleser: Mikkel Robrahn, Liza Grimm und Gunnar Krupp, die alle drei selbst Buchautoren sind und mir nicht nur unersetzbare Tipps, Ratschläge und Verbesserungen mit auf den Weg geben, sondern mich mit ihren Worten und ihren großartigen Werken unfassbar motivieren. Unsere kleine WhatsApp-Gruppe „Bookapalooza“ (benannt nach dem Podcast, den wir einst zusammen hatten) ist immer ein Quell der Freude, Weisheit oder auch des Frustabbaus!

Und auch wenn sie kein aktiver Bestandteil der Entstehung dieses Buches waren, möchte ich diese Gelegenheit nutzen und mich bei meinen Schwestern und meinen Freunden bedanken! Louise, Nina, Lucy, Joana, Patti, Kotta, Ben, Dominik, Julian, Luis, Jens und Patrick. Danke, dass ihr für mich da seid und so tut, als sei ich lustig. Sollte jetzt hier jemand nicht stehen und sich deswegen schlecht fühlen, ist das keine Absicht, sondern nur meinem schlechten Gedächtnis geschuldet.

Das Danke möchte ich auch an meine Kollegen bei PietSmiet weitergeben, dass sie mir trotz aller Projekte und arbeitsintensiven Tagen zugestehen, nebenher noch Bücher zu schreiben.

Last, but not least: danke an Community Editions und meine Redakteure Mattis, Johanna und Sarah! Ihr habt dafür gesorgt, dass dieses Buch auf den Markt gekommen ist!

Danke auch an Rebecca, die das Buch lektoriert und mich mit sehr guten Verbesserungsvorschlägen versorgt und mir gesagt hat, wenn sich etwas zu gestelzt liest!

Ein besonderer Dank gilt Boris, der mir nicht nur mit seinem Rat, sondern auch mit Tat zur Seite stand und mir dabei half, ein Zuhause für mein Buch zu finden. Vielen lieben Dank!

IRGENDWO AUF EINER ASTRALEBENE

USQUAM PLANO ASTRORUM

„Die haben mich echt zurückgelassen.“ Peter stapft wütend umher. Er hat Probleme, sich an die vergangenen Tage zu erinnern und daran, wer ihm diese Zwickmühle eingebrockt hat. Seine letzte Erinnerung war die an den Buchladen, in den er nach der Höllenkirche zurückkehrte, um einen Anhaltspunkt zu finden, wie er nach Hause kommt.

Er war sich sicher, schlimmer kann es nicht werden, also hat er eines der Zauberbücher aufgeschlagen und einen der Sprüche aufgesagt, da daneben bunte Verzierungen waren, die ähnlich wie das erste Portal aussahen, durch das er überhaupt erst in die Höllenringe gekommen war.

Anscheinend hat es ihn aber nur auf eine Astralebene befördert, aus der er bisher keinen Ausweg gefunden hat. Sein Zeitgefühl lässt ihn ebenfalls im Stich, da er hier entweder schon ein paar Minuten oder ein paar Monate zugange ist.

Die Augen geschlossen, versucht er sich krampfhaft an die Worte zu erinnern, die er gesprochen hat, doch ohne das Zauberbuch, welches noch im Buchladen liegt, wird er nicht weit kommen. Und so scheint auch niemand –.

„Peter?“ Eine junge Frau steht unmittelbar vor ihm. Als sei sie aus dem Nichts erschienen. Er blickt auf und kann nicht anders, als sie freudig zu umarmen: „Jen!“